U0574625

国家社科基金
后期资助项目
GUOJIA SHEKE JIJIN HOUQI ZIZHU XIANGMU

元明之际吴中文人文学思想研究

On the Literary Thought of Literati in Wu Area
during the Late Yuan and Early Ming Dynasties

周海涛 / 著

社会科学文献出版社
SOCIAL SCIENCES ACADEMIC PRESS (CHINA)

国家社科基金后期资助项目
出版说明

  后期资助项目是国家社科基金设立的一类重要项目，旨在鼓励广大社科研究者潜心治学，支持基础研究多出优秀成果。它是经过严格评审，从接近完成的科研成果中遴选立项的。为扩大后期资助项目的影响，更好地推动学术发展，促进成果转化，全国哲学社会科学规划办公室按照"统一设计、统一标识、统一版式、形成系列"的总体要求，组织出版国家社科基金后期资助项目成果。

全国哲学社会科学规划办公室

目　录

第一章 元末政治文化与文学 思想的变迁

　　1279 年，元军消灭了南宋王朝在厓山的最后一支抵抗力量，宰相陆秀夫负赵昺跳海自尽，标志着元王朝彻底统一全国。较之此前的少数民族政权，元王朝是第一个大一统政权。较之此前的中原王朝，其政权性质属于军事化、贵族化。它不但中断了唐宋以来中国社会"以儒治国"的斯文传统，在文化政策上也极为矛盾：一方面它把理学升格为官方学术，作为"仪式化"的国家意识形态；另一方面，大多统治者却不重视科举，以致科举时断时续。故而元代士人读书仕进之路无望，加之"人分四等"的国策，士人形成了"旁观者心态"。到了元末，缺少士人精神支撑的官僚体系溃烂不堪，吏治、财政、军队等方面都腐败重重，以致民不聊生，引发了大规模的农民起义。于是，士人的"旁观者心态"随之爆发，加之满地烽火带来的无助感和阻隔感，士人们转而以"抱团取暖"的方式进行大规模的雅集聚会，最典型的当数"玉山雅集"与"北郭诗社"。文人活动方式的变化导致了元末文坛气象的变化，元中期文坛"一代气象"步入颓势，"铁崖体"的出现给文坛注入了新内容。

第一节 元末的政治文化态势

　　元代制度设计的先天缺陷，在元末暴露无遗。顺帝本欲有为而推行的"至正新政"，终因无力改善制度之先天不足而虎头蛇尾。元中期实行的"延祐开科"，既没能充分调动汉族士大夫的政治热情，也未能选拔一批像样的人才。金戈铁马的大元王朝江河日下，"其兴也勃焉，其亡也忽焉"。

一　"至正新政"的失败

较之此前的大一统王朝相比，元朝的最大的特点是，它是第一个由少数民族建立起来的大一统王朝，儒化最浅。这一特点衍生出两个相辅相成的现象：一是地域之广阔、武功之强盛、文化之包容，远胜此前历朝；二是统治时间之短暂、君主更迭之频繁、国家体制中士人精神之缺失，又远不及后来的清王朝。这种现象的形成，根源在于元朝独特的文化政策、政治品性及统治方略。

就文化政策来说，元代最大的特点是不重儒学。在统治初期，如果说因时间关系及心理适应过程而对儒学不加理睬，这尚能理解。但终元之世，儒学始终未受到应有的重视而流于表面。因此，元代政权性质始终被定格在军事化、贵族化上。这种政权性质衍生出独特的统治方略：种族歧视、不重科举、独崇吏治。

先说种族歧视。元代按其征服地区的先后，将国人分为蒙古人、色目人、汉人、南人四等，实行严格的等级制度与民族歧视政策。其中汉人与南人都指汉族群体，前者是原金朝统治下的民众，后者是原南宋统治下的民众，只是汉人比南人早归附几十年，地位略高于南人。种族歧视的主要表现在两个方面。一是核心资源分配不均。从中央到地方，重要部门的长官始终由蒙古人、色目人把持，汉人、南人难以进入核心层。有元一代，仅危素一人，由南人入相，官至参知政事。"官有常职，位有常员，其长则蒙古人为之，而汉人、南人贰焉。于是一代之制始备，百年之间，子孙有所凭藉矣。"① 二是汉人尊严被践踏。且不说蒙古人、色目人与汉人之间的不对等，同为汉族群体的汉人与南人之间，南人的尊严也备受摧残。《元史》中记载了一则关于虞集和元明善的故事：

> 二人初相得甚驩，至京师，乃复不能相下。董士选之自中台行省江浙也，二人者俱送出都门外，士选曰："伯生以教导为职，当早还，复初宜更送我。"集还，明善送至二十里外。士选下马入邸舍中，为席，出橐中肴，酌酒同饮，乃举酒属明善曰："士选以功臣

---

① 宋濂等撰《元史》，中华书局，1976，第2120页。

子，出入台省，无补国家，惟求得佳士数人，为朝廷用之。如复初
与伯生，他日必皆光显，然恐不免为人构间。复初中原人，仕必当
道；伯生南人，将为复初摧折。今为我饮此酒，慎勿如是。"①

元明善是汉人（河北大名），虞集是南人（祖籍四川，侨居江西）。虞集
在元代中期名满文坛，董士选尚担心其遭到身为汉人的元明善的摧折，
饮酒劝戒，足见南人地位之低。虞集作为南人中有政治身份者尚且如此，
南人中普通文士之境遇就可想而知了。

再说不重科举和独崇吏治。因为不重儒学，元廷一度废弃了唐宋以
来中国最重要的选官制度——科举。虽然科举取士也未见得尽善尽美，
但相比之下，至少可以保证两点：一是形式上的公正，至少避开了"察
举"、"荐举"中过多的人为因素；二是把学识、道德作为选拔理想人才
的标准，在一定程度上把德与才联系起来。元廷废科举而崇吏治，则带
来了诸多问题：一是选吏方式不公正，存有严重种族歧视倾向；二是对
吏的管理缺乏约束。很多有识之士早已看到了"重吏轻儒"的弊端：
"为政者吏始专之。于是天下明敏有材智操略，志在用世之士，不由是无
以入官。"② "士大夫有欲进取立功名者，皆强颜色，昏旦往候于门，媚
说以妾婢，始得尺寸，此正迁者之所不能为也。"③

当然，在以人治而非法治为主导的时代，其制度缺陷尚能通过有为
之君的魄力和能力加以修复。从成吉思汗统一蒙古到忽必烈建号"大
元"，元代一直处于上升阶段。忽必烈不但开创了大一统的局面，而且起
用大批儒士，打造出"至元盛世"（1264～1294）气象。时人推崇该时
期为治世之典范："未有宏大之量，包海宇、混南北，视鲸波万里犹一
埃，龙伯九渊犹一舍，凌驾滇渤，责成岁功，久之无虞，如我朝世祖皇
帝也。"④ 但是靠个人能力来决定国家走势，一旦君主出了问题，其制度
缺陷就会立即暴露。如果说元代前几位开创之君尚能靠个人能力掌控

---

① 宋濂等撰《元史》，中华书局，1976，第4173页。
② 虞集：《岭北等处行中书省左右司郎中苏公墓碑》，《道园学古录》卷十五，四部丛
刊本。
③ 余阙：《贡泰父文集序》，《青阳先生文集》卷四，四部丛刊本。
④ 钱毅：《重建天妃宫碑》，《吴都文粹续集》补遗，文渊阁四库全书本。

度的不完备，那么后期君主便只能成为制度的牺牲品。

元王朝制度之先天不足首先体现在最高权力的转移上。儒家在最高
权力的交接上有一套完整的体系——"长幼有分"、"嫡庶有别"。但是
元代统治者不愿接受儒家的这套规则，而实行以部盟为主导的"推荐
制"，其决定因素在于部盟力量的强弱，因此必然出现因力量差异而带来
的斗争。从成宗大德十一年（1307）到至顺四年（1333）顺帝登基，短
短不到二十年，元代九易其主，可以想象当时朝政之不稳、人心之动摇。

至顺四年（1333），顺帝妥懽帖睦尔即位于上都。他在统治的前期尚
雄心勃勃，后至元六年（1340），"二月己亥，黜中书大丞相伯颜为河南
行省左丞相"①；"冬十月，以脱脱为中书右丞相"②；"十二月，复科举
取士制"。③ 后至元七年（1341），他改元"至正"，诏曰：

> 朕惟帝王之道，德莫大于克孝，治莫大于得贤。朕早历多难，
> 入绍大统，仰思祖宗付托之重，战兢惕励，于兹八年。慨念皇考，
> 久劳于外，甫即大命，四海触望，夙夜追慕，不忘于怀……夫三公
> 论道，以辅予德，二相总政，以弼予治，其以至元七年为至正元年，
> 与天下更始。④

这就是历史上的"至正更始"，史称"更化"、"新政"。"新政"伊始，
顺帝也做了不少实事。至正元年（1341）正月，"命脱脱领经筵事"，
"免天下税粮五分"⑤；六月，"改旧奎章阁为宣文阁"。⑥ 至正二年
（1342），三月，"亲试进士七十八人，赐拜住、陈祖仁及第，其余出身
有差"。⑦ 至正五年（1345），辽、金、宋三史告成，当阿图鲁、帖木儿
塔识、太平等人在宣文阁进呈时，顺帝说："史书所系甚重，非儒士汎作

---

① 宋濂等撰《元史》，中华书局，1976，第 854 页。
② 宋濂等撰《元史》，中华书局，1976，第 858 页。
③ 宋濂等撰《元史》，中华书局，1976，第 859 页。
④ 宋濂等撰《元史》，中华书局，1976，第 859 ~ 860 页。
⑤ 宋濂等撰《元史》，中华书局，1976，第 860 页。
⑥ 宋濂等撰《元史》，中华书局，1976，第 861 页。
⑦ 宋濂等撰《元史》，中华书局，1976，第 862 页。

文字也……朕与卿等皆当取前代善恶为勉。朕或思有未至，卿等其言之。"①

然顺帝终非有为之君。"新政"未推行几年，他便斗志尽丧，一反登基时的克勤克俭。面对天灾人祸，他不但不安抚民心，反而在至正十年、十一年间实行两项措施：征发十余万民工疏浚黄河故道，变乱钞法致使物价腾涌，史称"治河"、"变钞"，导致民变四起。《元史》载："（至正十一年五月）辛亥，颍州妖人刘福通为乱，以红巾为号，陷颍州。初，栾城人韩山童祖父，以白莲会烧香惑众，谪徙广平永年县。至山童，倡言天下乱，弥勒佛下生，河南及江淮愚民皆翕然信之。"② 面对红巾起义后天下大乱之局势，顺帝不但未能"扶大厦于将倾"，反日渐沉沦：

> 帝怠于政事，荒于游宴，以宫女三圣奴、妙乐奴、文殊奴等一十六人按舞，名为十六天魔，首垂发数辫，戴象牙佛冠，身被缨络、大红绡金长短裙、金杂袄、云肩、合袖天衣、绶带鞋袜，各执加巴剌般之器，内一人执铃杵奏乐。又宫女一十一人，练槌髻，勒帕、常服，或用唐帽、窄衫。所奏乐用龙笛、头管、小鼓、筝、篥、琵琶、笙、胡琴、响板、拍板。以宦者长安迭不花管领，遇宫中赞佛，则按舞奏乐，宫官受秘密戒者得入，余不得预。③

上有所好，下必效之，最高统治者如此荒淫堕落，必然会导致层层官吏腐败不堪，加之元朝官吏体制本身就缺乏士人精神，于是元末官场堪称中国历代最黑暗时期。叶子奇在《草木子》中记载：

> 元朝末年，官贪吏污。始因蒙古色目人罔然不知廉耻为何物。其问人讨钱，各有名目：所属始参曰拜见钱，无事白要曰撒花钱，逢节日追节钱，生辰曰生日钱，管事而索曰常例钱，送迎曰人情钱，句追曰赍发钱，论诉曰公事钱，觅得钱多曰得手，除得州美曰好地分，补得职近曰

---

① 宋濂等撰《元史》，中华书局，1976，第3362页。
② 宋濂等撰《元史》，中华书局，1976，第891页。
③ 宋濂等撰《元史》，中华书局，1976，第918页。

好窠窟，漫不知忠君爱民之为何事也。①

腐败也从各级政府机关延续到军营，早期的蒙元军队素以骁勇善战著称，席卷欧亚，所向无敌，然而短短几十年里，他们就面目全非了："将家之子，累世承袭，骄奢淫佚，自奉而已。至于武事，略之不讲。但以飞觞为飞炮，酒令为军令，肉阵为军阵，讴歌为凯歌，兵政于是不修也久矣。"② 军队腐败的直接后果便是不堪征战，朱元璋于至正二十六年晓谕元朝降将时就指出："元军云集，其老将旧臣虽有握兵之权，皆无戡乱之略，师行之地，甚于群盗，致使中原板荡，城郭丘墟，十有余年，祸乱极矣。"③

从至正十一年（1351）红巾起义爆发到至正二十八年（1368）元朝灭亡，十七年的时间，各地群雄纷纷起问鼎之心：朱元璋在浙东、张士诚在吴中、陈友谅在江汉、方国珍在温庆台地区、明玉珍在蜀中、陈友定在福建等，各自拥兵自重，割据自雄，中华大地干戈遍地。翻检时人记载，血腥气扑面而来：

　　九州封豕食人肉，旌旗遍野尘沙黄。金城汤池尽瓦砾，往往白骨堆秋霜。新魂旧鬼相间哭，哭声落日连穹苍。赤者为狐黑者乌，北风其凉雨雪雰。凤凰高飞避矰缴，梧桐不复生朝阳。④

　　何况十年来，无岁无干戈。黄尘迷道路，白骨被陂陀。原田自膴膴，孰种麦与禾。遗黎转茕茕，短褐不至踝。⑤

　　客来为说淮南事，白骨如山草不生。翻覆几回云雨手，登临无限古今情。长街竟日人烟绝，小市通宵鬼火明。欲省先茔归未得，悬河老泪若为倾。⑥

---

① 叶子奇：《草木子》卷三，中华书局，1959，第81～82页。
② 叶子奇：《草木子》卷三，中华书局，1959，第48页。
③ 《明太祖实录》卷二十，台北中研院历史语言研究所1962年版。
④ 李昱：《冰山行》，《草阁诗集》拾遗，文渊阁四库全书本。
⑤ 苏伯衡：《送李丞赴堂邑》，《苏平仲文集》卷一五，四部丛刊本。
⑥ 成廷珪：《次曹新民感时伤事韵三首》其三，《居竹轩诗集》卷二，文渊阁四库全书本。

"宁为太平犬，不为乱离人"，有太多的士人在战乱中或死里逃生，或播迁避难。杨维桢（1296～1370），晚年自称："予自壬辰（至正十二年，1352）兵兴来，遭罹死地者凡四五。"① 高启诗曰："人情恋故乡，谁乐远为客。我行不得已，实为丧乱迫。凄凄顾丘陇，悄悄别亲戚。不去畏忧虞，欲去念离隔。虽有妻子从，我恨终不释。出门未忍发，惆怅至日夕。"② 和许多仓皇奔走的逃难者相比，高启的遭际还算幸运，至少能从容地挈家移居而不至于家破人亡，但从诗中不难感受到纷飞战火下笼罩在诗人心头的愁云惨雾。

宋濂（1310～1381），战乱前一直生活在金华，"曾未几何，金华陷于兵，士大夫蝼蚁走。唯流子里为乐土，亟挈妻孥避焉。流子里隶诸暨，地在嵊之东南，仅数舍即至。濂时苦心多畏，而土著居民往往凌虐流寓者。白日未尽坠，辄翳行林坳，钞其囊橐物，甚者或至杀人"。③ 流落窜伏于草莽之间，提心吊胆，兢兢度日。

短短的几十年间，元朝由大一统的盛世逐渐败象尽显。"眼见它起高楼，眼见它楼塌了"，造成这一悲剧之根本在于，它因不重视儒学而采用的一系列急功近利的手段与措施。前几代有为之君尚能通过个人之雄才大略控制局面，而后继者却只能自食其果了。

二　"延祐科举"与理学升降

蒙古人因不受儒学礼仪之约束，得以彻底发挥其征服力，武功之盛为历代所不及。但又因不重儒学，导致其未能守住开创之局面。由此可见儒学治国之两面性：长于守成，短于开创。

中国儒学的发展主要经历了三个阶段：先秦时期形成经典、两汉时期解释经典、宋明时期在解释经典中再次形成经典。儒学最核心的价值在于崇尚"内圣"，其根本目的是为统治者选拔理想的人才。而统治者要想实现这一目的，一是要"选"；二是"怎么选"。在"选"上，唐宋

---

① 杨维桢：《心太平铭》，《东维子文集》卷二三，四部丛刊本。
② 高启：《移家江山别城东故居》，《高青丘集》，上海古籍出版社，1985，第262页。以下凡是涉及此书的文献，只注明篇章及页码，以示方便，所注页码一以此书为标准。
③ 宋濂：《送许时用还越中序》，《宋濂全集》，浙江古籍出版社，1999，第484页。下文中凡征引此书者，只注明篇名及页码，以示方便，不再注明出版社，所属页码一以此书为标准。

时期形成了"科举取士",但在"怎么选"上,一度出现争议。这集中体现在科举与理学之间的制度化链接上。

唐宋时期,儒学大昌,在与科举的结合过程中形成了中国的文官制度,或曰"斯文"传统。但科举和理学的结合却经历了一个漫长的过程。

先说理学之发展。理学自北宋二程创立之后,屡遭毁禁,直到南宋末年,才得到朝廷的认可。嘉定二年(1209),宁宗赞扬朱熹"集诸儒之粹","有功于斯文",称其为"孟子以来不多有"的儒学大师,追谥其曰文。嘉定五年(1212),宁宗批准国子司业刘爚将《论语集注》和《孟子集注》二书立于学官的要求。嘉定八年(1215),谥张栻曰"宣",次年,谥吕祖谦为"成"。嘉定十三年(1220),追谥周敦颐为"元"、程颢为"诚"、程颐为"正"。宝庆三年(1227),理宗下诏曰:"朕观朱熹集注《大学》《论语》《孟子》《中庸》,发挥圣贤蕴奥,有补治道。朕励志讲学,缅怀典刑,可特赠熹太师,追封信国公。"① 淳祐元年(1241),他又下诏曰:"朕惟孔子之道,自孟轲后不得其传,至我朝周惇颐、张载、程颢、程颐,真见实践,深探圣域,千载绝学,始有指归。中兴以来,又得朱熹精思明辨,表里混融,使《大学》《论》《孟》《中庸》之书本末洞彻,孔子之道益以大明于世。朕每观五臣论著,启沃良多,今视学有日,其令学官列诸从祀,以示崇奖之意。""寻以王安石谓'天命不足畏,祖宗不足法,人言不足恤',为万世罪人,岂宜从祀孔子庙庭,黜之。"② 可以说,理学在理宗时代获得了全面解禁,并且逐渐成为官方学术。

入元前后,经过赵复、姚枢、杨惟中、郝经、许衡、刘因等一批儒者的大力推广,前后呼应,理学在社会中越发普及。经过了世祖时代的积淀和酝酿,"以儒治国"的观念深入人心。至大德间,"公卿大夫,下而一邑一乡之士,例皆讲读"。③

再说元代的科举。梳理元代科举的发展,首先要从太宗窝阔台说起。1238年,在耶律楚材的建议下,太宗允许科举考试,史称"戊戌选试":

① 脱脱等撰《宋史》,中华书局,1985,第789页。
② 脱脱等撰《宋史》,中华书局,1985,第821~822页。
③ 王恽:《义斋先生四书家训题辞》,《秋涧先生大全集》卷四十三,四部丛刊本。

"乃命宣德州宣课使刘中随郡考试，以经义、词赋、论分为三科，儒人被俘为奴者，亦令就试，其主匿弗遣者死。得士凡四千三十人，为免奴者四之一。"① 但这算不上一场严格意义的科举考试，只是为了解除许多士人奴隶身份所采用的权变之计。即便如此，也遭到很多蒙古贵族的反对，"凡言科举者，闻者莫不笑其迂阔以为不急之务"。② 而在汉人看来，科举必须实行："岂有煌煌大元，土地如此其广，人民如此其繁，官吏如此其众，专取人于此，求其所谓经济之学，治安之策，果有耶无耶？愚所不知也。为今之计，莫急于科举。"③ 他们不断进言进策：

> 世祖至元初年，有旨命丞相史天泽条具当行大事，尝及科举，而未果行……十一年十一月，裕宗在东宫时，省臣复启，谓"去年奉旨行科举，令将翰林老臣等所议程式以闻"。奉令旨，准蒙古进士科及汉人进士科，参酌时宜，以立制度。事未施行。至二十一年九月，丞相火鲁火孙与留梦炎等言，十一月中书省臣奏，皆以为天下习儒者少，而由刀笔吏得官者多。帝曰："将若之何？"对曰："惟贡举取士为便，凡蒙古之士及儒吏、阴阳、医术、皆令试举，则用心为学矣。"帝可其奏。继而许衡亦议学校科举之法，罢诗赋，重经学，定为新制。事虽未及行，而选举之制已立。④

可见，世祖时期，实行科举的呼声越来越高，尽管没有得到落实，但给后来的"延祐科举"打下了思想基础。历经成宗（1295～1308）、武宗（1308～1312）两朝，到了仁宗皇庆二年（1313），中书省上奏仁宗，希望在更定旧制的基础上重开科举。仁宗不但批准了这个建议，而且同年颁布了考试程式：

> 蒙古、色目人，第一场经问五条，《大学》《论语》《孟子》《中庸》内设问，用朱氏章句集注。其义理精明，文辞典雅者为中

---

① 宋濂等撰《元史》，中华书局，1976，第3461页。
② 张之翰：《议科举》，《西岩集》卷十三，文渊阁四库全书本。
③ 张之翰：《议科举》，《西岩集》卷十三，文渊阁四库全书本。
④ 宋濂等撰《元史》，中华书局，1976，第2017～2018页。

选。第二场策一道，以时务出题，限五百字以上。汉人、南人，第一场明经经疑二问，《大学》《论语》《孟子》《中庸》内出题，并用朱氏章句集注，复以己意结之，限三百字以上；经义一道，各治一经，《诗》以朱氏为主，《尚书》以蔡氏为主，《周易》以程氏、朱氏为主，已上三经，兼用古注疏，《春秋》许用《三传》及胡氏《传》，《礼记》用古注疏，限五百字以上，不拘格律。第二场古赋诏诰章表内科一道，古赋诏诰用古体，章表四六，参用古体。第三场策一道，经史时务内出题，不矜浮藻，惟务直述，限一千字以上成。①

　　《四书》《诗》用朱子注，《书》用蔡《传》，《易》以程子《易传》与朱子《本义》，《春秋》兼用三传与胡《传》，《礼》用古注。除了《礼记》外，所有经义基本都是程朱一系。这标志着程朱理学已经取代了其他学术思想，在学术界取得了支配地位。

　　科举考试和程朱理学是形式与内容或者说手段与目的之关系。科举是选拔人才的形式和手段，而程朱理学则赋予这种考试的标准，或者说对人才素养的要求和规定。二者的共同目的都是为了给朝廷提供合格理想的人才。所以，把程朱理学纳入科举考试的范围，这既符合儒学内在理路的发展，也是历史选择的必然。如果这种链接得当，本应取得双赢效果：一是可以打破元代独崇吏治的局面，二是能促进学术本身的发展。但实际上，这两种期待都以失败告终。

　　种族歧视贯穿在科举的实施过程中，其直接结果是，一是选拔人才力度不大，如苏天爵说："夫科场取士，三年止得百人，今吏属出身，一日不知其几。"② 二是选拔标准不公正。在考试过程中，汉人受限于诸多规矩，即使考中进士，也不得为御史、宪司官、尚书等要职，大量的汉人依然被排斥在科举之外。如余阙说："延祐中，仁皇初设科目，亦有所不屑而甘自没溺于山林之间者，不可胜道，是可惜也。夫士惟不得用于世，则多致力于文字之间，以为不朽。而文辞者，有幸有不幸者。至于老

① 宋濂等撰《元史》，中华书局，1976，第2019页。
② 苏天爵：《灾异建白十事》，《滋溪文稿》卷二十六，中华书局，1997，第439页。

而无所用矣，而其文又遂泯不显，是又可哀也。"① 余阙是色目人，以科举入仕。由于其性格之耿介，加之与南方文人相处友善，故以愤激之情为南士鸣不公。大量的南方文人对此更是心存不满，徐一夔说："胜国之制，取士必以门地，杂流次之，科目又次之。不幸楚产之士，又遭阴废，故夫里闾之间，虽有夷齐之廉，曾闵之孝，亦仅克施为一家之政，终不使之有位以行其道，而士亦以是不能有誉于天下后世，不亦可悲也夫！"② 有人甚至认为科举只是粉饰太平的举措，如叶子奇说："仕途自木华黎王等四怯薛大根脚出身分任省台外，其余多是吏员。至于科目取士，止是万分之一耳，殆不过粉饰太平之具。"③

　　另一方面，虽然"延祐科举"把程朱理学作为考核人才的主要依据，但并没有促进学术的发展。这就导致了一个极富意味的现象：理学在南宋时期虽未获得官方保证，但其学理却不断深化，"延祐科举"给予理学以制度化的保障，其学理却日渐庸俗。可见，科举并非保证理学前进的根本因素。

　　理学极盛于宋。在其产生的诸多原因中，最重要的一条在于，唐宋时期中国选拔人才的标准发生转型。随着科举的大规模普及，到了宋代，选拔人才的标准不再靠军功、门第，而是靠知识、修养、道德，魏晋以来的门阀制度至此始彻底衰歇。而理学不仅仅讲求外在的伦理规范，还关注人的修养、境界。理学的产生，确定了儒学"内圣外王"的合一。综观中国历代文人，以宋、明两代最负责任感，以"家国天下"为己任，这与宋明时期理学的昌盛息息相关。换言之，理学的昌盛发达，本源于士人家国责任的担当和希圣希贤的道德认证。而在元代，由于种族歧视的问题，士人尊严扫地，科举流于形式。士人缺少发挥才学的平台，起初无力承担责任，随着信心的沦丧，后来是不愿意承担责任。元代文人参加科举，多出于利益的驱动，而不愿意在道德修养上下太多功夫。而极少人依然信奉理学，也只是出于独善其身的需要。

　　"延祐科举"所采经义，一以程朱为准绳。但是为了应对科举，市场上出现了大量科举讲义性质的著述。陈栎记载，延祐二年会试一结束，

① 余阙：《杨君显民诗集序》，《青阳先生文集》卷四，四部丛刊本。
② 徐一夔：《朱处士墓志铭》，《始丰稿》卷九，文渊阁四库全书本。
③ 叶子奇：《草木子》，中华书局，1959，第82页。

他就"获睹书坊所刊会试程文，内有程录程试，该载圣旨内一欵"。① 这
种类似科举讲义的"程式之式"，在"延祐科举"以后大量涌现，如胡
炳文的《四书通》、张存中的《四书通证》、袁俊翁的《四书疑节》、王
充耘的《四书经疑贯通》、詹道传的《四书纂笺》② 等，这些书籍都是
"科举之学"的产物。如《四库全书总目》对元人陈悦道《书义断法》
的评语：

> 　　书首冠以"科场备用"四字，盖亦当时坊本，为科举经义而设
> 者也。其书不全载经文，仅摘录其可以命题者载之，逐句诠解，各
> 标举作文之窾要，盖王充耘《书义矜式》，如今之墨程，而此书则
> 如今之讲章……书末原附《作文要诀》一卷，为新安倪士毅所辑，
> 分"冒题"、"原题"、"讲题"、"结题"四则。又"作文诀"数则，
> 尚具见当日程式。③

此书不但逐句诠释了科举经义，还备有"作文要诀"，足可作为科举士
人"临时抱佛脚"的备考工具书，再如元人朱祖义的《尚书句解》，"是
书专为启迪幼学而设，故多宗蔡义，不复考证旧文，于训诂名物之间，
亦罕所引据"。④ 为了应对考试，这类书籍把"奥义繁衍"的程朱理学简
单化、程式化、快餐化甚至庸俗化，成了当时士人获取功名的应急教材，
既没有对程朱理学在学理上进行有效的阐释，在学术上的也没有创见发
明。这类科举讲义的大量涌现，扼杀了真正有志于学术的士人的积极性，
由于其对理学解释随意，致使理学本意尽失，在人们心中虚伪不堪。

　　因此，"延祐科举"虽独尊程朱理学，但只能标志理学在形式上的
胜利。从表面上看，程朱理学定为一说，程朱著作在市面上和举子中广
为流传，结束了自北宋以来思想界经无定说、各言其是的混乱局面。但
从深层次的学理分析，理学只是暂时成为士子猎取功名、醉心场屋的动
力，并未取得实质性的进展，反而走向呆板僵化，庸俗衰竭。

---

① 陈栎：《上秦国公书》，《定宇集》卷十，文渊阁四库全书本。
② 《钦定四库全书总目》（整理本）卷三十六，中华书局，1997，第471页。
③ 《钦定四库全书总目》（整理本）卷十二，中华书局，1997，第152页。
④ 《钦定四库全书总目》（整理本）卷十二，中华书局，1997，第153页。

第二节 士人的"旁观者心态"

元代特殊的统治政策导致了士人出现集体性的"旁观者心态"。与此前相比，人数更加庞大，力度上更加强烈。"旁观者心态"是一种消极的心态。从本质上讲，"旁观"的主要依据是士人和政权的关系。但在具体表现形式上，又因人而异。

一 "旁观者心态"之内涵

士人"旁观者心态"形成原因有二：一是士人没有机会"被用"；二是"被用"却没有得到"重用"。前者是"在野之士"，当看不到希望后，彻底对政治失去了热情；后者是"在朝之士"，当待遇和理想过大，转而以麻木的态度对待政权。

"旁观者心态"贯穿元代士人始终。元中期的"延祐科举"选拔了一批汉族文人，在一定程度上稍微缓解了这个问题，但效果不大。之所以称为"旁观者心态"，其主要依据是士人与政权的关系。左东岭在概括这一心态的内涵时指出："旁观者心态是一种异己的心理状态而不是敌对的状态（当然在政治格局发生急剧变化时也可以转化为敌对的心态），它往往是文人们在失败失望而又无奈无助时所形成的一种人生存在方式与深度心理。此种心态虽不以激烈的方式作为其外在形态，却能以润物无声般地潜藏于意识的深层，从而左右着文人们的人生模式与兴趣爱好。"① 在中国古代，读书求仕乃士人立身之本，除了极少数因出身优越或实在不愿为官者外，大多数士人奉此为圭臬，当然这也是中国儒学教育的核心。所以我们可以看出中国古代士人群体有一个奇特的现象：一旦科举成功，把自己融入官场体制后，士人呈现的面貌往往雷同，其价值观念及生活方式整齐划一。一旦志不获伸，则面貌千奇百怪，或怨怼，或纵情，或隐忍，或偏执，反倒成就了出色的文学成就。元代士人恰恰就生活于这样一个无法实现自己理想抱负的时代。在前期与中期，他们

---

① 左东岭：《元明之际的种族观念与文人心态及相关的文学问题》，《文学评论》2008年第5期。

尚对政权抱有一定的希望，历经挫败后，基本丧失信心。可以说，元代士人"旁观者心态"的形成，既经历了一个时间过程，也经历了一个心理适应过程，从"想负责任"到"负不起责任"，最终到"不想负责任"。

由于元末明初诸侯割据的复杂性，元末士人的"旁观者心态"，还应作如是区分：是仅仅对元政府的"旁观"还是对整个政治参与的"旁观"？二者有一致性，但又有区别：前者针对的只是元政权，并不意味着对政治心灰意冷，一旦重遇明君圣主，便会再次出山；后者可以由前者引起，但政治参与热情彻底丧失。据此我们可以对元末士人的"旁观"，作以下细分。

（一）对元政权"旁观"，进而对整个政治"旁观"。代表人物为杨维桢。杨维桢（1296~1370），字廉夫，浙江山阴人。别号铁崖、铁雅、铁笛精、东维子、桃花梦叟、锦窝老人等。少年聪慧过人，曾于铁崖山上筑楼读书，足不下楼者凡五年。早年有着强烈的"用世之心"，泰定四年（1327）中进士，授天台尹，改钱清场盐司令，在任上计除黠吏，为民请命，颇有政绩，但因其"狷直忤物"，坐十年不调。后授江浙行省四务提举，转建德路推官。再迁江西等处儒学提举，恰逢兵乱，未赴任，避地富春山，徙钱塘。筑草玄阁、拄颊楼，放浪于三淞五泖间。时值张士诚叛，累招不就。又因忤达识帖木儿丞相，被迫徙居松江以避祸。明太祖朱元璋素闻其名，于洪武初召修礼乐书，凡两征之。不得已而安车诣京，居百余日，待礼乐书叙例略定，即乞归。抵家而卒，年七十五。

杨维桢的一生，大约可分两期。前期他深受儒家思想影响，希望借发奋读书进而报效元廷。为了实现抱负，甚至不惜使用一些小伎俩："士有学周孔之艺者，不幸不荐于有司，而其志不甘与齐氏共耕稼，则思自致于京师，不幸其艺又不偶，始不免资小道于王侯，以冀万一之遇者，十恒八九。若星风之占，支干之步，色鉴骨摩，以及瞽巫妖祝，驱丁没甲，丹沙黄白水火之术，凡可以射人隐，簧人惑，一诡所遇者，无不屑为焉。"① 哪怕因旁门左道之才而获重用，也应该尝试一番。然而杨维桢还是太天真，他似乎没意识到元廷官场根本接纳不了他这位圈外人

---

① 杨维桢：《送于师尹游京序》，《东维子文集》卷八，四部丛刊本。

（南人），无关才情，晚年意识到这个问题后，却走向了另一个极端，纵情风月，自娱自乐，频繁往来于苏州、松江、杭州、昆山等地：

> 戴华阳巾，被羽衣，泛画舫于龙潭凤洲中，横铁笛吹之，笛声穿云而上，望之者疑其为谪仙人。晚年益旷达，筑玄圃蓬台于松江之上，无日无宾，无宾不沉醉。当酒酣耳热，呼侍儿出歌《白雪》之辞，君自倚凤琶和之，座客或翩跹起舞，顾盼生姿，俨然有晋人高风。①

如果杨维桢无此转变，也难以成就其诗坛盟主地位，但是对元廷的心灰意冷最终导致他丧失政治参与热情，否则也不会出现后来他的拒张士诚召、拒朱元璋召等行为。再如王冕（1287~1359），早年也曾参加科举，但科举落第后，则对仕途彻底失去了兴趣。著作郎李孝光欲荐之为府吏，王冕骂曰："吾有田可耕，有书可读，肯朝夕抱案立庭下，备奴使哉？"②杨维桢和王冕，由对元政权的失望而引起了对政治的失望。可以说，他们的"旁观"，经历了一个艰辛的内心抉择与转变。

（二）始终对政治的"旁观"。代表人物有顾瑛、倪瓒。二人都被时人及后人视为"高士"，既是富商又是文士。顾瑛16岁开始经商，曾力辞会稽教谕一职，后经商有方，修建玉山草堂以会文士，可以说，他压根就不愿意走传统文人"学而优则仕"的老路。倪瓒更是以"桃园高人"、"梅妻鹤子"形象自任。顾、倪的"旁观"不是因为对元政权的失望，而是根本不愿受羁于政治的约束。敛言遁迹的生活，无论其后伴随着多大的政治利益，对于放达的顾瑛和狂狷的倪瓒而言，都无甚诱惑。

（三）对元政府"失望"而"旁观"，但并不放弃政治追求。代表人物有刘基、宋濂。二人都曾对元政府抱有幻想，而元廷的腐败击碎了其政治幻想，于是二人改弦易辙，另投新主。不同的是，刘基是元代的进士，曾一度在元廷为官，他是以元廷旧臣的身份加盟朱元璋集团。而宋濂在元代经过两次科举打击后一度隐居。这也导致二人后来对待元廷的

---

① 宋濂：《元故奉训大夫江西等处儒学提举杨君墓志铭》，《宋濂全集》，第679页。
② 宋濂：《王冕传》，《宋濂全集》，第1474页。

态度不同：刘基尚有"遗民"情结，而宋濂则丝毫没有这种感觉。

刘基23岁中进士，三年后授江西高安县丞。任职期间，以清正廉洁著称，得罪豪强权贵，改任江西行省掾，又因秉公执政得罪权贵，辞职寓居杭州。至正十二年（1352）又一次接受江浙行省征聘，起为浙东元帅府都事。其时方国珍起兵浙东，刘基认为应该坚决镇压，而其他高级官员因接受了方氏的贿赂，主张招安，所以刘基受到多方排挤。至正十六年（1356），刘基再次被任命为江浙行省都事，与行枢密院判官石抹宜孙共守处州。在和石抹宜孙共处的两年间，他自募义军，积极镇压农民起义。至正十九年（1359），因执政者祖护方国珍集团，故意压制刘基，将其降回原级，且夺取兵权，仅由儒学副提举格授处州路总管府判官。刘基对元廷彻底失望，愤而辞职，归隐青田。此后不久，他写了著名的《郁离子》。

后一年，刘基应朱元璋聘，至南京，"陈时务十八策。太祖大喜，筑礼贤馆以处基等，宠礼甚至"。[①] 从此，刘基成了朱元璋麾下的股肱之臣："帝察其至诚，任以心膂。每召基，辄屏人密语移时。基亦自谓不世遇，知无不言。遇急难，勇气奋发，计画立定，人莫能测。暇则敷陈王道，帝每恭己以听，常呼为老先生而不名，曰：'吾子房也。'"[②] 朱元璋对待刘基的态度，和刘基在元代的仕途乖蹇形成了鲜明的对比。如王祎、刘桢、宋讷等，早年都热衷于仕进，却在元代备受轻视，自觉报国无门，于是纷纷加入到其他割据政权。宋濂虽然在仕途上没有这种强烈的对比感，但其加入朱元璋政权也是因为看透了元廷，只是在元廷的官僚体系中，他没有刘基等人走得远。

在元末割据时代，对于刘基、宋濂这种因对元廷失望而改易其主的选择，是士人的普遍现象。吴中文人中也多有此例，北郭诗人尤为典型。他们大多都没有在元廷出仕的经历，但张士诚入吴后，他们纷纷加盟。可以说，他们也曾对张士诚抱有幻想，只是一方面他们自己没有受到重用，一方面张士诚后期越发无能。和早年的杨维桢相比，他们的功名心较弱；和宋濂、刘基等相比，他们又未能实现自己的人生理想。因此，

---

① 张廷玉等撰《明史》，中华书局，1974，第3778页。
② 张廷玉等撰《明史》，中华书局，1974，第3782页。

他们的"旁观者心态"更加隐晦，这在后文中还要论及。

二　"旁观者心态"之表现

"旁观者心态"作为描述士人对政治的态度，究其本质是一种消极隐晦的心态。这种政治态度还深刻影响着他们其他的价值观念与生活态度。具体到元末文人身上，"旁观者心态"主要分为三种表现情态。

（一）政治参与热情和政治责任感淡漠。这集中体现于元末隐逸群体的空前膨胀，又分两种情况。一是未能出仕，但感觉时不可为，高蹈以全其志，如陶宗仪。二是因仕途险恶，转而选择归隐。如庐陵张昱，"仕元至江浙行省员外郎。尝赞忠谟于戎幕，元末政坏，遂弃官不仕"①，"时人咸谓其迂阔于事情，以故发谋出意，卒不与俗合，而后来言与事之验者十八九。居士叹曰：'世方混浊，断断乎不可以有为也已。'于是婆娑夷犹，放情逸乐，芒鞋藜杖，葛巾野服，或浩歌长啸，或酒酣谑笑，无世累，惟适之从。人有问之事者，但一笑而已"。②再如崇德鲍恂、广陵苏大年，都和张昱一样，有着先出仕、后归隐的经历。更有甚者，退却仕途，转而托迹于僧道之中，佯狂遁世。如温州陈麟（1312~1368），至正十四年（1354）中进士，后授浙东副元帅，领慈溪县事。据戴良为其所作墓志铭载，方国珍降元为左丞，陈麟"单骑往谒，方忌君，留之不遣。或说君潜归为自守计，君不忍危其民，即尽散其兵为农。方以君既势失，陈兵胁之。君正色曰：'吾先朝廷，不可以两虎斗，故只身以至，杀我非男也。'方愧悟谢过，然卒置君海山之岱山……君之岱山，即着道士衣冠，而舍其宫"。③对这种改头换面的行为，戴良不加批判，反而激赏："君独善处权奸，免祸乱世，生有荣名，死有遗爱，庶几哉古循吏之遗风矣。"再如余姚王嘉闾（生卒年不详），至正二十三年（1363）授广东道宣慰副使金都元帅，"然度时不可为，年未六十即黄冠野服，逍遥物外"。④西域马文郁，尝为南台御史，后出为黄冠，变名云

---

① 杨士奇：《张光弼诗序》，张昱《张光弼诗集》卷首，四部丛刊本。
② 刘仁本：《一笑居士传》，《羽庭集》卷六，文渊阁四库全书本。
③ 戴良：《元中顺大夫秘书监陈君墓志铭》，《九灵山房集》卷二三，四部丛刊本。
④ 戴良：《竹梅翁传》，《九灵山房集》卷二七，四部丛刊本。

林子，为尘外之游。① 大量文人或仕进无望而心怀"旁观者心态"，或因仕途险恶而逃避，一时隐逸之风大盛，所谓"处处言离乱，纷纷觅隐居。山林增气象，城郭转空虚"。②

（二）政治与道德的分离。唐宋以来，中国的理学体系得以建构。尽管其中又有不同的思想派别，但都将士人的道德与国家的治平连接在一起。换言之，从格物、致知、正心、诚意到修身、齐家、治国、平天下，乃一以贯之的过程。前者是起点与方法，后者是归宿与目的。但元中断了这个传统，所以在元代士人心中，道德修持并不一定是为了政治参与，守道也不一定有明显的政治目的。当然也有杨维桢这种连"修身"、"守道"都放弃的士人，但仍有相当一批士人愿意坚守道德的底线。只是，他们的"守道"只为道德反省，塑造理想人格。如杨维桢的《东维子文集》，其中卷十三至卷二十二都是为朋友所作的"记"，以"斋记"为多。从这些斋号中可见大量的士人以读书修道为尚：内观斋、守约斋、约礼斋、素行斋、好古斋、尚志斋、改过斋、正心斋、来德堂、修齐堂、安雅堂、凝碧轩、凝香阁，等等。③ 再如宋濂，元末入龙门山为道士，后著《龙门山凝道记》，着力于修炼品德，以致成道。尽管宋濂走的是道家一路，但和理学之修为有诸多相似之处。高启塑造的"懒渔"④ 形象也是如此，面对众人诘问，"懒渔"辩称以《诗》《书》为渔之具，以群圣之学为渔之地，而义理之潜、道德之腴，则为渔之所得。高启认为此公所为才是"大人之事"。孔齐则将先父所赠之铭书于镜背、几杖、铭匣，"宁人负我，毋我负人。宁存书种，无苟富贵"。⑤ 读书并不是为了富贵，这才是他们普遍奉行的"修道"观。而入明后，许多士人又走向另一个极端，只"参与"，弃"修道"。方孝孺对此躁进之风批评道："今之人不如古，岂惟资于天者不足哉？亦急于用而无凝道之功耳。"⑥ 元末明初这些怪相，都违背了理学的基本要求。

（三）闲散的生活态度和放纵的个性追求。在尚武的时代，大量的

---

① 王逢：《白云一坞辞》，《梧溪集》卷四，文渊阁四库全书本。
② 王冕：《漫兴》其七，《竹斋集》卷中，文渊阁四库全书本。
③ 杨维桢：《东维子文集》卷十三至卷二十二，四部丛刊本。
④ 高启：《澄江懒渔说》，《高青丘集》，第949页。
⑤ 孔齐：《十六字铭》，《至正直记》卷二，中华书局，1991，第52页。
⑥ 方孝孺：《藏用斋记》，《逊志斋集》卷十六，四部丛刊本。

儒者非但缺少发挥才学的机会，反倒被嘲讽为“迂”、“拙”。对此，余阙深有体会："自至元初奸回执政，乃大恶儒者，因说当国者罢科举、摈儒士。其后公卿相师，皆以为常然，而小夫贱隶亦皆以儒为嗤诋。当是时，士大夫有欲进取立功名者，皆强颜色，昏旦往候于门，媚说以妾婢，始得尺寸。此正迂者之所不能为也。"[①] 如果说前中期的儒者对“迂”、“拙”之称尚存愤懑之情，那么，后来者便以“迂”、“拙”自许了。如蓝仁在《拙者自号》中说：

> 吾生何为者，老以拙自名。眼拙摇空花，耳拙起虚鸣。手拙持战栗，足拙方欹倾。寸心更苦拙，百事无一成。语言拙少味，交游拙寡情。学拙志虑耗，道拙忧患并。行当死于拙，掩骨依先茔。傍人笑我拙，我拙亦有程……宁甘抱拙枯，不作背拙荣。传拙与子孙，用拙尽平生。[②]

蓝仁不但不感觉耻辱，反倒津津于以“拙”自许，并希望能“传拙与子孙”。如果说儒者以“拙”、“迂”自任尚带有“守道”的自律，那么文士则选择了放纵的生活态度与追求，尤以吴中文人为甚。而这种追求又以雅集结社的形式出现，如“玉山雅集”。再如维扬地区，贝琼说："维扬，东南一都会，四方之所走集，百货之所填委。民生其间，不务稼穑。虽鬒龀之童，耳乱郑卫而目蒿妖冶，长则走狗飞隼，击丸蹴鞠，穷日夜为乐。盖其风声气习之使然，而诗书礼乐之教有不能入者。"[③] 在这种崇尚享乐的风气下，大量诗酒文会的产生就不足为奇了。后来高启总结道："天下无事时，士有豪迈奇崛之才而无所用，往往放于山林草泽之间，与田夫野老沉酣歌呼，以自快其意，莫有闻于世也。"[④] 在这种情况下，我们也就不难理解元末东南地区的士人，在“旁观者心态”下所呈现出的千姿百态的特点。

---

① 余阙：《贡泰父文集序》，《青阳先生文集》卷四，四部丛刊本。
② 蓝仁：《拙者自号》，《蓝山集》卷一，文渊阁四库全书本。
③ 贝琼：《宋王至善序》，《清江贝先生集》卷八，四部丛刊本。
④ 高启：《娄江吟稿序》，《高青丘集》，第892页。

第三节　元末文坛风尚之走势

随着"延祐科举"的推行，元中期馆阁文人和政权有了短暂的合作，"旁观者心态"也得到一定程度的缓和，文坛形成了"宗唐复古"、尚"雅正"的风气，出现了代表元中期文学式样的馆阁文学。但这种合作随着时局的颓败很快被打破。到了元末，士人"旁观者心态"强势迸发，强调抒发个性、表现真性情的文艺思潮崛起于东南，"铁崖体"的出现便是其产物。此外，元中期文论中的以"气运"论文也渐渐形成了以气节、气质论文的变化。

一　元中期"雅正"之风的形成

元初文坛主要分为两个群体，北方作家群和南方作家群。北方作家群主要包括由金入元的作家，南方作家群主要包括由宋入元的作家。北方文人主张学习《诗经》以来的风雅传统，强调文学的美刺功能，反对切躁空虚之风，缺陷是艺术上的"质胜于文"。南方文人强调抒情写意，诗风清丽委婉，缺陷是思想上的"文过其意"。元世祖统一全国后，南北文风得以融合。但由于科举的长期废置，全国的思想界和文化界尚难达成一种共识。在缺少一种可资凭借的共同尺度下，南北文风还没有得到真正的统一，虽然出现诸如郝经、刘因、戴表元、方回、赵孟頫等一批优秀的作家，但是还不足以撑起元代独具品格的"一代文学"。顾嗣立在《寒厅诗话》中说：

> 元诗承宋金之季，西北倡自元遗山，而郝陵川、刘静修之徒继之，至中统、至元而大盛。然粗豪之习，时所不免。东南倡自赵松雪，而袁清容、邓善之、贡云林辈从而和之，时际承平，尽洗宋金余习，而诗学为之一变。延祐、天历年间，风气日开，赫然鸣其治平者，有虞、杨、范、揭，一以唐为宗，而趋于雅，推一代之极盛，时又称虞、揭、马、宋。①

---

① 顾嗣立：《寒厅诗话》，郭绍虞选编《清诗话续编》，上海古籍出版社，1983，第83页。

顾嗣立指出元诗发展经历了三次变化，其中第二次发生在延祐、天历间，且认为是"鸣其治平者"、"一代之极盛"，这种判断基本上是符合实际的。究其原因，应归功于仁宗二年的"延祐科举"。此年，北方作家马祖常、许有壬，南方作家黄溍、杨载、欧阳玄等人同时登科，标志着元代自身培养的文人走向文坛，以"元四家"为代表的一代文风渐渐形成，元代文学发展步入一个新的阶段。

这一时期文坛最大特点就是"宗唐复古"。"宗唐复古"的形成并非偶然，而是在批判金、南宋诗弊，继承融合不同"宗唐"观点的大环境中形成并发展的。元早期北方文坛直承金代文坛，而金代文坛早期学习苏、黄，但周昂、王若虚、赵秉文在对宋诗批判的同时，积极主张"宗唐"，且提出了相应的理论，"宗唐"的声势逐渐扩大。在此基础之上，金代著名诗人、诗论家元好问提出了更为系统、更为全面的"宗唐复古"理论，并据此创作。在元好问的倡导下，"宗唐复古"的呼声空前高涨，"唐音"以绝对优势盖过了以苏、黄为代表的"宋调"。元氏的许多主张集中体现了他对壮美、雄浑、自然的汉、魏、晋、唐诗风的崇拜，以及对奇巧、险怪诗风的不满。元代南方的"宗唐"主要受严羽的影响，在严羽之前或同时还有很多有卓识远见的诗学家主张学习唐诗浑成的气象，如舒岳祥、方凤等，但未能产生较大影响。直到严羽《沧浪诗话》系统地提出其宗唐理论后，诗坛才正式拉开了"宗唐"的帷幕。元好问、严羽二人几乎同时崛起于诗坛，他们反对以黄庭坚为代表的江西诗风和四灵、江湖的晚唐习气，倡导汉、魏、晋、唐诗风格。尽管二人的"宗唐复古"代表了不同地域文化背景下的取向，有一定的差异，但都对元诗"宗唐得古"的形成有导夫先路的作用。入元以后，经过北方的王恽、刘因，南方的戴表元、仇远等人的积极推动，至延祐年间，"宗唐复古"已经占据主导，加之"延祐科举"使欧阳玄、杨载等人登上文坛领导地位，他们借助官方力量传播其影响力，于是"宗唐复古"成文坛一时之主导。

此一时期之"宗唐"，是以盛唐为法。在中国文学史上，文坛之复古与政坛之改革往往互为表里。文坛之复古能给政坛之改革以思想宣传、导夫先路，政坛之变革又能推进文学之复古的深入推进，尤以唐代古文运动为典型。元至中期，疆域空前，政治较为稳定，经济贸易空前发展，加之恢复科举，文人身处其间，自然难免时代自豪感，汉族文人也不例外。其"宗唐"根源于对盛唐政治的向往。在这种主旋律的文坛风尚下，元诗形成了雍容雅正、平易正大、平和冲融的特点，如欧阳玄言："我元延祐以来，弥文日盛，京师诸名公咸宗魏、晋、唐，一去金宋季世之弊而趋于雅正，诗丕变而近于古。"① 这种短暂的盛大之风的形成，直到元末仍为文人津津乐道，如戴良说：

> 若范公德机、虞公伯生、揭公曼硕、杨公仲宏以及马公伯庸、萨公天锡、余公廷心，皆其卓卓然者也。至于岩穴之隐人，江湖之羁客，殆又不可以数计。盖方是时，祖宗以深仁厚德涵养天下，垂五六十年之久。而戴白之老，垂髫之童，相与欢呼鼓舞于闾巷间，熙熙然有非汉、唐、宋之所可及。故一时作者，悉皆餐淳茹和，以鸣太平之盛治。其格调固拟诸汉唐，理趣固资诸宋氏。至于陈政之大，施教之远，则能优入乎周德之未衰，盖至是而本朝之盛极矣。继此而后，以诗名世者犹累累焉。②

戴良甚至认为，以"元四家"为首的中期文坛，足堪历史之最，"熙熙然有非汉、唐、宋之所可及"，而且兼具汉唐之格调、两宋之理趣。当然他也指出了此一时期文坛的核心价值导向"悉皆餐淳茹和，以鸣太平之盛治"，即儒家传统的"雅正"的文学观。我们不妨以虞集为例加以说明。

在审美效应上，儒家"雅正"之传统首先要求诗歌呈现出雍容典雅、温厚平和的风格。如虞集说："某尝以为，世道有升降，风气有盛衰，而文采随之。其辞平和而意深长者，大抵皆盛世之音也。"③ "盛世之文"的整体风貌应是"辞平和而意深长"，而非奇崛险怪、诡谲肆意之辞。对于这种看法，在不同的场合他又有不同的表达，如他评论程钜夫的文章："公之在朝，以平易正大振文风、作士气，变险怪为青天白日

---

① 欧阳玄：《罗舜美诗序》，《圭斋文集》卷八，四部丛刊本。
② 戴良：《皇元风雅序》，《九灵山房集》卷二十九，四部丛刊本。
③ 虞集：《李仲渊诗稿序》，《道园学古录》卷六，四部丛刊本。

之舒徐，易腐烂为名山大川之浩荡。今代古文之盛，实自公倡之。"① 他还赞扬焦养直的文章能做到"笃实以见德"、"平易以尽其情"，尤其能"陶冶和气"："公之为文，有优游宽厚之风，无忧患愤怨之思。笃实以见其德，不以矜扬为华；平易以尽其情，不以险绝为异。激昂清风，陶冶和气，蔼然仁义之言，所以成一时之盛者也。"② 和"雅正"紧密联系的另一个标准是"和"，即"中和"、"中庸"、"不偏不倚"、"中正和谐"。发而为文，就要求诗法上的温柔敦厚、含蓄蕴藉与审美上的和气蔼然、平易冲淡。对此，虞集以"水"为喻，表达了对此一标准的追求："今夫水，滔滔汨汨，一日千里，趋下而不争，淳而为渊，注而为海，何意于冲突？一旦有风鼓之，则横奔怒激，拂性而害物，则亦何取乎水也？必也至平之水，而遇夫方动之风，其感也微，其应也溥，涣乎至文生焉，非至和乎？譬如人心，拂婴于物，则不能和，流而忘返，又和之过，皆非其至也。"③ 在虞集看来，人不能处于顺境则流连光景而不知返，处于逆境则随意嗟痛号呼，真正能写作高质量文章的人，内心应该像水面一样，这样才能以不变应万变。

从文艺更深层次的意义而言，"雅正"也是对创作主体的一种素养要求，这种传统在中国传统诗论中渊源已久。在儒家看来，不平则鸣的屈原、发愤著书的司马迁、欧阳修"穷而后工"之论终非儒家"诗教"之理想状态。元王朝统一江南后，遗老遗少情怀在江南士人心中广泛存在，在诗歌中表现为强烈的怨怼之情，如何以开阔雄浑、雍熙平易的盛元气象矫正南宋末期以来的文风，这是以虞集为首的中期馆阁文臣共同面对的问题。他批评"近世诗人，深于怨者多工，长于情者多美；善感慨者，不能知其所归，极放浪者，不能有所反，是皆非得性情之正"。④ 他对任情而发的诗风深为忧虑："若夫因其哀怒淫放之情，以为急厉缓靡之节，极其所纵，而莫能自返，风俗之变，而运气随之，所系至重也。凡不中律度，而远于中和，君子盖深忧之。"⑤ 如何解决此问题，虞集与

① 虞集：《跋程文宪公遗墨诗集》，《道园学古录》卷四十，四部丛刊本。
② 虞集：《焦文靖公彝斋存稿序》，《道园类稿》卷八十，文渊阁四库全书本。
③ 虞集：《天心水面亭记》，《道园学古录》卷二十二，四部丛刊本。
④ 虞集：《胡诗远诗集序》，《道园学古录》卷三十四，四部丛刊本。
⑤ 虞集：《琅然亭记》，《道园学古录》卷八，四部丛刊本。

其他馆阁文臣的看法相近，以为致此弊端之根本在于"说理者鄙薄文辞之丧志，而经学、文艺判为专门。士风颓弊于科举之业"，以至于创作者往往"无所明于理，蹇涩则无所昌其辞。徇流俗者，不知去其陈腐；强自高者，惟旁窃于异端"。所以，虞集等人"去宋化"的基本思路是合经学与文学为一，借经学精神提升文学精神，使元诗走向舒展、坦易、平和，形成能与时代匹配的雍容大气风范。在虞集看来，"文者无得于经，无考于礼，而足以成一代之文，未之有也"。只有以儒学经义为作文基础，才能成就古之作者所谓立德立言之本义。他曾称赞朱子"性情之正，冲和之至，发诸咏歌，自非众人之所能"。① 从诗歌缘情体物之本质而言，朱子诗并未到达较高的审美情态。然朱子诗能发性情之正，关乎"治化"，兼具冲和晓畅之美，这才是虞集最为看重的。虞集严厉批评了肆情之文："世俗之弊，乐放肆而忽检束之常，狃见闻而失性情之正，迂鄙其行事，而莫肯从；繁厌其绪言，而不知讲，于是纲沦而法致。所由来之渐，吁可畏哉。"②

　　这样，虞集就把经学、文学联系在一起，构成其文学复古理论，当然这也是元中期馆阁文人普遍持有的看法。诚如《元史》不设文苑传而列儒林传，元代文艺观总体上是经学与文学合为一体，所谓"前代史传，皆以儒学之士，分而为二，以经艺颛门者为儒林，以文章名家者为文苑。然儒之为学一也，《六经》者斯道之所在，而文则所以载夫道者也。故经非文则无以发明其旨趣；而文不本于六艺，又乌足谓之文哉。由是而言，经艺文章，不可分而为二也明矣"。《元史》撰修者认为"元兴百年，上自朝廷内外名宦之臣，下及山林布衣之士"，唯"通经能文"③ 方能显著于世，他们既非纯经学之士，也非纯文艺之人。在虞集看来，要实现这一文学理想，途径有二。一是涵养道德。"古者学文，贵乎端本。涵养未至，出虑多生于血气之私；辩问弗精，立论或违乎礼律之当，必两者之无欠，乃沛然而有余。"④ 所谓"端本"，就是端正内心，"思无邪"，按照理学家的修身标准来规范自我的"视听言动"。二是增进学

---

① 虞集：《秋堂》，《道园学古录》卷二十七，四部丛刊本。
② 虞集：《送熊太古诗序》，《道园学古录》卷五，四部丛刊本。
③ 宋濂等撰《元史》，中华书局，1976，第4313页。
④ 虞集：《答熊万初论文启》，《道园类稿》卷二十一，文渊阁四库全书本。

问。"不本于学问以为言，则无补于治化之实；不察乎感发之私意，则有乖乎性情之正。"① 在虞集看来，君子有渊深的道德学问为基础，能深切体验到万事万物中所存的诗意，然后发言作诗，才能做到"光著深远"；而小人被外事外物所迷惑，"风行草偃，变化融液"，不能真正以内心之澄明见万物之诗意，自然就无诗了。虞集认为"王者之迹熄而诗亡，诗亡然后春秋作"，当世道变乱，事态叵测，人于变乱之迹中恍然失去体物之心，情思淫佚、蔓衍攀附，就只能作褒贬批判之语，再不能为丰沛透明之诗了。②

虞集复古创作理论的习得在于以经为本，涵容经史，使性情一趋于正。虞集出生经史世家，又早从吴澄受教，年轻居大都时又接触南北而来的各路大家如姚燧、赵孟頫、袁桷等，因此他的复古理论既是时代风气激荡的结果，也是个人修养所致。据此虞集也写下了不少此类诗歌：

> 松阴鹤立候宫车，风送飞花著白须。水影渐移帘侧畔，莺声只在殿东隅。近床拟进名臣操，载笔亲题列女图。太液雨余波浪动，龙舟初试散鱼凫。③
> 苕峣宫殿水西头，春日时闻翠辇游。雾引旌幢连阁道，风传钟鼓出城楼。群臣颂德金为刻，万岁称觞玉作流。避暑醴泉凉气早，旋京应喜大田秋。④

两诗都是馆阁诗体。无论是形式还是内容，都符合"雍容典雅"、"中和温厚"的特点，也体现了虞集的"得性情之正"。但二诗都缺少思想深度，显得空洞无物、平庸无力。虞集自比"汉廷老吏"，学唐直追杜甫，但其诗无论深度还是广度都远逊于杜诗。其"性情之正"片面继承了儒家"温柔敦厚"之法，而缺少讽谕时事、关心民瘼之实。这样的作品只会因为缺少刚健有力的"风骨"而流于情感晦涩，思想苍白，也缺少由"风骨"而产生的"兴象"、"气韵"、"格调"等审美情态。所以，

---

① 虞集：《杨随斋诗集序》，《道园类稿》卷十八，文渊阁四库全书本。
② 《国朝风雅序》，王颋点校《虞集全集》，天津古籍出版社，2007，第488~489页。
③ 虞集：《二十五日即事呈阁老诸学士》，《道园学古录》卷三，四部丛刊本。
④ 虞集：《和马侍御西山口占》，《道园学古录》卷三，四部丛刊本。

胡应麟评其诗曰:"虞奎章在元中叶,一代斗山。所传《道园集》,浑厚典重,足扫晚宋尖新之习。第其才力不能远过诸人,故制作规模,边幅窘迫,宏逸深沉之轨,殊自杳然。"①胡应麟认为虞集诗成就不高的原因在于,"才力不能远过诸人"。虞集诗歌的弱点是否因为才力不济,尚有待商榷,但如果考虑到虞集的生存境遇及当时心态,虞集此类诗的弱点自有其深层原因。

虞集的政治生涯主要集中在以重视儒学著称的仁宗、文宗时代。虞集于大德初年入仕,至文宗时达到政治生涯的巅峰。以际遇论,虞集较此后的杨维桢稍显幸运,然而在汉人普遍受排斥的大环境中,虞集也是悲哀的。至顺二年(1331),虞集专领的《经世大典》即将修撰完毕,当他提出自己建议时,却遭遇极大的排斥,《元史》本传载:

> 以累朝故事有未备者,请以翰林国史院修祖宗实录时百司所具事迹参订。翰林院臣言于帝曰:"实录,法不得传于外,则事迹亦不当示人。"又请以国书《脱卜赤颜》增修太祖以来事迹,承旨塔失海牙言:"《脱卜赤颜》非可令外人传者。"遂皆已。②

虞集官居二品,以极大的热情投身于朝廷的文治建设。可在押不花等人看来,他始终还是"外人",而这种认识居然得到了皇帝的默许。无论虞集多么努力,始终没法融入蒙元上层集团的圈子。在一个有着极强君父传统的汉儒看来,这让虞集感觉到一厢情愿的可悲,自尊受挫。虞集也认识到了这种尴尬,在奎章阁任事时,"辨色入直,日未三刻始退就舍"③、"每承诏有所述作,必以帝王之道、治忽之故,从容讽切,冀有感悟。承顾问及古今政治得失,尤委曲尽言,或随事规谏,出不语人,谏或不入,归家悒悒不乐。家人见其然,不敢问其故也"④。满腔怀抱服务于朝廷,却遭到各种猜忌歧视,虞集在大量的诗歌中表达了自己的失望和痛苦。《腊日偶题》是虞集的七绝名篇,其二曰:"旧时燕子尾毵

---

① 胡应麟:《诗薮》外编卷六,上海古籍出版社,1979,第241页。
② 宋濂等撰《元史》,中华书局,1976,第4179页。
③ 欧阳玄:《送虞德修序》,《圭斋文集》卷八,四部丛刊本。
④ 宋濂等撰《元史》,中华书局,1976,第4179页。

觥，重觅新巢冷未堪。为报道人归去也，杏花春雨在江南。"① 虞集之所
以用如此口吻描述对家乡的眷恋，因为"江南"不但是他的生身故乡，
更是其在京为官遭受打击后，慰藉心灵的精神故乡。其词《风入松》和
此诗的寓意如出一辙："画堂红袖倚清酣，叶花不胜簪。几回晚直金銮
殿，东风软花里停骖。书诏许传宫烛，香罗初剪朝衫。　　御沟冰泮水
挼蓝，飞燕又呢喃。重重帘幕寒犹在，凭谁寄，金字泥缄。为报先生归
也，杏花春雨江南。"② 虞集给柯九思写的这首词是有着非常严峻的政治
背景。由于柯九思以南人、平民、白身的身份在元文宗组建奎章阁学士
院过程中发挥了重要影响，文宗对他恩宠异常，这引起了朝中权臣燕铁
木儿等人的猜忌。1331 年，燕铁木儿攻击柯九思"性非纯良，行极矫
谲，挟其末技，趋附权门"③，要求文宗罢黜柯九思。此前柯九思曾因朝
臣忌妒而深感不安，曾多次请求补外，文宗不肯，此次，文宗终于顶不
住燕铁木儿等人的压力，在 1332 年初让柯九思先回江南。虞集给柯九思
的词应写于柯九思回乡不久，所以整首词以春天为背景。与柯九思相比，
虞集其实承受了相似甚至更多的压力与猜忌。"杏花"、"春雨"、"江南"
等意象反复出现在虞集的作品中，可见其在朝为官期间，因备受蒙古权
贵排挤形成的孤独和无助。这种孤独和无助达到了顶点，甚至使虞集有
了宗国之思、遗民情结，如他作于延祐六年的作品："我因国破家何在，
君为唇亡齿亦寒。南渡岂殊唐社稷，中原不改汉衣冠。温温雨气吞残壁，
泯泯江湖击坏栏。万里不归天浩荡，沧波随意把钓竿。"④ 此诗无题，但
前有小序："从兄德观父与集同出荣州府君，宋亡，隐居不仕而殁。集来
吴门省墓，从外亲临邛韩氏得兄遗迹，有云：'我因国破家何在，君为唇
亡齿亦寒。'不知为谁作也。抚诵不觉流涕，因足成一章，并发其幽潜之
意云。"诗中所表现的是强烈的麦秀黍离之感。他甚至还缅怀抗元英雄文
天祥："徒把金戈挽落晖，南冠无奈北风吹。子房本为韩仇出，诸葛安知
汉祚移。云暗鼎湖龙去远，月明华表鹤归迟。何须更上新亭望，大不如前

---

① 虞集：《腊日偶题》，《道园学古录》卷四，四部丛刊本。
② 虞集：《风入松》，《道园学古录》卷四，四部丛刊本。
③ 宋濂等撰《元史》，中华书局，1976，第 791 页。
④ 虞集：《无题诗》，《道园学古录》卷三，四部丛刊本。

洒泪时。"① 此诗寄托了对文天祥的怀念。陶宗仪说,读此诗"不泣者几希"。② 元灭南宋时,虞集年仅八岁,出仕元朝,按说不存在名节问题。之所以会产生家国沦丧之思,根本在于深受儒家思想影响的虞集自幼即信奉忠君观念。然而蒙元的官场生态对汉儒而言,"夷夏大防"永远重于"君臣大义","江上信美非吾土,漂泊栖迟近百年"。③ 这种诗句出自二品大员之手,足见鼎盛之际的元廷和汉族士人的疏离!

虽然官阶不同,以虞集为代表的元中期馆阁文人,始终被排斥在蒙元核心圈子之外。这种心理状态,在矛盾未激发之际尚能相安无事,一旦被激化(如押不花对虞集),他们便会对元廷若即若离,冷眼旁观。所以,尽管他们在文章观上追求"以性理之学,施于台阁之文"、"经学与文学合一",在诗学观上崇尚"宗唐"、"雅正",但他们不可能具备唐人傲视王侯的自信、建功立业的期待、歌颂祖国大好河山的热情以及青春梦想破灭的情感激荡;亦不能体会宋儒"为天地立心,为生民立命,为往圣继绝学,为万世开太平"的担当与自信。所以他们难以写出"唐宋八大家"和雅从容的散文,也做不出杜甫那沉郁顿挫、神俊气高的诗歌。元人的这种追求,本是要拯救南宋文弊,以期复兴文学,但最终都因不具备盛世文人的心境和心态导致文学精神缺失,甚至使文学失去个性和灵性。时人刘诜就在《与揭曼硕学士》中对此表示不满,说他们"其于文则欲气平辞缓,以比韩、欧。不知韩、欧有长江大河之壮,而观者特见其安流;有高山乔岳之重,而观者不觉其耸拔。何尝以委怯为和平,迂挠为春容,束缩无生意,短涩无议论为收敛哉!"④ 诗歌同样因思想匮乏,情感苍白而遭到后人诟病,如胡应麟说:"元人调颇纯,而材具局促"⑤;翁方纲说:"元人不拘何题,不拘何人,千篇一律,千手一律。"⑥ 这些批评虽然未必中肯,但也未必无据。所以,就诗

---

① 虞集:《挽文山丞相》,《道园遗稿》卷三,文渊阁四库全书本。
② 陶宗仪:《南村辍耕录》卷四"挽文山丞相诗",《宋元笔记小说大观》(六),上海古籍出版社,2007,第6184页。
③ 虞集:《至正改元辛巳寒食日示弟及诸子侄》其二,《道园学古录》卷三十,四部丛刊本。
④ 刘诜:《与揭曼硕学士》,《桂隐文集》卷三,四部丛刊本。
⑤ 胡应麟:《诗薮》外编卷六,上海古籍出版社,1979,第241页。
⑥ 翁方纲:《石洲诗话》卷四,郭绍虞选编《清诗话续编》,上海古籍出版社,1983,第1458页。

歌的艺术价值而言，认为延祐时期诗歌是元诗最高成就的代表，是值得商榷的，而把其作为元诗发展史上的一个过渡，则是合理的。

二　元末文坛"主情论"之新变

元中期诗坛"宗唐"、"雅正"的诗坛气象，是建立在少数汉族文人与政权取得短暂合作的基础上的，元诗的发展由此进入了"鸣太平之盛"的润色鸿业时期。泰定、天历以后，"四大家"年事已高，或已离世，随着元官僚体制的日趋腐败，科举的名存实亡，广大的汉族士人对元廷越发丧失信心，尤以东南文人为甚。在价值观上，他们逐渐淡化功名，推崇个性、以风雅相尚；在生活方式上，他们或追求极度世俗化的生活，雅集结社、诗酒风流，或闭门守道、不问世事；在诗学观上，他们不满中期馆阁文人的诗教规范，崇尚自然，表现性情。此一风气下，中期文坛"雅正"之风迅速被打破。清人顾嗣立说："延祐、天历间，文章鼎盛，希踪大家，则虞、杨、范、揭为之最。至正改元，人材倍出，标新领异，则廉夫为之雄，而元诗之变极矣。"① 顾氏准确地把握了元中后期诗歌的演变轨迹。在"元诗之变极"的过程，杨维桢确实厥功甚伟，他不但提出"情性说"，而且广接人物，其本人则被"南北词人推为一代诗宗"②，在其身边形成了一个庞大的文学圈——"铁崖诗派"：

> 我朝习古诗如虞、范、马、揭、宋、泰、吴、黄而下，合数十家，诸体兼备，独于古乐府犹缺。泰定、天历来，予与睦州夏溥、金华陈樵、永嘉李孝光、方外张天雨为古乐府，史官黄溍、陈绎曾遂选于禁林，以为有古情性，梓行于南北，以补本朝诗人之缺。一时学者过为推，名余以铁崖宗派。派之有其人曰昆山顾瑛、郭翼、吴兴郯韶、钱塘张映、嘉禾叶广居，桐庐章木、余姚宋禧、天台陈基，继起者曰会稽张宪也。③

可见，泰定、天历以后，杨维桢开始推行其诗学主张，且应者甚众。据

---

① "杨维桢小传"，顾嗣立编《元诗选》初集下，中华书局，1987，第1975页。
② 章琬：《铁雅先生复古诗集序》，杨维桢《铁崖古乐府》卷首，四部丛刊本。
③ 杨维桢：《玉笥集序》，《东维子文集》卷七，文渊阁四库全书本。

吴复《辑录铁崖先生古乐府诗》载，杨维桢早年曾作千余首咏史诗，晚年"呼童焚之，不遗一篇"。另据《两浙作者序》载杨维桢言："曩余在京师时，与同年黄子肃、俞原明、张志道论闽浙新诗。子肃数闽诗人凡若干辈，而深诋余两浙无诗。余愤曰：'言何诞也，诗出情性，岂闽有情性，浙皆木石肺肝乎？'"① 此之所谓"曩"即泰定四年在大都参加科考之时。此时，杨维桢不仅明确提出了"诗出情性"的主张，而且可以推断出，正是在和同年关于诗艺的激烈探讨与争锋中，才使杨维桢极力推行其诗学主张，最终形成"泰定文风为之一变"之格局。

杨维桢的"情性"说，就诗歌表情达意的本质而言，其实并无新意。以虞集为代表的中期馆阁文人，亦主张诗有情性。但虞集等人是以儒家的规范为规范，符合哀而不伤、乐而不淫、怨而不怒的"温柔敦厚"的观念，即"正"。他欣赏的是古人"以其涵煦和顺之积而发于咏歌，故其声气明畅而温柔，渊静而有光泽"的诗歌。在这样的审美趣味下，虞集诗歌温厚平稳、舒迟典雅、声律工整，但短于才情洋溢及风致洒脱。而杨维桢所讲的"情性"，指贴近人性"自然"的性情。他在《李仲虞诗集序》中说："诗者人之情性也。人各有情性，则人各有诗也。得于师者，其得为吾自家之诗哉！"② 在《郯韶诗序》《张北山和陶集序》中他又说"诗本情性，有性此有情，有情此有诗也"、"人各有情性，则人各有诗也。得于师者，其得为吾自家之诗哉"？③ "人各有志有言以为诗，非迹人以得之者也。"④ 由此可见，第一，针对虞集提出的"诗之为学"之论，杨维桢认为只学习模拟，而不强调自己真实情感的表达，不是真正的诗歌；第二，杨维桢在强调诗歌表达情性时，有意略去了"正"作为对情感的限制与规范，这将其与虞集等人彻底区别开来。

在中国传统诗论中，"真"和"正"作为"诗主性情"的两个层面，本是统一的。一方面，诗歌要"发乎情"，方能移情感人、启迪人心；另一方面，诗歌又要"止乎礼"，方能达到"温柔敦厚"、"怨而不怒"

---

① 杨维桢：《两浙作者序》，《东维子文集》卷七，四部丛刊本。
② 杨维桢：《李仲虞诗集序》，《东维子文集》卷七，四部丛刊本。
③ 杨维桢：《郯韶诗序》，《东维子文集》卷七，四部丛刊本。
④ 杨维桢：《张北山和陶集序》，《东维子文集》卷七，四部丛刊本。

的效果。唯"真"而少"正",情感往往泛滥无归宿;唯"正"而失"真",诗歌往往又缺少灵气与个性。二者相辅相成却又能保持一定的张力,构成了中国诗学"诗教"传统。然而,要想达到这一理想状态,需要较高的主客观条件,诗人除了要具有精湛的作诗技巧外,还要对其时代的政治体系、统治模式、意识形态等有着极高的认同。在这方面,杜甫堪称范本,他有"麻鞋见天子"的功名心,有"安得广厦千万间"的民胞物与精神,亦有"朱门酒肉臭,路有冻死骨"的批判与反思,故能成为儒家诗人之典范。但对元代文人而言,无论是中期馆阁文人,还是后期东南文人,其诗都难以做到兼而有之。虞集的问题在于,虽身在体制内,但元廷上层压根就无法接纳这个"外人",故无论他如何合经学与文学为一体,"修、齐、治、平"在他身上都没法得到充分落实,他最终只能心念"杏花春雨江南"。杨维桢的问题在于,早年深受儒学影响,一旦从体制中逃逸出来,过上诗酒歌舞、自我放纵的生活,就压根不愿意再接受礼义大防之限制,其抒情难免肆荡无法。所以杨维桢尽管时而也强调"拟古"之重要,"诗之情性神气,古今无间也,得古之情性神气则古之诗在也"①,但"拟古"只是一种手段,是为了汲取古诗中"性情"、"神气",达到书写个性、张扬自我之目的。

在诗体选择上,为了更好地抒写情性,杨维桢有意鼓吹和倡导较少束缚的古乐府。他在回忆自己与李孝光论诗时说:"余在吴下,时与永嘉李孝光论古人意。余曰:'梅一于酸,盐一于咸,饮食盐梅,而味常得于酸咸之外,此古诗人意也。后之得意者,惟古乐府而已耳。'孝光以余言为韪,遂相与唱和古乐府辞。好事者传于海内,馆阁诸老以为李、杨乐府出而后始补元诗之缺,泰定文风为之一变。吁,四十年矣!"② 由此可以看出:一是杨维桢对元末诗风的变革首先是来自对古乐府文体的选择;二是他学习遵循古人的原则是贵袭其势、不袭其辞;三是"铁崖宗派"成员以吴中文人为主。古乐府这一诗体,源于《诗经》,所谓"风雅之变"。其主要特点是内容上以怜悯民生疾苦、抨击时政为主;体例上不拘套数,长短句夹杂;诗法上多运用比兴、吟咏性情。但杨维桢的古

---

① 杨维桢:《赵氏诗录序》,《东维子文集》卷七,四部丛刊本。
② 杨维桢:《潇湘集序》,《东维子文集》卷十一,四部丛刊本。

乐府则更多体现的是其"变",张雨评曰:

> 三百篇而下,不失比兴之旨,惟古乐府为近。今代善用吴才老韵书,以古语驾御之,李季和、杨廉夫遂称作者。廉夫又纵横其间,上法汉魏,而出入于少陵二李之间,故其所作古乐府辞,隐然有旷世金石声,人之望而畏者。又时出龙鬼蛇神,以眩荡一世之耳目,斯亦奇矣。①

张雨并没有否定杨维桢的乐府诗对《诗经》、汉魏乐府的继承,但更强调其"变":"龙鬼蛇神,以眩荡一世之耳目,斯亦奇矣。"具体言之,杨维桢取法汉魏、学习二李尤其是李贺而呈现出的纵横豪迈、任性放情、瑰丽奇崛的审美风格。关于杨维桢古乐府深受二李影响尤其是效法李贺,后代诗论家多有论及。如杨慎说:"元杨廉夫乐府诗力追李贺。"② 王世贞说:"廉夫本师长吉,而才不称,以断案杂之,遂成千里。"③ 长吉之"昌谷体",体式上以古乐府为主,体貌上以奇崛险怪著称。这些都被杨维桢所继承。粗略划分,杨维桢借助古乐府表达了以下几种情感。

一是对元廷的不满。如其《古愤》:"阴阴璞玉抱,幽幽雌剑鸣。玉屈有时白,剑孤有时并。如何妾玉身,长抱昏石名。如何妾剑身,指为妖铁精!天乎如有情,蚀月为妾明。地乎如有情,河水为妾清。"④ 以玉、剑自比,表达了志不获伸的郁闷,而这些都源于元廷的排汉政策。杨维桢的此类诗歌,把矛头指向元廷的同时,有涉及自己怀才不遇的,如《冯家女》《独禄篇》;有表达对民生疾苦的怜悯的,如《拟战城南》《毗陵行》《上陵者篇》《卖盐妇》;有借古讽今的咏史诗,如《大唐钟山进士歌》《铁面郎》《奉使歌》《沙堤行》。刘钉说:"思廉与铁崖诸君同为一时能言之士,当元季扰攘,志不获伸,才不克售,伤时感物,而泄其悲愤于诗。"⑤ 杨基也称他"老来诗句疏狂甚,乱后文章感慨多"。⑥

---

① 张雨:《铁崖先生古乐府原序》,杨维桢《铁崖古乐府》卷首,四部丛刊本。
② 杨慎:《升庵诗话》卷四,丁福保辑《历代诗话续编》,中华书局,1983,第875页。
③ 王世贞:《艺苑卮言》卷四,丁福保辑《历代诗话续编》,中华书局,1983,第1022页。
④ 杨维桢:《古愤》,《铁崖古乐府》卷四,四部丛刊本。
⑤ 刘钉:《玉笥集原序》,张宪《玉笥集》卷首,文渊阁四库全书本。
⑥ 杨基:《寄杨铁崖先生》,《眉庵集》,巴蜀书社,2005,第184页。

二是反叛精神。杨维桢从波谲云诡的官场中逃离出来，不再汲汲于功名，转而寻找张扬自我、标举自我的精神解脱。他把自己塑造得无比高大，以近乎夸张的口吻肯定自我，表达了对宗法伦理的蔑视：

《大人词》：有大人，曰铁牛。绛人甲子不能记，曾识庖牺兽尾而蓬头。见炼石之女补天漏，涿鹿之帝杀蚩尤。上与伊周相幼主，下与孔孟游列侯。衣不异，粮不休，男女欲不绝，黄白术不修。其身备万物，成春秋，故能后天不老，挥斥八极隘九州。太上君，西化人，自谓出无始劫，荡乎宇宙如虚舟，其生为浮死为休。安知大人自消息，天子不能子，王公不能侣，下顾二子真蜉蝣。①

《道人歌》：道人飞来朗风岑，玄都上下三青禽。搏叶已作青海断，鳌丘又逐罗浮沉。初见蜍精生月腹，前身捣药婆娑阴。还仙服食终恍惚，天上仙骸成积林。手持女娲百炼笛，笛中吹破天地心。天地心，何高深！八千岁，无知音。②

在诗一中，诗人睥睨八极，俯视万物，以周公孔孟为师友，天子王公都对其无可奈何。在诗二中，诗人把自己塑造成是能够吹破天地心、识得宇宙奥秘的人。而这奥秘，是八千年来从没人能理解的。这种自我标榜、放荡不羁的狂傲姿态，是作者生命意识的强势迸发。当然，这种反叛精神的形成，也得益于当时思想文化控制较松。尽管元代奉理学为官方学术，但真正懂理学之经义的人极少，最高统治者更多是把儒学作为"术"而非"学"来对待。同时，元代佛道盛行，从成吉思汗时代起，皇帝就不断下诏，保护佛教与道教的特权，皇帝对于高级僧侣道士的恩宠甚至超过了公侯百官。这种文化思想控制的松懈与多元，极易产生具有异端思想色彩的人物。杨维桢于道家思想中吸收到很多营养，如他在《自然铭·序》中说："老聃谈自然，以理有至分，物有至定，极甘。庄子推之为'逍遥'，小大任小大，长短任长短。而物无不得其所其然者，皆莫知其所以为自然也。心无为者与化为体，上知造物之无物，下知有物

---

① 杨维桢：《大人词》，《铁崖古乐府》卷三，四部丛刊本。
② 杨维桢：《道人歌》，《铁崖古乐府》卷三，四部丛刊本。

物之自造也，非此无以明自然。故老庄祖自然，便世之沓婪躁妄一安乎
自适而诣乎定，极此自然。虽然知效一官、德征一国者，亦有自然，故
尧舜与许由虽异，得其于自然一也。"杨维桢从自然无为这一道家基本思
想范畴出发，强调了"自适"对于个体的重要性。他并不否定仕途，因
为对于有志于尧舜之业者，不人仕则不足以适其志；但是，无志于尧舜
之业者，其选择也是合理的，所谓"尧舜与许由虽异，得其于自然一
也"，彼此应该互相苟同。杨维桢把这种对儒家思想的反叛精神发为诗
歌，一扫文坛枯槁平庸之气，令人耳目一新。

　　（三）追求世俗生活的放纵。杨维桢对世俗生活的肯定，主要是指
那种不受礼教束缚、不合纲常伦理的生活方式。如其《城西美人歌》：

　　　　长城嬉春春半强，杏花满城散余香。城西美人恋春阳，引客五
马青丝缰。美人有似真珠浆，和气解消冰炭肠。前朝丞相灵山堂，
双双石郎立道傍。当时门前走犬马，今日丘垄登牛羊。美人兮美人，
舞燕燕，歌莺莺，蜻蜓蛱蝶争飞扬。城东老人为我开锦障，金盘荐
我生槟榔。美人兮美人，吹玉笛，弹红叶，为我再进黄金觞。旧时
美人已黄土，莫借秉烛添红妆。①

诗前有序："丙戌花朝后一日，与客游长城之灵山。宴于城东老人所，时
偕游者，城中美人灵山秀也。酒酣，作《城西美人歌》。"时为至正六年
（1346），杨维桢刚离开官场生活。此诗如同其笔下所写的春花春日美人
一样，明朗轻快而又富有韵味。诗人毫不掩饰他要及时行乐的欲求，但
却脱去了传统类似诗歌中的忧伤感怀气息，显得生机勃勃，充满了世俗
的快乐。"将进酒，舞赵妇，歌吴娘。槽床嘈嘈落红雨，鲭刀聂聂飞琼
霜。金头鸡，银尾羊，主人举案劝客尝。"② 这种诗作在其乐府诗中占有
很大比重，再如《花游曲》《春夜乐》《蹋踘篇》《红牙板歌》《元夕与
妇饮》《花游曲》等，以及部分收录于《玉山名胜集》中的唱和之作。
在纵欲上，杨维桢无所不用其极。在现实生活中寻找不到的自由，他转

---

①　杨维桢：《城西美人歌》，《铁崖古乐府》卷二，四部丛刊本。
②　杨维桢：《将进酒》，《铁崖古乐府》卷二，四部丛刊本。

而在神游天地中寻找，如他还写作了大量的游仙诗：

《五湖游》：鸱夷湖上水仙舟，舟中仙人十二楼。桃花春水连天浮，七十二黛吹落天外如青沤。道人谪世三千秋，手把一枝青玉蚪。东扶海口红叶橹，海风约住吴王洲。吴王洲前校水战，水犀十万如浮沤。水声一夜入台沼，麋鹿巳无台上游。歌吴歈，舞吴剑，招鸱夷兮狎阳侯。楼船不须到蓬丘，西施郑旦坐两头。道人卧舟吹铁笛，仰看青天天倒流。商老人橘几奕，东方生桃几榆，精卫塞海成瓯篓。海荡邛山漂骷髅，胡为不饮成春愁。①

《璚台曲》：璚台之山三万八千丈，上有璚台十二高峻嶒。草有三秀之英可药疾，树有千岁之实能长生。神人白面长眉青，玉笙吹春双凤鸣。晓然见我惊呼名，授我以灵虚之簧和飞琼，约我一双玉杆白，重见西态盈。刚风吹堕白雪精，一念老作河姑星。赤城老人在何处？何以遗我九节藤，拄到璚台十二层。②

在第一首诗中，诗人写尘世、写战争、写游乐，上天入地，无所不能。在第二首诗中，诗人幻想的璚台，是绝对的世外仙境。这里有着人间没有的珍奇，有可以药疾的灵芝草和长生不死的昆仑玉树果，白面长眉的神人在悠闲吹笙，叫着他的名字，其还获得了仙界的认同。他的古乐府中还有很多游仙诗，如"风光长如二二月，琪花玉树不识人间秋。人鸟戏天鹿，昆吾鸣天球。橘子如斗，莲叶如舟"③，"海南天空月皜皜，三山如拳海如沼。绿衣歌舞不动尘，海仙骑鱼波袅袅。翩而来坐芳草。皎如白月射林杪"。④ 仙界对于尘界而言，往往有两层意义，一是对其延伸；二是对其超越。于前者而言，杨维桢确实做到了实至名归，如沈德潜《万历野获编》所记其"妓鞋行酒"之事。总结自己一生的行乐之举，他甚至写了一篇《风月福人序》。宋濂在为其所作墓志铭中有着更直观的描述："遇天爽气清时，蹑屐登名山，肆情遐眺，感古怀今。直欲起豪杰

① 杨维桢：《五湖游》，《铁崖古乐府》卷三，四部丛刊本。
② 杨维桢：《璚台曲》，《铁崖古乐府》卷三，四部丛刊本。
③ 杨维桢：《梦游沧海歌》，《铁崖古乐府》卷三，四部丛刊本。
④ 杨维桢：《罗浮美人》，《铁崖古乐府》卷三，四部丛刊本。

与游而不可得。或戴华阳巾，披羽衣，泛画舫于龙潭凤洲中，横铁笛吹
之，笛声穿云而上，望之者疑其为谪仙人。晚年益旷达，筑玄圃蓬台于
松江之上，无日无宾，亦无日不沉醉。当酒酣耳热，呼侍儿出歌《白
雪》之辞，君自倚凤琶和之，座客或翩跹起舞，顾盼生姿，俨然有晋人
高风。"① 至于后者，其游仙诗是否间接表达了其归隐之志，但至少在现
实生活中，杨维桢不愿也不会选择闭门修道、独善其身的。

　　杨维桢以"情性"为核心的诗学思想，颠覆了元中期以来"主情
论"的诗学内涵，把诗歌作为表现自我、抒情达意的工具，横扫了中期
以来诗坛的平庸枯槁之势，具有积极的意义，也更切合诗歌的本质精神。
后起者如北郭诸子、"吴中四杰"等尽管对杨维桢的诗学思想做出了较
大的调整，但无不沿着"情性"一路继续前进，才开创了元末明初吴中
文学的辉煌局面。但是，杨维桢的"主情论"建立在其纵欲享乐的世俗
生活基础上，怀抱"旁观者心态"的创作心理，加之在体法上以"昌谷
体"为模板。所以，尽管杨维桢的古乐府也意在承接《诗经》以来的
"乐府遗音"，但在诗歌的思想性上，他不可能写出汉乐府、杜甫"三吏
三别"那种刚健有力的动情之作，最终情感超越了礼法限制，流于滥情、
纵情，莺歌燕舞，风流把盏，弥漫着颓废悲哀之气。如《城东宴》："齿
发日悴颜日枯，含珠乌能润黄垆，今日不乐将何如？君不见城南相国斫
棺杀枯颅，身名只共菹醢俱。仕宦何用执金吾！"② 在诗歌的艺术手法
上，极尽渲染夸张之能事，各种瑰丽奇怪的意象，秾艳险怪的造句用语，
一反常规的修辞设色，"白凤如鸡，红鳞如牛"③，"锦鞲驮起双凤楼，黄
门挟飞五花云"④，"神犀燃光射方诸，海水拆裂双明珠。大珠飞上玉兔
白，小珠亦奔银蟾蜍"⑤，成了诗人逞气使才、堆砌辞藻、卖弄学识的工
具，审美趣味不高。此外，杨维桢借助自己的影响力把自己的主张扩大
化，也对当时文坛造成了消极影响。对于杨维桢的诗，时人与后人毁誉
不一。张雨、吴复、杨基等铁门友人弟子自然予以很高的评价。而胡应

---

① 宋濂：《元故奉训大夫江西等处儒学提举杨君墓志铭》，《宋濂全集》，第 679 页。
② 杨维桢：《城东宴》，《铁崖古乐府》卷二，四部丛刊本。
③ 杨维桢：《梦游沧海歌》，《铁崖古乐府》卷三，四部丛刊本。
④ 杨维桢：《丽人行》，《铁崖古乐府》卷二，四部丛刊本。
⑤ 杨维桢：《奔月厄歌》，《铁崖古乐府》卷二，四部丛刊本。

麟则颇有微词："大概视前人瑰崛过之，雅正则远。""虽复含筋吐贺，
要非全盛典刑。"① 陆容则说："观其《正统辨》《史钺》等作，皆善已。
若《香奁》《续奁》二集，则皆淫亵之词。"② 纪昀认为：

> 元之季年，多效温庭筠体，柔媚旖旎，全类小词。维桢以横绝
> 一世之才，乘其弊而力矫之，根柢于青莲、昌谷，纵横排奡，自辟
> 町畦。其高者或突过古人，其下者亦多堕入魔趣。故文采照映一时，
> 而弹射者亦复四起。然其中如《拟白头吟》一篇曰："买妾千黄金，
> 许身不许心。使君自有妇，夜夜白头吟。"与三百篇风人之旨亦复何
> 异？特其才务驰骋，意务新异，不免滋末流之弊，是其一短耳。去
> 其甚则可，欲竟废之则究不可磨灭也。③

在元末乐府趋于"柔媚旖旎，全类小词"之际，杨维桢乘弊而起，确有
超越前人之处，但由于刻意标新立异，一些作品不免"堕入魔趣"，而
滋末流之弊。这一评价是比较公允的。

三　以"气"论文的演变

"气"本属于哲学范畴，最早出现于先秦时期。孟子提出"浩然之
气"："其为气也，配义与道，无是，馁也。是集义所生者，非义袭而取
之也。"④ 这里的"气"是建立在其"性善论"基础上的一种人格境界，
强调"气"之道德属性。庄子也讲"气"："气也者，虚而待物者也。唯
道集虚。"⑤ 这里的"气"指一种心理状态或说精神力量，是经"心斋"
过滤后的一种虚静状态。孟、庄分别从不同的层面诠释了"气"的内
涵，一为道义的力量，一为个人的力量。这两个角度对后人论"气"产
生了巨大的影响。

魏晋时期，"气"由哲学层面进入文学层面。曹丕为了解决"文人

---

① 胡应麟：《诗薮》外编卷六，上海古籍出版社，1979，第 241 页。
② 陆容：《菽园杂记》卷九，中华书局，1985，第 113 页。
③ 《铁崖古乐府集》，《四库全书总目》卷一六八，中华书局，1992，第 1462 页。
④ 《孟子·公孙丑》，朱熹《四书章句集注》，中华书局，1983，第 231 页。
⑤ 《庄子·人间世》，郭庆藩《庄子集释》，中华书局，2004，第 147 页。

相轻"的问题，提出"文气说"，此处"气"指作家的个性与禀赋。刘勰也讲"气"："是以吐纳文苑，务必节宣，清其和心，调畅其气，烦而即舍，勿使壅滞。"① 他继承了庄子论"气"的特点，指的也是一种心理状态。只有打通了这种状态，"澡雪精神"，才能思如泉涌。到了宋代，"气"被理学家视作与"理"对应的万物本体，如张载说："太虚者，气之体。"② "气"即天地之本体，亦为文章之本体。朱子也讲"气"，即"气质之性"。但在朱子哲学中，最为根本的是"理"，从本源上，理先气后；从构成上，理气合一。落实到文学上，朱子把"道"作为"文"之根本。横渠和朱子间接指出"气"乃文之本体，而真德秀则直接论述了文气关系："盖圣人之文，元气也，聚为日星之光耀，发为风尘之奇变，皆自然而然，非用力可至也。自是以降，则眠其资之薄厚与所蓄之浅深，不得而遁焉。故祥顺之人其言婉，峭直之人其言劲，嫚肆者亡庄语，轻躁者无确词。此气之所发者然也。"③ 他提出了两个层次的"气"：一个是圣人文章来源的"气"，这是天地之"元气"，不可改变；一个是一般人的文章来源的"气"，这是资质、学养、个性，这种"气"的不同导致了文章的高下水平。张元干也提出文章以"气"为本，"文章名世，自有渊源，殆与天地元气同流，可以斡旋造化"。④ 在理学家论述的基础上，南宋形成了文章的"气本论"，直接影响到元初文人以"气"论文的思想。刘将孙说："天地间清气，为六月风，为腊前雪，于植物为梅，于人为仙，于千载为文章，于文章为诗。"⑤ 戴表元说："宇宙间清华奇秀之气，发于祥瑞者，为醴泉、庆云、珍禽、异卉、珠玕、宝玉之属，而在人也为文章才艺。殆未尝一日缺于世，使一日可阙则天地之气有时息矣。"⑥ 二人都认为，文章乃是天地"清气"之精华，"清气"所化成的东西，都是高贵的、纯洁的、秀美的。和张载的"气本论"相比，元初文人更精细地阐释了"文由气生"这一命题。

　　到了元代中期，随着"延祐科举"定程朱理学为一尊，以朱学一系

① 《文心雕龙·养气》，范文澜《文心雕龙注》，人民文学出版社，1958，第647页。
② 张载：《系辞上》，《横渠易说》卷三，文渊阁四库全书本。
③ 真德秀：《日湖文集序》，《西山文集》卷二十八，文渊阁四库全书本。
④ 张元干：《亦乐居士集序》，《芦川归来集》卷九，文渊阁四库全书本。
⑤ 刘将孙：《彭宏济诗序》，《养吾斋集》卷十一，文渊阁四库全书本。
⑥ 戴表元：《送王子庆序》，《剡源戴先生文集》卷十三，四部丛刊本。

的理学占据了思想界的主导，元人以"气"论文有了新趋势。他们强调文章本源于"气"，但"气"又以"理"为根本，所以文气关系就转化成理气关系，如吴澄说：

> 自未有天地之前，至既有天地之后，只是阴阳二气而已。本只是一气，分而言之则曰阴、阳，又就阴、阳中细分之则为五行，五气即二气，二气即一气。气之所以能如此者，何也？以理为之主宰也。理者，非别有一物，在气中，只是为气之主宰者，即是无理外之气，亦无气外之理……但人之生也，受气于父之时，既有或清或浊之不同；成质于母之时，又有或美或恶之不同。气之极清，质之极美者为上圣。盖此理在清气美质之中，本然之真无所污坏，此尧舜之性。①

在吴澄看来，理、气虽然是合一的，但究其根本，"理"是主宰。在此基础上，吴澄又论述了理、气、文的关系："理到气昌，意精辞达，如星灿云烂，如风行水流，文之上也。初不待倔强其言，蹇涩其句，乖僻其字，隐晦其义而后工且奇。"② 理到方能气昌，气昌方能文顺，理乃文章之根本。虞集提出了"以理命气"："乐发于情者也，有中节不中节之分，而无真伪之辨。盖虽不中节之乐，亦由其情之所感，自以为乐，而不待于伪为也。惟君子以理命气，则其乐也无妄，乃可谓之真矣。"③ 他批评元初文坛因缺乏理的节制而导致"肤浅则无所明于理，蹇涩则无所昌其辞，徇流俗者不知去其陈腐，强自高者惟旁窃于异端"。④ 那么，如何才能做到"以理命气"，把"气"牢牢控制在"理"之下呢？吴澄和黄溍对此都有论述：

> 文也者，本乎气也。人与天地之气通为一，气有升降，而文随之。画《易》造书以来，斯文代有，然宋不唐，唐不汉，汉不春秋

---

① 吴澄：《答人问性理》，《吴文正集》卷二，文渊阁四库全书本。
② 吴澄：《题贡仲举文稿后》，《吴文正集》卷二十八，文渊阁四库全书本。
③ 虞集：《题吴先生真乐堂记后》，《道园学古录》卷四十，四部丛刊本。
④ 虞集：《庐陵刘桂隐存稿序》，《道园学古录》卷三十三，四部丛刊本。

战国，春秋战国不唐虞三代，如老者不可复少，天地之气固然。必
有豪杰之士出于其间，养之异，学之到，足以变化其气，其文乃不
与世而俱。①

　　盖三代而下，骚人墨客以才驱气，驾而为文。骄气盈，则其言
必肆而失于诞；客气歉，则其言必苟而流于谄。譬如一元之运，百
物生焉，观其荣耀销落，而气之屈伸可知也。惟夫学足以辅其志，
志足以御其气者，气和而声和，故其形于言也，粹然一出于正，兹
其所以信于今而贻于后欤？②

　　他们继了孟子以来"以志御气"、"养气"的说法，提出了"变化其
气"、"志足御气"的主张。孟子的"志"是以"性善论"为内涵的
"本性自足"、"恻隐之心"，带有先天性、良知性的特征。而吴澄等人的
"志"则是建立在"天理"基础培养出的"性理"，是经过"理"过滤
后符合伦理规范的一种人格修养。只有这样，通过"志"的限制，由
"气"而发的文章才能最终符合"理"的要求，形成"粹然一出于正"
的文风，匹配盛世文学。这种看法是延祐文人的普遍认识，如揭傒斯说：
"夫为诗与为政同，心欲其平也，气欲其和也，情欲其真也，思欲其深
也"③，强调心平、气和、情真、思深。欧阳玄说："平心定气"④，强调
的是"平心"。这些都是"以理命气"的方法，即对"气"进行调节和
规范。

　　在延祐文人的论述中，理、气、文的关系可以描述如下：从本体论
上讲，文本源于"气"，而"气"又源于"理"，只有符合天理伦常的文
章才"雅正"，不至于陷入"肤浅蹇涩"、"旁门异端"之途；从创作主
体上讲，"气"需要后天培养，需要"和"、"平心"、"学足"等一系列
历练和修为，纳"气"入"理"，方可臻天理、人格、文章的统一。这
种融汇"文理合一"的设想，为时人所乐道，如李国凤为贡师泰文集作
序时说：

---

① 吴澄：《别赵子昂序》，《吴文正集》卷二十五，文渊阁四库全书本。
② 黄溍：《吴正传文集序》，《金华黄先生文集》卷十八，四部丛刊本。
③ 揭傒斯：《萧有孚诗序》，《揭文安公全集》卷八，四部丛刊本。
④ 欧阳玄：《族兄南翁文集序》，《圭斋文集》卷八，四部丛刊本。

三代而上，文与理具，六经之文是也；三代而下，文自文，理自理，言之不能措诸文者有之矣，文之而庾乎理者亦有之矣。道何自而明乎？……至于我朝元祯、延祐之间，天下乂安，人材辈出。其见于文者，虽一言之微，亦本于理；累辞之繁，必明夫道。有温醇忠厚之懿，无脆薄寒浅之失。其流风遗韵，渐涵沫濡，盖将泽百世而未艾。呜呼！文章之盛，其斯时欤！①

这种看法是李国凤的一厢情愿，也成了延祐文人的一厢情愿。这种文坛宏愿最终都因文人的"旁观者心态"而无法落到实处。文道合一而达到一种饱和状态，这在中国文学史上并非没有出现过，也曾经造就过文学盛世，如唐宋时代。但这需要国家重视儒学、士人有一条较为规范系统的参政之路、士人有较为精湛的文学素养等系列条件。但在元代，优秀的士人空有一身诗文才华，统治者既不重视儒学，也不重视道德人格之培养，整个官僚队伍中严重缺乏士人精神，因此，理学之要义便没法真正传承与弘扬。即便是黄溍、虞集等人也做不出像样的"大雅"之文，加之"以理命气"本身就存在"理"对"气"的消弱和束缚，所以，中期文坛之盛世气象，只是很多文人的自我感觉罢了。

除了"以理论气"外，元代文论中的文气关系还有个特点就是以政治气运论文：将国之兴衰归于"气运"之消长。元代作为少数民族入主中原而建立大一统王朝，这在中国历史上从未有过。元代文人很难合理解释这一现象，只好归因于神秘的"天道气运"，这既是不得已的被动接受，也是无可奈何的自我安慰。但是随着时间的推移，因民族对立而产生的隔阂逐渐得到了缓和，尤其到了延祐时期，随着仁宗一系列的改良政策以及重开科举，元政权也得到越来越多的正统文人的认可。以"气"论国运的看法渐渐为人所接受，随之出现了以"气"之盛衰来论诗文之盛衰。这种把"气"之盛衰、国运之盛衰、诗文之盛衰三者统一起来的看法，反映了元代中期文人对元政权的一种"认可"，如吴澄说：

① 李国凤：《玩斋集序》，贡师泰《玩斋集》卷首，文渊阁四库全书本。

"夫文章固儒之末技，然其高下兴衰，关系天下之气运，亦岂可易视哉！"① 傅若金曰："自骚雅降，而古诗之音远矣。汉魏晋唐之盛，其庶几乎时之异也。风声气习日变乎流俗，凌夷以至于今，求其音之近古不已难哉。"② 陈旅说："我国家奄有六合，自古称混一者，未有如今日之无所不一，则天地气运之盛，无有盛于今日者矣。建国以来，列圣继作，以忠厚之泽涵育万物，鸿生傀髦出于其间，作为文章庞蔚光壮，前世陋靡之风于是乎尽变矣。孰谓斯文之兴不有关于天地国家者乎？"③ 在他们看来，元中期乃盛世，也是"文气"最盛之际，文坛应是"淳古醇厚"、"庞蔚光壮"，即代表有元一代的"斯文之兴"。但结合元代中期文坛的状况，元代所谓的"奄有六合"、"混一宇内"的地域辽阔并未带来文坛上的"盛世之音"，只是催生了代表馆阁文人式样的馆阁文体。

到了元末，随着朝廷的日益腐败及战乱纷起，以"气"论国运渐渐失去了说服力。元中期以"气运"论文转而以作家"情性之气"论文，气由外在的"天地之气"、"气运"、"性理之气"成了作家内在的性情、人格、兴趣，于是文坛出现了新的气象和审美风格。杨维桢在论"气"时说："孟子，战国之士也，而得称代之大丈夫，小六国之君相者，一浩然之气也。是气也，天地至刚至大之物也，人得其浩然者，山岳不足为其雄也，风雷不足为其厉也，罴熊虎兕不足为其勇也，秋之肃肃不足为其清，春之生生不足为其富也，千岁之日至不足为其远也。苏子所谓不依形而至，不恃力而行，不随存殁而有亡者，推其盛至于参天地关盛衰之运，岂不诚浩然已乎！"④ 杨维桢在此虽然也讲到"配义与道"的"浩然之气"，但他更看重的还是其"不依形而至，不恃力而行，不随存殁而有亡"的特点。具体到自己身上，就是狂狷和放荡性格所形成的"狂气"和"奇气"。"狂气"和"奇气"并非儒家理想中的人格标准。孔子曾把人格分为三种：乡愿、狂狷、中庸。"中庸"兼具备了仁、义、礼三种品格，是带有"圣贤气象"的理想人格。"狂狷"则"退而求其次"，是在"有所为，有所为"的基础上一种"真"性情的外露，可以

---

① 吴澄：《孙履常文集序》，《吴文正集》卷二十二，四库全书本。
② 傅若金：《邓林樵唱序》，《傅与砺文集》卷四，文渊阁四库全书本。
③ 陈旅：《国朝文类序》，《安雅堂集》卷四，文渊阁四库全书本。
④ 杨维桢：《养浩斋志》，《东维子文集》卷二十二，四部丛刊本。

造就君子人格，而"乡愿"却不足取。杨维桢看透了元廷的腐朽，"中庸"的理想人格对其没有任何吸引力，他甚至以一种逆反的心态来威胁和破坏这种道德标准，形成了极为怪异的狂傲放诞之性。在生活方式上，他对歌儿舞女、纵情声色的生活来者不拒；在诗文理论上，他标举"情性"，把文章作为表现自我、张扬个性的工具；在创作实践上，他上步魏晋、效法"二李"，形成了奇崛纤秾的"铁崖体"，其不合常规的审美风格，被王彝视为"文妖"。在这种狂傲人格的基础上，他的文章自然激荡着一股"狂气"和"奇气"。"天子不能子，王公不能俦"，"壮志凌云气食牛，少年何事苦淹留。狂歌鸣凤聊自慰，旧学屠龙良已休"，这些诗句中充斥的狂奇之气正是杨维桢人格的凝练和写照。

相比之下，倪瓒拥有的则是"清气"和"逸气"。"清"和"逸"是一对相辅相成的概念："清"指的是一种人格修养的方式，"逸"则是这种人格方式所表现出的精神气度。终倪瓒一生，都没有"仕宦"之梦，他始终以道德自律般的精神操守作为理想中的人格，视功名如土苴，如他的两首诗：

　　　　乌綦非所悦，甘我藜藿味。无辱奚必荣，知足方可慰。客行值炎天，嘉木予来墅。禁汝忿欲心，养此浩然气。见义思必为，奋若泉髇沸。学焉苟无成，斯亦不足畏。①
　　　　读书衡茅下，秋深黄叶多。原上见远山，被褐起行歌。依依墟里间，农叟荷蓧过。华林散清月，寒水澹无波。遐哉栖遁情，身外岂有它？人生行乐耳，富贵将如何。②

两诗都表明其"忘怀世事"、"澹泊自守"的情怀，但又不愿做毫无牵挂的"隐者"，他的"澹泊"是一种精神修为，所谓"养此浩然气"、"奋若泉髇沸"。他在《立菴像赞》中以立菴自喻："貌侵而骨立，色敷而内腴，斯遁世之士，列仙之臞，随时以守其分，守独以乐其迁。寓乎外，或頮然净名方丈之室，或悠然庄周冥漠之区；及其探于中，则身处仁，

————————

① 倪瓒：《和拙逸先生闲居韵》，《清閟阁全集》卷二，文渊阁四库全书本。
② 倪瓒：《述怀》，《清閟阁全集》卷一，文渊阁四库全书本。

行蹈义，师慕乎圣哲而弗殊。玄冠野服，萧散迂徐，是殆所谓逃于禅，游于老，而据于儒者乎?"① 在现实生活中，倪瓒以"洁癖"著称，顾正谊在《题云林先生》中写道："好洁终成癖，耽书自为淫。剪桐因唾染，洗马为泥侵。画竹写逸气，冷然冠古今。"② 倪瓒作为元末诗画双绝的吴中文人代表，其人格特征自然会反映到他的诗画理论上。在绘画上，他提出了"写胸中逸气"："余之竹，聊以写胸中逸气耳，岂复较其似与非，叶之繁与疏，枝之斜与直哉! 或涂抹久之，它人视以为麻为芦，仆亦不能强辩为竹，真没奈览者何"。③ "胸中有逸气"，辅之以高超的艺术修养，作画才能有"逸气"，成为"逸品"。在诗文上，他理想中的标准是"读之悠然深远，有舒平和畅之气，虽触事感怀，不为迫切愤激之语。如风行波生，焕然成文，蓬然起于太空，寂然而遂止，自成天籁之音，为可尚矣"。④ 文章要具备"舒平和畅之气"，"如风行水上"，这也需要创作主体具备"清和之气"。否则，断难达到这一水准。《云林遗事》"洁癖"条有则趣事："杨廉夫耽好声色，一日与元镇会饮友人家，廉夫脱妓鞋置酒杯其中，使坐客传饮，名曰'鞋杯'。元镇素有洁疾，见之大怒，翻案而起，连呼龌龊而去。"⑤ 可见，杨维桢和倪瓒性情截然不同：杨维桢之性狂傲放诞，发为文章，带有"狂气"和"奇气"；倪瓒清律自守，洁身自好，发为文章，则带有"清气"和"逸气"。但二人身上的"气"，都指一种人格、性情、趣味，和中期的以"理"论"气"和"气运"论相比，明显呈现出向内转的特点。

① 倪瓒：《立庵像赞》，《清閟阁全集》卷九，文渊阁四库全书本。
② 倪瓒：《题云林先生》，《清閟阁全集》卷十一，文渊阁四库全书本。
③ 倪瓒：《张以中画竹》，《清閟阁全集》卷九，文渊阁四库全书本。
④ 倪瓒：《秋水轩诗序》，《清閟阁全集》卷十，文渊阁四库全书本。
⑤ 倪瓒：《云林遗事》，《清閟阁全集》卷十一，文渊阁四库全书本。

第二章　元末的吴中文人

——以玉山文人为中心

元代末期，士人"旁观者心态"强势迸发，最典型的表现就是"玉山雅集"的形成。当然，"玉山雅集"的形成还包括一些其他条件，如顾瑛雄厚之财力、杨维桢的号召力等。由于玉山文人主要活动于即将天下大乱的元末，故其"旁观者心态"又表现出多种看似矛盾而实则统一的形态："旷达"与"颓废"、"纵欲"与"恐惧"、"悲哀"与"忆旧"。这种心态使得其对诗歌有特殊理解，即把作诗当作表现生命存在感的一种方式。这种理解，决定了他们对诗体与诗法的选择及诗歌的审美风貌。但在"私人化"写作中，玉山文人的创作则呈现出另一番情态，足见玉山文人诗学思想之复杂与丰富。

第一节　"玉山雅集"的形成

雅集结社是文人自发组织、带有一定目的的活动方式，或为共同的政治目标，或为共同的诗学主张，或为文人陶冶性情的方式，或为避世遁隐的情结，不一而足。在中国历史上，这既是一种文学现象，也是一种文化现象。它既蕴含了一定时期内文坛的新信息，也折射出文人和政权关系的某些变化。这种现象，尤以宋元之际最为突出。然宋、元又有区别：宋朝虽然饱受少数民族凌辱，但毕竟还是汉人政权，所以文人结社的方式、目的，以及呈现的效果还相对单一。而元代作为少数民族政权，其政权性质和统治方略迥异于汉族政权，文人和政权的关系相对复杂，雅集结社也呈现出更多复杂状况。从纵向来看，元代文人的雅集结社在不同时期内又有着不同特点。

元初，宋元易代给文人造成了心灵伤痕，文人多怀抱"遗民之思"，雅集或结社成了其悼念故国、寻找精神慰藉的方式，其中，最为著名的是"月泉吟社"。该社的发起人为吴渭、方凤、谢翱等南宋遗民。至元二十三年（1286），他们以范成大的《春日田园杂兴》为题，举办了一场规模宏大的唱和活动，并进行诗歌评选，事成编成《月泉吟社诗》。这些诗歌，或写故国之情、黍离之悲，或写田园风光，归隐之情，或写世道险恶、富贵无常。如第一名罗公福和第十一名方赏的诗：

> 老我无心出市朝，东风林壑自逍遥。一犁好雨秧初种，几道寒泉药旋浇。放犊晓登云外垒，听莺时立柳边桥。池塘见说生新草，已许吟魂入梦招。
>
> 绕畦晴绿弄潺湲，倚仗东风却黯然。往梦更谁怜秀麦，闲愁空白托啼鸦。犁钮相蹂地力尽，花柳无私春色偏。白发老农犹健在，一蓑牛背听鸣泉。[1]

罗诗偏于"逍遥林壑"的尘世情结，方诗偏于"往梦秀麦"的故国之思。两诗都反映了由宋入元的文人对新朝的不认同。值得注意的是，"月泉吟社"不仅参与者众多，还有一整套"定题—征诗—评选—奖赏"的模式。这反映了文人在科举消失后借助某种隐晦的方式进行才艺比试的愿望，这种方式也为后期的雅集结社所继承。

到了元中期，随着"延祐科举"的推行，文人和统治者有了短暂的合作。雅集唱和也由早期的故国之叹转为歌咏盛世的平和之音。唱和主体也由遗民故老转为台阁官僚。如以虞集为首的一次唱和：

> 至大庚戌之仲春，大成殿登歌乐成。时雨适至，我司业先生乐雅乐之复古，顾甘泽之及时，于是乎赋《喜雨》之诗，推本归功于成均之和。乃三月辛巳，国子监后圃梨花盛开，先生率僚吏席林台之上，尊有醴盘，有蔬肴戬杂陈，劝酬交错。饮日半，命能琴者作《古操》一阕，禽鸟翔舞，云风低回，先生于是歌《木兰》之引，以寓斯文之至乐，而咏圣泽之无穷也。明日，僚友酌酒而赓之；又明日，诸生之长酌酒而赓之。气和辞畅，洋洋乎盛哉！虞某起言曰：古之教者必以乐，故感其心也深，而成其德也易，命大夫者，犹与之登高赋

---

① 吴渭编《月泉吟社诗》，文渊阁四库全书本。

诗，而观其能否。兹事不闻久矣！今吾师友僚佐乃得以讲诵之暇从容咏歌，庶几乎乐而不淫者，亦成均之义也。①

这是虞集弟子代笔之序，序中可以看出这次文会的特点：参与者都是虞集的台阁僚友、弟子门生；目的是抒发"成均之和"的欣喜，"泳圣泽之无穷"；所作之诗皆"气和辞畅"、"乐而不淫"、符合"雅正"。类似的还有苏伯修等人的"经筵唱和"、许有壬等人的"圭塘唱和"。这都表明了中期文人对元政权合法性的"默认"以及歌功颂德，在文学上也力图实现"一代之盛"。

到了元末，政治局势日坏，科举再度中断。文人的"旁观者心态"强势迸发，雅集结社又出现了新特点：不仅规模更大、人数更多，而且参与者的心态、雅集的方式和内容、雅集诗歌的情感与风格上都有了新变。其中，最有代表性的莫过于以顾瑛为首的"玉山雅集"。

一　"玉山雅集"之兴衰

顾瑛（1310～1369），字仲瑛，昆山人。据《明史》载：

> 家世素封，轻财结客，豪宕自喜。年三十，始折节读书，购古书、名画、彝鼎、秘玩，筑别业于茜泾西，曰玉山佳处，晨夕与客置酒赋诗其中。四方文学士河东张翥、会稽杨维桢、天台柯九思、永嘉李孝光，方外士张雨、于彦成、琦元璞辈，咸主其家。园池亭榭之盛，图史之富暨饩馆声伎，并冠绝一时。而德辉才情妙丽，与诸名士亦略相当。尝举茂才，授会稽教谕，辟行省属官，皆不就。张士诚据吴，欲强以官，去隐于嘉兴之合溪。寻以子元臣为元水军副都万户，封德辉武略将军、飞骑尉、钱塘县男。母丧归绅溪，士诚再辟之，遂断发庐墓，自号金粟道人。及吴平，父子并徙濠梁。洪武二年卒。②

---

① 虞集：《国子监后圃赏梨花乐府序》，《道园学古录》卷六，四部丛刊本。
② 张廷玉等撰《明史》，中华书局，1974，第7325页。

相比之下，殷奎的《故武略将军钱塘县男顾府君墓志铭》① 所记顾瑛之事更加详备，不但介绍了顾瑛的家世背景，还提到了玉山文人的诗歌总集《草堂雅集》和顾瑛的别集《玉山璞稿》。《明史》和殷奎都格外强调顾瑛修建"玉山佳处"，主持雅集的盛况，足见这是顾瑛一生最重要成就。今天看来，顾瑛本人的诗文成就在中国文学史上顶多居于二三流位置，但其主持的"玉山雅集"在文学史和文化史上都具有不可磨灭的意义，甚至可以说，顾瑛可算一位一流的文学组织者和文学活动家。

最早的玉山聚会始于后至元年间，此时的顾瑛开始"摒弃旧习，折节读书"，但在士林中尚未有影响力，还是以"贵胄子弟"身份示人。直到"逾四十，悉以田业付子若婿，改筑园池于旧宅西，偏名曰'玉山佳处'"②，加之交结日广，其影响力和号召力才日益增强。至正八年到至正十年，玉山佳处的主要景点基本落成。③ 此后，"玉山雅集"渐渐成了元末东南地区最大的文会。从时间上来看，"玉山雅集"之兴衰演变主要分为三个阶段。

（一）繁荣期（至正八年至至正十一年）。从至正八年开始，顾瑛开始扩建玉山草堂，并于同年二月大会群宾，雅集的形式更加丰富、人数更加庞杂、次数更加频繁。直到至正十一年，这四年是"玉山雅集"最繁荣的时期。据统计，至正八年，举行雅集 6 次；至正九年，5 次；至正十年，21 次；至正十一年，12 次。如被杨维桢称为"诸集之盛"的一次：

　　　　右《玉山雅集图》一卷，淮海张渥用李龙眠白描体之所作也。玉山主者为昆山顾瑛氏，其人青年好学，通文史及音律、钟鼎、古器、法书、名画品格之辨。性尤轻财喜客，海内文士未尝不造玉山

---

① 殷奎：《故武略将军钱塘县男顾府君墓志铭》，《玉山名胜集》，中华书局，2008，第654～655 页。说明：杨镰整理的名为《玉山名胜集》一书，分为上、下两册，包括顾瑛辑录的《玉山名胜集》《玉山名胜集外集》《玉山倡和》《玉山遗什》，袁华辑录的《玉山纪游》。为了注释的方便，下文中凡征引此两册书中的文献，只注明篇名及页码，不再标明整理者及出版社，所属页码一以此书为准。

② 殷奎：《故武略将军钱塘县男顾府君墓志铭》，《玉山名胜集》，第 654 页。

③ 杨镰统计为 26 个。见其《顾瑛与玉山雅集》一文，《西南民族大学学报》2008 年第 9 期。

所。其风流文采出乎流辈者尤为倾倒，故至正戊子二月十有九日之会，为诸集之最冠。冠鹿皮，衣紫绮，坐案而伸卷者，铁笛道人会稽杨维桢也。执笛而侍者姬，为翡翠屏也。岸香几而雄辩者，野航道人姚文奂也。沉吟而痴坐、搜句于景象之外者，苕溪渔者郯韶也。琴书左右，捉玉麈从容而色笑者，即玉山主者也。姬之侍为天香秀也。展卷而作画者，为吴门李立。旁视而指画，即张渥也。席皋比、曲肱而枕石者，玉山之仲晋也。冠黄冠，坐蟠根之上者，匡庐山人于立也。美衣巾，束带而立，颐指仆从治酒者，玉山之子元臣也。奉肴核者，丁香秀也。持觞而听令者，小琼英也。一时人品，疏通俊朗，侍姝执伎皆妍整，奔走童隶亦皆驯雅。安于矩矱之内，觞政流行，乐部皆畅。碧梧翠竹与清扬争秀，落花芳草与才情俱飞，矢口成句，落毫成文，花月不妖，湖山有发。是宜斯图一出，为一时名流所慕用也。①

（二）持续期（至正十二年至至正十六年）。至正十一年，各地起义风起云涌，元代进入了军阀混战的时代：朱元璋在浙东、张士诚在吴中、陈友谅在江汉、方国珍在温庆台、明玉珍在蜀中、陈友定在福建。昆山一带相对安宁，故很多文士虽然历经曲折，仍愿意前来聚会。从数量上看，该时期的雅集聚会明显少于之前。据统计，从至正十二年到至正十六年，雅集次数加起来不足十次，且时断时续。但在战火硝烟中，他们依然感觉庆幸。如至正十六年（1356）的一次雅集：

海虞山人缪叔正扁舟相过，以慰别后之思。予谓兵后朋旧星散，得一顷相见，旷如隔世。遂邀汝阳袁子英、天平范君本、彭城钱好学、荣城赵善长、扶风马孟昭，聚首可诗斋内。诸公亦乐就饮，或携肴，或挈果，共成真率之会。由是，皆尽欢饮。酒酣，各赋诗以纪。走笔而就，兴有未尽者，复能酬倡，以乐永夜。予以诗先成，叔正俾予序数语于篇首。细思烽火隔江，近在百里，今夕之会，诚不易得，况期后无会乎？吴宫花草，娄江风月，今皆走麋鹿于瓦砾场矣，独吾草堂

① 杨维桢：《雅集志》，《玉山名胜集》，第 46～47 页。

宛在溪上。予虽祝发，尚能与诸公觞咏其下，共忘此身于干戈之世，岂非梦游于己公之茅屋乎！①

这一年，张士诚入平江，加之苗军、元军等之间的争斗，给平江带来了空前的灾难，也成了顾瑛及"玉山雅集"的转折。为避兵乱，顾瑛挈家逃往吴兴之商溪。在逃亡的过程中，母亲客死他乡，顾瑛为母归葬。玉山草堂在这次浩劫中遭到了巨大的破坏，大量的古玩诗书画卷被兵士洗劫一空。这些奇珍异宝的丢失，对顾瑛及"玉山雅集"都有很大影响，虽然玉山草堂依然对外开放，但其规模锐减，日渐消歇。张士诚入平江后，大量征召文人儒士，顾瑛也在其列。为了推脱士诚之聘，顾瑛在家落发为僧。

（三）衰落期（至正十七年至洪武二年）。从至正十六年张士诚入吴开始，"玉山雅集"的规模和频率都不如以前，一是因为战乱对玉山文人的冲击，二是因为玉山草堂在战火中不断遭到破坏。至正二十年（1360），顾瑛自营坟墓、自制墓志铭。随后，顾瑛邀请友人在其生前自建的坟墓上举行诗宴，大家把酒为欢，不以为意。于立的《金粟冢中秋日燕集后序》曰：

> 时八月既望，顾君以书约游实口，予乃欣然就往，而平昔交旧咸集焉。慰劳之顷，仲瑛肃客登阮，藉以茵屬。环坐冢上，前列短几，陈列觞豆，各置笔札于□方。兴至而咏，情畅而饮，不以礼法束也。于是顾君扬觯而言曰："齐物我，一死生，先生玄门之道也。予虽不敏，岂以死生动其心哉！以其没而吾故人哭于斯，祭享于斯，曷若先而与吾故人饮于斯，赋咏于斯也？昔之遭值，方革颠沛，吾故人皆得以无恙，而先生之疾适以瘳矣，亦必有以相者矣。而今丧乱未平，今日之集，又安知明日为何如也，愿诸君各尽饮！"予亦作而告曰："吾有大患，为吾有身。及吾无身，何患之有？达生委命，视死如归，吾学老氏者，固不必论。若夫穷理尽性，以至于命。原始反终，而知死生之说，孔氏之道也。子学孔氏者，能不以死生动其心，

---

① 顾瑛：《口占诗序》，《玉山名胜集》，第 143 页。

爵禄惑其志，子其几道欤？子之为是，其亦玩世之士也。属予疾患以来，一切忘世，至于身亦忘，言亦忘也久矣，又何以言为哉？"既授简于予，其意雅欲予言。予与仲氏交最深、知最厚，而兹山又予尝游，则言又不得忘之矣。千古在前，万古在后，生而与故人饮酒泉台之上，则句吴自顾君始也。①

战争给人们带来了莫名的恐惧与绝望，这一时期的玉山文人，昔日的欢快与豪情，被浓浓的悲情与颓废取代。不但如此，约于同年，顾瑛芝云堂遭火焚，谢应芳有《闻顾玉山芝云堂火而所藏之书俱焚，恐其不能为怀，寄诗释之》："谁将藜焰烛群书，腹笥便便自有余。得失永须论塞马，平安聊复问池鱼。草堂留客仍投辖，香径寻诗可曳裾。别院海棠春满眼，重来燕子喜何如？"②此后，玉山佳处的楼台亭馆也折毁殆尽，仅余一草堂。于是"玉山雅集"的规模、形式都越发局促。玉山佳处的景点相继损毁后，顾瑛于至正二十三年迁居太湖流域的合溪别业，并作诗《合溪焚诵》："我爱新居好，萧然绝世氛。路回青青岸，水合白鹅群。野色挑帘人，书声陪竹闻。是中多雅趣，难许俗人分。"③诗前有序："予得合溪，地幽水秀，风俗朴俭，遂营别业，为焚诵计。"虽然顾瑛和玉山草堂都遭到了重创，但"玉山雅集"还在勉力为继。

入明以后，朱元璋对吴中文人实行各种打压政策，玉山文人多遭到贬谪流放。尽管如此，他们仍然心系彼此、以书信相互慰藉。如谢应芳的《洪武初闻顾仲瑛以召役入城婴疾而归寻喜勿药作此问讯》《顾仲瑛临濠惠书词甚慷慨诗以代简》等，都表达了对顾瑛的挂念。可惜，这种慰藉却难以战胜"徙濠"之苦楚，顾瑛"徙濠"第二年死于工所，也宣告了"玉山雅集"的彻底消歇。

二　雅集之风与"玉山雅集"之独盛

元末东南地区形成的雅集之风，除了"玉山雅集"，还有曹知白的

①　于立：《金粟冢中秋日燕集后序》，顾瑛著《玉山逸稿》（附录），鲍廷博辑录，中华书局，1985，第64~65页。

②　谢应芳：《闻顾玉山芝云堂火而所藏之书俱焚，恐其不能为怀，寄诗释之》，《龟巢稿》卷三，四部丛刊本。

③　顾瑛：《合溪焚诵》，《玉山名胜集》，第672页。

"曹氏花园"、倪瓒的"清闷阁"、徐良夫的"耕渔轩"等，都是文人聚会之场所。何良俊在《四友斋丛说》称："所谓东吴富家唯松江曹云西、无锡倪云林、昆山顾玉山声华文物可以并称。"①《明诗纪事》称："元季吴中好客者，称昆山顾仲瑛，无锡倪云镇，吴县徐良夫，鼎峙二百里间。海内贤士大夫闻风景附。一时高人胜流，佚民遗老，迁客寓公，细衣黄冠与于斯文者，靡不望三家以为归。"②

曹云西和曹氏花园。曹云西，即曹知白，字又玄，一字贞素，别号云西老人。本福建人，后徙居松江。曹知白也是雅好文学之士，贡师泰为其所作《墓志铭》曰："晚益治圃，种花竹，日与宾客故人以诗酒相娱乐。醉即漫歌江左诸贤诗词，或放笔为图画，掀髯长啸，人莫窥其际也。四方士大夫闻其风者，争内屡愿交。"③ 他延及四方之士，在其所筑之楼阁亭台进行雅集唱和。邵亨贞说："云西翁康强时，亦喜招邀文人胜士，终日逍遥于嘉花美木清泉翠石间，论文赋诗，挥麈谈玄，援琴雅歌，觞咏无算。"④ 他修建了多处园林，见于邵亨贞《野处集》《蚁术诗选》《蚁术词选》记载的就有十多处。

倪瓒和清闷阁。倪瓒，号云林，无锡人，以诗画闻名于世。"家故饶于赀，至先生始轻财好学，尝筑清闷阁，蓄古书画于中，人罕迹其所爱。"⑤ 提及元末"富且风雅"的人物，人们总会把倪瓒和顾瑛相提并论。"按元末倪云林、顾阿瑛，皆以风流文藻相尚。二人赀雄江南，亭馆声妓，妙绝一时。"⑥ 倪瓒还是顾瑛的远亲，"与予（顾瑛）有葭莩之亲"。⑦ 晚年，倪瓒四处浪迹，号"净名庵主"。

徐良夫和"耕渔轩"。徐良夫，即徐达左，吴县人。元季隐居山中，读书好学，淡泊名利，命其宅名为"耕渔轩"。"徐良夫有文学，所交皆

---

① 何良俊：《四友斋丛说》卷十六，中华书局，1959，第138页。
② 陈田辑《明诗纪事》第一册，上海古籍出版社，1993，第504页。
③ 贡师泰：《贞素先生墓志铭》，《玩斋集》卷十，文渊阁四库全书本。
④ 邵亨贞：《题钱素庵所藏曹云翁手书龙眠述古图序文》，《野处集》卷二，文渊阁四库全书本。
⑤ 钱溥：《清闷阁文集序》，倪瓒《清闷阁文集》卷首，文渊阁四库全书本。
⑥ 孙承泽：《倪云林六君子图》，《庚子销夏记》卷二，文渊阁四库全书本。
⑦ 《倪瓒小传》，顾瑛辑《草堂雅集》，中华书局，2008，第719页。说明：下文中凡征引此文献者，只注明篇章及页码，以示方便，所用页码一以此书为准。

名士。"一时文士如倪瓒、周砥、高启、陈惟寅、虞堪、徐贲、谢应芳、郑元祐、王逢、杨基、张羽、杨维桢等,官员如周伯琦、苏大年、张翥、许有壬、贡师泰等,方外释道衍、释万金、释夷简、释可继等,都和他有诗文之谊。与顾瑛编撰《草堂雅集》相类,徐达左把友人对耕渔轩的题咏汇编成为《金兰集》。

首先,元末东南地区雅集之风盛行延续了吴中文化传统。吴中地区向来有风雅相尚的传统。春秋战国时期,吴文化初具雏形。东晋时,吴文化已与中原文化、齐鲁文化及南方的楚文化有了截然不同的特点。到了宋元时期,随着经济重心的南移,加之元廷在政治文化上严于南北分疆,使得吴文化独具特色,即使与同处江南地区的婺州相比,二者在文化上也有天壤之别。大体而言,吴中文化特点有二:一是重视享受和宴游,追求奢侈浮华;二是才子层出不穷,追求风雅情趣。宋代以后,每逢统治者在政治措施、文化政策、思想控制上稍有松动,往往都能首先从吴中地区闻到这种气息,这种与生俱来的传统,既是吴中文人引以为豪的资本,也是吴中文人饱受摧残的理由,这似乎也成了吴中文化演进的一个规律。此外,元末由于吴中地区的富庶和安定,大量的外地文人流寓到此。至正十一年以后,各地战火纷飞,而吴中地区相对和平安宁,吸引了大量的士人前来避祸(如大量的玉山文人)。他们和本地文人,进行了大量的诗文交往活动。至正十六年后,张士诚据吴,并注重保护吴地,礼遇文人,更是吸引了大量的外地文人入吴,这成了吴中地区能够持续进行雅集结社的人才保证。

其次,大量的商人愿意投资于文化事业发展。在当时的江南地区,有很多经商起家的富豪,他们本可以有多种选择:或囤积土地,或入粟补官,或用于消费,或用于慈善赈灾,等等,但吴中地区的商人却自愿投资大量的资产于文化事业。顾瑛就是其中之一,他修建几十个景点,而且各个景点中充斥各种山珍奇味、书画古玩。此外,顾瑛还蓄养了大量歌姬,以佐雅集之欢。这些成了保证"玉山雅集"之盛的物质基础。那么,顾瑛因何起家?其主持的"玉山雅集"能"独冠东南",魅力何在?

先看顾瑛的发家史。殷奎对顾瑛身世有一段记载:"曾大父宗恺,宋武翼郎;大父闻传,元卫辉怀孟路总管;父伯寿,晦德弗炫,号玉山处士。母陶氏。君幼而警敏,善记诵,年十六佐父理家事,布粟出内,家

众不能欺。"① 由此可见，顾瑛祖上有仕宦经历。其父"号玉山处士"，
开始淡泊仕途，转而经营家业，顾瑛还帮他"布粟出内"。再看陆仁对
顾氏家族的记载："居乎界溪之上，祖宗世泽，亦既三百余年矣，不其盛
乎！然至玉山而益昌，纡朱曳紫代不乏人。"此外，陆仁有诗曰："家僮
聚食一万指，食时钟鼓闻考挝。荷锄载耞集陇亩，是获是刈歌呕哑。秋
登告成筑场圃，黍稷稻粱同河沙。"② 从二人记载可以判断出，顾瑛家有
大量的良田。顾瑛主要帮助其父经营的就是田地。经营田地能牟取如此
暴利，这得益于元代对江南的赋税政策。元廷对内郡实行丁税和地税相
结合的制度，对江南地区则实行夏税和秋税相结合的制度，税率相对
较低：

> 秋税、夏税之法，行于江南。初，世祖平宋时，除江东、浙西，
> 其余独征秋税而巳。至元十九年，用姚元之请，命江南税粮依宋旧
> 例，折输绵绢杂物。是年二月，又用耿左丞言，令输米三分之一，
> 余并入钞以折焉。以七百万锭为率，岁得羡钞十四万锭。其输米者，
> 止用宋斗斛，盖以宋一石当今七斗故也。又命江淮寺观田，宋旧有
> 者免租，续置者输税，其法亦可谓宽矣。③

宽松的赋税制度，使江南富室交纳够官收税粮之余，仍有大量的余粮可
出售。加之元代在江南地区实行倾斜富室的各种政策，一时间，土地兼
并现象极为严重。如成宗时，江浙行省有人上书："陛下即位之初，诏蠲
今岁田租十分之三，然江南与江北异，贫者佃富人之田，岁输其租，今
所蠲特及田主，其佃民输租如故，则是恩及富室而不被于贫民也。宜令
佃民当输田主者，亦如所蠲之数。"④ 江南富豪在官方保护下，富甲一
方，这就出现了陆仁所描述的顾瑛家"秋登告成筑场圃，黍稷稻粱同河
沙"的盛况。元廷之所以这样做，一是为了最大限度地填充国库，二是
作为政治拉拢的一种手段。元代的经济重心在江南，江南经济的稳定直

---

① 殷奎：《故武略将军钱塘县男顾府君墓志铭》，《玉山名胜集》，第 654 页。
② 《玉山名胜集》，第 117 页。
③ 宋濂等撰《元史》，中华书局，1976，第 2357 页。
④ 宋濂等撰《元史》，中华书局，1976，第 386 页。

接影响国家财政。以苏州为例，郑元祐称："平江赋役供国家经费什之七。"① 在赋税优厚、财源滚滚的情况下，江南的富豪自然会积极支持政府的各种政策。

此外，顾瑛财富的积累还得益于其对昆山的有利位置的充分利用，并对其家业商业化的运营，即充分发挥"海运"这一元代特有的运输模式。元代漕运异于此前历朝，以海运为主、河运为辅。由于经济上对江南地区的依赖，"海运"成了元代运输的生命线。回顾顾瑛的一生，我们可以推测其早年有着丰富的海运的经验。他共有三次仕途进退的经历：

> 先是浙东帅府以茂异辟为会稽儒学教谕，趣官者至，则趋而避之。至正九年，江浙省以海宇不宁，又辟贰昆山事，辞不获已，乃以侄良佐代任焉。又五年，水军都尉以布衣起，佐治军务，受知董侯挤宵，时侯以江浙参政除水军都副万户，开府于娄上。又一年，都万户纳麟哈剌公复倬督守西关，继委审赈民饥，公嘉予有方，即举知是州事，朝廷使者衔宣见迫，且欲入粟，泛舟钓于吴淞江。②

第一次是儒学教谕。这显然是元廷拉拢江南富室的一种手段，但顾瑛选择了"趋而避之"。第二次是因为"海宇不宁"，让顾瑛去担任管理"海运"的某个职位。第三次，顾瑛终于出仕，佐治军务，依然与海运息息相关。可见，顾瑛有极为丰富的"海运"经验，否则朝廷也不会选择他去担任"海运"官员。而这些经验则足以为其带来巨大的商业利润，同时在官方的支持下，他可以借此机会把江南的粮食运输到江北地区。按照现在的说法，顾瑛是一个"官商合一"的大富豪。

那么，顾瑛主持的"玉山雅集"何以冠绝一时？首先，顾瑛修建"玉山佳处"，相较他人对雅集投入最多，据杨维桢的《玉山佳处记》记载：

> 名其前之轩日"钓月"，中之室日"芝云"，东日"可诗斋"，

---

① 郑元祐：《平江路新筑郡城记》，《侨吴集》卷九，文渊阁四库全书本。
② 顾瑛：《金粟道人顾君墓志铭》，《玉山璞稿》，第 190～191 页。

西曰"读书舍"。后累石为山，山前之亭曰"种玉"，登山而住憩者曰"小蓬莱"，山边之楼曰"小游仙"，最后之堂曰"碧梧翠竹"，又有"湖光山色"之楼。过浣花之溪，而"草堂"在焉。所谓"柳堂春"、"渔庄"者，又其东偏之景也。临池之轩曰"金粟影"，此虎头之尤癖绝者。合而称之，则曰"玉山佳处"也。①

杨维桢在此提到 13 处景点，但实际数量远不止于此。据顾瑛自己说："予家玉山中，亭馆凡二十有四。"② 这些景点分别有着不同的功能：柳堂春、芙蓉馆、秋华亭、听雪斋用来赏春、消夏、观秋、度冬；可诗斋、书画舫吟诗品画；浣花馆、钓月轩、渔庄观花、赏月、垂钓；碧梧翠竹堂中列琴、壶、觚、砚、图籍及古鼎、彝器，款待韵士胜友。奇花异草、古玩珍奇、樽俎佳肴，"植以嘉木善草，被之芙蕖菱茨，郁焉而阴，焕焉而明，阒焉而深，一日之间不可以遍赏。而所谓'玉山草堂'，又其胜处也。良辰美景，士友群集，四方之来、与朝士之能为文辞者，凡过苏必之焉，之则欢意浓浃。随兴所至，罗樽俎，陈砚席，列坐而赋，分题布韵，无问宾主，仙翁释子亦往往而在"。③ 顾瑛对"玉山佳处"的投入远非他人所能比。倪瓒不善经营产业，后期变卖家产、浪迹湖泖间，尽管其文学造诣高于顾瑛，但作为组织者，在物力财力上，倪瓒则远逊于顾瑛。据明人钱谦益《列朝诗集小传》列举"玉山草堂饯别寄赠诸诗人"，共三十七人：柯九思、张翥、黄公望、倪瓒、熊梦祥、杨维桢、顾瑛、于立、张天英、张田、刘西村、郯韶、张简、沈明远、俞明德、周砥、瞿荣智、殷奎、卢昭、金翼、陆蓥、陈基、张师贤、顾敬、郭翼、秦约、陆仁、王巽、卫近仁、吕恒、吴克恭、文质、聂镛、张渥、李廷臣、袁华、琦元璞。而据杨镰先生统计，实际的参与者达百人以上，作诗超过五千首。④

　　其次，作为一个文学活动家，顾瑛有心胸、具雅量、得人心，远胜

---

① 杨维桢：《玉山佳处记》，《玉山名胜集》，第 39 页。
② 顾瑛：《补辑玉山草堂诗卷记》，顾瑛著《玉山逸稿》（附录），鲍廷博辑录，中华书局，1985，第 37 页。
③ 李祁：《草堂名胜集序》，《玉山名胜集》，第 6～7 页。
④ 杨镰：《顾瑛与玉山雅集》，《西南民族大学学报》2008 年第 9 期。

倪瓒、徐达左等人。在艺术修为和个人才情上，倪瓒远胜顾瑛，他能诗、会画兼善弹琴，堪称元末为数不多的艺术大家，但其为人清高狂狷、嫉恶如仇，加之又有严重的精神洁癖，所以很多文士对其敬而远之，他的清闷阁也只能成为一个小众的文艺沙龙。徐达左虽不如倪瓒孤高自负，但他是传统的孝子贤孙型人物，"躬行孝弟，以身率其族之子弟，复延师于家塾教之。岁时祭享宴会，合族人于家，讲诗书，谕礼乐，升降有序，揖让有节，彬彬如也"。① 故其交往对象多为道德感较强、饱受礼乐熏陶之人，像杨维桢这样的狂士，难以与其真正交心。而顾瑛除了商人兼文人的身份以外，其为人仗义疏财，颇具侠气，是以其主持的"玉山雅集"更具人气。

　　顾瑛的性格与他的传奇经历有关。殷奎在其墓志铭中说："方其年壮气盛，慕布衣任侠之权，至以原巨先、杜季良自许，请致宾客。将希踪郑庄，一何快也。"② 原涉、杜保、郑当时等人都是汉代豪侠，其共同的特点就是行侠仗义、善于交接各路豪杰。顾瑛年轻时以这些人自期，足见其"豪侠任气"之性。他自己也说："性结客，尚乘肥衣、轻驰逐于少年之场。"③ 这种圆融而通达的人生观，最终使其既非唯利是图的商人，亦非"耽于侠义"的侠客；既不是儒家孝子贤孙之典范，也不是与世绝尘的隐君子。在自题小像中他这样形容自己："儒衣僧帽道人鞋，天下青山骨可埋。若说向时豪侠处，五陵鞍马洛阳街。"④ 这种通达的价值观，使其能以兼容并包的方式待人处世。此外，顾瑛在为人上较为谦卑，吴克恭称其："无矜色，无怠容，日以宾客从事，而惟诗是求。"⑤ 此类对顾瑛的称赞，在玉山文人的诗作、通信中俯首皆是。当然，不排除其中有恭维的成分，但作为一个组织者，顾瑛所具备的人格魅力是毋庸置疑的。与此同时，顾瑛也是"玉山雅集"中最重要的参与者之一，长期以来，他的"诗人"身份被"东道主"身份所掩盖。顾瑛的诗作，虽然无法和杨维桢这样的文坛巨匠相比，但他也是出口成章，才思丰赡，殷奎称

---

① 俞贞木：《故建宁府儒学训导徐良夫墓志铭》，《吴中冢墓遗文》卷三，罗振玉收录《石刻史料新编》第13册，台湾新文丰出版公司1982年版，第4页。
② 殷奎：《故武略将军钱塘县男顾府君墓志铭》，《玉山名胜集》，第655页。
③ 顾瑛：《金粟道人顾君墓志铭》，《玉山璞稿》，第190页。
④ 顾瑛：《金粟道人小像》，《玉山名胜集》，第654页。
⑤ 吴克恭：《玉山草堂序》，《玉山名胜集》，第15页。

其"才赡思捷，语笑之顷，篇章辄就，恒屈服其坐人"。① 顾瑛还能书善画，艺术修养极高，《存余堂诗话》载："余家旧藏顾仲瑛诗帙一纸，乃《次韵刘孝章治中邀夏仲信郎中游永安湖》二首，字画绝工。"② 顾瑛自身的文艺素养也是其结交众多文艺精英的必要条件。顾瑛在"玉山雅集"中还有个重要贡献——精心编撰了大量的诗集。现存顾瑛及袁华所编的《玉山名胜集》《玉山名胜外集》《玉山纪游》《玉山倡和》及《玉山遗什》《草堂雅集》六书，共收录唱和、寄赠之作 3600 余首。四库馆臣评《玉山名胜集》曰："元季知名之士，列其间者十之八九。考宴集唱和之盛，始于金谷、兰亭；园林题咏之多，肇于辋川、云溪；其宾客之佳，文辞之富，则未有过于是集者。虽遭逢衰世有托而逃，而文采风流映照一世，数百年后，犹想见之。录存其书，亦千载艺林之佳话也。"③ 作为组织者，顾瑛资产雄厚、宽容豁达、雅量十足；作为参与者，顾瑛诗画俱工，落笔成篇。因此，上至达官贵人、名卿硕儒，下至落魄文人、商贾释子，三教九流，前来玉山草堂的文人络绎不绝。他们既愿意和顾瑛这种"雅量君子"迭相唱和，也愿意在这种无拘无束的环境中展示才艺。这在成就顾瑛的同时，也成就了"玉山雅集"独盛江南的格局。

三　"铁崖体"与"玉山雅集"

如果说顾瑛的投入奠定了"玉山雅集"的硬实力，那么杨维桢的加入则大大增强了"玉山雅集"的软实力。

除"铁崖体"外，使得杨维桢名噪一时，并成就其为东南文坛领袖的事件，是至正五年（1345）的《三史正统辩》。至正三年（1343），顺帝授意纂修宋、辽、金三史。两年以后三史修完，但从元世祖时就开始的三史孰为正统的争议一直悬而未决。所谓"传天下者必有正统"，蒙元究竟承金还是承宋，成为当时学界聚讼的一个焦点。而隐藏在正统辨之后的，则是原金辖地的汉人和南宋辖地的南人之间的矛盾。对于饱受

① 殷奎：《墓志铭》，顾瑛著《玉山逸稿》（附录），鲍廷博辑录，中华书局，1985，第 75 页。
② 朱承爵：《存余堂诗话》，何文焕《历代诗话》，中华书局，1981，第 793 页。
③ 《钦定四库全书总目》（整理本）卷一百八十八，中华书局，1997，第 2636 页。

歧视的南人来说，若南宋能成为正统，就等于给广大备受歧视的南方学人正名。朝廷最终只好诏令把宋、辽、金各为一史。杨维桢得知三史分别纂修，愤然撰写《三史正统辩》，全文二千余言，旁征博引，尽吐南人心声。总裁官欧阳玄得此文后大赞："百年后，公论定于此矣！"① 欧阳玄的褒奖，使杨维桢的名气大振。在游历吴中时，东南文人将其奉为上宾。顾瑛、倪瓒等雅集人纷纷与之订交，顾瑛为其置屋买妾，并赠以玉箫，倪瓒也以古筝相赠以示友好。

顾瑛和杨维桢的联手，得益于倪瓒的引荐之功。"玉山主人欲延杨铁崖于家塾，铁崖报曰：'必得当世清雅高洁之士如倪云林者，以一札至，即如约耳。'玉山因托云林素相习者，操舟出邀。至玉山家。玉山已构别业，悉如萧闲清閟之制。云林惊喜，请见玉山，玉山告以铁崖之意，欣然致书焉。自是三人相与结欢，往来无间。"② 终于，杨维桢于至正八年来到吴地，同年就参与了"玉山雅集"的一次大规模聚会，杨维桢还作了《雅集志》以志纪念。关于顾、杨之间的交往，杨维桢在《玉山草堂雅集序》中说：

> 仲瑛嗜好，既异于彼，故其取友亦异。其首内交于余也，筑亭曰其亭，以尊余之所学也；设榻曰其榻，以殊余之所止也。余何修而得此哉？盖仲瑛之慕义好贤，将以示始于余。示始于余，而海内之士有贤于余者至矣。故其取友日益众计，文墨所聚日益多，此草堂雅集之出于家而布于外也。集自余而次，凡五十余家，诗凡七百余首，其工拙浅深自有定品，观者有不待余之评裁也。③

可见，顾瑛对杨维桢确实青眼有加，以至于杨维桢自豪又自得地说："余何修而得此哉。"按照其说法，顾瑛如此厚待自己的目的是"有贤于余者至矣"，这颇有战国时期燕昭王取士，郭隗"请先自隗始"的感叹。顾瑛延请杨维桢也确实达到了预期：从至正八年（1348）到至正十二年

---

① 张廷玉等撰《明史》，中华书局，1974，第7308页。
② 倪瓒：《因吴国良过玉山草堂辄赋长句奉寄》诗后序，顾嗣立辑《元诗选》初集下，中华书局，1987，第2125页。
③ 杨维桢：《玉山草堂雅集序》，《东维子文集》卷七，四部丛刊本。

（1352）的四五年间，有迹可查的玉山嘉宴有五十多次，加之玉山佳处之外的雅集，以顾、杨为首的诗酒雅集更是达到七十余次。从整个玉山雅集的历程来看，说这一时期是玉山雅集的"黄金时期"当之无愧，同时也引领了元末诗坛风尚。杨维桢对"玉山雅集"影响力之提升主要表现在三个方面。一是作了大量题跋序文，发挥其"名人效应"的影响力。当然，在杨维桢到来之前，顾瑛已经做了大量的工作，邀请大量名人为"玉山佳处"题写匾额。早期为其题写匾额的有泰不华、鲜于枢、赵孟頫、虞集、马九霄、杜本、赵雍、赵奕、王蒙等人。这些人多为宦朝中，在当时的文坛和政坛都具有相当的影响力。玉山佳处的匾额亦有友人慷慨相让的，如澹香亭匾额是友人秦约所赠，他在寄顾瑛书信中说："近闻龙门山开士、水竹居主者咸集玉山草堂，想日有歌咏之乐，不胜悬悬。良贵来，闻欲得赵文敏所篆'淡香'二字，区区得之外家久矣，但未有一亭一台以称斯颜，遂欣然归之玉山，益以验是物之有所遭也。"①信中的龙门山开士是释良琦，水竹居主者或疑为王冕，良贵是陆仁。一块匾额就将这些东南的高僧名士与玉山雅集联系在了一起。杨维桢来后，这一重任则落到了他身上。从至正八年到九年（1349），杨维桢为"玉山佳处"写作了一系列诗文序跋，如《小桃源记》《玉山佳处记》《书画舫记》《碧梧翠竹堂记》等。序文内容大都相似，先述顾瑛家世，再述雅集盛况，最后鼓吹雅集并提出期许。顾瑛还多方搜集"三代汉唐礼乐之器，典坟经史诸子百氏之书"②，古书字画陈列室中，奇石彝鼎立于庭院，这使得玉山佳处不仅有着别致的自然风景，且富于人文气息，因此对各方文士别具吸引力。二是杨维桢的到来使大量的"铁门弟子"成为顾瑛的座上宾。与顾瑛有诗文唱和的文士中，或多或少与杨维桢都有联系。比较著名的如张天英、郑东、张雨、丁复、项炯、郯韶、吴克恭、姚文奂、陈基、钱惟善、陆仁、张简、于立、郑元祐、谢应芳等都到过玉山草堂。铁门弟子，如殷奎、卢熊、袁华、卢昭、郭翼、卫仁近、瞿荣智、吕诚、张守中等也是玉山草堂的座上宾。这些杨维桢的友人或弟子，对"玉山雅集"的繁盛功不可没。尤其袁华，不仅是雅集唱和的中坚力量，

---

① 秦约：《秦淮海简一通》，《玉山名胜集》，第316～317页。
② 张天英：《湖光山色楼记》，《玉山名胜集》，第192页。

还帮助顾瑛编辑、刊刻了《玉山纪游》。三是杨维桢影响了"玉山雅集"的活动方式和诗歌风格。杨维桢恃才傲物，举止不羁，且耽于声色，经常有异于常人的举动。顾瑛青睐杨维桢，既体现顾瑛"雅有器量"的君子之风，也表明了二人在生活方式上多少有几分默契（如顾瑛后来自制坟茔、坟头饮酒、自作墓志铭）。一为东道主，一为文坛盟主，在某种意义上讲，二人的生活态度和行为方式直接导引"玉山雅集"的活动方式。此外，杨维桢的"铁崖体"也被众多玉山文人所效仿。在诗体选择上，玉山文人经常采用乐府体进行唱和。如杨维桢在顾瑛的"小蓬莱"中题《小游仙》四首，其后陆仁、袁华、黄潜、秦约、郯韶、陈基、顾达皆以"古乐府"的形式进行唱和。再如至正十年七月二十九日芝云堂集会，以古乐府分题赋诗，袁华赋得《门有车马客行》，顾瑛赋得《山人劝酒》，于立得《短歌行》。据《草堂雅集》《玉山纪游》《玉山名胜集》统计，除铁崖派成员外，诸如卢昭、姚文奂、李瓒、熊梦祥、翟智、马麟、郑元祐、王玮、柯九思、吴克恭、昂吉、秦约、张天英等皆有古乐府传世。在诗歌风貌上，玉山文人的唱和诗歌明显有"铁崖体"的特色——纤秾艳丽、奇崛险怪，不能不说是受了杨维桢的影响。

顾瑛和杨维桢之间的唱和很多，如《宫词》《西湖竹枝词》《花游曲》等，数量不少，风格也很相近。杨维桢在吴中与顾瑛等人唱和时，曾写作《西湖竹枝歌》。杨维桢的竹枝词，风格通俗清新，有民歌意韵，为人所称道：

　　　　苏小门前花满株，苏公堤上女当垆。南官北使须到此，江南西湖天下无。
　　　　鹿头湖船唱报郎，船头不宿野鸳鸯。为郎歌舞为郎死，不惜黄金成斗量。
　　　　劝郎莫上南高峰，劝侬莫上北高峰。南高峰云北高雨，云雨相催愁杀侬。[1]

---

[1]　杨维桢：《西湖竹枝歌九首》，李梦生点校《元诗纪事》，上海古籍出版社，1987，第365～366页。

翁方纲曾言："廉夫自负五言小乐府在七言绝句之上。然七言竹枝诸篇，当与小乐府俱为绝唱。刘梦得以后，罕有伦比，而竹枝尤妙"①，认为杨维桢的乐府诗和竹枝词一样优秀，竹枝词的成就甚至还要高于乐府诗和七言绝句，艺术水平很高，自刘禹锡以下没人可以与之相比。在这样妙丽诗词的刺激之下，玉山雅集的诸位宾客，纷纷写诗唱和，一时间"好事者流布南北，名人韵士属和者无虑百家"。② 于是在编纂玉山诸集的同时，顾瑛也帮助杨维桢编撰刊印了《西湖竹枝词》，集中辑录了 121 位作者的 183 首诗，作者多是杨维桢在至正初年各地游历时所结交的朋友，顾瑛等雅集诗人的和诗也收录其中。此外，该集还收录了妇女和商贾的作品，足见《竹枝词》当时影响之广。可以说，如果不是顾瑛的资助和借助玉山雅集，这本集子也许不会刊刻流行，也不会有如此大的影响。

当然，顾瑛对杨维桢的诗学思想也并非全盘接受。杨维桢向来排斥律诗，认为律诗束缚作者的创作和抒情，是"诗家之一厄"。至正八年顾瑛在重新刊刻《铁崖先生古乐府》时，将杨维桢所作的律诗也补录了进去，这些诗在至正六年杨维桢的学生吴复所编的《铁崖先生古乐府》中是刻意弃之不录。而顾瑛则委婉地表达了自己的不同意见，为了进一步阐释自己的诗学观点，顾瑛在《后序》中这样说道：

> 会稽杨先生赋有《丽则遗音》，诗有《乐府余声》，则已板行于肆，而诗则未出也。人之传诵者，往往多律体，未见其为乐府之余声，而余切疑之。先生至吴，获睹其诗之全集，始知铺张盛德者，可以配《雅》《颂》；举刺遗俗者，可以配《国风》；感激往事者，可以配《骚》《操》之辞。今人所工，取法于沈、宋后律之为体者，皆削之不留；而人之乐传颂者，正其所削，便于世好者耳。吁，作古诗而欲传于今时，抑亦难矣哉！……故予谨录吴复所编本凡三百余首以锓诸梓，与有志古诗者共之，庶几感发古之六义，繇是而之风骚之教不难也。卷末律诗，虽先生所弃，而世之学者所深炙者也。故余复取世俗所传本，录五言及七言，又凡若干首云。③

---

① 翁方纲：《石洲诗话》卷五，人民文学出版社，1981，第 178 页。
② 胡玉缙撰，吴格整理《续四库提要三种》，上海书店出版社，2002，第 357 页。
③ 《铁崖古乐府》后序，四部丛刊本。

从顾瑛序中还可知，杨维桢为了突出集中的古诗，尽量删弃这些世人乐于传颂的律诗。然而顾瑛虽对杨维桢的古乐府充满赞誉，也知道杨"今人所工，取法于沈、宋以后律之为体者，皆削之不留"，却亲自手选被普遍认可、符合六义之旨的律诗附在古乐府后，这种对古近体诗兼收并蓄的做法，表现出作为诗人和诗学批评者的开放观念和独立品格。

四 "市隐"下的雅集特点：雅俗共赏

"仕"与"隐"是中国古代文人最重要的生命模式与人生主题之一。最早为这一模式确定规范的是孔子，"用之则行，舍则藏"。[①] 这种说法为孟子所继承，所谓"穷则独善其身，达则兼济天下"。[②] "用行舍藏"固然体现了儒家学说在士人"仕"、"隐"模式上的权变性和灵活性，但是把"用"与"舍"、"达"与"穷"对立起来，无疑导致了士人在"行"与"藏"、"兼济"与"独善"的选择上陷入"非此即彼"的窘境。"非此即彼"在理想的状态中是合理的，也是可行的。但由于士人在世俗中，"身之所处"和"心之所向"往往出现脱节，所以"非此即彼"在现实的运用和操作中出现了很多变相，也不足以应付复杂的环境。最早意识到这一尴尬并提出解决方案的是庄子，他在《人间世》中说：

> 形莫若就，心莫若和。虽然，之二者有患。就不欲入，和不欲出。形就而入，且为颠为灭，为崩为蹶。心和而出，且为声为名，为妖为孽。彼且为婴儿，亦与之为婴儿；彼且为无町畦，亦与之为无町畦；彼且为无崖，亦与之为无崖。达之，入于无疵。[③]

这就是庄子的"游世"说，或曰"顺世"说。按照庄子的逻辑，其特点有二。一是自保，"天下无道，圣人生焉"。[④] "生"就是如何在乱世中求生存，自我保护。二是不与物相忤，"乘物以游心，托不得已以养中"[⑤]，

---

① 朱熹：《四书章句集注》，中华书局，1983，第95页。孔子类似的说法还有"天下有道则见，无道则隐"（《泰伯》），"邦有道，则仕；邦无道，可卷而怀之"（《卫灵公》）。
② 朱熹：《四书章句集注》，中华书局，1983，第351页。
③ 《庄子·人间世》，郭庆藩《庄子集释》，中华书局，2004，第165页。
④ 《庄子·人间世》，郭庆藩《庄子集释》，中华书局，2004，第183页。
⑤ 《庄子·人间世》，郭庆藩《庄子集释》，中华书局，2004，第160页。

也就是上文的"彼且为婴儿，亦与之为婴儿"，最终做到"入于无疵"，实现理想中的"逍遥游"。庄子此论开启了后代文人"隐"的新模式——"朝隐"或"市隐"。其产生的原因往往有二：一是士人身处政权之内，但由于种种原因，志不获展，怀才不遇，转而以麻木冷漠的态度对待政权，行为上或怪诞，或放纵；二是迫不得已，被迫入朝为官，于是以周旋应付的态度应对各种局面。这两种情况都反映了士人和政权之间微妙的关系，体现文人对政权的冷漠，亦可看作是文人的"隐晦的对抗"。他们没有能力使用暴力或者非常规手段改变这一状态，转而以这种暧昧的、隐晦的、消极的策略表达自己的不满和压抑。这种"隐"的方式，历代文人有之，如东方朔、竹林七贤、白居易、苏轼等。

这种方式直接投射到元末吴中文人身上。但与前代相比，规模上以群体性出现，而非个体性；力度上更加强烈公开，而非轻微暧昧。而玉山文人以群体性的"市隐"诠释着这种方式："隐"既没有忠心卫道的道德自律，也没有放浪山水的消极"遁世"，而是建立在世俗享受基础上的"心隐身不隐"，是"旁观者心态"下的集体狂欢。他们选择"市隐"，从主观上讲，源于对元廷及政治的失望；从客观上讲，得益于顾瑛雄厚的资产以及合理的组织保障其享受。在"市隐"的基础上，"玉山雅集"呈现出"雅俗共赏"的特点。

"雅"与"俗"是相对的概念。和蒙古贵族"大块吃肉、大碗喝酒"的狂欢相比，"玉山雅集"是"雅"的。从参与主体上讲，蒙古贵族的聚会多为当权贵族、武夫、勇士，裹挟着胜利者的骄傲与粗犷；而"玉山雅集"以江南文人为主体，即使是道、释、商贾之流，也具有较高的艺术修养。从聚会的内容来看，蒙古贵族的狂欢以满足声色之娱为主，缺少形而上的精神活动；而玉山文人饮酒赋诗、游山赏水、品茗垂钓，则是文人之风雅。

之所以说"玉山雅集"又是"俗"的，是把其与历史上的兰亭、西园雅集等相比。杨维桢曾做如是对比："夫主客交并、文酒宴赏代有之矣，而称美于世者，仅山阴之兰亭、洛阳之西园耳。金谷、龙山而次弗论也。然而兰亭过于清则隘；西园过于华则靡。清而不隘也，华而不靡也，若今玉山之集者非欤？"① 杨维桢眼中值得称道的雅集唯有东晋的"兰亭集会"和北宋的"西园雅集"，即便如此，也难免"清而隘"、"华而靡"。"清"相对于"杂"，"华"相对于"朴"，都是文人"高雅"、"精致"、"华美"的代称。杨维桢的说法不无道理，"兰亭集会"是以王羲之等贵族文人为主导，"西园雅集"是以元祐党人为主的一次精英聚会。无论从参与者或活动方式上，二者都极富排他性，处处体现了文人作为文化精英的优越感。在杨维桢看来，过于"高雅"则难免单一，过于"脱俗"则难免束缚，所谓"隘"与"靡"。而"玉山雅集"却能"清而不隘"、"华而不靡"，保持一种合理的平衡，即在"高雅"中还透露着"世俗"，做到"雅俗共赏"。"玉山雅集"的"俗"，还表现在以下几个方面。

　　从参与者来看，"玉山雅集"不仅人数众多，而且身份复杂。② 有名公硕儒，如虞集、黄溍、萨都剌等；也有地位低下的文人，如张天英、朱德润、谢应芳等；有诗僧如释余泽、释道元、释来复等；道士诗人有张雨、于立、郑守仁等；方技之人有箫史赵忠恕、笙伶周琦、疡医刘起等。姑且不论其私交，一旦身处"玉山雅集"这个"文艺沙龙"中，至少在表面上都达成了共识。他们坐在一起，非但没有互相排斥，甚至相得甚欢。如此局面出现，归因于时代带给文人的际遇。元代不实行"文官政治"，文人儒士始终无法走入权力的核心。文人失去晋身之阶，也就意味着失去了最根本的生存方式。迫于生计，大量的文人不得不转求他途：或委身于商贾富室之家，或兜售学识字画为生，或混迹于书会勾栏聊以糊口，或转学他技以求生存，等等。因此，元代的大量文人都是多面手。在他们眼中，读书作文和商贾医卜、神仙方术一样，究其根本是一种生存的需要。这种情况下，文人的"精英"意识越来越淡薄，反倒使他们能以更通达兼容的眼光看待其他群体。如袁华称赞朱道原："马医酒削业虽微，亦将封居垂后世。胸蟠万卷不疗饥，孰谓工商为末艺？"③ "孰谓工商为末艺"一语，直接挑战传统观念。"玉山雅集"有雕刻家、

---

① 杨维桢：《雅集志》，《玉山名胜集》，第 47 页。
② 可以参看中国社会科学院谷春侠的博士学位论文《玉山雅集研究》第三章第二节"文人构成的多元化"。
③ 袁华：《送朱道原归京师》，《耕学斋诗集》卷七，文渊阁四库全书本。

医生、商人、艺人等，这在传统雅集文人看来，无异于鱼龙混杂，斯文扫净。

从雅集方式上来看，"玉山雅集"也有"俗"的特点。以顾瑛雄厚的财力作支撑，更使其与兰亭、西园区别开来，他们不但写诗作画，更伴之以大量的物质享受，尤其是声色之乐。在文人雅集中，偶有声色辅之，通常被视为"风雅"，本无可厚非，如东晋时期石崇的"金谷园聚会"，盛唐时相传王之涣等人的"旗亭画壁"等，但玉山文人远过之，且津津乐道。顾瑛本人蓄有大量的歌姬，《元明事类钞》云："玉山草堂园池声妓之盛，甲于天下，有小琼花，南枝秀者，每宴会辄命侑觞乞诗。"① 每逢雅集，这些歌姬便登台献艺，士人流连其中，兴致勃发，享乐之趣、陶醉之情，溢于笔端。如至正八年二月，顾瑛于姑苏雇船，泊山塘桥下，呼琼花、翠屏二姬，招杨维桢、张渥、于立等人游虎丘。同年三月，顾瑛、杨维桢、张雨携妓琼英游石湖诸山，张雨为琼瑛赋《点降唇》，杨维桢为之赋《花游曲》，顾瑛、袁华、郭翼、陆仁、秦约、于立、马麟也随即各和一首，皆为杨维桢所取，顾瑛将这八首《花游曲》一并录入《铁崖先生古乐府》以行世。

此外，"玉山雅集"之"俗"还体现在玉山文人集体赏戏度曲上。赏戏，如张翥在《寄题玉山诗》中的描述："开尊罗绮馔，侑席出红妆。婉态随歌板，齐容缀舞行。新声绿水曲，秾艳大隄倡。宛转缠头锦，淋漓蘸甲觞。"② 形容的就是赏戏的情景。度曲，如顾盟《次韵杨廉夫冶春口号》曰："吴姬殷勤折简呼，青锦坐褥花中敷。听唱梨园供奉曲，新声一串骊龙珠。"③ 所谓"梨园供奉曲"即指戏曲，而"新声一串骊龙珠"，则指杨维桢用铁笛为吴姬演唱的"新声"伴奏。谢应芳在《顾国衡万户席上，与乃翁（顾瑛）及元璞长老等数客把酒赋诗，各成七言四韵》也说："按得锦筝新制曲，隔花黄鸟共间关。"④

玉山文人的赏戏度曲，既体现了他们雅集方式之"俗"，也体现了

① 陈衍辑撰《元诗纪事》，上海古籍出版社，1987，第529页。
② 张翥：《寄题玉山诗》，《玉山名胜集》，第10页。
③ 顾盟：《次韵杨廉夫冶春口号》其八，《草堂雅集》，第851页。
④ 谢应芳：《顾国衡万户席上与乃翁及元璞长老等数客把酒赋诗各成七言四韵》，《龟巢稿》卷三，四部丛刊。

元代文人普遍生活与艺术追求。由于元代不重儒学,科举废置,大量的文人看不到出仕的希望。他们或出于生存的压力,或出于一己的偏好,在底层生活的经验中汲取了民间艺术的营养,流连于勾栏、瓦肆,把书写、说唱、表演相结合,客观上促进了杂剧的发展。杂剧作为俗文学,在以诗文观念为主导的传统文人眼中,其产生是"文气"衰朽的象征,既无法反映盛大的国运文风,也缺乏激昂高雅的格调,是为了迎合下层的需求而产生,具有强烈的世俗性和娱乐性。相对而言,北方文人则多以"书会"的形式结为团体,喜欢创作粗犷现实的杂剧;而南方文人多以"诗社"的形式结为团体,乐于创作清丽流转的南戏,这是南北文学传统在俗文学上的表现形式,也与元代的政策和南北文人的价值取向息息相关。但无论哪种体式,究其原因都在于元代的统治政策引发了文人心态的新变,即元代中断了唐宋以来的斯文传统,文人难以从"雅文学"中找到自己的位置,更无法获益,转而从"俗文学"中找寻自我,表现自我。这也是杂剧戏曲产生于宋,而光大于元之根本所在。

第二节　玉山文人的心态

由于"玉山雅集"在时局的更迭中,经历了一个由盛转衰的过程,因此玉山文人的"旁观者心态"的演变有以下特点:前期以积极为主,后期以消极为主,而积极心态与消极心态又常相伴而生,共同构成了玉山文人的心理体验与情感基调。具体表现是:"旷达"与"颓废"并存、"纵欲"与"恐惧"并存、"悲哀"与"忆旧"并存。

一　"旷达"与"颓废"——以于立为例

于立,据《草堂雅集》载:"字彦成,南康之庐山人。故宋名将家,幼明敏博学,善谈笑,学道会稽山中,得石室藏书,遂以诗酒放浪江湖间。长吟短咏,有二李风。多游吴中,与予特友善,故于玉山草堂有行窝焉。法书名画题品居多。"① 于立也是顾瑛的儿子顾元臣的授业老师,长年住在顾瑛家中,释良琦曾记:"及视旧所题诗草,则寅夫在数百里外,

---

① "于立小传",《草堂雅集》,第 967 页。

云台方进漕掾，日趋大府，以簿书从事。得相与周旋者，独匡庐山人
在。"① 文中的寅夫是吴克恭，云台是郯韶，他们因为忙于公事很久不能
前来，与顾瑛一起在玉山佳处相伴的只有于立。陈基也有类似的说法：
"于是铁崖去讲《春秋》于松江柳泽之上，有道隐居吴城天宫里，元璞
亦归天平山之龙门，而九成则出入漕台，执文牍以理公家之事，朝夕与
子为侣者，主则隐君，客则炼师也。"② 杨维桢去了松江，郑元祐隐居，
释良琦回到天平山，郯韶忙于公事，能与顾瑛做伴的就剩下于立。之所
以选取于立为研究对象，原因有二：一是他身份特殊——方外之人；二
是他与顾瑛关系较为密切，"予客仲瑛许余三十年"，"予与仲氏交最深，
知最厚"。③ 他几乎参与了所有成规模的聚会，且逢会必有诗作，是个极
具代表性的个体。

在价值观上，儒家追求"成圣"，道家追求"成仙"，佛家追求"成
佛"。在"道"的最终旨归上，三家殊途而同归，都是对最高人格及精
神境界的向往。在现实操作上，儒家强调现世的进取，把人置身于世俗
关系以求超越；道家虽不排斥世俗生活，但更注重"保真全性"，寻求
精神之超越；佛家则舍弃今生，追求来世之永恒。作为道人的于立，自
然不乏对隐逸人格的追求与向往，他在《题天台采药图》中写道：

> 天台之山千崖万嶝，下压玄阴之九垒，上通青天于一握。长松古
> 桧阴森蔽白日，飞湍悬瀑颒洞振岩壑。穷搜远讨不可及，中有仙人在
> 寥廓。褰衣涧曲者谁子，似欲长往穷冥漠。石桥流水定何处，乌啼春
> 暮桃花落。但见霓旌飘飘集仙侣，丹光翠色映楼阁。授子素书仙可学，
> 况有琼浆与灵药。云霓衣裳霄汉乐，瑶床玉枕真珠箔。此中居处良不
> 恶，胡乃区区念城郭。世道日偷民德薄，变转更迁如陆博，人间不似
> 山间乐。呜呼！人间不似山间乐，胡为丁令归来化为鹤。④

---

① 释良琦：《至正庚寅五月十八日玉山佳处分题诗序》，《玉山名胜集》，第63页。

② 陈基：《至正十年碧梧翠竹堂雅集分题诗序》，《玉山名胜集》，第184页。

③ 于立：《金粟冢秋日燕集后序》，顾瑛撰《玉山逸稿》（附录），鲍廷博辑录，中华书
局，1985，第65页。

④ 于立：《题天台采药图》，《草堂雅集》，第968页。

这是一首游仙诗，单就诗歌本身而言，并没有太多鲜明的特点。诗中所表达的"隐逸"情怀非常契合于立的身份。无论是"胡乃区区念城郭"，还是"胡为丁令归来化为鹤"，都表达了其对世俗不屑、对仙界的向往。但更多的时候，真正让于立动心的，恰是世俗之"欲"，如《短歌行》：

> 白日苦易短，百岁良非长。今日花间露，明朝叶上霜。黄河无停波，浩浩东入海。弱水隔神仙，灵药何由采。羲和总六辔，苍龙挟其辀。回车谒王母，蛾眉生素秋。虞渊沉暮景，忽在扶桑颠。孰知青天上，年年葬神仙。樽中有美酒，潋滟浮春香。调笑青霞侣，婵娟紫云娘。今日不饮酒，奈此白日何。来者日益少，去者日已多。太极那能穷，浑沌不可补。不知醉乡人，一息同千古。谁云刀圭药，可以养人骨。天运未可期，且尽杯中物。①

诗中宣传的理想，没有崇高的价值，没有积极的追求，只有"白日苦短"、"来者日少"的感叹。即使是神仙，在于立看来，也有被"葬"的时候。既然一切都无法把握，还不如"调笑青霞侣"、"且尽杯中物"。"酒"成了唯一真实的东西，在写给顾瑛的诗中，于立更以自得的口吻重复道："人生有酒万事足，但愿日日邀比邻。"② 在身份上，于立区别于其他玉山文人，但在对"及时行乐"的追求上，于立却是其中的代表之一。玉山文人大多怀有这种心态，吴克恭说："秋到黄花无几日，人生只合酒杯中。"③ 顾瑛说："人生有酒不为乐，何异飞蚊聚昏昼。"④

　　玉山文人之所以形成以"纵欲"为"旷达"，其情况又分为两种。一是对政治彻底失望，转而追求此种生活，如杨维桢、袁华、郑元祐、张翥、周砥、康棣、张天英等人。张翥，"同郡傅岩起居中书，荐翥隐逸，召为国子助教，累官至侍讲学士。俄以翰林学士承旨致仕"。⑤ 康棣，"由茂才仕至吴江州知州，尹休宁时，有善政，民为立生祠"。⑥ 他

---

① 于立：《短歌行》，《玉山名胜集》，第112页。
② 于立：《用丹丘子寄玉山草堂韵》，《草堂雅集》，第982页。
③ 吴克恭：《寄石民瞻》，《草堂雅集》，第458页。
④ 顾瑛：《顾瑛得旧字》，《玉山名胜集》，第93页。
⑤ "张翥小传"，《草堂雅集》，第481页。
⑥ "康棣小传"，《草堂雅集》，第330页。

们都曾有过政治梦想或仕途经历，但最终不得不失意地面对客观现实，对政治彻底失去了兴趣。和历史上其他选择归隐的文人一样，他们都表达了对官场的厌恶和对自由的渴望。如陈秀民说："役役何所求，吾将返林泉。"① 吴克恭说："蛟虎于今正狼藉，凤麟不见谩唏嘘。阴阴栋宇多松桧，拟欲临流卜隐居。"② 张天英在《夏日寄玉山主人》诗中，也表达了这样的思想："赤日行天气欲焚，树根群蚁正纷纷。道人心在羲皇上，睡杀青松一枕云。"③ 诗里的"赤日欲焚"、"群蚁纷纷"无论是作者实写眼前之景，还是暗喻世情，似乎都与作者无关。比起出仕，他们更愿意置身于山水林泉，吟咏性情。二是倪瓒、于立、张雨等素无政治情结者。他们没有政治情怀，傲视王侯。如周砥描述倪瓒："鲁连有志节，蹈海不复还。严陵不肯仕，归耕富春山。两公出处虽异代，千古同高天地间。我识云林子，亦是隐者流。一生傲岸轻王侯，视彼富贵如云浮。"④ 周砥在此把倪瓒比作鲁仲连、严子陵一样的高人隐者。但是玉山文人对鲁、严的"异代神交"，只是限于精神上。在现实生活中，玉山文人不但不排斥觥筹交错、风流把盏，还极力渲染。其"旷达"之背后，恰恰是"颓废"之凄凉。这种矛盾心态在玉山文人身上得以统一，既有历史原因，也有时代原因。

首先是思想背景的原因。元代政权属于贵族化、军事化性质；经济则推行重商政策；在文化上，对儒、道、释的内涵知之甚少。官方统治缺少深厚的文化积淀，因此，文人眼中的"道"就失去了其权威性和神圣性。换言之，文人所从事职业和职业本身的信仰规范是脱节的。这必然导致"道"的庸俗化与流失。在大多数人眼中，儒士、道士、释子、商贾、医卜等都只是一种生存的手段与方式，不存在"形而上"的价值高低，甚至很多文人出入儒、释、道，如顾瑛。其积极效果是各类文化的空前融合，但也戕害了"道"的终极意义，导致文人信仰的弱化与虚无：儒士不信奉程朱理学，缺少家国天下的情怀；道士再不恪守"守性"、"贵生"，缺少"身心合一"的修炼；释子不再以普度众生为皈

---

① 陈秀民：《滦阳道中》，《草堂雅集》，第 1037 页。
② 吴克恭：《过义兴周将军庙》，《草堂雅集》，第 462 页。
③ 张天英：《夏日寄玉山主人》，《玉山名胜集》，第 401 页。
④ 周砥：《寄倪云林》，《草堂雅集》，第 1063 页。

依，转而投机谋利。如于立：

> 《题葛仙移家图》：紫府青鸾下诏迟，囊琴跨犊又何之。空遗旧宅烧丹井，寂寞长松叫子规。[①]
> 《题醉道图》：君莫学伯夷，不肯食周粟。君莫学屈原，空葬江鱼腹。人生富贵无百年，身后声名亦漫传。朝廷纵有贤良诏，得似先生醉后眠。[②]

于立本为道人，对其前辈葛洪之所为充满遗憾。葛洪终生努力换来的是于立对其"空遗旧宅"、"寂寞长松"的感叹。于立更是直接否定了传统文人眼中以"节义"、"高洁"、"忠贞"著称的伯夷和屈原。在"美人如花"、"日日醉眠"的旷达之后依然能"乘风朝帝京"，在仙界继续纵情享乐，才是于立所肯定的人生态度。在于立眼中，修道成仙，养生修行，这些都不足取，只有在短暂的人生中尽情享乐、纵欲狂欢才是人生的真谛。这种追求和于立的身份是极为相左的。再如释良琦，其所作的一首雅集诗曰："人生所贵适意耳，丹砂岂能留迅晷。友朋会合不作乐，老向尘埃竟何以！"[③] 在他眼中，佛门的清规戒律都应该让位于"人生所贵适意耳"的享受。由于缺少坚实的信仰依托，大量的玉山文人信仰虚无，故其"旷达"多伴之以"颓废"。

其次是外部环境的原因。"玉山雅集"主要活动于至正八年到至正十六年，又可以分为两个阶段，前一阶段为享受，后一阶段为避祸。在前期，玉山文人的生存环境相对稳定，但从至正十一年开始，农民起义风起云涌，战争让他们体验到生命之可贵与聚会之不易。两种情感相混合，便构成了"及时享乐"的动机。既然生命短暂，就应尽情享受生命；既然相聚不易，更要珍惜每一次相遇。于立大量的诗作都表达了这种情感。如至正十一年冬十月廿三日的一次雅集，他提出以"夜阑更秉烛，相对如梦寐"分韵赋诗，其诗曰："孟冬未霜霰，流水涵春声。客来玉山里，照眼冰玉清。主人罗酒肴，夜久灯烛更。高谈杂谐笑，急令飞筹觥。黄

① 于立：《题葛仙移家图》，《草堂雅集》，第988页。
② 于立：《题醉道图》，《草堂雅集》，第973页。
③ 释良琦：《释良琦得以字》，《玉山名胜集》，第82页。

尘暗关洛，海波殊未平。岂不怀远途，且复慰闲情。出门瞻北斗，河汉东南倾。"① 几天后的一次雅集中，于立写道："人生多契阔，世事一仰频。栖迟感时序，慷慨怀今古。当时刘伶酒，不到坟上土。出处或参商，道路多豺虎。劝君且为乐，不饮良自苦。"② 对于在战乱中的相聚，于立首先表达了庆幸之情，但这种庆幸会随着环境的变化而迅速消失。所以，于立的情感随即转为悲哀，所谓"出处或参商，道路多豺虎"，正是对其生存状态的形象描述。其他人的雅集诗歌，也和于立一样，感情极为复杂，有庆幸、有悲哀、有旷达、有颓废，如：

　　　一别逾三秋，相见各惊骇。开筵出红妆，持杯擘紫蟹。黄花照白发，流光岂能买。兹辰且尽乐，一醉百忧解。③

　　　高僧红罽帽，仙人紫霞裘。焚膏纪良夜，急令散飞筹。会合不为乐，暌离端可忧。倾觞各尽醉，慎勿起遐愁。④

　　　督促星火急，强歌纪岁时。自惭鄙拙句，亦得联珠玑。明朝便陈迹，分违各东西。此欢恐难再，后会何当期。⑤

"惊骇"、"急令"、"星火急"，可见他们对于狂欢的迫不及待；"且尽乐"、"各尽醉"则表达了庆幸的心理和对旷达的享受；"可忧"、"遐愁"、"陈迹"、"难再"则显露出了颓废与悲哀。"旷达"源于烽火岁月尚有片刻之欢娱，"颓废"源于欢娱过于短暂，这两种矛盾的心态在玉山文人身上得到了统一。而二者往往会陷入循环：越旷达，越颓废；越颓废，越需要以旷达来解脱。当二者的冲突达到极致时，就只有通过自我安慰来获得新的平衡。如于立作于至正十二年秋二十二日芝云堂雅集的一首诗："吴姬清歌赵姬舞，凤笙鸾管声相催。古来贤达尽黄土，嗟我不乐胡为哉。主人劝客客复说，请君试看天边月。此夕清辉满意圆，明夜孤光还渐缺。世间万事岂有常，人生会少多离别，但愿无事长欢

---

① 于立：《于立得更字》，《玉山名胜集》，第78页。
② 于立：《于立得杜字》，《玉山名胜集》，第85页。
③ 赵奕：《赵奕得解字》，《玉山名胜集》，第83页。
④ 袁华：《袁华得忧字》，《玉山名胜集》，第83页。
⑤ 杨祖成：《杨祖成得惟字》，《玉山名胜集》，第84页。

悦。"① 尽管在内心深处仍幻想着"但愿日日邀比邻"的风流聚会，却不得不面对"聚少别多"的客观现实。于立以"月"为喻，表达了对"万事无常"的淡然。但最终他希望的还是天下无事，这种期待不是出于"国泰民安"、"四海晏清"的企盼，而是希望能够长久欢娱。于立的想法只是一厢情愿，随着战事的吃紧，在此后的岁月中，玉山佳处屡遭破坏，玉山文人更是聚少离多，"旷达"之情渐少，而"颓废"之情日多。

二　"纵欲"与"恐惧"——以顾瑛为例

玉山文人的"市隐"模式，其价值观来源于庄子的"顺世"说。但庄子的"顺世"是一种身心平衡的饱和状态。欲"顺世"必须"无欲"，方能"逍遥游"。"无欲"包括两个方面：一是摆脱肉体之欲，泯灭"生"、"死"界限，做到"齐生死"；二是摆脱精神之欲，泯灭"有用"、"无用"界限，做到"以无用为大用"。而玉山文人无法真正摆脱这两种欲望。他们眼中的旷达是肉体之"欲"与精神之"逸"的统一，肉体之"欲"自不待言，精神之"逸"也是极不彻底的。他们的"逸"之所以不彻底，根本原因在于他们作为文人，始终无法摆脱"名"的困扰。

玉山文人之"欲"，有肉体上的声色欲望；也有精神上的"欲"，只是重心从"德、功"转移到"名"身上。作为玉山主人的顾瑛，不但给友人"纵欲"提供场所，自己也是"纵欲"者。尤其在早期的"玉山雅集"中，其大量的诗作都表达了对酒色之眷恋：

> 玉山草堂秋七月，露梢风叶正翛然。出林新月清辉发，当竹幽花夜色鲜。羽客时来苍水珮，山僧频寄白云泉。文章录事休轻别，正好深樽满眼传。②
> 幽人雅爱玉山好，肯作清酣尽日留。梧竹一庭凉欲雨，池亭五月气涵秋。月中独鹤如人立，花外疏萤入慢流。莫笑虎头痴绝甚，题诗直欲拟汤休。③

---

① 《玉山名胜集》，第121页。
② 顾瑛：《顾瑛得鲜字》，《玉山名胜集》，第37页。
③ 顾瑛：《顾瑛得流字》，《玉山名胜集》，第63~64页。

　　龙门山人，会稽外史。颜如红桃花，貌若赤松子。秋风西来云满堂，天香散落芙蓉床。手持青莲叶，酌我荔枝浆。荔枝浆，荷花露，绿阴主人在何处。算来三万六千日，日日春风浑几度。山人歌，山人舞，山人劝酒向我语。不见辽东丁令威，白鹤空归华表柱。归去来，在何时，青山楼阁相逶迤。碧桃四时花满枝，花间玉笙鹅管吹。老仙迟子商山下，商山玉泉生紫芝。归去来，毋迟迟。①

这些诗是顾瑛早期聚会时所作，其心态旷达潇洒。诗中所传达的人生追求为玉山文人所共有，如朱熙，"我将载酒即相见，与尔醉倒薰风前"；② 陈基，"乐只永清夜，陶然适天真。厚意谅莫酬，鄙辞聊复陈"；③ 郯韶，"乐哉君子游，于以寄高躅"。④

　　至正十一年，随着战争带来的压力，玉山文人"纵欲"时多了几分恐惧。如至正十一年的一次雅集，李赞在《宴集序》中写道："夫人生百年，忧患之日多，燕乐之日少。而况朋友东西北南无定居，则今夕之簪盍夫岂偶然哉？"⑤ 此次雅集中，顾瑛写道："嘉会固难并，聚散恍春梦。明发大江走，天阔孤鸿送。"⑥ 较前面的诗作相比，少了洒脱与快意，而是多了"嘉会固难并，聚散恍春梦"的凄凉。至正十六年，随着张士诚入吴，平江局势更加严峻，许多玉山文人离开了平江，"玉山佳处"屡遭到损毁。同年冬天的一次雅集上，顾瑛在序中写道：

　　缅思烽火隔江，近在百里，今夕之会，诚不易得，况期后无会乎？吴宫花草，娄江风月，今皆走麋鹿于瓦砾场矣，独吾草堂宛在溪上。予虽祝发，尚能与诸公觞咏其下，共忘此身于干戈之世，岂非梦游于已公之茅屋乎！⑦

---

① 顾瑛：《山人劝酒》，《玉山名胜集》，第 111 页。
② 朱熙：《题陈履元画玉山草堂图》，《玉山名胜集》，第 27 页。
③ 陈基：《陈基纪会得新字》，《玉山名胜集》，第 36 页。
④ 郯韶：《郯韶得玉字》，《玉山名胜集》，第 49 页。
⑤ 李赞：《宴集序》，《玉山名胜集》，第 76 页。
⑥ 顾瑛：《顾瑛得梦字》，《玉山名胜集》，第 80 页。
⑦ 顾瑛：《口占诗序》，《玉山名胜集》，第 144 页。

"予虽祝发"指的至正十六年张士诚入吴后,顾瑛为了躲避其征召,加之母亲在此前的丧乱逃亡中不幸死亡,出于对张士诚政权的排斥和母丧的悲恸,所以才有此举。殷奎在其墓志铭记载:"母丧,断发庐墓。大阅释氏藏书,探讨其文义,久之,若有得焉。适淮兵屯吴,闻君将用之,乃谢绝世事,营别业于嘉兴之合溪,渔钓五湖三泖间,自称'金粟道人',盖已与世相忘矣。"① 在上述雅集中,顾瑛再无之前的潇洒,而是以压抑的笔触写下了自己的悲伤:"木叶纷纷乱打窗,凄风凄雨暗空江。世间甲子今为晋,尸裹庚申不到庞。此膝岂因儿辈屈,壮心宁受酒杯降。与君相见头俱白,莫惜清谈对夜釭。"② 因为"恐惧",所以"悲哀",因为"悲哀",所以需要"纵欲"寻求解脱。其他玉山文人也一样,纷纷在和诗中表达了这种情绪:

> 《缪侃和前韵》:玉壶酒美醉寒窗,酒渴还思饮大江。好事久传吴下顾,作官甚愧鹿门庞。眼中世态元如此,愁里诗怀卒未降。相对正怜犹梦寐,笑谈何惜倒银釭。
>
> 《范基和前韵》:草堂旧岁逢君日,正说王师欲渡江。守境无人能借寇,移家容我亦为庞。关中积粟愁输馈,海上飞书愿乞降。世事如棋忧不得,摊书清夜对寒釭。
>
> 《袁华和前韵》:哦诗听雨坐西窗,犹胜衔枚夜渡江。赤壁焚舟嗟失魏,马陵斫木喜收庞。身经丧乱愁难遣,老去情欢酒易降。清坐不知更漏永,定须点点堕残釭。③

这些诗由于受到体裁和用韵的限制,艺术性不高,但表达了在"世事如棋"的时代背景下,战争带来的"恐惧"。与其"恐惧"徒增伤悲,不

---

① 殷奎:《故武略将军钱塘县男顾府君墓志铭》,《玉山名胜集》,第655页。郑元祐《白云海记》中对此详有记载:"丁酉,海寇劫昆山界溪,界溪顾君仲瑛甫奉其母陶夫人避地于商,在吴兴之东南僻绝处……居无何病,气绝而卒。君痛母客死旅次,号恸顿绝……且惟新朝闻君才名,将授以秩,君斩然衰绖,固辞弗获,乃祝发家居,日诵毗耶经以游心。"(《侨吴集》卷十)根据顾瑛自己的说法,这件事应发生于至正十六年,郑元祐所载时间有误。
② 《玉山名胜集》,第144页。
③ 《玉山名胜集》,第145~146页。

如忘情世事，继续纵情狂欢。如顾瑛和缪侃的联句："短檠二尺照清酣，圆饼裁肪韭味甘。旧雨今为红叶雨（顾），闲云不障白云庵（缪）。范君远馈吴膵肉（顾），钱老能分林屋柑（缪）。今夕共谋真率醉（顾），莫将时事向江南（缪）。"① 一句"莫将时事向江南"，意味无穷。

　　战争给人带来恐惧，但对文人而言，这种恐惧还不止是生命的消逝，还有声名的消逝，即形而上意义的精神长度。玉山文人多为在野文人，更担心自己因此湮没无闻。至正二十年，顾瑛自作墓志铭曰：

　　　　金粟道人姓顾，名德辉。一名阿瑛，字仲瑛……吁，当今兵革四起，白骨成丘，家无余粮，野有饿莩。虽欲保首领以没，未知天定如何耳。今年四十有九，且有鹏鸟入室，恐倾逝仓卒中，则泯灭无闻，且欲戒后之子孙，以芒衣、桐帽、棕鞋、布袜缠裹入金粟家中，慎勿加饰金宝，致为身累。故先自志，……大元至正戊戌五月廿九日，顾阿瑛自制。②

顾瑛详述了自己的一生，包括家族渊源、个人爱好、出仕经历、子孙后代。和明史所载其事相比，顾瑛格外提到了自己的著作——《玉山倡和》。至于为何在有生之年作墓志铭，顾瑛说了两点原因："一旦倾逝，泯灭无闻"和"戒之子孙"。相比之下，"一旦倾逝，泯灭无闻"才是顾瑛最担心的。如果他真的想"戒之子孙"、垂鉴后人，生前也不会过日日沉醉、歌儿舞女的奢靡生活。声名消逝是玉山文人共同的恐惧，如郭翼写给顾瑛的《与顾仲瑛书》：

　　　　窃见昆山人物之盛，非他州可及。有著硕学若李季高蓉月先生、卫陛月山先生、二山郑渔溪陈爱山，或典章老成，或经学博闻，皆师儒之宗也。有文章之流，若俞翠峰之超逸，施林塘之风骚，秦德卿之厚重，汪德载之深沉，文学古之奇放，马敬常之秀丽，皆士林尤著者也……又若袁子英之高节，楼瞿惠夫之寿岂堂，姚文奂之书声，

① 《顾瑛缪侃联句》，《玉山名胜集》，第147页。
② 顾瑛：《金粟道人顾君墓志铭》，《玉山璞稿》，第190页。

秦文仲之鹤塚，张师贤之芝兰堂，吕敬夫之来鹤亭，卢伯融观云之
轩，陆良贵乾乾之室，卢公武之鹿城隐居。古人云：境因人胜，此
皆一时出群之材，其文章节概固非泯泯默默而已者。又若顾伯衡、
顾子达、严孟宾、项叔馭、俞复初皆进进而不已者，诚非他郡所可
仿佛也。所谓不传于今，必传于后，万万无可疑者。惟执事持至公
之论，去常人之见，念圣人才难之叹，乐春秋与善之诚，无一毫嫌
疑以自阻，则举仇举子之事，不得专美于前矣。①

郭翼开的这一串长长的名单，绝大多数都是"玉山雅集"成员。郭翼明
白："贵者可信而易云，贱者隐而难显，易云者人皆传之，难显者人皆略
之，此人之常情也。"②而大量的玉山文人正是郭翼所说的"贱者"。故
其和顾瑛再三商量，表面上是认为只有顾瑛才能做到"持正公之论"，
而实际上是希望顾瑛想办法把这些人的名字传承下去。当然，顾瑛也没
有令他失望，其编撰了《草堂雅集》、《玉山名胜集》、《玉山纪游》（袁
华编）、《玉山遗什》等，但凡有诗，一应录入。今天看来，顾瑛选诗的
标准根本不是质量。李祁在《草堂名胜集序》中对顾瑛此举赞叹道：

　　歌行比兴，长短杂体，靡所不有。于是衮而第之，以为集，题
之曰《草堂名胜》。凡当时之名卿贤士所为记、序、赞、引等篇，
皆以类附焉……吾故谓，使是集与《兰亭》《桃花园序》并传天壤
间，则后之览者安知其不曰彼不我若邪？③

李祁关于玉山文人诗作质量的评价有待商榷，但对顾瑛编撰《草堂名胜
集》功劳的论述——"与《兰亭》《桃花园序》并传天壤间"，则是十
分中肯的。设若没有这些集子，大量的玉山文人都会湮没无闻。从这个
意义上讲，玉山文人始终没有做到真正的忘情于世事，至少，他们无法
忘却对名的渴望。

① 郭翼：《与顾仲瑛书》，《林外野言》卷下，文渊阁四库全书本。
② 郭翼：《与顾仲瑛书》，《林外野言》卷下，文渊阁四库全书本。
③ 李祁：《草堂名胜集序》，《玉山名胜集》，第7页。

三　"悲哀"与"忆旧"——以袁华为例

至正十六年，张士诚入吴，"玉山雅集"随即衰落。原因有二：一是为逃避张士诚的征召，大量雅集成员离开平江，聚会不易；二是张士诚入吴对玉山草堂带来了破坏，削弱了雅集聚会的"硬件"保障，在至正十七年在"柳塘春"举行的一次雅集，于立说：

> 适斯时也，当戎马交驰之际，凡我朋游，一别如雨。若匡山于君，番阳萧君，皆予之至厚者也，今日之在会稽，犹风马牛之不相及也。予之思之，未尝一日忘之。今日得与诸君合并，不知合并又几何时。因古人折柳赠别之意，不能不戚然于怀也。诸君能无言乎！①

"今日得与诸君合并，不知合并又几何时"，对聚会不易的感叹已然超过了聚会本身带来的快乐。顾瑛在此次雅集中，写下了"不闻乱军中，食人如食狗。苗獠虐已甚，横杀掠人妇"的诗句，足见时局之紧张。雅集的迅速衰落，玉山文人不禁眷恋往日雅集之盛，越"回忆"则心情越"悲哀"。

为了逃避张士诚征召，顾瑛逃亡至吴兴之界溪，随同的还有玉山文人中的另一位重要成员——袁华。袁华（1316～1390）②，字子英，昆山人。现有资料对其生平所载甚少。据《草堂雅集》载："幼有隽才，尤善作诗，铁崖先生爱其俊敏，常与过余草堂，辄有吟咏。德性纯雅，尤可称焉。"③ 杨维桢称："吾铁门称能诗者，南北凡百余人，求如张宪及吴下袁华辈者，不能十人。"④ 作为铁门最重要的弟子之一，袁华声援了"铁崖体"，并有大量的古乐府存世。作为"玉山雅集"最早的参与者之

---

① 陆仁：《小集分韵诗序》，《玉山名胜集》，第 228 页。
② 关于袁华的生年，根据《耕学斋诗集》卷十《阙中孚，予同年也。至正丙午，五十一岁，中孚上有慈母，下有曾孙，一门五世，十月廿又四日，适逢初度，赋此以庆之》首句"同生延祐丙辰年，惟予斑衣舞膝前"，可知袁华生于 1316 年。关于袁华的卒年，现有材料最晚记载见于吕诚《来鹤亭集》卷七《重阳日有感寄袁子英袁先生时庚午岁也》。按：庚午，指洪武二十三年（1390）。
③ "袁华小传"，《草堂雅集》，第 1091 页。
④ 杨维桢：《可传集序》，袁华《可传集》卷首，文渊阁四库全书本。

一，他不但在《草堂雅集》《玉山名胜集》中有大量的唱和诗作，还编撰了《玉山纪游》。可以说，袁华既是“玉山雅集”的见证者，也是最重要的参与者之一。

和所有玉山文人一样，袁华的心态演变与“玉山雅集”的盛衰紧密联系在一起。“玉山雅集”早期，袁华也和他人一样，处处体验着雅集带来的快感与适意。至正十六年，他和顾瑛一起避难到界溪：“丙申春，海虞山，岳之榆，况乃江左乏夷吾。携妻挟子苕溪居，苕溪野老起荷戈。”① 此后，“玉山雅集”规模渐减，袁华内心也越发悲哀。

顾瑛迁居界溪后，大量的玉山文人四处漂泊。至正十六年到入明前后的十年中，维系他们之间情感的主要靠赠答诗，表达对过往的流连。如袁华的《柳塘轩听雨与谢子兰同赋》：

> 遥知江湖夜，孤灯嗟十年。有客毗陵来，早帽霜盈颠。奔逃患难余，与予同可怜。岂无道里归，饥火方垂涎。主人敬爱客，开尊且留连。幽轩落疏雨，秋水满平川。余音散高柳，似聆清商弦。剪烛对床话，中心畅忧悁。②

谢应芳，字子兰，江苏武进人，元末动乱流寓于吴。谢应芳所居离顾瑛不远，是顾瑛晚年最亲密的友人之一。袁华也借此和谢结下了深厚的友谊。袁华写作了大量的赠答诗及与谢应芳的和诗，既表达了对友人的问候，也表达了对过去的怀念：

> 《丙申岁有怀南北师友铁崖先生》：第二桥边路，问奇哪厌频。文章司马氏，诗酒谪仙人。笛弄莫邪铁，尊开太古春。梅边草堂好，矫首隔风尘。③
>
> 《寄玉山》：穷檐坐风雨，泥途寡来辀。麹生不我即，何以宽离忧。刈苏秋冬交，蛰虫尚喧啾。感时发长叹，怀人动遐愁。空持菊

---

① 袁华：《戊戌纪事次韵顾玉山》，《耕学斋诗集》卷七，文渊阁四库全书本。
② 袁华：《柳塘轩听雨与谢子兰同赋》，《耕学斋诗集》卷三，文渊阁四库全书本。
③ 袁华：《丙申岁有怀南北师友铁崖先生》，《耕学斋诗集》卷八，文渊阁四库全书本。

花咏，怅望楚天秋。①

无论是"梅边草堂好"，还是"空持菊花咏"，都抒发了回首往事的怅然失落之情，而根源则是烽火连天的岁月冲击了他们雅集聚会的安定环境。袁华在《题姜养浩寄顾玉山诗后》中写道："虎头少年才且贤，侠游不减杜樊川。善和牡丹天下白，看花走马春风前。东家蝴蝶西家去，双双高飞向何处？尊前一曲断肠词，荒草寒烟暗平楚。"②后期的玉山文人，由于天各一方，多靠赠答的方式寄托友情，不遗余力地渲染过去的繁华，也表达了对现实的无奈。

至正二十八年（1368），朱元璋彻底剿灭张士诚集团，同时对吴中文人实行了高压政策：贬谪、流放、征召等。顾瑛也在"徙濠"之列，在途经虎丘的路上，他写下了苍凉悲哀的《登虎丘有感》：

柳条折尽尚东风，杼轴人家户户空。只有虎丘山色好，不堪又在客愁中。

虎丘城外骷髅台，无数红花带血开。静听剑池池内水，声声引上辘轳来。③

顾瑛的"徙濠"，标志着"玉山雅集"的彻底消歇。在这种时局下，支撑他们情感交流的不再是"风流把盏"的联句赋诗、次韵唱和，而是在赠答中追忆曾经的风流余味。在顾瑛去往濠州的途中，袁华写下了《分题南武城送顾仲瑛之濠梁》：

南武城，在娄水。阖闾昔筑候越兵，槜李兵交竟伤指。夫差一战虽复仇，尝胆毋忘会稽耻。大夫种至请行成，属镂卒赐忠诚死。争长黄池盟，宁知甬东徙。南武城，城已堕。我来览古仍赋诗，棠梨花落雨丝丝。游子西行何日归，怅望不见令人悲。④

---

① 袁华：《寄玉山》，《玉山名胜集》，第684页。
② 袁华：《题姜养浩寄顾玉山诗后》，《耕学斋诗集》卷七，文渊阁四库全书本。
③ 顾瑛：《登虎丘有感》，《玉山璞稿》，第213页。
④ 袁华：《分题南武城送顾仲瑛之濠梁》，《玉山名胜集》，第686页。

大量的友人用这种诗中表达了浓烈的伤感，寄托哀思。再如：

> 谢应芳《顾仲瑛临濠惠书词甚慷慨诗以代简》：濠上人来书数行，开缄如对语琅琅。酒杯已办弓蛇误，药杵无劳玉兔将。少待天公舒老眼，媵收云母束归装。旧家池馆花狼藉，春水依然绿漫塘。①
>
> 《洪武初闻顾仲瑛以召役入城婴疾而归寻喜勿药作此问讯》：闻道庞公近入城，还家风雨过清明。催租人去诗仍好，市药童归病已轻。尚喜竹林青笋出，不嫌花径紫苔生。路逢缁侣传安信，候问姑迟数日程。②

在顾瑛入濠的一年中，玉山文人在朱明王朝的高压环境中，以这种赠答的方式，延续着曾经的风流。只是这些诗再无旷达的豪情，只有恋旧的悲情。《玉山遗什》中有大量玉山友人的诗作，具体成诗时间已无可考，部分已无署名，皆以赠答的方式出现。根据这些诗表达的情感和审美风格，应作于人明前后，都表达了对早期雅集的留恋和在当下心境下的悲哀。从诗歌"缘情"的本质来看，和早期的雅集诗作相比，这些诗饱含更加震撼人心的力量和真挚的感情。

由于早年的优裕环境，顾瑛难以适应濠州的残酷环境，"徙濠"第二年（1369 年）便死于住所。顾瑛的死，只是给玉山文人的命运开了一个头，随后有大量的玉山文人死于非命。在这种状态下，生命且无保障，遑论风流旷达的雅集聚会！入明以后，随着顾瑛、杨维桢等"玉山雅集"的扛鼎之人相继离去，袁华这样的后死者也在身心煎熬中忍受巨大的悲哀，如其作于洪武五年（1372）的《癸丑正月风雨中偶成》：

> 入春弥月雨霏微，惊蛰无雷雪又飞。抚节不愁花蕊晚，感时惟恐麦苗稀。当歌对酒愁难遣，问舍求田志已违。只尺相望不相见，空吟偪侧思依依。
>
> 岁除风雨浃新正，二月将终未放晴。残雪不消犹待泮，轻雷欲

---

① 谢应芳：《顾仲瑛临濠惠书词甚慷慨以诗代简》，《玉山名胜集》，第 673 页。
② 无名氏：《洪武初闻顾仲瑛以召役入城婴疾而归寻喜勿药作此问讯》，《玉山名胜集》，第 673 页。

震又收声。樵渔后夔愁童稚，故旧凋零失老成。推枕无眠清夜永，
淋淋檐溜百忧生。①

"空吟"也好，"百忧"也罢，都反映了袁华入明之后内心的焦灼状态：
一面要做好入朝后的本职工作，一面又难以忘却过去的快乐生活。在元
代虽然不受重用，但毕竟是自由的。因此，朱明王朝的统一，没有给袁
华带来任何自豪与快感，他甚至以"遗民"自居，表达了内心的沮丧和
压抑，如他寄给友人庐昭的诗："浮家南北久离群，知尔移居向海滨。白
首一经能教子，黄茅千顷比封君。异乡花鸟皆春思，故国关山半夕曛。
何日酒船还旧里，青山对榻坐观云。"② 袁华的"遗民"情结，并非他对
元廷有多么深厚的感情，更多出于对过往生活的留恋。虽然元廷没有给
他提供"家国天下"的舞台，但至少他身心自由，彼此之间是一种毫无
关涉的状态。而入明后，这种自由空间迅速被挤压，他不得不出任苏州
府学训导，违心地被纳入强有力的官方体系中，这种人生模式和其内心
深处的"旁观者心态"是极为相左的。在新朝中难以找到自己的位置，
环境的变化使他无法回到过去的状态，内心处于一种严重的"失衡"状
态，只能在"悲哀"中寻找过去，在"忆旧"中寻找解脱，充满"悲
哀"，这两种情结又形成了循环。这不仅是袁华的悲哀，也是入明之后所
有玉山文人的悲哀。

第三节　玉山文人的文学思想

　　玉山文人普遍怀抱"旁观者心态"，决定了他们对诗歌的理解。在
诗歌功能上，他们把作诗当作生命存在的一种方式：前期为"自娱"，
后期为"自慰"。为了彰显诗歌承载生命之功能，他们把诗歌当作宣泄
欲望之窗口，把作诗当作显示才艺之手段，甚至以比赛的方式作诗。
这种理解方式，决定了他们对诗歌"体"与"法"的选择：多使用近
体诗，且大量使用"赋"法。于是，其诗歌风格呈现出"纤秾"、"奇

---

① 袁华：《癸丑正月风雨中偶成》，《耕学斋诗集》卷十一，文渊阁四库全书本。
② 袁华：《寄庐伯融》，《耕学斋诗集》卷十一，文渊阁四库全书本。

崛"、"单调"的艺术风貌，而摆脱了这种作诗语境后，他们在私人化作品中又呈现出另一番特色，足见玉山文人的文学思想之复杂性与丰富性。

一　诗歌功能：表达生命存在感的方式

在中国传统诗论中，诗歌最主要的功能，一为明道，一为自适。前者强调诗歌社会性功能，所谓"补察时政"、"以观民情"；后者强调诗歌个人性功能，所谓"吟咏性情"、"书写自我"。二者对诗人都有个基本要求，内心充满力量，或为道义的力量，或为情感的力量。而诗人要想达到这种状态，内心必须保持一种平衡：或像杜甫一样时时不忘"责任"，以"道"来提升自己的感情；或像陶渊明一样以"闲适"自处，以充沛的情感表达生命的存在。对于玉山文人而言，这两点他们都难以做到。对于"责任"，他们开始是做不到，后来干脆不愿意做到。对于"闲适"，在战火纷飞、遍地烽火的战乱年代，他们也做不到。在他们眼中，作诗只是为了表达生命存在感的一种方式，其意义超过了单纯的文学活动，可以分为以下几个方面。

第一，作诗是为了表达其文人优越性一种文化符号。元代的政治中心始终在北方，且实行"种族歧视"的政策，其消极后果不但体现为地域的"南北分疆"，更体现在文化上的隔阂和对立。以汉人为主导的江南文人，有着悠久的文化传承和深厚的文艺修养。而这种才艺上的优势却始终得不到发挥，既不能借此获得政治上认可，也不能获得人格上的尊重。因此，彰显这种文化上的优越感，既可以隐晦地抗衡蒙古统治集团的政治优越感，也可以作为文人自身价值的肯定。那么，如何体现这种文化上的优越感？当然就是处处精心布局与设计的文化品位与追求，琴棋书画、古玩宝鼎、园林秀石、美食佳酿、红罗翠袖等。而这些，在玉山草堂中一应俱全。如郑元祐对"芝云堂"的描述："顾方读书续学，临帖赋诗，堂序几案间，列三代彝鼎、六朝唐宋人书画，觞酒为寿以养其父母。且筑室于溪之上，得异石于盛氏之漪绿园，态度起伏，视之，其轮囷而明秀，既似夫天之卿云。其扶疏而缜润，又似夫仙家之芝草。乃合而名之曰'芝云'。遂以其石树于读书之室后，因名之曰'芝云

堂'。"① 且不说自然环境之优美，单是其中的三代彝鼎、六朝书画、奇
石怪草，便让人神往不已。在这种环境中的娱乐活动当然更别具一番滋
味，如玉山常客赵麟写道：

> 于是尚陶匏，彻甗瓾，醴酒设，珍馔俱，方图一局决胜，成围
> 左右八算。更拾投壶，节以薛人之鼓，浮以太白之觚。宾醉蹁跹，
> 主笑卢胡。方且进海错，茹山蔬，摘芳卉，咀英芬，玩弄大块，睥
> 睨庸奴。阅春秋于朝夕，寄云月于江湖。醒则橘斗，梦则华胥。其
> 视堕珥遗簪之乐，孰若傲物忘世之娱？此草堂之佳绝，盖希世之
> 莫如。②

他们也会"浮以太白之觚"，"玩弄大块，睥睨庸奴"，俨然一群忘情世
事的自了汉。但是文人自有文人的喝法，讨杯绝非为了乱醉。秦约就明
确指出："于是会其宗族朋友，燕饮而娱悦之，一以敦亲戚爱敬之情，一
以申诚饬劝勉之辞。曰乐曰和，不亵不狎，深得古人饮酒行礼之意
焉。"③ 至于他们是否做到了把喝酒提升到"礼教"的高度与境界，是颇
有疑问的。但即使是喝醉，他们也展示了文人之趣，而绝异于蒙元武人集
团。如至正十年于立所记的一次雅集情景："十九日，玉山主人与客吴水
西卧酒不能起。余与元璞坐东庑池上，清风交至，竹声荷气，清思儵然，
殆非人间世。相与联句若干韵。不知二公在华胥梦中亦有此乐否。"④ 序
中吴水西是时任海运千户的吴世显，他们在十八日已经有过一次雅集活
动，相与赋诗饮酒。第二天顾瑛与吴世显因前一日酒醉不能起床，于立和
释良琦则在东庑池边同席而坐，在清风荷气中清思顿发，于是联句为戏。
在玉山雅集中，饮酒又与其他文化符号密不可分，"我常被酒玉山堂，风
物于人引兴长"⑤，这是酒与风物的组合；"千钟绿酒金茎泻，五色新诗

---

① 郑元祐：《芝云堂记》，《玉山名胜集》，第 97 页。
② 《玉山名胜集》，第 33 页。
③ 秦约：《芝云堂嘉宴序》，第 115 页。
④ 于立：《玉山佳处联句诗序》，《玉山名胜集》，第 65 页。
⑤ 杨维桢：《题玉山佳处》之三，《玉山名胜集》，第 53 页。

云锦裁"①，这是酒与诗兴的组合；"有酒在尊琴在几，把酒奏琴忘汝尔"②，这是酒与琴的组合；"座上酒罍倾腊蚁，砚坳书水滴文龟"③，这是酒与书的组合；"瑶华散席侵棋局，琼露分香落酒壶"④，这是酒与棋的组合；"酒尊花底分秋露，茶灶竹间生白烟"⑤，这是酒与茶的组合。

第二，"斗诗"是文人之间获得彼此认可的一种方式。如果说玉山文人以作诗表达作为文人的优越感，针对的是蒙元武人集团，那么"斗诗"则是获得圈内文人认可的一种方式。本来，文学才艺是获得入仕的一种重要手段，但在元代科举长期废置的历史环境中，文人失去了晋升的机会。既然统治集团没法给文人才艺高低制定一个评判标准，那么，他们只能自行仲裁。在玉山草堂，显然严肃的考试之类的比赛是没有意义的，也不合时宜，而带有娱乐性质的"斗诗"则更合时宜。既是比赛，就难免有赏罚，于是他们采用了罚酒的方式。如昂吉记载的一次雅集："七月既望日，玉山主人与客晚酌于草堂中。肴果既陈，壶酒将泻。时暑渐退，月色出林树间。主人乃以'高秋爽气相新鲜'分韵，昂吉得'高'字。诗不成者三人，各罚酒二觥。诗成者并书于后。是夕以'高秋爽气相新鲜'分韵赋诗。诗成者四人。"⑥ 这是一次典型的作诗比赛活动，伴之以罚酒的监督方式。再如"至正十年七月六日，吴水西琦龙门偕陇西李云山乘潮下娄江，过界溪，诗来道问讯。玉山主人命骑追还草堂。晚酌芝云。露气已下，微月在林树间。酒半，快甚，欲赋咏纪兴，以'风林纤月落'分韵拈题。惟李云山狂歌清啸，不能成章，罚三大觥逃去"。⑦ 在这次雅集中，郯韶先为碧梧翠竹堂作《赋梧竹谣》一首，于立看后认为"云台外史题梧竹堂乐府，多道梧而略于竹，岂爱有不同耶？用续其语，以补其缺云"。⑧ 在"斗诗"比赛中，不但比拼的是思维之敏

---

① 华曾：《题玉山佳处》，《玉山名胜集》，第74页。
② 李元珪：《题玉山草堂》，《玉山名胜集》，第75页。
③ 《释自恢得花字》，《玉山名胜集》，第268页。
④ 陈基：《题碧梧翠竹堂》，《玉山名胜集》，第172页。
⑤ 文质：《和九成韵寄玉山主人》，《玉山名胜集》，第429页。
⑥ 昂吉：《分韵诗序》，《玉山名胜集》，第34～35页。
⑦ 郯韶：《赋梧竹谣》，《玉山名胜集》，第104页。
⑧ 于立：《补梧竹谣》，《玉山名胜集》，第174页。

捷，诗歌艺术水平之高低也是非常重要的标准，"酒酣置笔砚，分韵令作诗……诗从何处生，枯肠费思惟。督促星火急，强歌纪岁时。自惭鄙拙句，亦得联珠玑"①，表现了诗人在雅集斗诗之时苦于时间所限，搜肠刮肚寻觅佳句的忐忑与急切心情。"斗诗"传统古已有之，但玉山文人却使这种群体性的"斗诗"形成了一种新的规模，也成了在理想主义丧失的年代，文人之间自我认可与肯定的一种新方式。这种竞赛也给元末文坛增加了不少佳话，如后来高启因《醉樵歌》而名声大震，袁凯因写《白燕诗》而被称为"袁白燕"等。

第三，诗歌是他们自我安慰与互相安慰的精神支撑。玉山文人身份复杂，但一旦来到玉山草堂，都能得到顾瑛的盛情款待，所谓"名卿大夫、高人韵士、与夫仙翁释氏之流，尽一时之选者，莫不与之游从，雅歌投壶，觞酒赋诗，殆无虚日……仲瑛益执谦自牧，无矜色，无怠容，日以宾客从事，而惟诗是求，咏歌之不足者，来其将。无穷哉！"② 所以，玉山草堂是他们身体享受的乐园。如王德濡在诗中描述："忘形襟佩散，班坐花竹妍。瑶觞乱飞月，翠袖寒笼烟。徘徊玲珑曲，潇洒琳琅篇。屡舞春余景，颠倒山公鞭。主人三绝儇，晋胄今犹传。胜事有如此，妙写呼龙眠。高风振庸俗，清辉照林泉。衰迟亦何幸，拭目尘想迁。"③ 在"士友群集"、"不分主宾"的呼朋引伴中，他们"襟佩散"、"瑶觞乱"，尽情享受着玉山草堂的美酒佳人。而玉山草堂提供给他们的不止于身体上的享受，也成为其精神家园。这种寄托又因人而异，如杨维桢表达的就是一种对官场失望后的归隐感。他在诗中写道："俯仰三十年，同袍几人在。明当理行舟，天远征鸿背。那能事烦剧，晓出星犹戴。行将谢冠冕，归荷山阳末。"④ 陈基表达的却是官场劳累后而在此获得的息肩之情。"予窃念三数年来驱驰辛苦，幸而息肩，而隐君能以水竹琴书相慰藉，而诸君子况复出处不齐，不能复如畴昔。"⑤ 他在诗中写道："君子谢轩冕，逍遥遂幽讨。有瑟复有琴，自鼓还自考。达哉松云翁，狂歌不

---

① 杨祖成：《玉山佳处以"何以解忧，惟有杜康"分韵得惟字》，《玉山名胜集》，第84页。

② 吴克恭：《玉山草堂序》，《玉山名胜集》，第15页。

③ 王德濡：《"玉山佳处"题咏》，《玉山名胜集》，第50页。

④ 杨维桢：《杨维桢赋对字》，《玉山名胜集》，第113页。

⑤ 陈基：《碧梧翠竹堂序》，《玉山名胜集》，第184页。

知老。"① 而倪瓒则表达的是一种携琴啸歌、萧散疏放的情怀。他说：
"解道玉山佳绝处，山中惟有吕尊师。已招一鹤来庭树，更养群鹅戏墨
池。松风自奏无弦曲，桐叶新题寄远诗。若许王猷性狂癖，逐来看竹到
阶墀。"② 在玉山草堂，可以肆意放言、可以醉歌发狂、可以呼朋引伴，
所有的压抑都可以得到有效释放。尤其到了后期，玉山草堂更成了他们
身心的避难所。如萧元泰记载：

> 至正辛卯，余自句吴还会稽，饮酒玉山而别。当是时，已有路
> 行难之叹矣。继而荆蛮淮夷山戎海寇鳌嗥并起，赤白囊旁午道路，
> 驱驰锋镝间。又复相见，因相与道寒温，慰劳良苦，玉山为设宴高
> 会梧竹堂上。在座皆俊彦，能文章，歌舞尽妙选。客有置酒而叹者，
> 予笑曰："子何为是拘拘也？夫天下之理，未有往而不复。器之久不
> 用者朽，人之久不用者怠。国家至隆极治，几及百年，当圣明之世，
> 而不靖于四方，或者天将以武德训定祸乱，大启有元无疆之休。诸
> 君有文武才，将乘风云之会，依日月之光，且有日。予老矣，尚拭
> 目以观太平之盛，何暇作愁叹语耶？"玉山扬觯而起曰："子诚知
> 言哉。"③

明明知道烽火四起，他们依然饮酒作乐，即使偶尔有人发出时局动荡的
感叹，也会有人提醒他不要把这种悲哀的情绪带入雅集聚会。这种刻意
回避现实的做法，反映了他们不愿过问世事的逃避心理。然而，现实终
归是现实。先是至正十六年张士诚陷平江，顾瑛逃跑，接着是苗军统帅
杨完者对吴中的大肆破坏。"苗有松江，火一月不绝。城邑殆无噍类，偶
获免者，亦举刖去两耳。掠妇女、劫货财，残忍贪秽，惨不忍言。官庾
尚有粟四十万余，籍为己有。越五十日，平江兵破淀湖栅，苗夜遁去。
秋，平江兵入杭，苗将吴大旺败，完者自嘉兴来，驻兵城中菜市桥外。
未即进，民自为战胜。完者兵淫刑以逞。嘉兴仅保孤城，城之外悉遭兵

---

① 陈基：《陈基得老字》，《玉山名胜集》，第186页。
② 倪瓒：《"玉山佳处"题咏》，《玉山名胜集》，第52页。
③ 萧元泰：《碧梧翠竹堂序》，《玉山名胜集》，第187页。

爇，有穷目力所至无寸草尺木处。"① 经过战争的重创，曾经是"家僮聚食一万指，食时钟鼓闻考挝"② 的顾家，如今也"一身乞米常为客，两子开河未到家"③、"菜根咬得真难事，用鄙何曾食万金"④，我们更可以想象玉山草堂遭遇之破坏程度。至正十八年四月，王蒙在书画舫雅集中的诗里写道："乱后重登旧草堂，主人延客晚樽凉。风摇竹影书签乱，花落池波砚水香。离别顿惊年岁改，梦魂愁煞路途长。欲知阮籍何由哭，四海兵戈两鬓霜。"⑤ 战争不但破坏了他们雅集的场所，也使玉山文人天各一方。在这种局面下，作诗成了他们彼此慰藉最重要的手段。只是他们写诗的方式，由以前的现场"作诗比赛"而变成以赠答、诗筒的方式为主。如：

　　　释来复《寄柬顾玉山避兵从释于白云寺》：云霞剪就衲衣轻，曾喜逃禅早避兵。贾岛未忘林下约，汤休岂恋世间名。石床花雨经函秘，水殿荷风梵呗清。应共龙门采樵者，诗筒来往寄闲情。⑥

　　　苏大年《会谢公席上题仲举诗后寄玉山》：虎头称绝是家传，文物衣冠继昔贤。闲里放怀惟饮酒，老来多事更参禅。风云豪气三千丈，湖海诗名四十年。偶向雪坡观别稿，品题深愧玉堂仙。⑦

　　　郭翼《借韵柬顾仲瑛》：十月风暖气霏微，红树乌啼如秫归。山中白云涨晴海，堂上萱草梦春晖。客来还拜米家石，归归自开松一扉。龙蛇当道长出入，寄诗若怪见君稀。⑧

这些诗或表达对友人的牵挂，或描述自己生活的状态，或以相互激赏的口气品评对方，或抒发对过往的留恋等。天各一方的友人同气连枝，表达对过去的留恋、对眼下的哀愁和对友人的鼓励与慰藉。从《玉山倡

　　① 陶宗仪：《南村辍耕录》卷八，第 101 页。
　　② 陆仁：《芝云堂嘉宴赋》，《玉山名胜集》，第 117 页。
　　③ 顾瑛：《寒食北山拜扫》，《玉山名胜集》，第 560 页。
　　④ 顾瑛：《食荠得阴字韵》，《玉山名胜集》，第 627 页。
　　⑤ 王蒙：《玉山主人书画舫》，《玉山名胜集》，第 275 页。
　　⑥ 释来复：《寄柬顾玉山避兵后释于白云寺》，《玉山名胜集》，第 674 页。
　　⑦ 苏大年：《会谢公席上题仲举诗后寄玉山》，《玉山名胜集》，第 542 页。
　　⑧ 郭翼：《借韵柬顾仲瑛》，《玉山名胜集》，第 694 页。

和》和《玉山遗什》等诗集留存诗歌的状况来看，除了释良琦、于立、秦约、袁华等人，以往的很多宾客已经不再出现在顾瑛身边了。和顾瑛往来唱和还有陆麒、谢节、顾登、叶懋、曹亨、杨基、贾归儒、贾归治、释行蔚、释万金、释景芳等四十余人，他们该时期的唱和诗中皆是劫后余生之叹，充满对时局无法消解的焦虑感和朝不保夕的恓惶感。

第四，作诗可以实现其"以诗存名"之目的。由于元政权对汉人的特殊政策，"立德"、"立功"已不具备实现的可能性，而能把握就是通过"以诗存名"，这是实现生命存在感更高级的一种方式。这种方式的实现又分为三种。一是刻石铭记。杨维桢的《游昆山联句诗序》记载："余遂书《玉峰诗》云：'大风动落日，人立玉峰头。禅将风虎伏，鬼运石羊愁。地平山北顾，天断海东流。飙车在何处，我欲过瀛洲。'诸客各和诗。又复联句，用'江'字窄韵，推余首唱，诸客以次分韵，予又叠尾韵。成若干句毕，顾君录诗请序，且将刻石壁左方。昔王逸少登乌山，顾诸客语曰：'百年后安知王逸少与诸卿至此乎？'吁！此羊叔氏岘山之感也。今吾五六人，俯仰之余，倘无纪述，百年后又安知玉峰之游有吾五六人也？遂叙。"① 杨维桢作序，诸君和诗，顾瑛录诗及序并刻石，这一切行为都是出于"百年后又安知玉峰之游有吾五六人也"的担心。二是"诗画同体"。这种方式又可分为两种。一是请玉山友人作画，然后题诗于上。顾瑛请人给自己画像，如倪瓒的《金粟道人小像》、顾周道的《摘阮小像》，然后自己在画上题诗，以图像和文字相结合的方式记载自己的形与神，可谓用心良苦；二是在前人画作上题诗。顾瑛收藏了大量前人的珍贵图画，如米芾、赵孟頫等人的画作，玉山文人纷纷题诗于上，如吴克恭的《题玉山所藏渊明归来图后》："陶令昔去官，当世岂知贤。杖藜柴桑里，泛舟即斜川。春风五柳阴，秋日秫盈田。岁酿杯中物，佳辰奉宾筵。觞来各有趣，斟酌馨交欢。为生岂易了，藉此一欣然。咄哉羲皇人，既远身名全。"② 《渊明归来图》是宋代方回的作品，且有方回的题诗。玉山文人在此类作品上题诗，无疑具有"厕身其间"的意味，因为这些诗

① 杨维桢：《游昆山联句诗并序》，《玉山名胜集》，第465~466页。
② 吴克恭：《题玉山所藏渊明归来图后》，《草堂雅集》，第446页。

作将和前辈的诗画一同流传千古。三是编辑诗集。如《草堂雅集》《玉山名胜集》《玉山倡和》《玉山遗什》等，尽管其中的诗作也多见于个人的别集（限于有别集存世者），但是顾瑛还是把这些诗作单列出来，刊印成卷，一方面更加详尽地描述了他们雅集的盛况，另一方面也使得大量没有别集存世的诗人能厕身其间，如于立、张天英、吴克恭、文质、秦约等。设若没有这些总集的流传，或许大量的玉山文人将泯然无闻。此外如袁华编撰的《玉山纪游》、杨维桢编撰的《西湖竹枝词》，也和顾瑛有着同样的目的。在一个政治理想丧失的时代，玉山文人用诗歌表达达到了"以诗存名"的目的。其诗歌价值姑且不论，这种对诗歌的理解本身就具备独特的诗学意义。

二　唱和方式及体法之选择

雅集在中国古代士人生活中有着悠远的传统，故唱和方式也丰富多彩。在"玉山雅集"之前，无论是同题赋诗还是分韵赋诗，甚至联句诗，都已被前人使用。就唱和方式而言，玉山文人并无开创之功。但是，"玉山雅集"最大的特点在于，其综合了前人所有的唱和方式，如同题赋诗、分韵赋诗、次韵、联句、赠答等。其活动之频繁、参与人数之众、唱和样式之多样与多变，都大大超过之前所有文人雅集。既然把作诗当作一种生命存在的方式，那么作诗形式上的意义就远大于诗歌本身的质量。作诗形式又牵涉两种方式的选择：一是诗体选择；二是诗法选择。而这两种方式都围绕其唱和方式的多样性而展开。

首先说诗体选择。不同的诗体往往承载着不同的诗歌功能，一般而言，乐府更便于写实之需，古体更便于抒情之需，近体更便于说理之需，等等。体与体之间虽有差异，但由于其功能上的特点，体也有某种理想的诗学典范，如汉乐府的讽喻精神、李白古体诗的张扬豪迈、杜甫近体诗的谨严有法等。由于玉山文人更多地把作诗当作才艺性的比拼手段，所以其更愿意选择近体诗作为唱和诗歌的主要样式。玉山文人的唱和方式以同题赋诗和分韵赋诗为主，同题赋诗本可以不受韵律的限制，但他们也多采用近体诗，如同题"碧梧翠竹堂"的两首诗：袁华，"疏华覆银床，碧色被兰渚。赤日欲流金，高堂不知暑"；顾达，"玉山之堂绝萧爽，梧竹满庭深且幽。出檐百尺拥高盖，覆地六月生清秋。玉绳挂树月

皎皎，翠袖起舞风飕飕。石床碧华乱如雨，仙佩夜过锵鸣球"。① 两诗一
为五绝，一为七律。其次是分韵赋诗，诗体不限，但是韵律有限，往往
根据古诗中某句话的一个字为韵脚，如他们一次以杜甫"已公茅屋下，
可以赋新诗"分韵赋诗：卢昭，"结吾界溪坳，诗情在远郊。烟华缘蹬
石，山翠落衡茅。唤婢从头咏，呼儿信手钞。兴观祇自感，非是解吾
嘲"；秦约，"玄圣删诗大雅后，有子过庭曾学诗。云汉昭回差可拟，河
岳英灵安足奇。多君唾玉倾座骇，五色织锦投梭迟。性情陶写孰解及，
莫讶虎头金粟痴"。② 卢昭诗是五律，以"茅"为韵，秦约诗是七律，以
"诗"为韵。为了增加唱和的难度，玉山文人还喜欢选择次韵。次韵，
又叫步韵，就是依次用原韵、原字相和。《沧浪诗话》在追溯次韵之源
时说："古人酬唱不次韵，此风始盛于元白、皮陆，本朝诸贤乃以此斗
工，遂至往复八九和者。"③ 可见，次韵诗从一开始就是为了比拼诗歌技
巧而兴起的。玉山雅集的诗作中次韵诗数量巨大，还有一些特意使用既
窄又险的韵部。从《玉山名胜集》中所收录的次韵诗来看，诗人们在选
韵时比较青睐窄韵和险韵。如顾瑛和缪侃之间的联句诗，顾瑛和时用的
是"覃"字韵，还有"删"字韵、"微"字韵、"蒸"字韵、"文"字韵
等窄韵，像这种用险韵窄韵的唱和反而激发了诗人们参与的热情。顾瑛
至正十一年（1351）正月八日与郯韶、陈汝言等游虎丘，登剑池取水煮
茗，图景赋诗。后郯韶等人先行，而顾瑛独自读石碑于雨花轩，因赋诗
记道："相逢一笑石林间，共读遗碑拂藓斑。白虎苍龙当日去，金凫玉雁
几时还。得文已许逢居易，堕泪何须忆岘山。拟借蒲团成夜宿，细倾松
酒破苍颜。"④ 顾瑛作此诗用的是窄韵"十五删"，而且一次作了两首，
之后释良琦、郯韶、陈基、夏溥、李孝光等人皆次韵以复。还有一次是
释良琦也是此韵赋诗以寄顾瑛，顾瑛唱和。两诗如下：

释良琦《绿波亭口占诗》：避地去年因共难，临池今日喜同闲。
晴沙草接春帘外，落日乌鸣芳渚间。诗卷一朝归赵璧，野亭百里见

---

① 两诗都是为"碧梧翠竹堂"题咏所作，见于《玉山名胜集》，第171页。
② 《卢昭得茅字》《秦约得诗字》，《玉山名胜集》第138页。
③ 郭绍虞：《沧浪诗话校释》，人民文学出版社，1983，第193页。
④ 顾瑛：《虎丘纪游倡和诗》，《玉山名胜集》，第465页。

吴山。已知金粟真成隐，约我钓船长往还。

　　顾瑛《玉山顾瑛次韵》：去岁一春同作客，今春相见各身闲。亭开翠柳红桃外，鱼跃绿波春草间。自笑渊明居栗里，也随慧远入庐山。何当共下吴江钓，坐向船头话八还。[①]

两诗的主题、风格、意境、用典、笔力极为相似，似出同一人之手。首联回忆去年避难的情况，并引入眼下作诗的情景。颔联都写景，且缘情入境，以活泼明丽的自然景物、草木花鸟衬托遭遇兵火之后得以脱身的喜悦。颈联分别借典叙事，其中所包含的情感也很相近。尾联共诉友情和对隐居生活的期望，皆有禅意。用窄韵作诗本就难，和诗更非易事，但每次诗人们必要一和再和，非要穷尽其韵而后快。以释良琦和顾瑛二人的和诗为例，两诗皆工巧非常，更难得的是在顾及格律工对的情况下连诗意都完全相和，且一气呵成，毫无艰涩拼凑之感。若非诗人有着深厚的友情和共同的遭遇后心灵相通，难以写出如此难度的和诗来的，这也是在不断地以诗为戏中磨炼出来的。雅集诗人们热衷于在限定的题材下挑战窄韵、险韵，表现了他们以诗为戏的创作特点。当然，最有难度的却是联句诗。相传联句诗始于汉武帝时的《柏梁台诗》，后世称之为"柏梁体"。这种说法后经考订，认为系伪托不可信。但其始于魏晋，盛于中唐韩孟、皮陆则是确定无疑的。联句诗难在通常由两个或是两个以上诗人共同完成，因此要求"必其人意气相投，笔力相称，然后能为之，否则狗尾续貂，难乎免于后世之讥矣"。[②] 评判联句诗成功否的标准之一就是笔力是否相称、语气是否贯通和谐，上品是毫无斧凿连缀痕迹，如出一人之口，反之则如同百衲之衣，支零散乱。同时还需考虑对方表达的情感，从而使整诗连贯，如至正八年他们的《游昆山联句诗》：

　　二月廿二日，楼船下娄江。破浪击长楫（维桢），惊飚簸高杠。海峰摇古色（文奂），石树鸣悲腔。跐登屐齿齿（渥），登堂鼓逢逢。地险立孤柱（韶），天垂开八窗。乌升海光浴（立），鸢骞风力

---

①　释良琦：《绿波亭口占诗》，《玉山名胜集》，第 301～302 页。
②　蔡钧辑《诗法指南》卷一，清刻本。

降。番成夹闽佑（瑛），越谣襟吴哤。仙樵椎结峯（文奂），胡佛凹眉厖。婆律喷狮鼎（维桢），琉璃照龙釭。层轩坐叠浪（韶），落笔飞流淙。爱此韫玉石（立），岂曰取火矼。文脉贯琬琰（瑛），蜜韵含罌缸。驱羊欲成万（维桢），种璧得无双。多今文章伯（渥），萃此礼义邦。龙驹幸识陆（文奂），凤雏亦知庞。翠筿掉文舌（瑛），茜衲折幔幢。敏思抽连茧，雄心斗孤钪。句神跃冶剑，才捷下水艭。磬声重寡和，鼎力轻群扛。昆渠诗已就，谁笑陇头泷（维桢）。[1]

全诗用"江"字韵，杨维桢首唱，叠尾韵，对诗人才思要求极高。他们之所以有如此多姿多彩的唱和方式，主要为了凸显个人才艺。唱和方式又连带着诗体的选择，尤其是联句，往往以首唱者的字数、用韵、格式为标杆。不同诗句连为一体后，还需呈现整体的阅读效果与审美效果。为了增加难度，诗人们往往选择近体诗，强调格律工整、对仗谨严。其结果是，诗歌空有形式之美，内容则严重贫血。

其次，在诗法的选择上，玉山文人唱和诗歌多选用赋法与比法。分析其诗法的使用，有两个因素必须考虑。一是可能性因素。从题材选择上看，由于玉山文人把作诗当作表现生命的存在方式，彰显其作为文人优越性的工具，故其既不选取关注民生现实的题材，也不在诗歌中表达其思辨性的说理。他们选取的题材多为表现游历过程中之山川之美、饮酒聚会中之口腹之欲，即多以写景、纪行诗为主体，尤其津津乐道于表现"玉山佳处"之繁盛奇美。这也给玉山文人以赋法与比法写诗提供了客观条件。如至正十年，张翥因公事过姑苏，顾瑛邀其至玉山佳处，设宴款待。当时在座的还有郑元祐、李元廷、释良琦、于立、郯韶等人。他们分别为钓月轩、碧梧翠竹堂、金粟影、芝云堂、柳堂春、湖光山色楼、玉山草堂、渔庄等处题诗。分题诗没有韵律上的限制，所以比试集中于辞彩和立意，既要突出各亭馆的特点及其名称含义，又要兼顾宴集主宾。如张翥在《题钓月轩》一诗中写道："苦吟忘却鱼与我，但觉两

---

[1] 《游昆山联句诗》，《玉山名胜集》，第466页。

袖风飀飀。引竿钓破广寒碧，乘兴搅碎青玻璃。"① 诗面如谜面，虽未明言，但"钓月"之名呼之欲出，表现了作者心思机巧和驾驭语言的功力。为了表现才力，诗人们大量用典，甚至刻意"掉弄书袋"以取言少意多的表达效果。如郑元祐《题湖光山色楼》诗："宿草遥瞻仲雍墓，孤帆谁张范蠡舟。灵来恍若云旗下，物换依然汀草抽。何人孤啸答渔唱，有客五月披羊裘。"② 作者登临怀古，诗中的"仲雍墓"、"范蠡舟"、"披羊裘"等，背后都有一段历史故事，典实的连用大大地拓展了诗的表现力，制造出深远的历史感与空间感。二是必然性因素。既然作诗成为显示才华的手段，甚至还伴以惩罚和监督，那么赋法与比法的运用则恰好能满足这种需要。所以，玉山文人的唱和诗，往往充斥大量的铺排与比喻，如至正十二年一次在"春晖堂"的雅集中，以"攀桂仰天高"分韵赋诗：

　　《张守中得攀字》：主人宴佳客，置酒重楼间。明月当虚空，星斗何斓斑。清歌间丝竹，杂珮声珊珊。缅思风尘际，雅会良独难。欢笑尽今夕，不醉当无还。坐中松云老，孤标出尘寰。浩歌复起舞，不为礼所闲。明发渡淮水，仰望不可攀。

　　《袁华得桂字》：玉山池馆何清丽，复道飞楼起迢递。微风过雨开新霁，素月流光照丹桂。松云老仙客淮济，翩然而来俄止庭。握手道旧嗟分袂，祗余道路风尘际。美君匹马度江浙，抱关悍卒哪敢睨。长裾曾向王门曳，主人爱客出高髻。冰弦象管歌声脆，金谷杯深酒频泥。不饮何为叹淹滞，安得壮士目裂眦。扫荡群凶清四裔，汉室毋忘封爵誓。黄河如带山如砺，伫看偃武崇文艺，与子永结金兰契。③

两诗诗体不同，但诗法接近。尤其是袁华，使用大量铺排，不遗余力地描绘玉山池馆之华美、宴会之欢快，最后才落笔于抒情，"伫看偃武修崇文艺，与子永结金兰契"。为了表现才气，他们甚至选择险怪的风格。如

---

　　① 张翥：《题钓月轩》，《玉山名胜集》，第70页。
　　② 郑元祐：《题湖光山色楼》，《玉山名胜集》，第74页。
　　③ 《玉山名胜集》，第334页。

至正十年，在湖光山色楼的题诗，在诗体上选择了长篇歌行，以达到纵横开阖之气势，在诗法上追求怪异，造成瑰丽奇崛之效果。如：

《三江卢昭赋虞山》：海虞之山何峨峨，连冈百里青崟嵯。巫咸却立在其左，芙蓉倒醮昆城波。云有仲雍之古冢，白虹夜烛山之阿。猗歆让德且不泯，上与日月光相磨。

《秦约赋傀儡湖》：晨兴东湖阴，放浪随所之。日光出林散霾翳，晃朗澄碧堆玻璃。天风忽来棹讴发，岸岸湾湾浴鹅鸭。中峰叠嶂与云连，西墩佳树如城匝。主人湖上席更移，醉歌小海和竹枝。文鱼跳波翠蛟舞，疑是冯夷张水嬉。微生百年何草草，傀儡棚头几绝倒。逝川一去无还期，长啸不知天地老。

《顾瑛赋阳山》：别起高楼临碧溪，绕楼青山云约齐。阳山独出众山上，却立阳湖西复西。天风吹山屼不起，倒落芙蓉明镜里。影娥池上曲栏干，遍倚秋光三百里。白云不化五彩虹，化为天娇之白龙。一朝挟子上天去，霈泽下土昭神功。土人结祠倚灵洞，雨气腥翻海波动。纸钱窣窣蜥蜴飞，女巫击鼓歌迎送。

《释自恢赋昆山》：马鞍山在句吴东，山中佳气常郁葱。层峦起伏积空翠，芙蓉削出青天中。六丁夜半石垒壁，殿开煌煌绚金碧。响师燕坐讲大乘，虎来问法作人立。天华散雨娑罗树，一声共命云深处。

《袁华赋阳城湖》：海虞之南姑胥东，阳城湖水青浮空。弥漫巨浸二百里，势与江汉同朝宗。波涛掀簸日惨淡，鱼龙起伏天晦蒙。雨昏阴渊火夜烛，下有物怪潜幽宫。度雉巴城水相接，以城名湖胡不同。①

左东岭在分析该现象时指出，此处的险怪只是一种有意的模仿，既是为了合乎当时赋诗的规定要求，也为了在诗歌竞技中体现才气。在这里，诗人创作的独特创造性以及诗作的思想深度都不是最重要的，重要的是比拼才气与适应诗题的要求。从诗歌的生产方式而言，并不是只有反映

---

① 《玉山名胜集》，第209~213页。

现实或者追求纯粹的审美境界才合乎诗歌的目的。宋代之后，诗歌有了更多的功能，作为一种展现文人雅趣的生活方式，它既可以赋诗言志，也可以自我展示，这包括集句以显其博学，联句以突其敏锐，模拟以露其才华，押险韵以炫其多智，等等，都能在满足文人的精神需求的同时，体现文人的精神境界与生活质量。玉山草堂中文人的诗，就属于此种情形。当然，代价是在失去现实关注热情与纯粹审美理想的同时，也使诗歌变得纤弱、单薄乃至单一，甚至变成一种技艺的比赛。但又不能说这是没有意义的行为，因为它是那一时代文人所能找到的有效的存在方式，使得他们不至于在一个失去理想与热情的年代，也失去人生存在的价值与意义。①

　　当然，随着外部时局的紧张，玉山文人的情感基调由早年的"旷达"、"庆幸"逐渐变为"颓废"、"悲哀"。情感的变化也引起了诗法的变化，无论这种变化是有意为之还是客观需求，至少在其后期的雅集诗歌中，情感因素大增，即"兴"法增多，"赋"法与"比"法比重减少。如至正十八年在"书画舫"的一次雅集：

　　　　岳榆：喧息波澄月一规，醉阑宾客坐眠迟。盍簪各遂三生愿，避地惟求四海知。愧我聪明非曩日，喜君痴绝似当时。旧交尚有袁庐辈，徙倚园亭共赋诗。

　　　　王蒙：乱后重登旧草堂，主人延客晚樽凉。风摇竹影书签乱，花落池波砚水香。离别顿惊年岁改，梦魂愁煞路途长。欲知阮籍何由哭，四海兵戈两鬓霜。

　　　　顾瑛：碧梧叶大午阴垂，展席临风晚更宜。客自远方来不易，月从大海上应迟。王猷爱竹非无宅，山简观鱼别有池。洗盏政当倾契阔，临行毋惜重题诗。②

与此前的雅集诗歌相比，这些诗的情感分量大大增加。以诗法论，这些诗"兴"的成分大增，无论是"徙倚园亭共赋诗"的期待，还是"四海

---

① 左东岭：《明代文学思想研究》，商务印书馆，2013，第23页。
② 《玉山名胜集》，第274~275页。

兵戈两鬓霜"的感叹，都饱含真挚的感情。诗中少了堆砌的铺排与夸张的比喻，在阅读效果上，显得相对明白晓畅。当然，诗法选择根本在于诗人对诗歌功能的理解，玉山文人大量使用赋法与比法时，其心情是多"旷达"，意在表现其纵欲之快感与才华之超群；而此时"兴"的增加，其心情是多"颓废"，意在传达乱世之中的彼此慰藉，诗歌成了表达感情的窗口。

三　雅集诗歌的宗杜倾向

元代诗人与诗论家尤其推崇杜甫，玉山文人也不例外。玉山文人多用杜诗来分韵赋诗，有"爱汝玉山草堂静"、"暗水流花径，春星带草堂"、"碧梧栖老凤凰枝"、"风林纤月落"、"天上秋期近"、"荷净纳凉时"、"冰壶玉衡悬清秋"、"东阁官梅动诗兴"、"夜阑更秉烛，相对如梦寐"、"攀桂仰天高"、"春水船如天上坐，老年花似雾中看"、"江东日暮云"、"巳公茅屋下，可以赋新诗"，等等。据刘季统计，在31次用诗句分韵赋诗的雅集中，选用唐诗分韵18次，用宋诗分韵6次，选用汉魏六朝诗的5次，唐诗比例占总数的60%，在唐诗中以杜诗的分量最重，被引用次数几乎占到了总数的一半，达14条之多。他根据分析指出："雅集诗人们学杜是有所偏重的，重在学习杜诗中的'清逸流美'，而非'沉郁顿挫'。"①

关于玉山雅集诗歌宗杜这一判断，显然是符合事实的。但他们之所以如此，还要从宋元对杜甫诗歌的不同理解说起。宋人尊杜最著名的莫过于江西诗派，方回还创了"一祖三宗"之说。但元人宗杜和宋人宗杜，内涵是截然不同的。"江西诗派"尊杜，当"四灵"打着宗唐的旗帜反江西诗派时，诗坛形成了宗杜与宗唐的对立：江西尊杜，江湖宗唐。而到了元代，杜甫被视为唐代最杰出的诗人，宗杜等于宗唐，这在元中期馆阁文人身上表现尤为突出。如柳贯称杜诗："兼合比兴，驰突骚雅，前无与让。"② 明人杨士奇在《杜律虞注序》中说："百年之前赵子昂、虞伯生、范德机诸公，皆擅近体，亦皆宗于杜。"③ 他们甚至批评江西诗

---

① 刘季：《玉山雅集与元末诗坛》，南开大学博士学位论文，2012，第75~76页。
② 柳贯：《柳待制文集》卷十八，四部丛刊本。
③ 杨士奇：《东里续集》卷十四，文渊阁四库全书本。

派未得杜诗之真谛，如许有壬在《杜子美像》中说："删后骚余代有闻，集成惟许杜陵人。凭谁寄语沿流者，流到江西不是春。"① 宋人和元人在宗杜问题上的分歧，与他们所处的时代有关。黄庭坚等学杜甫于承平无事之时，元人学杜于战争乱离之后，漂泊困顿之际。比之黄庭坚，元人更能理解杜甫的襟怀和杜诗的精神，能更深刻发现和认识杜甫。舒岳祥在《九月朔晨起忆故园》中说："平生欲学杜，漂泊始成真。"② 如其所言，并非漂泊中才学杜，平生学杜，只是到漂泊中才真正理解了杜甫，才认识了杜甫之"真"。以前学杜，都未得老杜之"真"精神。从诗的体式上说，宋人只关注杜甫律诗，不大关注杜甫的古体与骚体。在时间段上，宋人较多关注杜甫晚年诗作。元人则不像宋人那样关注杜甫诗法，他们更关注杜诗对乱离现实的反映，乱离中诗人的生活和感受，是一种对"真"的认可。所以，重新理解和学习杜甫，是元代很多人的共识。仅从诗歌艺术着眼，元人也认为，杜诗可学者不仅仅是律诗。反对律诗的杨维桢也主张学杜，他说："观杜者不唯见其律，而有见其骚者焉；不唯见其骚，而有见其雅者焉；不唯见其骚与雅也，而有见其史者焉。此杜诗之全也。"③ 他在《蕉囱律选序》标举杜甫律诗的若干诗句以示推赏和仰慕，并认为这些诗虽律而不为律所缚。玉山文人之宗杜，和杨维桢的看法基本一致。如秦约说："要共论风雅，先须识性情。秋清群木见，春静百花明。"④ 前一句说要论诗之风雅先要认识人之性情，后一句以"秋清"、"春静"喻人之性情，以"群木"、"百花"喻诗之风貌。由群木之状得见秋之清，是由诗观诗人性情；因春静故百花明，则是由性情到诗，说明有如此性情才有如此诗。

　　但是玉山文人宗杜诗之"真"，在不同阶段侧重也不同。玉山雅集早期，主要效法杜甫对真实情感的表达。杨维桢曾言："学杜者必先得其情性语言而后可，得其情性语言，必自其《漫兴》始，钱塘诸子喜询予唐风，取其去杜不远也。故今《漫兴》之作与学杜者言也。"⑤ 这里所说

---

① 许有壬：《至正集》卷二十三，四部丛刊本。
② 舒岳祥：《阆风集》卷四，文渊阁四库全书本。
③ 杨维桢：《李仲虞诗序》，《东维子文集》卷七，四部丛刊本。
④ 秦约：《题可诗斋》，《玉山名胜集》，第130页。
⑤ 杨维桢：《铁崖古乐府》卷十，四部丛刊本。

的《漫兴》组诗是杜甫晚年在浣花溪草堂定居后所作。这个时期的杜甫经历了求官、兵乱、贬斥、漂泊等人生种种，已然放弃了对权力的执着追寻，也不再"朝扣富儿门，暮随肥马尘"。他于风景如画的成都西郊浣花溪畔修建茅屋，过了一段相对从容安定的日子。这一时期杜甫的诗歌也颇具田园意趣，如《屏迹》《为农》《田舍》《徐步》《水槛遣心》《后游》《春夜喜雨》等。这种悠游平静之生活，颇为玉山文人向往。首先，玉山文人常将玉山草堂比为杜甫草堂。郑元祐在《玉山草堂记》中记："昔王摩诘置庄辋川，有蓝田玉山之胜。其竹里馆皆编茅覆瓦，相参以为室，于是杜少陵为之赋诗，有曰'玉山草堂'云者。景既偏胜，诗尤绝伦。后六百余年，吴人顾仲瑛氏家界溪，溪濒昆山，仲瑛工于为诗，而心窃慕二子也。亦于其堂庑之西，茅茨杂瓦，为屋若干楹，用少陵诗语扁曰'玉山草堂'。"① 顾瑛特意在玉山佳处修建了一所古朴清雅的草堂，与其他富丽堂皇、繁花锦簇的场馆广厦对比鲜明。"玉山草堂"也成为玉山佳处的另一别称，甚至连雅集众人的诗集都以《草堂雅集》来命名，显然表达了对杜甫的仰慕和追思。玉山文人所作《题玉山草堂》诗中，也一再强调草堂与杜甫的关系："玉山草堂娄水西，杂树远近春云低。王维昔赋宫柏陌，杜老亦住浣花溪"（释良琦）②；"小筑西郊僻，浑如杜草堂"（陆仁）③；"结构郊居胜杜陵，草堂幽兴喜重乘。白泉出洞浮金粟，碧树当檐挂玉绳。坐看中天行古月，炯如万壑浸清冰。浣花风致今犹在，日日轩窗一醉凭"（张天英）④，等等。其次，其雅集诗歌大量化用和借用杜诗。如王濡之的诗中的"秋风卷茅屋，不见形歌诗。突兀万间厦，千载同襟期"⑤，就化用了杜甫《茅屋为秋风所破歌》中的诗句；释良琦的"邻屋不同南北阮，稻畦真似东西瀼"⑥，就化用了杜甫《夔州歌十绝句》的"瀼西瀼东一万家，江南江北春冬花"；杨维桢的"银鱼学士真成隐，锦里先生许卜邻"⑦，则化用了杜甫《南邻》诗中的"锦里先

---

① 郑元祐：《玉山草堂记》，《玉山名胜集》，第14页。
② 释良琦：《题玉山草堂》，《玉山名胜集》，第17页。
③ 陆仁：《题玉山草堂》，《玉山名胜集》，第18页。
④ 张天英：《题玉山草堂》，《玉山名胜集》，第19页。
⑤ 王濡之：《题玉山草堂》，《玉山名胜集》，第24页。
⑥ 释良琦：《玉山草堂以"高秋爽气相新鲜"分韵得爽字》，《玉山名胜集》，第36页。
⑦ 杨维桢：《题玉山佳处》，《玉山名胜集》，第53页。

生乌角巾，园收芋栗不全贫"，诸如此类，不胜枚举。从上述不同诗人的模仿杜诗诗作也可以看出，这不是某人或者偶然为之的行为，宗杜实际上成为玉山文人圈内认可的标杆。再次，雅集诗歌风格亦体现宗杜倾向。以至正九年芝云堂雅集为例，以杜甫的"暗水流花径，春星带草堂"分韵，诗成者有 7 人，除顾瑛是用五七杂言以外，余者皆为五言：

> 杜甫原诗《夜宴左氏庄》：风林纤月落，衣露净琴张。暗水流花径，春星带草堂。检书烧烛短，看剑引杯长。诗罢闻吴咏，扁舟意不忘。
>
> 郯韶：高堂落新构，式燕娱嘉宾。华林散玉气，方池荫清萃。鱼游乐盘石，鹿鸣怀早春。陶情寄物表，与子聊相亲。
>
> 高晋：兰堂俯清池，虚楹丽华藻。流云度高梧，书带生春草。嘉宾式谦集，幽怀为倾倒。清歌一徘徊，凉月翠屏小。
>
> 顾衡：玉山有佳趣，张筵竹梧堂。翠气动空碧，绿阴生暗芳。蔗浆银碗冻，尊罍翠丝凉。最爱纤歌罢，虚庭月似霜。①

将杜甫诗和众诗人诗作作对比可以看出，上述诸人的诗作都受杜甫《夜宴左氏庄》一诗的影响。从诗体到结构，从意境到内容，以至在句法、辞藻、对仗上都极力地模仿杜诗。

至正十一年后，随着江南战局吃紧，玉山文人之宗杜偏向于借诗干预时局。清人叶燮评杜甫曰："杜甫之诗，随举其一篇，篇举其一句，无处不可见其忧国爱君，悯时伤乱。遭颠沛而不苟，处穷约而不滥，崎岖兵戈盗贼之地。而以山川景物、友朋杯酒，抒愤陶情，此杜甫之面目也。"② 当然玉山文人借诗干预时局并不意味着他们有多少拳拳报国之心，只是出于同情天下民生疾苦，期盼天下早日太平。如顾瑛写道："不闻乱军中，食人如食狗。苗獠虐已甚，横杀掠人妇。自古戎旅间，此事十八九。若以乐土言，无出平湖右。未知干戈世，能免饿死否。"③ "不闻乱军中，食人如食狗"一句，触目惊心，几近白话，直似歌哭，反映

---

① 《芝云堂以"暗水流花径，春星带草堂"分韵赋诗》，《玉山名胜集》，第 181~183 页。
② 叶燮：《原诗》，丁福保编《清诗话》，上海古籍出版社，1963，第 596 页。
③ 顾瑛：《柳塘春以"柳塘春水漫"分韵顾瑛得柳字》，《玉山名胜集》，第 229 页。

了战争的惨烈与无道，表达了对身陷乱世之人的深切同情。诗人承袭杜甫现实主义写法，着力写江南战乱、动荡局势带给人民的灾难。至正十七年，顾瑛之子顾元臣因军功升水军都府副都万户，归家探亲。顾瑛开宴可诗斋，袁华、缪侃、释自恢等人同席。袁华在雅集序中说："父子之亲，君臣之义，鲜有能两全者。今宁海君能摅诚致义，升秩三品。居重庆之下，奉温清之养，可谓上不负圣天子，下不负所学矣。"① 对于顾元臣的功绩，袁华极为夸赞。这次雅集诗作全是围绕着顾元臣的功绩来写：

> 袁华：出处能全孝与忠，宁辞大海驾蒙冲。只将礼义为干橹，岂但韬钤阅虎龙。烽火频年成远别，酒樽今日复相从。金符紫绶居重庆，勋业当期上景钟。
> 缪侃：桃花渡口锦帆开，远喜将军海上来。彩袖称觞行腊蚁，画堂挝鼓动春雷。亲朋每共论高义，忠孝应知属大才。总是西风吹树急，放怀清夜醉徘徊。
> 陆仁：将军南省承恩日，归拜庭闱意气降。王事贤劳殊不忝，忠心许国已无双。总戎每见行奇阵，开闸仍当驻大江。一说烟尘一惆怅，临风坐拥碧油幢。
> 释自恢：将军驾舶来东海，喜见升堂奉起居。自是经年趋画省，已膺三品佩金鱼。铙歌载道从军乐，忠孝传家教子书。此夕称觞恣欢乐，烽烟莫问近何如。②

其中当然不乏溢美之词，也依然有着"放歌清夜醉徘徊"、"烽烟莫问近何如"的不问世事。但心情大不如以前，明显透露感伤的情调。这种感伤情调既有对久别重逢的伤感，也包含着对天下板荡的感叹。雅集行乐的性质决定其虽然难以达到杜甫沉郁顿挫的力度与深度，但至少可以看出他们对天下太平的期盼。

四 不同时空创作下的诗风差异

《草堂雅集》《玉山名胜集》《玉山倡和》《玉山遗什》等诗文总集

---

① 袁华：《可诗斋嘉会序》，《玉山名胜集》，第139页。
② 《玉山名胜集》，第140~141页。

收录了5000多首玉山文人唱和之作，构成了元至正年间元人诗作的重要部分，一直被视为研究玉山文人重要的文本。但是我们不能因其整体特点而忽视了玉山文人诗风上的个体差异。雅集诗歌属于"公开化"作品，受作诗环境及各种规则的限制，容易出现整齐划一的特点。除此之外，大量玉山文人还留下了很多"私人化"作品。这类作品，摆脱了"作诗比赛"的创作环境，不受诗体、题材等限制，可以完全表现作者在私人化空间下的所想所思，且经过了深思熟虑的打磨，故其别具风貌。作如是区分，有助于我们了解玉山文人诗歌创作之丰富与复杂。

　　首先看"公开化"作品。这类诗歌风格的最大特点是"纤秾"。此一特点的形成与两方面因素息息相关。一是元诗整体的发展趋势。在中国诗歌发展史上，元诗向来以"纤秾"为人诟病。"纤秾"的对立面是"刚健"，二者的区别关键在于是否充满"力量"，即"风骨"。元诗从中期的"宗唐复古"开始，才形成所谓代表有元一代的盛世文学。由前可知，即便是中期的馆阁文人，也因普遍怀抱"旁观者心态"而使元代文学无法比肩于唐宋：其诗歌既缺乏唐人"刚健有力"之内涵，也不可能具备宋诗"析理精雅"之韵味。尤其到了元末，随着吴中文人称雄于文坛，这种趋势越发明显。二是作诗环境的限制。玉山雅集诗题材多咏物。在抒情方式上，多表达文人闲情逸致及游山玩水之乐；在艺术特征上，多为同题赋诗、分韵、次韵、联句之产物，同时带有"作诗比赛"之性质。这种方式只会对创作产生两种影响：一是作诗的速成性；一是用词的逞才性。前者为了避免惩罚，后者为了体现才思敏捷。因此，诗歌必然会因缺少力量和格调而呈现"纤秾"之特点，如他们的组诗《渔庄欸歌》中的几首：

　　　陆仁：湾湾流水曲阑干，鹭鹚芙蓉不耐寒。玉手为开银屈膝，举头却见月团团。日暮休凭斗鸭阑，落霞飞去水漫漫。秋光都在重屏里，东面青山是马鞍。
　　　周砥：傍水芙蓉未著霜，看花酌酒坐渔庄。花边折得芭蕉叶，醉写新词一两行。秋月团团照药栏，水边帘幌晚多寒。素娥不上青鸾去，借得银筝花里弹。
　　　秦约：公子渔庄秋气高，湾湾野水曲塘坳。隔林月出车轮大，照见华间翡翠巢。金菊粉蘂秋水滨，恰如生色画屏新。荡舟直过红桥去，小队游鱼不避人。①

此三人为玉山雅集常客。陆仁没有别集存世，《元诗选三集》录其诗 71 首，《玉山名胜集》《玉山纪游》等集中有诗 47 首，《草堂雅集》中有诗 37 首。杨维桢称其诗"学有祖法，清俊奇伟"。② 周砥颇有豪杰之气，诗风"幽丽豪浪，无所不有为"。③ 如其《春日》："空山寂寂行人稀，冈头落花如雨飞。罢琴惆怅不能已，故乡寥落何当归。南去百粤羽书急，北来三吴戎马肥。安得龙骧拥战舰，扫除俘寇扬国威。"④ 后来他与马治唱和，有《荆南倡和诗集》一卷。正值丧乱，因此《荆南倡和诗集》整体风格感时伤事，低回哀婉。而秦约则以咏史诗见长，有着强烈的事功之心："丈夫四方志，千金诚垂堂。壮矣不奋迅，老矣徒慷慨。"⑤ 尽管三人诗风不同，但在玉山草堂"公开化"创作的环境中，他们的诗风却极其相似。这并不意味着他们写不好诗或者不愿投入感情，只是这种创作环境，不允许他们思考太多，也来不及推敲打磨。同时，这种创作环境又多伴以作诗竞赛的方式，受到"剧场效应"的影响，所以在创作时才思敏捷先于性情抒发，落笔成章先于沉吟锤炼，以至于他们又将"奇崛"作为审美风尚，以达到"陌生化"之效果，如他们游历"龙门"时的次韵诗：

郑元祐：龙门巀嶭倚天开，点额神鱼几度来。云起枢中成五色，星从罅里见三台。更无铁监嗤山鬼，可有金铺上石苔。李范党同勋业异，御车千古意悠哉。

顾瑛韵：手攀萝磴蹑云根，石镜悬秋上可扪。一酌清泉如沆瀣，御风白日过龙门。

于立韵：何年玉斧斫灵鳌，虎豹临关鬼夜号。云拨两崖来峡雨，

---

① 《渔庄欸歌》（共十二首），《玉山名胜集》，第 246～247 页。
② 顾嗣立：《元诗选》，中华书局，1979，第 635 页。
③ 顾嗣立：《元诗选》，中华书局，1979，第 539 页。
④ 周砥：《春日》，《草堂雅集》，第 1067 页。
⑤ 秦约：《杂兴七首》，《草堂雅集》，第 1002 页。

风回双检吼松涛。已无铁键封神阙，犹有金梯拥汉高。我欲凌风骑赤鲤，手招龙伯奏云璈。①

这些诗颇得"铁崖体"神韵，既有李白诗的奇美想象，也有李贺诗的奇崛怪诞。以此相互比试竞技，彰显才气，表现出了诗人们对"铁崖体"艺术风格的认同和接受。"铁崖体"对雅集诗歌影响甚重，诗人间常以此体相互唱和。如顾瑛的《山人劝酒》，《玉山纪游》中于立、顾瑛、陈基等人的行春桥唱和、石湖唱和等。甚至连诗风一向持重清俊的郑元祐都有类似作品。再如他的《活死人窝为番阳胡道玄作》，"我尝梦登天，身乘帝青云。下视六合大，死人何纷纷。尸行鬼走不知丑，夭跳地踔无由分。首戴髑髅蒿两目，肠悬题凑空孤坟……一曲鸾笙五百年，死人窝里翻身去"。② 诗题就很匪夷所思，内容更是意象怪怪奇奇，铿锵如金石之声，表现出一种颠覆性的风格。

当然，玉山文人们不仅仅只会写"纤秾"、"奇崛"之作，换了环境和场合，他们也会写作一些较为清丽的作品。当他们走出玉山草堂，前往昆山、天平山、灵岩山、虎丘、西湖、杭州等地游览时，也会在诗中表达对自然的喜爱以及平和自得的心境，诗风有较大变化：

> 顾瑛《登惠山》：鼠偷山果时时落，鼋触池萍对对开。③
>
> 陈基《玉山如杭有怀奉寄兼柬杨廉夫》：柳凋寺下丝竹繁，苏小墓边风日暄。天开十里水如镜，雨过六桥花欲言。画船夜听孤山鹤，铁笛晓惊西竺猿。归来相迟桃源上，为唱竹枝倾绿尊。④
>
> 张渥《游西湖以"山色空濛雨亦奇"分韵赋诗张渥得濛字》：白沤波冷水晶宫，画舫清游入镜中。吹浪小鱼工趁雨，出巢新燕巧迎风。惊人佳句应难和，罚客杯深不放空。好共红妆泛明月，荷花香雾晚濛濛。⑤

---

① 《龙门》，《玉山名胜集》，第 470～471 页。

② 郑元祐：《雅集诗活死人窝歌为番阳仙伯胡道玄作》，《草堂雅集》，第 353 页。

③ 顾瑛：《登惠山》，《玉山璞稿》，第 141 页。

④ 陈基：《玉山如杭有怀奉寄兼柬杨廉夫》，《玉山名胜集》，第 485 页。

⑤ 张渥：《游西湖以"山色空濛雨亦奇"分韵赋诗张渥得濛字》，《玉山名胜集》，第 481 页。

王祎《桐庐舟中》：潇洒溪山梦此邦，轻风细雨过桐江。川回几讶船无路，林缺时看屋有窗。野果青包垂个个，水禽白羽去双双。到家会值重阳节，新酿村醅正满缸。①

与"斗诗"之作相比，这些诗歌稍显清丽晓畅。但细品之，风格失之鲜明而略显单调单一。需要指出的是，由于后期战争时局的压力，他们的雅集诗歌呈现出一种整体性的演变，即情感表现大大增加，在审美风格上显得沉郁压抑。如几首同题《过玉山草堂有怀》的诗：

叶懋：忆昔交游东海东，十年离别旦忡忡。封书久绝青云客，对镜新成白发翁。秋雨江湖孤梦远，春风庭馆一尊同。遥知旧隐非前日，多在荒原寂寞中。

陈基：隐君家住玉山东，欲往从之心郁忡。衣冠不减逍遥子，杖履拟随桑苎翁。白首逃名如尔少，平生耽句与予同。谢公自是知音者，匹马相过风雨中。

顾瑛：草堂还只在娄东，身未宁处心烦忡。青海久无青鸟使，白头今似白兔翁。江湖千里舟楫渺，关塞十年戎马同。天上故人多远念，作诗同寄寂寥中。

滕明：我昔曾住陈湖东，远怀高士心忡忡。风波不作泛槎客，烟渚长思垂钓翁。闲身自与鸥鹭集，浩兴或比渔樵同。玉山迢遥不可到，空令目断青云中。②

这组次韵诗，虽作诗方式和前期一样，但是情感的比重却大大增加。从整体上看，玉山文人对"公开化"作品始终缺少深度的思想挖掘，尽管后期此类作品整体呈现出沉郁之势，但其感情内涵依然不是以家国天下为归宿，只是对过往的留恋感伤而已。而欲了解玉山文人诗学思想之全貌，必须结合其别集或曰"私人化"作品，比较典型的是顾瑛。

顾瑛的"私人化"作品集中于《玉山璞稿》和《玉山逸稿》中。其

---

① 王祎：《桐庐舟中》，《草堂雅集》，第841页。

② 《过玉山草堂有怀》，《玉山名胜集》，第592～594页。

中也收录了顾瑛部分雅集诗歌，但绝大部分诗歌都摆脱了"作诗比赛"的语境，是其书写自我、表现情感的产物。在内容上，这些诗涉题广泛，记载了顾瑛乱世中的所见、所闻、所感。顾瑛有过短暂的出仕经历，帮助水军运送粮草。他在诗中写下了这段时光中自己的见闻及感触，如《安别驾杀贼纪实歌》《昆山知州坊侯平贼诗》《君臣同庆送脱因万户》《长歌寄孟天暐》等，在《十一月二十七日雾中作》中写道："仲冬天气暖如春，忽见梅花思远人。黑雾漫天吹作雨，黄沙落地散为尘。长淮千里连烽火，浙西三年运米薪。近报大军屯六合，义丁日日点频行。"① 虽然顾瑛没有强烈的出仕欲望，但作为文人，他也关注民生疾苦，如《三二年来商旅难行，畏途多棘，政以为叹，徐君宪以雪景盘车图求题，观其风雪载道，不能无戚然也，遂为之赋云》《官糴粮》，在《张仲举待制以京中海上口占十绝附郯九成见寄瑛以吴下时事》其八中写道："筑得吴城易得摧，年年风雨绕苏台。农家尽患时行病，总为修城染带来。"② 这些诗，写实与抒情的比重大大增加，表现了社会现实。

　　即使是写景状物之作，顾瑛的"私人化"作品也大不同于其雅集唱和之作，显得温婉幽濬、清丽芊绵。如"啼断候蛩秋寂寂，好怀正在曲阑干"③，"野水兼天阔，溪云隔树横"。④ 最典型的如他的《登虎丘有感》：

　　　　柳条折尽尚东风，杼轴人家户户空。只有虎丘山色好，不堪又在客愁中。
　　　　虎丘城外骷髅台，无数红花带血开。静听剑池池内水，声声引上辘轳来。⑤

此诗融情于景，借景抒情。虎丘之本为家乡山水，但在顾瑛诗中的感觉却如异乡之游子，这源于失去自由后引起的心理落差。此诗情感基调压

① 顾瑛：《十一月二十七日雾中作》，《玉山璞稿》，第28页。
② 顾瑛：《张仲举待制以京中海上口占十绝附郯九成见寄瑛以吴下时事》，《玉山璞稿》，第28页。
③ 顾瑛：《夜坐口占》，《玉山璞稿》，第114页。
④ 顾瑛：《二月偶成》，《玉山璞稿》，第159页。
⑤ 顾瑛：《登虎丘有感》，《玉山璞稿》，第213页。

抑悲哀，风格婉转隽永，在顾瑛"私人化"作品中堪称上乘。

作为"旁观者心态"的产物，顾瑛的"私人化"作品侧重表现其"愁苦"、"悲哀"的一面，虽然其中不乏关注民生疾苦、希冀天下太平之作，但这并不意味着顾瑛有多么强烈的出仕情结。"私人化"作品是其接触广阔社会、反思自我的产物，可以表现关心社会，也可以书写内心愁苦、压抑之情。同时，这些诗在创作上摆脱了"作诗比赛"的语境，也没有"以字胜"、"以句胜"的竞技心态，所以体式相对简单，风格相对清丽温婉，幽澹涵咏。从诗歌"缘情"本质来看，其"私人化"作品的质量远胜于"公开化"作品。

当然，这种现象并非体现在顾瑛一人身上，大多数玉山文人都存有这种差异（可以比较《草堂雅集》与其别集中的诗歌）。造成这种差异的根本在于：不同的创作环境下"旁观者心态"侧重不同，于是他们对诗歌的理解、使用的表现手法以及诗歌的情感基调、艺术风格都不同。虽然顾瑛等人并没有多么深刻的文学思想，但这种复杂性是客观存在的。了解这一点，对于认识玉山文人文学思想的丰富与复杂，尤为必要。

第三章 张士诚据吴时的吴中文人

——以北郭诗人为中心

至正十六年，张士诚攻破平江，改平江为隆平府，开启了以平江为大本营的统治时代。张士诚的到来，给吴中地区带来了积极的影响：一方面他注重保护吴中经济，保证了吴中地区的稳定；另一方面，他实施积极的文化政策，大力延揽文人。大量流寓到吴地的文人和本地文人，促使吴中地区出现了短暂的"文化繁荣"，文学也得到较大发展。

从整体上看，吴中文人的"旁观者心态"随着张士诚的到来也有所变化。"旁观者心态"本为描述士人和政权的一种关系，"旁观"的主要依据是士人和政权的距离，这种距离又包括两个方面：一是是否参与其中的距离；一是参与其中的情感距离。张士诚入吴前，玉山文人基本处于无拘无束的状态，其"旁观者心态"是彻底的、完全的、公开的。张士诚入吴后，"玉山雅集"日渐衰落，在苏州以高启为首的北郭诗人渐渐占据主导。在张士诚的庇护下，他们纷纷入幕，物质生活得到了相对的保障，却未能真正融入张士诚政权的核心，是一种貌合神离的状态，其"旁观者心态"是半公开的、不彻底的，由此也导致了他们的雅集方式及文学思想迥异于玉山文人。这种变化，既延续着吴中文学的风流，也昭示着入明之后文坛的变迁，关涉其生存方式及文学思想的变迁。其承上启下之功，不容忽视。

第一节 张士诚据吴与吴中文人之分化

张士诚，江苏泰州人，起身盐贩，至正十三年（1353）五月起兵高邮，十四年正月称诚王，建国号大周，改元天佑。至正十六年攻破平江，次年八月，降元，赐封"太尉"，然"士诚虽去伪号，擅甲兵土地如故"。[1] 至正二十三年九月，再次反元："士诚复自立为吴王，尊其母曹

---

① 张廷玉等撰《明史》，中华书局，1974，第3694页。

氏为王太妃，置官属，别治府第于城中，以士信为浙江行省左丞相，幽达识铁睦迩于嘉兴。元征粮不复与。"① 至正二十七年（1367）九月，朱元璋攻破平江，张士诚被俘自杀，结束了其对吴中地区的统治。

和历史上所有政权角逐中的失败者一样，作为政治家，张士诚缺乏远大的政治抱负与较高的政治素养。《明史》载："士诚为人，外迟重寡言，似有器量，而实无远图。既据有吴中，吴承平久，户口殷盛，士诚渐奢纵，怠于政事。士信、元绍尤好聚敛，金玉珍宝及古法书名画，无不充牣。日夜歌舞自娱。将帅亦偃蹇不用命，每有攻战，辄称疾，邀官爵田宅然后起。甫至军，所载婢妾乐器踵相接不绝，或大会游谈之士，樗蒲蹴踘，皆不以军务为意。及丧师失地还，士诚概置不问。已，复用为将。上下嬉娱，以至于亡。"② 不唯《明史》这类官方文献，即使野史笔记中的张士诚也以昏聩著称："张氏割据时，诸公经国为务，自谓化家为国，以底小康，大起第宅，饰园池、畜声伎、购图画、唯酒色耽乐是从。"③

政治上的失败却不掩其对吴地文化的贡献。入平江后，张士诚礼贤下士，礼聘各类文人："以士信及女夫潘元绍为心腹，左丞徐义、李伯昇、吕珍为爪牙，参军黄敬夫、蔡彦文、叶德新主谋议，元学士陈基、右丞饶介典文章。又好招延宾客，所赠遗舆马、居室、什器甚具。诸侨寓贫无籍者争趋之。"④ 其重臣心腹也都雅好文士，如张士信，"详延海内方闻之士，谈仁义，讲礼乐"⑤；潘元绍，"能礼下文士，故当日出于仓卒之际，而一时文章、书字皆极天下之选"。⑥ 黄、蔡、叶等也都喜附庸风雅，和吴中文人有诗文往来，饶介更是吴中之名流。加盟张吴政权的文人对张士诚评价甚高，如陈基说："今太尉以武济时，以文经国，不爱玉帛舆马，招来贤俊。四方奇拔之士，闻风而至者相望也。"⑦ 没有加

① 张廷玉等撰《明史》，中华书局，1974，第3694页。
② 张廷玉等撰《明史》，中华书局，1974，第3694~3695页。
③ 长谷真逸：《农田余话》，"丛书集成初编"之《山房随笔》（及其他八种），中华书局，1991，第4页。
④ 张廷玉等撰《明史》，中华书局，1974，第3694页。
⑤ 杨维桢：《凝香阁记》，《东维子文集》卷一十三，四部丛刊本。
⑥ 钱谦益：《国初群雄事略》卷八《周张士诚》，中华书局，1982。
⑦ 陈基：《送周信夫序》，《夷白斋稿》卷二十一，四部丛刊本。

盟者也对张士诚予以肯定,如胡翰说:"张士诚据苏州,恐众不附,大结人心,引士类为己用。"① 孙作说:"太尉淮东张士诚开阃姑苏,数郡之士毕至。"② 尤为难得的是,张士诚还开科取士,博得了众多文人的好感。戴良称:"今相国开藩中吴,文武并用,虽当干戈倥扰之际,不废治朝崇儒之典。"③

面对张士诚的礼遇,吴中文人出现了分化:一部分投靠了张士诚,如陈基任学士院学士,张宪为枢密院都事,陈秀民为江浙行省参知政事、翰林学士,陈汝言任藩府参谋,钱用壬任太尉府参军,鲁渊任博士,苏大年为参谋,杨基为丞相府记室,唐肃为嘉兴路儒学正,郑元祐任平江路儒学教授,戴良任起居郎,张经任松江府判官等。高启、余尧臣、张羽、徐贲、王行、王蒙、宋克、邵亨贞等,也都接受过张士诚所授的官职。而另一部分则离开了平江,拒绝出仕张士诚集团,如杨维桢、倪瓒、孙作、陶宗仪、贝琼、顾瑛、卫近仁、秦裕伯等。从对张士诚政权的态度来看,吴中文人大约可分为三类。

一 "积极参与者"——以陈基为例

在张士诚的感召下,大批吴中文人加盟其中。尽管各自的目的不同:或因生存压力,或想借张士诚实现一己之抱负,或因不愿离开故土而勉强附和等,但结果都成了张吴政权的参与者。在这些人中,陈基的经历极富特色:一方面,他相当受到倚重,"军旅倥偬,飞书走檄多出其手"④,所居官职也不低;一方面,入明后,"吴臣多见诛,基独免"⑤,且参与了纂修《元史》的工作。此外,在参与张士诚政权之前,陈基还是玉山草堂常客之一。可见,陈基一生至少扮演过三个角色:玉山文人、张士诚的文臣和朱元璋的文士。

陈基(1314—1371),"字敬初,临海人。少与兄聚受业于义乌黄溍,从溍游京师,授经筵检讨。尝为人草谏章,力陈顺帝并后之失,顺

---

① 胡翰:《韩复阳墓碣》,《胡仲子集》卷九,文渊阁四库全书本。
② 孙作:《陶先生小传》,《沧螺集》卷四,文渊阁四库全书本。
③ 戴良:《赠叶生诗序》,《九灵山房集》卷一三,四部丛刊本。
④ 《陈学士基》,顾嗣立编《元诗选》初集下,中华书局,1987,第1878页。
⑤ 张廷玉等撰《明史》,中华书局,1974,第7319页。

帝欲罪之，引避归里。已，奉母入吴，参太尉张士诚军事。士诚称王，
基独谏止，欲杀之，不果。吴平，召修《元史》，赐金而还。洪武三年
冬卒"。① 陈基早年受黄溍"金华之学"的影响，有强烈的入世之心。其
至正七年的《知还亭记》曰："方今圣明在上，求贤若渴，非若彼时有
一靖节而不为用，自以山林有志之士，莫不以功名自奋，思有所树立，
矧文卿家世显荣，年当强仕，固宜以退为进，不宜遽自弃也。"② 元末，
他曾三上大都，求访干谒，最终获取"经筵检讨"一职。但因生性耿
直，不能见容于朝廷，最终引避归里。入吴以后，他到玉山草堂，其作
于至正十年的《碧梧翠竹堂序》曰：

> 予与玉山隐君别三四年间，其与会稽杨铁崖、遂昌郑有道、匡
> 庐于炼师、苕溪郑九成、吴僧琦元璞，日有诗酒之娱，而其更倡迭
> 和之见于篇什者，往往传诵于世。而予也以汗漫之役，溯河洛，上
> 嵩华，历关陕，北游而客京师，度居庸，计其所跋涉，不啻万余里。
> 方挈挈焉触寒暑，犯霜露之不暇，又何由持杯酒，濡翰墨，咏歌挥
> 洒，以厕诸子之列耶？③

陈基于至正七、八年之际相识顾瑛。此时顾瑛正大力修建玉山草堂，开
始延请各路文人。从至正十年（1350）起，陈基开始在吴中地区生活，
以教书为业，寄居于旧友徐元震家中。据尤义《陈基传》载："奉母夫
人西至吴，教授诸生，备养惟谨。"④ 直至加入张士诚政权，陈基一直以
教书为生，且常与顾瑛等人诗酒唱和。至正十一年，他为顾瑛"春晖
楼"作记："嗟乎，世之难遇者太平，人之至乐者具庆。故风人之感恒
不足于所遭，而天下之情莫不愿于逮养。彼重堂层轩、回廊复馆，与夫
珍禽异卉，世之好事者皆可以方致，至于俯仰四世，具庆一门，行无羁
旅之思，居有园池之胜，尽天下逮养之乐，无风人不足之叹，此盖非人

---

① 张廷玉等撰《明史》，中华书局，1974，第7318页。
② 陈基：《知还亭记》，李修生主编《全元文》第50册，凤凰出版社，2004，第432页。
③ 陈基：《碧梧翠竹堂序》，《玉山名胜集》，第184页。
④ 尤义：《陈基传》，陈基《夷白斋稿》附录，四部丛刊本。

之所能必者，虽万乘之卿相不可强而致也。"① 他人对"玉山佳处"及景点的题记，都是以绚烂之笔描绘玉山草堂的园池之美、佳肴之盛、场面之喧等，而陈基之记却是别有深意：描述了玉山草堂之盛的同时，却强调"行无羁旅之思，居有园池之胜，尽天下逮养之乐，无风人不足之叹"的人生至乐。这种感叹应是对自己早年风尘仆仆、转相干禄的总结。所以他在玉山草堂感到尤为惬意，如其诗：

> 挂席出长洲，鼓枻石湖头。石湖淐漾玻璃浮，青山白水不知暮，蘋叶芦花都是秋。我欲援北斗，醉彼清浅流。我欲挽河汉，一洗太古愁。吴王台榭成荒丘，至今惟有麋鹿游。我不愿千钟禄，亦不愿万户侯。百年三万六千日，日饮一石醉即休。日饮一石醉即休。②
> 美人不见已三月，日日相思赋角弓。兴发颇疑诗有助，忧来翻讶酒无功。未须结客游樊上，却拟移家住瀼东。与报匡庐于外史，新醅宜压荔枝红。③
> 碧梧翠竹郁参差，艾纳流熏绣幕垂。琼管隔花闻度曲，画屏烧烛看围棋。坐延太乙青藜杖，倒看山公白接䍦。何日采舟还汤桨，为拼同醉习家池。④

三首诗一为次韵诗，一为赠答诗，一为咏怀诗。作诗环境不同，体式不同，抒情方式也不同，但共同表达了在玉山草堂放松的心情以及所享受到的闲情逸致，可见他在玉山草堂的岁月是愉快而值得回首的。

如果陈基就此终老，我们至多把其看作一位怀才不遇而后终老山林的失意文人而已。然动荡时局最能成就文人的仕途偃蹇或春风得意。张士诚入吴给陈基带来了新的机会。陈基加盟张吴政权，被誉为"第一文人"，这是基本史实。但他是什么时间加入张吴集团的？据尤义《陈基传》载：

① 陈基：《春晖楼记》，《玉山名胜集》，第 328 页。
② 陈基：《陈基次》，《玉山名胜集》，第 510 页。
③ 陈基：《寄玉山兼柬匡庐外史》，《玉山名胜集》，第 446 页。
④ 陈基：《笠泽有怀》，《玉山名胜集》，第 447 页。

属南州用兵，朝廷开行枢密府，镇抚南服，起基为都事，转江浙行中书省员外郎，俄升郎中。时平章张士信统兵镇杭，基以本职参佐，道之以正。杭有岳飞坟，芜秽弗恭久矣，基追慕兴慨，以状请于朝，俾与历代忠臣并列，春秋致祭。寻自为文刻石墓上，以表其功。西湖书院旧有经史书板，兵后零落无几，即白平章，出官钱若干补缀成帙。夫以天理民彝泯乱之秋，干戈相寻，日不暇给，基乃赞佐余力为其所得，为使圣经贤传复明于当时，崇德报功无愧于往昔。虽武夫悍卒闻下风而望余光，亦知有所兴起，扩而充之，是大有功于名教也。未几由杭来吴，参太尉军府事，及太尉自王于吴，群下同声贺之，而基独谏止。太尉欲杀之，不果，已而超授内史，迁学士院学士，阶通奉大夫，覃恩二代，凡飞书走檄碑铭传记多出于其手。①

谷春侠据此推断陈基并不反对张士诚称王。② 实际上，根据陈基的性格及所作诗文系年来看，陈基是反对张士诚称王的。首先，陈基虽受黄溍浙东学派之影响，有强烈的功名心，但却是以忠孝为基础，顾瑛称其"德性慎重，事亲尤尽孝"。③ 在陈基眼中，张士诚首先代表的是元廷的势力："晋国偏裨归宿将，汉廷旗鼓属元勋"④，"淮河父兄争鼓舞，将军定是汉金吾"。⑤ 在诗中，陈基把张士诚看作靖难之臣。他在写给危素的一首诗中说："终当解绶谢僚友，亟归结屋依山岚。鄙夫出处盖如此，为报先生聊口占。先生事业则异是，论道经邦民具瞻。早令四海偃兵甲，尽遣百姓趋耕蚕。时和岁稔我所愿，功成身退公自谯。他年若访赤松子，一笑相逢忻执鞭。"⑥ 在陈基看来，危素身居京师，论道经邦，自己虽然不及危公，但同样也在为"四海偃兵甲"、"百姓趋耕蚕"的心愿而努力，最美满的结局就是"功成身退"、"一笑相逢"。从这些诗的情感及

① 尤义：《陈基传》，陈基《夷白斋稿》附录，四部丛刊本。
② 谷春侠：《玉山雅集研究》，中国社会科学院研究生院博士学位论文，2008 年。
③ "陈基小传"，《草堂雅集》，第 103 页。
④ 陈基：《癸卯二月十一日官军发吴门》，《夷白斋稿》卷十，四部丛刊本。
⑤ 陈基：《二十二日狼山口观兵》，《夷白斋稿》卷十，四部丛刊本。
⑥ 陈基：《谢从义忝军自京师还言中书危忝政见问且讶无书因述诗寄谢》，《夷白斋稿》卷五，四部丛刊本。

其耿直忠孝的性格来看，张士诚自立为王时，陈基势必难以接受。其次，从陈基在张吴帐下的写作特点来看，早期他曾写过大量的檄文、诏书，至正二十三年（1363）以后，这类文章大大减少，代之以墓碑、铭文、诗序为主，一方面出于对张士诚称王的不满，一方面其"事功"之心日趋冷淡。因为张士诚并不能成为经邦定国的股肱之臣，甚至出于私欲再次"反元"。

由上可推断，陈基应是在张士诚至正十七年降元后加入张士诚集团，这样才不至于有背叛故元的负罪感，才能以"忠心耿耿"的姿态参与其中。加入张士诚政权的初期，陈基确实表现出积极的情绪，其《发吴门》①一诗，首句感叹自己"少壮不解武，衰老却从军"，但是由于张士诚代表元廷势力，所以还是应"去去勿踟蹰，浩歌天宇新"，参与其中，既显示了报效国家之决心，也有老来得志之自豪。但随着时间的推移，陈基渐渐感到疲惫，表现出巨大的失落，并在大量的诗中表达出自己的失落与惆怅：

> 欲向江湖觅钓矶，此心长与事相违。添丁未辨卢全计，笑老空知伯玉非。淮甸草肥宛地马，楚州人着汉官衣。将军奏罢平西捷，还许山翁倒戴归。②

> 每忆吴门顾辟疆，旧开池馆带沧浪。绿波芳草盟鸥鹭，锦瑟玉笙悲凤凰。座客诗成谁最好，故人酒后我多狂。扁舟来往鹅湖上，老倒犹能赋草堂。③

> 官舍萧条淮水滨，一樽九日谩相亲。那知黄菊篱边客，不关紫薇花下人。秋鬓白嫌乌帽侧，衰颜红爱绿醅新。中吴兄弟应相忆，怅依秋风北忘频。④

这些诗没有"第一文人"的自豪，反倒充满浓浓的归隐之意及对过去生活的留恋（主要指吴中授官的自由时期）。可见，陈基在张士诚帐下的

---

① 陈基：《发吴门》，《夷白斋稿》卷三，四部丛刊本。
② 陈基：《二十九日至淮安城南十五里述怀》，《夷白斋稿》卷十，四部丛刊本。
③ 陈基：《寄顾高士》，《夷白斋稿》卷九，四部丛刊续编本。
④ 陈基：《九日简同幕诸公兼寄吴中兄弟》，《夷白斋稿》卷九，四部丛刊本。

心态是极为矛盾的：一方面积极为其效力，一方面怀念自由的过去。这种矛盾心态的产生有着复杂的原因。陈基出身浙东，深受浙东学派"事功"精神影响。元廷的腐朽使陈基的政治理想化为泡影，于是退居吴中，避馆授书之余，和顾瑛等人诗酒唱和，在玉山草堂中找寻心理寄托。受吴中士风的影响，陈基渐染吴中文人的习气。张士诚入吴后，陈基"事功"之心再次萌生，加之张士诚第二年又投降元廷，仿佛成了元廷的代言人，陈基因此加盟张吴政权。当然，他也受到了张士诚特殊的恩宠，其《赠盛断事诗序》曰："盖公之奉国与吾等事公，以势分言，则子弟之于父兄也；以休戚言，则心腹肘腋，众窍百骸，无一非要害者。此吾三四人所素同心荣瘁，死生以之，自信不疑，非一朝夕矣。"① 陈基之所以对张士诚忠心耿耿，至死不弃，是因为不仅张士诚给了他实现梦想的机会，更重要的是出于酬谢知己之情："以势分言，则子弟之于父兄也；以休戚言，则心腹肘腋，众窍百骸，无一非要害者。"对于陈基这类以忠义为本的人而言，感情筹码远重于政治筹码。张士诚对文人的礼遇，受到吴中文人普遍怀抱感激之情。即便谢应芳这类未加盟者，其《上张太尉启》也说："救颠崖之辛苦，待以国士，报以国士，终当范我之驰驱，俯竭葵倾，仰希藻鉴。"② 然而，个人感情和忠君报国毕竟是两码事。出于知遇之恩，陈基忠心耿耿，"在藩府，飞书走檄，皆出其手"③，张士诚也没有辜负陈基，"超授内史，迁学士院学士，阶通奉大夫"。但当张士诚的所为违背了陈基的理想时，他开始郁郁寡欢，甚至向往归隐。升迁为内史后，他的生活状态是，"独以己俸买宅天心里，即旧屋数楹，稍加涂塈，环艺花卉之属，号小丹丘。休沐之暇辄与客徜徉其中，啜茗清吟，议论古今，出入经史百氏，危坐终日"。④ 但他最终没能像高启等人一样，选择离开张士诚，而是在隐忍中度日，直至张吴集团灭亡。

　　与陈基相比，其好友戴良就表现出另一副面孔。戴良同样是"金华学派"的重要传人，一辈子在"事功"之梦中寻觅转悠，却最终未能善终。《明史》载：

---

① 陈基：《赠盛断事诗序》，《夷白斋稿》补遗，四部丛刊本。
② 谢应芳：《上张太尉启》，《龟巢稿》卷十六，四部丛刊本。
③ 钱谦益：《陈学士基》，《列朝诗集小传》，上海古籍出版社，1983，第 39 页。
④ 尤义：《陈基传》，陈基《夷白斋稿》附录，四部丛刊本。

太祖初定金华，命与胡翰等十二人会食省中，日二人更番讲经史，陈治道。明年，用良为学正，与宋濂、叶仪辈训诸生。太祖既旋师，良忽弃官逸去。辛丑，元顺帝用荐言者，授良江北行省儒学提举。良见时事不可为，避地吴中，依张士诚。久之，见士诚将败，挈家泛海，抵登、莱，欲间行归扩廓军，道梗，寓昌乐数年。洪武六年，始南还，变姓名，隐四明山。太祖物色得之。十五年，召至京师，试以文，命居会同馆，日给大官膳，欲官之，以老疾固辞，忤旨。明年四月暴卒，盖自裁也。①

这里记载了戴良一生的仕隐经历：先依朱元璋，再依元廷，后依张士诚，又欲依元廷，最终回到朱元璋身边，却惊吓而死。戴良是至正十八年朱元璋攻克婺州被其罗致。朱元璋移师不久，戴良却"弃官而去"，并且写下了"失脚双溪路，今惊两度春"、"自叹忧时客，初心寸寸灰"② 这样的诗句。戴良为何出此言？依其后来的人生轨迹断定，肯定不是对政治灰心。从戴良的性格来看，问题应该出在朱元璋身上。在人生准则上，戴良标举"仁义"："仁义为饰身之具，忠信为奉国之资"③；在学术渊源上，和陈基相比，戴良更强调"道"："吾之所谓道者，乃尧、舜、周孔之道也。尧、舜、周孔，得圣人之用者也。"④ 在戴良心中，"道"既是为文的规范，也是做人的准则，尤其是对于最高掌权者，更应崇文重教，以仁义自律。他在《治平类要总序》中说：

周衰以来，圣学不明，为人君者，概以古昔帝王迂远而难遵，不过求所谓卑近浅陋之说以苟且于一时，其能超出乎当世者，惟汉七制、唐三宗之主，及赵宋诸君而已。然此十数君者，亦仅贤于后世之庸主，若夫二帝三王之盛治，讵可同日而语哉？⑤

① 张廷玉等撰《明史》，中华书局，1974，第7312页。
② 戴良：《郡斋度岁》，《九灵山房集》卷三，四部丛刊本。
③ 陈基：《戴九灵先生像赞》，《夷白斋稿》补遗，四部丛刊本。
④ 戴良：《送宋景濂入仙华山为道士序》，《九灵山房集》卷六，四部丛刊本。
⑤ 戴良：《治平类要总序》，《九灵山房集》卷六，四部丛刊本。

戴良提出了十种"治道"的规范，其中把"君道"列为第一："行君道，明万几理，禹汤文武，天下之大圣也；夏桀商辛，天下之大恶也。而其所以为大圣大恶之分者，道之明与不明耳，欲为君，尽君道，道者何，仁而已矣。"① 可见戴良理想中的君主是以仁治国，且仁爱宽容。尽管朱元璋在早期群雄逐鹿中也多有"仁义"之行，礼贤下士，但是对"仁义"有着偏执情结的戴良，其早早就感觉到了朱元璋"雄猜"之本性，所以才会不辞而别。

而张士诚的"持重寡言"、礼贤下士似乎更符合戴良理想中的君主形象。他于至正二十三年（1363）依附张士诚，同年张士诚再次称王。对张士诚称王，戴良并没有表现出太多的反对。同为实现政治抱负，陈基的原则建立在"忠孝"基础上，而戴良则建立在"行道"的基础上。戴良对张氏集团抱有极大的幻想，如其所作的《郑金宪授官南归》《叹年》《送钱参政诗序》《送陈嘉兴序》《赠叶生诗序》，都寓含了这种感情。但其最终于至正二十五年（1365）离开张士诚：一是看透了张士诚的腐朽；二是他对张士诚的情感远没有陈基浓厚。

陈基和戴良，都属于积极参与张士诚集团者。陈基的参与出于重燃功名心，一旦参与其中，却又因为备受礼遇而不忍离去。其内心深处，事功之梦和归隐之心相并而生，其困惑于"吴中授官"时期养成的"旁观者心态"和当下处境之间的矛盾。戴良的参与则出于"行道"的愿望，朱元璋、元廷、张士诚在他眼中都只是一个实现梦想的平台，当这种梦想和现实发生冲突时，他便迅速离去，体现了对"道"的执着。入明后，他以遗民自居，不单是出于对故元的眷恋，更表达了终生"志不获展"的悲哀。二人的出处去就，反映了易代之际士人的迷茫，也反映此一境遇下文人心态之复杂。

二　"依违其间者"——以饶介为例

在众多参与张士诚政权的吴中文人中，饶介常被研究者所忽视。一是因其入明后被杀，多被看成是张士诚的"死党"；二是因其别集失传，更多被当作"政客"来处理，其诗文流传仅限于《元诗选》中的十五首

---

① 戴良：《治平类要总序》，《九灵山房集》卷六，四部丛刊本。

及《赵氏铁网珊瑚》《珊瑚木难》中的几幅诗帖。实际上，饶介远非如此简单，一方面，他的确起到了"政客"的作用，在张士诚和众多吴中文人的关系中穿针引线；另一方面，他并非单纯的"政客"，身上浓聚了吴中文人的众多品性。

饶介，"字介之，临川人。游建康，丁仲容婿畜之。自翰林应奉出金江浙廉访司事。张氏入吴，杜门不出。士诚慕其名，自往造请，承制以为淮南行省参政。家采莲泾上，日以觞咏为事。吴亡，俘至京师，丁未卒于姑苏。释道衍曰：'介之为人倜傥豪放，一时俊流如陈庶子、姜羽仪、宋仲温、高季迪、陈惟寅、惟允、杨孟载辈，皆与交，衍亦与焉。书似怀素，诗似李白，气焰光芒，煜煜逼人。然其志大才疏，而无所成，为可惜也！'"① 可见，饶介做过元代的官，张士诚入吴后，被迫出仕。饶介的"志大才疏"，虞堪在《读饶介之遗徐允中书》序中也有记载：

> 介之善张旭怀素，书妙一时，人往往争得之，以为奇玩。其得意超迈之笔，而徐所蓄尤多。故乃装辑成卷，视若名言世璠。然皆务夸张矜满之辞，略无一语能及国及民。如云："当年仆过吴陵时，知有诸豪杰，今日乃得为刎颈交，何也？以气相感尔。"又云："允中人杰，肯与仆领此凤志矣。"噫，观夫此，得不为果亡必败之谶耶？今此卷散落民间，使人一展览便殊不满。②

"志大才疏"固然为文人的不良习气，但把饶介的败亡简单地归于此种性情，略显牵强。"志大才疏"往往形成于文人"自恃清高"与在现实中"怀才不遇"的冲突之中，其行之有效的解决途径便是文人找到了施展怀抱的平台。但对于饶介而言，这是不可能实现的。张士诚虽然让他做到"淮南行省参政"一职，但是军国大政"操纵不由介"，他和陈基都是"典文章"之职，无法真正走入张士诚集团的核心层和决策层。但二人又有所不同：陈基是从"吴中授业"的先生骤然成为"第一文人"，而饶介只是从"浙廉访司事"变成"淮南行省参政"，并没有陈基"志

① 《饶右丞介》，钱熙彦编次《元诗选补遗》，中华书局，2002，第626页。
② 虞堪：《读饶介之遗徐允中书》，《希澹园诗集》卷三，文渊阁四库全书本。

重获伸"的酬谢知己感。所以，同为参与者，陈基扮演的角色更像"御用文人"；饶介更像"依违其间者"，"日以觞咏为事"，对政事不以为意。对饶介的"依违其间"，可以从两个方面来认识。

首先，其主要精力并不以政事为重，而是放在主持雅集，广接文人上。饶介主持最知名的雅集当推"醉樵歌文会"，据《明史·张简传》载："临川饶介为元淮南行省参政，豪于诗，自号醉樵，尝大集诸名士赋《醉樵歌》。简诗第一，赐黄金一饼；高启次之，得白银三斤；杨孟又次之，独赠一镒。"① 这有点类似于"玉山雅集"的作诗比赛，只是奖惩的方式由"罚酒"变成"赐金"。饶介自号"醉樵"，又号"华盖山樵"、"醉翁"。关于"醉樵"，王行有《醉樵说》对其"寓意"：

> 华盖山之樵有好饮者，或目之曰醉，尝道置其薪而寐。后之樵者盗其薪，同樵者见之，呼醉樵而语之曰："而樵以饮为事邪？以薪为事邪？"醉樵谔谔，而复唯唯……醉樵曰："噫嘻，而知有为之为而不知无为之为，而知而之为樵而不知吾之为樵，吾为而言：吾之樵吾之樵也，以精神为斧斤，而发之于纯一之硎以段，若木不足以当其铦，扶桑不足以试其芒。而大造，则吾薪之根也，元气阴阳，吾薪之干也。日月列星，风雨霜露，吾薪之柯条，而扰扰之生物，则吾薪之朽腐蠹蝎也。吾今刜其朽，抶其蠹，弃遗其柯干，而得其根矣，而以吾为醉而然邪？醒而然邪？是为有为邪？无为邪？彼亦能盗吾之有而有之邪？将弗能盗之邪？"同樵者无以对。②

王行以半实半虚的写法描述"醉樵"，并仿照庄子《齐物论》的笔法描绘了"醉樵"的形象与风神。在"醉樵"眼中，"薪"与"饮"、"醒"与"醉"、"有为"与"无为"、"得"与"失"，都泯灭了界限，以庄子"莫若以明"的视角，也达到了"逍遥游"的境界——"颓而就卧，撼之而不更，呼之而不寤"。

王行的寓意无疑是对饶介最好的注脚。饶介以"醉樵"自居，无论

---

① 张廷玉等撰《明史》，中华书局，1974，第7321页。
② 王行：《醉樵说》，《半轩集》卷七，文渊阁四库全书本。

他能否达此境界，但身居"淮南行省参政"一职，却日日醉酒，可以看出他在张士诚集团中的生活状态与心理状态。他似乎也乐意以此自矜，在《送秦文仲博士还三洲》中说："闲居寡良俦，有酒不自荐。此日亦足醉，况得邦之彦。小醉须解醒，大醉不用醒。平生慎许事，只有一刘伶。"①

　　虽然未能掌握太多实权，但饶介借助张士诚提供的平台得以广接文人。倘若没有饶介的存在，很多文人对张士诚政权是没有太多兴趣的，以高启与杨基最为典型。高启，"季迪年二十余，介览其诗，惊异以为上客"。② 杨基，"淮张辟丞相府记室，未几谢去。又客饶介所"。③ 在相当一批文人眼中，饶介虽然出仕张吴集团，却并非等同于张士诚的代言人，否则也不会出现杨基从张士诚府上逃往"饶介所"的现象。很多人之所以推重他，与其为人分不开的。他"风流旷达"且"乐善好施"，如对陈汝秩，"兵后不能卜一廛，饶介之谋僦屋以居"④，留下了相当好的口碑与声誉：

　　　　张简《醉樵歌》：东吴市中逢醉樵，铁冠欹侧发飘萧。两肩矼矼何所负？青松一枝悬酒瓢。自言华盖峰头住，足迹踏遍人间路。学书学剑总不成，惟有饮酒得真趣。管乐本是王霸才，松乔自有烟霞具。⑤

　　　　杨基《寄号醉樵饶介之》：千古英雄双醉眼，四山风雨一樵夫。正须斤斧收材木，要向凌烟见画图。⑥

　　　　周砥《次韵介之梦山中》：繁华久困心何得，澹泊相遭思亦清。不有鹿门高世志，山中几日道能成。⑦

　　　　高启《哭临川公》：身用已时危，衰残况病欺。竟成黄犬叹，

① 《饶右丞介》，钱熙彦编次《元诗选补遗》，中华书局，2002，第627页。
② 钱谦益：《高太史启》，《列朝诗集小传》，上海古籍出版社，1983，第74页。
③ 钱谦益：《杨按察基》，《列朝诗集小传》，上海古籍出版社，1983，第75页。
④ 钱谦益：《陈处士汝秩》，《列朝诗集小传》，上海古籍出版社，1983，第30页。
⑤ 张羽：《又歌附张仲简作》，《静居集》卷二，四部丛刊本。
⑥ 杨基：《寄号醉樵饶介之》，《眉庵集》，巴蜀书社，2005，第189页。说明：以下凡征引此文献，只注明篇章及页码，以示方便，所注页码一以此书为标准。
⑦ 周砥：《次韵介之梦山中》，赵琦美《赵氏铁网珊瑚》卷七，文渊阁四库全书本。

莫遂白鸥期。东阁图书散，西园草露垂。无因莫江上，应负十年知。①

　　以上四诗都是为饶介所作。从作诗场合上看，张简诗是"醉樵歌文会"时的比赛之作，杨基的是赠答，周砥的是次韵，高启的是悼亡，属于私人化作品。这些诗，有为讨好饶介所作，如张简；有发自内心的称赞，如杨基；也有追忆挚友的感怀，如高启。但无论怎样，都可以看出饶介和众多吴中文人的交情及其影响力。

　　有了饶介的存在，便需要对大量吴中文人出仕张吴集团加以辨析。据学者考证，以高启为代表的北郭诗人都曾出仕过张吴集团。② 如张羽，当过校理；徐贲，当过记室或军咨；余尧臣，当过左司；宋克，当过军咨；王行，当过校书，等等。关于他们的任职，需要说明三点。第一，和饶介一样，他们都没有走进张氏的核心层和决策层。第二，他们对政治并没有太多热情。有的中途逃跑，如徐贲，"淮张开闿，辟为属，与张羽俱避去"③；有的甚至没有赴任，如苏大年，"张氏开藩，特见知遇，用为参谋，称为苏学士，而实未尝仕也"。④ 第三，他们都和饶介保持着亲密的关系，经常在饶介的住所"西园"诗酒唱和。其中宋克还是饶介的弟子，"介之，号醉樵……宋仲温宋昌裔皆出其门"。⑤ 可见，以饶介为首的"依违其间者"，在任职状态上，都只挂虚职，无所作为，和张士诚政权保持若即若离的关系；在对张氏的情感上，他们既没有陈基般的感恩之心，也谈不上排斥。只因在张士诚帐下获得了比较多的自由，至少逃走也不会受到惩罚。

　　其次，饶介的"依违其间"还表现在其心理状态的压抑苦闷。饶介与顾瑛在形象上有诸多类似，但身份截然不同：一个是在张士诚手下任职，一个是富甲一方的大商人。身份的差异必然导致二人行为方式与情感体验上的差异。饶介只能在"依违其间"、不违背原则的情况下与高

---

①　高启：《哭临川公》，《高青丘集》，第 469 页。
②　可以参看晏选军的博士后研究出站报告《元明之际吴中地区士人群体与文学思想研究》，南开大学，2004，第 64 页。
③　钱谦益：《徐布政贲》，《列朝诗集小传》，上海古籍出版社，1983，第 77 页。
④　钱谦益：《苏编修大年》，《列朝诗集小传》，上海古籍出版社，1983，第 43 页。
⑤　杨士奇：《饶介之诗后》，《东里集·续集》卷二十一，文渊阁四库全书本。

启等人诗酒唱和，无论怎么放纵，他还要履行"淮南行省参政"的基本职责。而顾瑛作为商人，无拘无束，来去自由，他可以在玉山草堂组织大规模的文会，也可以逃往界溪以拒绝张氏的礼聘，甚至可以做出"自营坟墓"的放诞之举。时局动荡给二人带来了压抑和苦闷，但二人又有不同：顾瑛的压抑来源于生命苦短之担心、身名不传之恐惧、朋友分离之思念；饶介的压抑来源于意欲归隐而勉强出仕、身居其位却徒有其名、返璞归真与借酒纵欲带来的空虚。如其诗：

> 《与虞山人胜伯陈山人惟寅谈及仙游事醉后赋诗三首兼呈二贤》
> 其三：幕幕松阴布网罗，鹤巢松顶吸天河。是何道士围棋坐，若个樵夫对酒歌。看月也知为尔好，凭风无奈欲归何。送君直过桥西去，还记垂杨叶不多。
>
> 《夜坐》：学默三年漫不应，流光一去意无征。缘如鬓白因循染，道似山青自在凝。犹有形骸生影迹，却将文字寄名称。一川月色多于水，更着秋霜见底澄。
>
> 《梦中》：流水无心竞，孤云与我同。坐深明月下，行尽乱山中。花落闻啼鸟，松凉爱御风。悬知皆梦境，一笑万缘空。①

向往归隐的理想、空有形骸的悲哀、人生如梦的感叹，三种本不相关的情感却在饶介身上得到了统一。任职于张士诚集团，牺牲了自由，却难以换取理想的实现，最终在"依违其间"中虚度华年。自由、事功、岁月渐渐消逝，饶介只好在"悬知皆梦境，一笑万缘空"中聊以自慰。

与张士诚集团中的其他文人相比，其命运尤为悲惨。入明后，饶介被"俘至京师伏诛"。② 由于史料的缺乏，现难以找到朱元璋杀饶介的直接原因，毕竟朱元璋"杀伐雄猜"的本性就不需要原因。在张士诚眼中，饶介只是个文士，也不会让其走进权力的核心层；而朱元璋将其视为一名政客，是张吴集团之重要鹰犬。这也导致了他对待饶介与陈基的方式的不同。而饶介真正的悲哀在两种身份都没有做好。饶介的经历、

---

① 钱熙彦编次《元诗选补遗》，中华书局，2002，第 628～629 页。
② 钱谦益：《列朝诗集小传》，上海古籍出版社，1983，第 40 页。

心态与结局，既有易代之际吴中文人的整体代表性，也有其独特的遭遇与悲哀。

三　"逃遁者"——以杨维桢为例

面对张士诚的礼聘，吴中文人中仍不乏大批"逃遁者"，以杨维桢最为典型。当然，在军阀混战的元末，"逃遁"只是一个相对的概念，他们既没有逃到元政权中心的北方，也没有逃到其他军阀的统治区域，只是从张士诚统治的中心地带——平江，逃到松江，其逃离区域始终没有离开吴中。松江也是张士诚的势力范围，"十六年二月，陷平江，并陷湖州、松江及常州诸路"①，但乱世中政权的辐射力和大一统时代截然不同，张士诚真正的统治中心在平江。远离了平江，也就意味着避开了政治。明人何良俊说："吾松文物之盛亦有自也。盖由苏州为张士诚所据，浙西诸郡皆为战场，而吾松稍僻，峰泖之间以及海上皆可避兵，故四方名流荟萃于此，熏陶渐染之功为多也。"②何良俊生于明嘉靖时期，此时的苏、松已无区别，都在大一统政权下经济繁荣、人文荟萃。在他眼中，张士诚据吴时期，苏、松的区别只在于能否"避兵"，而忽视了此时苏、松的政治氛围是截然不同的。把吴中文人作为整体考察对象，区分苏、松是没有必要且没有意义的。但是具体到某些特殊的文人，如杨维桢，这种辨析尤为必要。

严格地讲，杨维桢并非从平江逃离，而是从钱塘、富春山一带逃走，之所以把其归入平江"逃遁者"，原因有二。第一，他和早期平江文人领袖顾瑛等有着深厚的交情，在当时实际上是苏、松一带文人的精神领袖。第二，杨维桢"逃遁"的性质和平江文人的"逃遁"是一致的：躲避张士诚之征召。关于杨维桢"逃遁"的始末，以贝琼《铁崖先生传》所载最为详细：

> 先生既受代，即避地富春山，后依元帅刘九九于建德，九九败后，挈家归钱塘。艰难困踣，啸歌自若。十八年，太尉张士诚知其名，

---

① 张廷玉等撰《明史》，中华书局，1974，第3693页。
② 何良俊：《四友斋丛说》卷一六，中华书局，1997，第100页。

欲见之，不往。继遣其弟来求言，因献五论及复书斥其所用之人，其略曰："阁下乘乱起兵，首倡大顺，以奖王室，淮吴之人，万口一词，以阁下之所为，有今日不可及者四……阁下狃于小安而无长虑，此东南豪杰又何望乎？仆既老且病，爵禄不干于阁下，惟以东南切望于阁下。幸采而行之，毋蹈群小误人之域，则小伯可以为钱镠，大伯可以为晋重耳、齐小白也。否则麋鹿复上姑苏台，始忆东维子之言，于乎晚矣。"东维子，盖晚年所号也，众恶其直，且目为狂生，时四境日蹙，朝廷方倚丞相达识帖木儿为保障，而纳贿不已，复上书风之，由是不合，久之徙松江。①

　　由此可以看出以下几点：第一，张氏入吴之前，杨维桢依附于刘九九，后迫不得已归于钱塘；第二，张氏入吴后，杨维桢并未出仕，而是以自己一贯的性格给了张士诚建议，且对其提出了尖锐的批评；第三，杨维桢逃往松江的直接原因是得罪了时任丞相的达识帖木儿。

　　关于以上几点，仍需仔细分析。首先，杨维桢最后的仕途经历是由杭州四务提举转为建德推官，即上述的依于刘九九时期。实际上，如果给杨维桢政治理想的破灭找个标志，应该是至正八年的入吴。时年杨维桢52岁，被授予杭州四务提举。之所以以此为标志，因为此后杨维桢的生活和心理状态都发生了巨大变化：再无早年的政治雄心，而是往还于苏、杭、松一代，和顾瑛等各路文人诗酒唱和，专务于诗文。"建德推官"这样的虚职，只能看作是杨维桢在乱世中借以生存的方式罢了。其次，杨维桢之所以不出仕张吴集团却又给其建议，一方面因为他对政治彻底失望，无论是元政权、张士诚政权乃至日后的朱明政权，在他眼中都失去了实现抱负的意义，唯一的区别就是不同性情的统治者给其留下的好恶不同；另一方面，对其"提建议"的行为也应该辩证地看：张士诚入平江的第二年就再次降元，尽管其投降的诚恳性有待怀疑，但广大的吴中文人还是把其视作元政权的代言人，对其勘定一方、重塑江南抱有极大幻想，于是很多文人纷纷对其进言，如郭翼，"尝献策张士诚，劝其反元季贪残旧政，乘时进取，若晏安逸乐，精锐坐销，四方豪杰并起，

---

① 贝琼：《铁崖先生传》，《清江贝先生文集》卷二，四部丛刊本。

吴其必争之地，虽欲闭境自守，势将日蹙，其可保乎"？① 此外，这与杨维桢的个性也不无关系，他向以"狷狂"著称，早期因直言忤事，后来再次得罪达识帖木儿，虽然早已对政治丧失兴趣，但只要"在位"，都勇于直言。这样的个性能成就其作为"文人"魅力，但却成了其从政的性格弱点。再次，杨维桢逃往松江的直接原因是得罪达识帖木儿，但究其根本的还是其彻底不愿意再次卷入政治的"旁观者心态"，因为他还可以有另一种选择：再次转投张士诚。由此可见，他的"逃遁"，是对参与政治的"逃遁"。

　　和杨维桢一样，面对张士诚政权，大量的吴中文人成了"逃遁者"。孙作，"张太尉廪禄之，以母病谢去。众为买田筑室于淞"。② 钱惟善，"张氏据吴，遂不仕，退居吴江筒川，与杨廉夫唱和"③。他们的到来，使松江成了当时另一个文化绿洲，"松江一时文风之盛，不下邹、鲁"。④

　　还有一批文人，以"隐"的方式实现了另一种"逃遁"。和杨维桢一样，他们抱定对政权的"旁观者心态"。如陶宗仪，"字九成，黄岩人……浙帅泰不华、南台御史丑驴举为行人，又辟为教官，皆不就。张士诚据吴，署为军咨，亦不赴"。⑤ 陶宗仪寓居松江之际，亲自躬耕于陇亩，其诗作《南村杂赋》十首，《南村后杂赋》十首，都是其田园生活的真实写照。

　　更有出于对张士诚的偏见，为了避祸起见而隐遁者，如云间卫近仁，字叔刚，吴兴守将荐为幕府官，辞去。其后张士诚又征辟延宾馆，遣使奉币帛以聘之，亦谢免。"或问所存，曰：'所荐非正人，所依非真杰，吾得裘葛老余山墓侧，足矣，恶用虚名致实祸为哉！'"⑥ 近仁的同乡王盖昌，为杨维桢高才弟子，"时秦邮张氏据有六州，憸佞明进，欂栌盘脱，谣于市者弗可计。或有率君往者，君曰：'咄哉，丑尔秦邮，岂王郎

① 《林外野言》提要，文渊阁四库全书本。
② 钱谦益：《孙司业作》，《列朝诗集小传》，上海古籍出版社，1983，第98页。
③ 钱谦益：《钱提举惟善》，《列朝诗集小传》，上海古籍出版社，1983，第48页。
④ 钱谦益：《丘郎中民》，《列朝诗集小传》，上海古籍出版社，1983，第49页。
⑤ 张廷玉等撰《明史》卷二百八十五，中华书局，1974，第7325页。
⑥ 王逢：《哭云间卫叔刚》，《梧溪集》卷五，文渊阁四库全书本。

之主哉！吾非恶仕也，顾仕有时，吾方慎俟其人也。'"① 卫近仁和王盖昌都不反对入仕，之所以拒绝其征聘，只是认为张氏不足恃，以免遭不测之祸。入明后盖昌即出仕为官。

　　还有一类"逃遁"，先加入张吴政权，后来选择了"逃遁"，以后来被称为"吴中四杰"的高、杨、张、徐最为典型。他们"逃遁"的原因更加复杂，或因发现自己不适合幕府生活，或因在张吴政权下找不到位置，或因感觉张士诚不足恃，等等。在经历了一段张吴政权下的出仕经历后，他们又重新回到了出仕前的状态。

第二节　从"玉山雅集"到"北郭诗社"

　　张士诚占据平江，以顾、杨为首的第一批吴中文人因不愿与之合作，纷纷逃离。而作为新秀的高启等人，则纷纷登上文坛，且和张吴集团有了暂时的合作，其结社方式也异于前辈。从"玉山雅集"到"北郭诗社"，既有吴中文人在新老更替过程中的继承性，也有差异性。造成这种差异的原因既有时代变迁、文人和政权关系等客观因素，也有心态、性情等主观因素。从北郭诗人身上，我们可以看出顾瑛、高启等两代吴中文人在交接过程中的传承与衍变。

一　雅集方式的新变：从"娱乐化"到"文艺化"

　　研究"北郭诗社"，高启的《送唐处敬序》是重要文献之一：

　　　　余世居吴之北郭，同里之士有文行而相友善者，曰王君止仲一人而已。十余年来，徐君幼文自毗陵，高君士敏自河南、唐君处敬自会稽、余君唐卿自永嘉、张君来仪自浔阳，各以故来居吴，而卜第适皆与余邻，于是北郭之文物遂盛矣。余以无事，朝夕诸君间，或辨理诘义以资其学；或赓歌酬诗以通其志；或鼓琴瑟以宣埋滞之怀；或陈几筵以合宴乐之好。虽遭丧乱之方殷，处隐约之既久，而优游怡愉，莫不自有所得也。窃尝以为一郡一邑，有

---

① 杨维桢：《送检教王君盖昌还京序》，《东维子文集》卷二，四部丛刊本。

　　抱材艺之士，而出于凡民者，皆其地之秀也。①

　　此序作于至正二十五年，点明了六个人：王行、徐贲、高士敏、唐肃、余尧臣、张羽，加上高启计七人。有所谓"北郭十友"或"北郭十子"之称的北郭诗人，在具体人员统计略有差异。② 事实上，由于元末吴中地区文人的流动性，"北郭十友"或"北郭十子"只是一个相对宽泛的说法。上述七人，加上高启的其他友人如吕敏、陈则、宋克、王彝、释道衍、周砥等，都可以视为北郭成员。

　　关于"北郭诗社"始于何年，欧阳光认为是至正二十年（1360），理由是此年高启结束了为期三年的漫游生活，回到苏州住地北郭，开始和徐贲、周砥唱和。将此年作为"北郭诗社"的开始，有一个基本假设：把周砥作为诗社中最重要的文人，且把此三人的唱和作为"北郭诗社"开始的标志。但是，高启等人始终没有关于诗社开始的标志性记载，周砥也不能作为其中最重要的文人。关于诗社，杨基在洪武三年所作的《梦故人高季迪》中称："诗社当年共颉颃，我才惭不似君长。可应句好无人识，梦里相寻与较量。"③ 反观高启的经历，他并非至正二十年才移居北郭，而是"世居北郭"。早在吴越漫游的前几年，高启就与杨基、徐贲等人有所交往，而且都一度出仕张吴集团。可以说，早在高启重归北郭之前，"北郭诗社"的主要文人都已经开始交往。因此我们合理的推测是：早在张士诚入平江之前，"北郭诗社"就已初具规模。此时高启正值弱冠之年，这也符合上述的"十余年来"一说；张氏入吴后，高启、杨基等人同为幕僚，和饶介等人积极唱和，"北郭诗社"只是他们重要的结社方式之一；从至正十八年到至正二十年，高启三年吴越漫游，是带着公差出使外地④，重新回归北郭后，加上周砥等人的加入，"北郭诗社"的规模更盛、人员更多。

　　把"北郭诗社"置于中国古代文人结社中，其特点尚不明显。北郭诗人既没有某种文坛宏愿，也没有太多独特性的活动。但将其与"玉山

----

①　高启：《送唐处敬序》，《高青丘集》，第 871 页。

②　可以参看欧阳光、史洪权 《"北郭诗社"考论》，《文学遗产》2004 年第 1 期。

③　杨基：《梦故人高季迪》，《眉庵集》，第 309 页。

④　傅毓强：《高启生平二考》，《苏州大学学报》1993 年第 1 期。

雅集"相比，既是必要的，也是有意义的。首先，二者都是吴中文人"旁观者心态"的产物，具有一脉相承的特点。其次，二者活动方式不同。由此可以看出吴中文人群体在面对不同政权时，其心态及雅集方式之不同。

和"玉山雅集"相比，"北郭诗社"最大的特点是从"娱乐化"向"文艺化"转变。"文艺化"本为文学术语，是对某种写作方式的概括，指称对象是文学的"文学性"特征，其对立面是"通俗化"。二者的相对关涉到"雅"与"俗"等诸多问题，但二者又可以相互渗透、互相转化。此处借用这一术语，意在强调"北郭诗社"更像一个纯粹的文人团体，其活动更偏重于文艺自身。其"文艺化"，表现在以下三个方面。

首先，从成员构成来看。在数量上，据杨镰统计，"玉山雅集"的参与者前后多达百人以上。而"北郭诗社"，据欧阳光统计，参与者前后约为十九人。从参与者的身份来看，"玉山雅集"涉及了社会的各个阶层，三教九流，形形色色。而北郭诗人，主要是以高启为主的青年诗人为代表，尽管其中也有释、道，如释道衍（释）、吕敏（道），有杂家之流，如唐肃，"通经史，兼习阴阳、医卜、书数"。① 但总体看来，北郭诗人成员多为志同道合的诗人，更加整齐划一。如《明史》关于"四杰"的记载："明初，吴下多诗人，启与杨基、张羽、徐贲称四杰，以配唐王、杨、卢、骆云。"② 其实，这些人早在元末就诗名大噪，如高启，"始季迪之为诗，不务同流俗，直欲趋汉魏以还及唐诸家作者之林，每一篇出，见者传诵，名隐隐起诸公间"。③ 释道衍在《送吴炼师还吴》中在论及社友的诗艺时说："闲止（王行）文章立追古，宗常（王彝）问学曾无苟，来仪（张羽）才广班马伦，徒衡（申徒衡）笔下蛟龙走。吹台（高启）倜傥如达夫，岂特百篇成斗酒。莱莴（余尧臣）读书犹满腹，议论风飞钳众口。幼文（徐贲）词翰俱清俊，处敬（唐肃）温润浑如琇。仲廉（王隅）居富曾无骄，为学孜孜能谨守。吁嗟诸子皆妙年，自信黄钟非瓦缶。一时毁誉震乾坤，万丈光芒射牛斗。鹤瓢先生（李睿）清且秀，深探道术持枢纽。山房每与吾侪会，茫然共入无何

---

① 张廷玉等撰《明史》，中华书局，1974，第 7330 页。
② 张廷玉等撰《明史》，中华书局，1985，第 7328 页。
③ 谢徽序，《高青丘集》，第 982 页。

有。"① 虽然道衍所记给我们呈现了另一个版本的"北郭十子"，但从中可以看出北郭诗人得以扬名的，正是他们的诗文造诣。

其次，从雅集活动的内容来看。对于玉山文人而言，作诗只是他们众多活动中的一种，和听戏、度曲、斗酒、绘画、赏玩等一样，都是为了体现江南文人生命存在的方式。而对于北郭诗人而言，其活动相对单一，主要是以探讨诗艺为主。据他们记载：

> 王行《跋东皋唱和卷》：初，吴城文物，北郭为最盛，诸君子相与无虚日。凡论议笑谈，登览游适，以至于琴尊之晨、芗茗之夕，无不见诸笔墨间。②
>
> 高启《荆南唱和集后序》：《荆南倡和诗》若干首，句吴周履道、毗陵马元素所共著也。二君尝客阳羡荆溪之南，故以名编。庚子春，余始识履道于吴门，相与论诗甚契。③

北郭诗人的活动在"丰富性"上大打折扣，非但没有听戏、赏曲，即使作诗，也不以"作诗比赛"的方式为主。尽管如此，北郭诗人也颇为自得其乐、沉浸其中。入明后，他们常回首当年谈诗的惬意，如杨基的《梦故人高季迪序》曰："季迪在吴时，每得一诗，必走以见示，得意处辄自诧不已。"④ 张羽说："番思共隐江南日，每为论诗到晚鸦"⑤，"忆昔吴苑游，文采众所推。名谈析妙理，华襟吐芳词"。⑥

最后，就作诗本身的意义来看。玉山文人更看重作诗方式的多样性，有同题赋诗、分韵赋诗、次韵、联句等，其乐趣在于"作诗比赛"、"罚酒助兴"。而北郭诗人则更看重对诗艺的探究，对诗歌质量的品评。因此，他们常有对诗歌的理论探讨，如张羽说："肯从大历开元已，重拟清

---

① 姚广孝：《送吴炼师还吴》，《逃虚子诗集》卷三，《四库全书存目丛书》集部第 28 册，第 37 页。
② 王行：《跋东皋唱和卷》，《半轩集》卷八，文渊阁四库全书本。
③ 高启：《荆南倡和诗后序》，《高青丘集》，第 877 页。
④ 杨基：《梦故人高季迪序》，《眉庵集》，第 309 页。
⑤ 张羽：《答山西杨宪副故旧见寄》，《静居集》卷五，四部丛刊本。
⑥ 张羽：《于书簏中得吹台所寄诗遗稿》，《静居集》卷一，四部丛刊本。

谈学唾壶"①，杨基说："早与高徐辈，远慕黄初时"②，等等。对诗歌本身的重视，也见于他们相互所作的诗序中，如王彝的《高季迪诗集序》："盖季迪之言诗，必曰汉、魏、晋、唐之作者，而尤患诗道倾靡，自晚唐以极，于宋而复振起，然元之诗人，亦颇沉酣于沙陲弓马之风，而诗之情益泯。自返而求之古作者，独以情而为诗，今汉、魏、晋、唐之作，其诗具在，以季迪之作比而观焉，有不知其孰为先后者矣。"③

　　相比之下，玉山文人的诗学理论则较少。主观上讲，他们认为作诗的乐趣在于形式的丰富、才思的敏捷，无意于对此进行探究。客观上，则是因为身份复杂，很难形成相对统一的诗学理念，而且其作诗方式也决定他们无法投入太多精力在诗歌理论上。因此，这两个文人集团对诗学领域的贡献及诗歌成就，也大不相同。

　　从成员出处、唱和方式、作诗内容三个方面来看，"玉山雅集"到"北郭诗社"明显呈现"娱乐化"向"文艺化"的转变特征。这种转变是由一系列因素造成的。

　　首先，"玉山雅集"有雄厚的物质基础作为保障。顾瑛斥资修建了"玉山佳处"，亭台楼榭、珍宝古玩、美酒佳酿、歌儿舞女等，一应俱全，这在物质上保证了玉山文人娱乐方式的多样性。而北郭诗人中没有顾瑛这样的大富商，即使后来纷纷出仕张吴集团，也多为幕僚，在财力上无法和顾瑛匹敌。其次，从时代环境来看，"玉山雅集"鼎盛时期在至正八年到十一年，时局相对安定，各路文人汇集"玉山草堂"的条件较为成熟，所以动辄就是几十人的大型聚会。而北郭诗人多为张士诚幕僚，虽然其没有实际上的政治参与，但这种身份在一定程度上限制了他们"娱乐"的程度。即便有饶介组织的"醉樵歌文会"，也比"玉山雅集"的听戏赏曲、拥妓狂欢显得"文艺"。再次，从参与者的动机来看，"北郭诗社"更像一个以研究文艺为核心的诗人组织，成员相对单一，关心的重点仅限于诗学范围。而玉山文人成员形形色色，来到玉山草堂的目的也各不相同，或为了避难，或纯粹为了享乐，不一而足。

　　当然，同为吴中文人的团体，二者又有密切的联系，表现有二。

① 张羽：《寄王止仲高季迪》，《静居集》卷五，四部丛刊本。
② 杨基：《衡阳逢丁泰》，《眉庵集》，第43页。
③ 王彝：《高季迪诗集序》，《王常宗集》卷八，文渊阁四库全书本。

第一，两个组织的文人之间彼此都有交往。如"北郭诗社"中的杨基、周砥、释道衍、高逊志、宋克等，或为玉山草堂的重要成员，或和顾瑛交往非常密切。杨基还曾受学于杨维桢，杨维桢说："吾在吴，又得一铁矣。若曹就之学，优于老铁学也。"① 这个"又得一铁"就是指杨基。高启和玉山文人也经常接触。如其《游灵岩记》记载：

> 今年春，从淮南行省参知政事临川饶公与其客十人复来游……启为客最少，然敢执笔而不辞者，亦将有以私识其幸也。十人者，淮海秦约、诸暨姜渐、河南陆仁、会稽张宪、天台詹参、豫章陈增、吴郡金起、金华王顺、嘉陵杨基、吴陵刘胜也。②

作为"北郭诗社"中最重要的成员，高启和众多吴中前辈都有往来。在序中，高启以谦虚的态度表达了对前辈的尊重。因此，高启对时为文坛盟主的杨维桢的态度，也成了学界探讨的重要问题。在今存高启、杨维桢的诗文集中，没有关于二人直接交往的记录。但从实际情况来看，二人又完全有交往的渠道。高启的大量好友如杨基、宋克、高逊志都曾直接或间接问学于杨维桢，杨维桢的弟子张宪、卢熊及友人宋濂、戴良、倪瓒、成廷珪等人也都和高启有交往。对于二人无交往的原因，有学者归结于两个方面：一是诗学主张不同；二是生活态度不同。③ 当然，在没有找到具体史料作为二人不愿往来或直接交恶的证据时，这种推测还是可行的。对于二人的"无交往"，则应该辩证地看：一方面，从某种意义上说，高启也受到了杨维桢的影响，其诗学主张上的"自适"说，和杨维桢的"情性"说颇有相通之处；另一方面，二人的无交往也造就了高启，至少他不必如杨基一样沾染了"铁崖"诗风。因此，除了才力的原因，摆脱"铁崖"的影响也造就了高启与杨基成就的不同，如朱彝尊就指出："吴中四杰，孟载犹未洗元人之习，故铁崖亟称之。"④

第二，"北郭诗社"对"玉山雅集"的继承。雅集或结社一直是中国

---

① 张廷玉等撰《明史》，中华书局，1974，第 7329 页。
② 高启：《游灵岩记》，《高青丘集》，第 862～863 页。
③ 傅麒强：《高启与杨维桢无交往原因探析》，《苏州大学学报》2002 年第 4 期。
④ 朱彝尊：《静志居诗话》，杨基《眉庵集》，第 397 页。

文人的传统，单就结社本身而言，"玉山雅集"和"北郭诗社"都无开创之功。但把二者放在元明易代这个特殊时期进行考察，二者都是文人"旁观者心态"的产物。就雅集方式而言，"北郭诗社"对"玉山雅集"也多有继承。当然，不能说"北郭诗社"的唱和方式直接源于"玉山雅集"，但某些方面确实吸收了"玉山雅集"的特点，如"异地题咏"。最典型的就是以题画的方式，表达他们在不同时空下共同的心声，如《听雨楼图诗卷》《破窗风雨卷》上就既有玉山文人的题诗，也有北郭诗人的题诗，而且不限于一时一地。这种方式显然可以看作是对玉山文人的继承。早在至正十八年，由于无法在同时同地唱和，顾瑛就拿着一幅署名为"遂初"的画作《水西清兴图》，到处索诗于人，据谢节记载："至正十有八年秋八月，玉山顾隐君放舟来松溪……一日，寄示《水西清兴图》，且索赋诗于上。"① 《水西清兴图》是玉山文人应对时局变化而对唱和方式做出的调整，也是早期"同时同地"雅集方式的变相延续，对北郭诗人在明初的雅集方式也有直接影响。

二　文人心态的新变

（一）从"纵欲"到"闲适"

以高启为首的北郭诗人，在雅集中并不像顾、杨等人"纵欲"。原因有三：一是其幕僚身份，二是性情不同，三是人生经历不同。对于杨维桢、陈基等老一辈吴中文人而言，他们在元末都有过出仕经历，参与"玉山雅集"时，对政治大多都彻底灰心。从某种意义上说，他们的"纵欲"带有自我补偿的心理。而北郭诗人则多为文坛新秀，入幕张吴是首次参与政治。从总体上看，北郭诗人对张吴政权的态度是：不主动、不排斥。一方面他们不像杨维桢，对政治的彻底灰心；另一方面，他们也不像陈基，把张吴政权当作实现梦想的平台，有感恩之心。于是，兼具"幕僚"和"诗人"的双重身份，而偏重于文人本色，以"闲适"的态度优游自处，成了北郭诗人入幕后整体特征。

高启（1336～1374），少年时代怀抱儒家建功立业之信念："我少喜功名，轻事勇且狂。顾影每自奇，磊落七尺长。要将二三策，为君致时

---

① 《玉山名胜集》，第711页。

康。公卿可俯拾，岂数尚书郎。"① 但因为其所学未能被元廷重用，很快对政治失去信心。他自己也说："应缘少学与时违，不习弓刀诵坟典。"②张氏占据平江后，他虽出任"记室"一职，但始终和张士诚保持若即若离的关系。

至正十八年，高启自苏州北郭移居青丘，自号"青丘子"。这年冬天，高启离开苏州，开始了漫游吴越的经历，至正二十年返回，前后达两年。关于高启的此次出游，有人认为是带有公差出行的性质。③ 这种推测是合理的。漫游回来后，高启便选择了隐居青丘，思想也发生了巨大转变。他在至正二十一年所作的《赠薛相士》中说："非才冒权宠，须臾竟披猖。鼎食复鼎烹，主父世共伤。安居保常分，为计岂不良？愿生毋多言，妄念吾已忘。"④ "妄念"是指诗人深藏于心的功名心，在张吴政权偶尔"牛刀小试"，都让高启追悔不及。应该说，此后，高启对政治彻底失去了兴趣。在《代送饶参政还省序》中，他总结了自己在张吴政权下的任职状态："且接尊俎之余谈，乐图书之清暇，翱翔大府，以极一时之盛，则公之才岂独上赖之哉？某亦赖之矣。今年秋，公得解所领职，还署省事，窃以尝有协恭之好，于其去，能无言乎？"⑤ "接尊俎之余谈，乐图书之清暇"，这才是高启内心真正激动的。作于至正二十二年的《游天平山记》也有这种心态的流露：

> 今天下板荡，十年之间，诸侯不能保其国，大夫士之不能保其家，奔走离散于四方者多矣！而我与诸君蒙在上者之力，得安于田里，抚佳节之来临，登名山以眺望，举觞一醉，岂易得哉？⑥

在此，高启一面自得于天下板荡之际，尚有畅游天平山之举，一面也不忘感谢张士诚的保土之功——"蒙在上者之力"。但高启更在乎的却是

---

① 高启：《赠薛相士》，《高青丘集》，第 270 页。
② 高启：《次韵杨孟载早春见寄》，《高青丘集》，第 404 页。
③ 可以参看晏选军的《元明之际吴中地区士人群体与文学思想研究》，南开大学博士后研究工作报告，2004，第 112 页。
④ 高启：《赠薛相士》，《高青丘集》，第 270 页。
⑤ 高启：《代送饶参政还省序》，《高青丘集》，第 899 页。
⑥ 高启：《游天平山记》，《高青丘集》，第 852 页。

"登山远眺"、"举觞一醉"的适意,这才是他最渴望的自由。

如果说高启的"闲适"源于对"羁役"的疲惫、对保全自我的向往,那么,杨基的无所事事,以"闲适"自处则因为入幕后的失望。杨基(1326～1378),早年曾参加过科举。他说:"龙蛇拟将赤手搏,富贵谓可拾芥取。文场驰骋竟一蹶,訾謷局促俯其首。归来焚膏坐长夜,盥栉不暇面尘垢。淬锋砺锷期再策,狐豕豨突群儿吼。岂惟文运遭屯否,无乃历数厄阳九。自惭定乱非铅椠,束缚经传事南亩。"① 其早年也曾壮志凌云,结果文场败北,心灰意冷,只好归隐天平山南赤山下。张氏入吴,先是被聘入张士诚幕下为记室,不久谢去,为饶介客。

杨基何时离开张士诚转而为饶介客,史料没有具体记载。但可以肯定的是,杨基在任职期间,并无建树。其《梁园饮酒歌》是带有自传性的诗作,对这段岁月也有记载:"东藩诸侯遂见征,白璧玄缥贲林薮。屡辞不获始强起,野服长揖坐谈久。青闺漏箭传午滴,紫幕炉熏散春牖。时翻玉检题鸾凤,复赐银笺篆蝌蚪。"② 虽然"见征"于东藩诸侯(指张士诚),却过着"野服长揖"的生活,无聊之余,还可以做做"题鸾凤"、"篆蝌蚪"的题写篆刻活动。"闲适"倒是真的闲适,但在"富贵谓可拾芥取"的杨基眼中,这既无聊,又可悲。他写给王行的诗,表达了这种无所事事的悲哀:"月上湖平还荡桨,酒醒风起更添衣。微官未得追随去,定挖炉熏静掩扉。"③ 尽管无所事事,但毕竟获得了自由。杨基也因此得以把主要精力都用于和友人的诗酒唱和上,并十分热衷于此。他的唱和圈子并不局限于"北郭友人",他通过谢节和顾瑛也有诗文往来。如"虎头称绝是家传,文物衣冠继昔贤。闲里放怀惟饮酒,老来多事更参禅。风云豪气三千丈,湖海诗名四十年。偶向雪坡观别稿,品题深愧玉堂仙"④。他甚至亲自跑到"玉山草堂",写下了《过玉山草堂有怀》。⑤ 除了在平江参与各种雅集活动,他还跑到松江,和杨维桢"云游从师",被杨维桢称为"又得一铁"。

① 杨基:《梁园饮酒歌》,《眉庵集》,第109页。
② 杨基:《梁园饮酒歌》,《眉庵集》,第109页。
③ 杨基:《寄王常宗》,《眉庵集》,第189页。
④ 杨基:《会谢公席上题仲举诗后寄玉山》,《玉山名胜集》,第542页。
⑤ 杨基:《过玉山草堂有怀》,《玉山名胜集》,第593页。

张羽和徐贲的"闲适"则表现为另一种情态。张羽（1333～1385），字来仪，本为江西浔阳人，二十岁从父宦江浙，兵阻不获归，乃居吴中，元末曾为湖州安定书院山长。张士诚入吴后，张羽担任"校室"一职，但不久即逃往菁山。他在《约徐隐君幼文同隐吴兴》中说："吴兴好山水，子我盍迁居。绕郭群峰列，回波一镜如。蚕余即宜稼，樵罢亦堪渔。结屋云林下，残年共读书。"① 在张羽看来，能够安心读书，修身养性，远比入幕为官更舒服。他甚至把"修身"当作一种责任来看待，这远比为官更重要："天运固有常，厉志当自修。先师有遗训，任重道且悠。"② 所以，张羽对"闲适"的渴望更多出于"修身"的需要。

徐贲（1335～1379），字幼文，号北郭生，其先蜀人，徙居毗陵，未满二十入吴中，有《北郭集》存世。徐贲也曾出仕张吴政权，为"军咨"一职，和饶介、潘元绍等人关系都十分密切，如其所作的《陪潘右丞燕集》《饮樱桃花下次韵饶参政》等。和杨基相比，他并非因无所作为而"闲适"自处，而是看透了张吴政权的无能，不屑与之为伍。其《次韵王止仲见寄并东郡诸友》曰：

> 狂歌每增慷慨意，浊酒一洗芥蒂胸。学书未必醉乃圣，赋诗何待工为穷。屡当求益怀故友，独恨作客来新丰。明珠羞与鱼目混，美玉亦藉山石攻……将来大器君辈是，嗟此乱世吾难逢。明朝束书过湖去，放船鼓舵松陵东。③

军人出身的徐贲，和高启、杨基等人对待功名的态度不同。他相信从戎也能"致身"。但是身处张吴幕下，让他有"与鱼目混同"的感觉。所以，他一面感叹"将来大器君辈是"，一面悲哀"嗟此乱世吾难逢"。所以他最终离开张士诚，逃往吴兴之蜀山。张羽对徐贲的抉择表示赞同："草草从军旅，悠悠去乡邑。芳郊连骑行，烟郭同舟入。当时苟不乐，追欢何由及。"④

① 张羽：《约徐隐君幼文同隐吴兴》，《静居集》卷四，四部丛刊本。
② 张羽：《立秋感怀》，《静居集》卷一，四部丛刊本。
③ 徐贲：《次韵王止仲见寄并东郡诸友》，《北郭集》卷三，四部丛刊本。
④ 张羽：《续怀友》，《静居集》卷一，四部丛刊本。

以上四人集中代表了北郭诗人在张吴政权下的"闲适"心态。无论出于什么原因，他们都和张士诚保持一种若即若离的关系，隐居也好，愤慨也罢，甚至短暂逃跑，北郭诗人在此一时期的主要活动地点都在平江一带。据张羽《怀友诗（并序）》记载，他们都于至正二十六年（1366）前后回到了平江。这一方面表明他们追求"闲适"，淡漠政治；一方面也显示出张士诚对士人的优待，对他们不加以限制。这一点，也成了高启等人入明后依然眷恋张吴政权的主要原因。

（二）从"庆幸"到"无奈"

"无官一身轻"的玉山文人，即使身处战争时局，他们的担心更多的是出于如何保全生命。对于雅集唱和的态度是能多一次就享受一次。如淮海秦约记载的至正十四年在"可诗斋"的一次雅集："酒半，诸君咸曰：'今四郊多垒，膺厚禄者则当奋身报效。吾辈无与于世，得从文酒之乐，岂非幸哉。'"① 在玉山文人眼中，为国效命、奋身报劝乃"膺厚禄者"之事，他们没有官位，即使天崩地裂，也无关于己。

而对于高启等人来说，虽然也没有强烈的事功之心，但毕竟有着"幕僚"身份。张士诚于至正十七年又投降元朝，从某种意义上说，他们也算是元廷的"食禄者"。他们本可以像玉山文人一样雅集唱和，"闲适"自处，甚至暂时割裂与张吴政权的关系，隐居逃跑。但无论怎样，这种身份都使他们不可能如玉山文人般自在，从而陷入一种尴尬境地：既不能在张吴政权下发挥能力，也无法潇洒自由如玉山文人。所以他们感到深深的"无奈"。当然，这种"无奈"的表现形式因人而异，但又因其共同的遭遇而呈现出许多相同的特征。

对于高启、杨基而言，这种"无奈"源于对张吴政权的逐渐失望。早期二人对张吴政权都抱有幻想，如高启在《代送饶参政还省序》中说：

> 太尉镇吴之七年，政化内洽，仁声旁流，不烦一兵，强远自格，天人咸和，岁用屡登，厥德懋矣！然犹不自满而图治弥厉，尝惧听览之尚阙，而思傅佐之相裨也，乃承制以淮南参政临川饶公领咨议

---

① 秦文仲：《夜集联句诗序》，《玉山名胜集》，第 142 页。

参军事。公辞以非材，即躬临其家，谕之至意，公感激，遂起视事。
呜呼盛哉！此岂偶然也耶？盖天将兴人之国，则必赍以聪明奇特之
士与之左提右挈，以就大事。①

当然，这里不乏应付敷衍的成分，但至少可以看出高启对张吴政权的期
待。在《送蔡参军序》中，高启更是明确地说："海内虽未康靖，而太
尉方兴桓、文之业，内修外攘，以答天子之宠命。"② 杨基也希望张士诚
能廓清海内，甚至对同僚都抱有很大的幻想。当谢节回到元廷述职时，
杨基写道："舍人入奏胪传早，天子论功宠遇优。正及燕山三尺雪，马蹄
须遍御街游。"③ 在听到元军收复失地时，杨基非常兴奋，写下了《闻官
军南征解围有日喜而遂咏》。其四曰："官军闻说下扬州，梦里扶摇赋远
游。天运未容人力胜，民心须顺物情求。遭逢丧乱生何补？见得升平死
即休。沽取一壶花下酌，弟兄儿女笑相酬。"④ "见得升平死即休"，这种
感情不唯杨基有，也是众多出仕张吴政权文人的共同心愿。

　　但后来张士诚非但未成"股肱之臣"，反而再次反元。在群雄角逐
中，因不思进取愈发被动，其统治区域渐渐被朱元璋蚕食，直到灭亡。
目睹此种局面，杨基曾经的激情也渐渐失去。在《九峰春游记》中，当
刘用和（同游中的友人）对杨基说："今日之游，其乐不可言，愿纪其
实"，杨基回答："方今干戈相寻，烽火塞途，寡妻孤子，颠连而离散
者，不可数计。武将健卒，冒矢石，被坚厚，昼夜攻击不休，枯骸流膏，
涂秽原野，有无穷之悲，吾与子其不念兹乎？斯游之乐，吾有所感
矣！"⑤ "吾有所感"，其"感"正是对张吴政权的失望以及自己的迷茫，
因此杨基也没有太多兴致与朋友享受游玩之趣。张吴政权灭亡之际，杨
基的感情非常复杂，既为张士诚遗憾，也感到深深的无奈。其《闻
蝉》曰：

---

①　高启：《代送饶参政还省序》，《高青丘集》，第898页。
②　高启：《送蔡参军序》，《高青丘集》，第902页。
③　杨基：《送谢参政朝京》，《眉庵集》，第186页。
④　杨基：《闻官军南征解围有日喜而遂咏》其四，《眉庵集》，第184页。
⑤　杨基：《九峰春游记》，《眉庵集》，第366页。

眉庵四十未闻道，偶于世事无所好。寻常惟看东家竹，屈指十年今不到。微躯之外无长物，寒暑一裘兼一帽。妻孥屡叹升斗绝，不独无烟亦无灶。身轻自笑可驾鹤，眼明岂止堪窥豹。人情世故看烂熟，皎不如污恭胜傲。有瑕可指未为辱，无善足称方入妙。此意于今觉更深，静倚南风听蝉噪。①

诗中传达了一种浓浓的悲情，世事变幻超乎自己的想象，当年希望张士诚能带来天平的想法幼稚可笑。而今，只剩下"觉夜深"、"听弹噪"的凄凉与孤独。高启也有类似的情感体验，在写给杨基的《次韵杨礼曹雨中卧疾》中说："忆君我最相怜病，问客谁能独免愁？清坐自能消郁结，古方休向箧中求。"② 表面上是问候杨基的身体，实则表达了对彼此命运的理解。当然，高启又比杨基想得开，他在《娄江吟稿序》中说：

今天下崩离，征伐四出，可谓有事之时也。其决策于帷幄之中，扬武于军旅之间，奉命于疆场之外者，皆上之所需而有待乎智勇能辩之士也。使山林草泽或有其人，孰不愿出于其间以应上之所需，而用己之所能，有肯槁项老死于布褐藜藿者哉？余生是时，实无其才，虽欲自奋，譬如人无坚车良马而欲适千里之途，不亦难欤！故窃伏于娄江之滨以自安其陋。③

高启也深知，天下崩离，正是丈夫有为之时，可是自己却在张吴手下未能得到重用。对此，高启一方面认为自己确实无才，即使努力了也不一定有好结果，一方面又说自己能"安其陋"。高启更愿意将"不得志"的原因"内推"，归于自己身上。从这个角度上讲，其功名心远没有杨基强烈。

相比之下，有过军旅生涯的徐贲，就比杨基和高启更加直接抱怨自己的"怀才不遇"，他既不像杨基那样经常持希望"天下太平"的口吻，也不像高启那样委婉地说自己因"无才"而不见用。其《次韵高士敏》

① 杨基：《闻蝉》，《眉庵集》，第 360 页。
② 高启：《次韵杨礼曹雨中卧疾》，《高青丘集》，第 645 页。
③ 高启：《娄江吟稿序》，《高青丘集》，第 892 页。

以军人的口吻直接道出了因怀才不遇而纵酒解愁的悲哀："讵无三寸舌，空有一敝裘。耻随乡里儿，纷纷竞伊优。去从李轻车，托身欲终谋。高名动群雄，壮气横九秋。宝刀昼夜鸣，逢人敢轻抽。日高出蒲垒，日入还莎丘。边风万里来，霜寒草飔飔。归悬白鸽旗，斩得名王头。洗兵崤关雪，饮马黄河流。天子不得见，蹉跎反成忧。日同博徒醉，聊解平生愁。"①

张羽功名心不强，其"无奈"更多体现为因战争导致友人无法聚会的苦恼。如其写给友人的诗：

> 《中秋夜玩月怀王高徐诸友》：遥思去年会，方塘泛兰舟。良俦幸无恙，岁辰忽已周。携手倚崇槛，萧散释群忧。桂轮今正满，澄规含素流。婵娟映华筵，何事秉烛游？佳会苦难常，清辉怆易收。幸此一酌欢，达曙共淹留。②
>
> 《寄王止仲高季迪》：只恨孤城未解围，围开番遣别相知。夕阳江上忽忽酒，细雨灯前草草诗。有梦直从花落后，无书空过雁来时。郭西古寺题名处，今日重游却共谁。③

对于张羽而言，即使吴城被围，他担心的依然是"今日重游却共谁"。在兵火连天、时事艰危的时局中，他心系友人，作了一系列的《怀友诗》。他在《续怀友（五首并序）》中说："予在吴城围中，作怀友诗廿三首，其后题识四人，乃嘉陵杨孟载、介休王止仲、渤海高季迪、郯郡徐幼文也。时予与诸君及永嘉余唐卿者游，皆落魄不任事，故得流连诗酒间，若不知有风尘之警者。"④他人未必有张羽想的这般洒脱，但至少在张羽看来，他是"若不知有风尘之警者"。

整体而言，北郭诗人已经不具备玉山文人生活的外在条件和心理基础。他们转而以"闲适"的态度在平江雅集聚会，切磋诗艺。但其"幕僚"身份又使他们多了责任感。而这种责任感又因缺乏施展空间而无所

① 徐贲：《次韵高士敏》，《北郭集》卷二，四部丛刊本。
② 张羽：《中秋夜玩月怀王高徐诸友》，《静居集》卷一，四部丛刊本。
③ 张羽：《寄王止仲高季迪》，《静居集》卷三，四部丛刊本。
④ 张羽：《续怀友（五首并序）》，《静居集》卷一，四部丛刊本。

归依。所以，在天下大乱的年代，他们无法像玉山文人那样，庆幸自己依然能风流聚会，而是在聚会中感叹天下太平的渺茫和个人理想的沦丧。作为文人，他们愿意以"闲适"自处，作为"幕僚"，却又因无所作为而感到"无奈"。两种情感的并存，使他们内心充满纠结，甚至需要故作"闲适"以排解"无奈"，如高启在《送徐以文序》中说："盖自少及兹之壮，其间春华之晨秋月之夕，空山流水之滨，崇台古榭之上，以文未尝不往，而余未尝不从，二人者，乐其相得之深，从容周旋，忘其为丧乱之时、羁穷之日也。"① 一个"忘"字，道出了他们共有的心声。

三　又一种"文艺化"——以《荆南倡和诗集》为例

《荆南倡和诗集》并非北郭诗人的集体作品，而是周砥、马治二人的唱和结集。之所以把它和"北郭诗社"相提并论，出于两种考虑：一是，周砥作为"北郭诗社"的重要成员，《荆南倡和诗集》尽管并非产生于北郭诗人内部，但也可视作北郭诗人的作品；二是，周砥又是玉山文人，《荆南倡和诗集》是周砥从玉山文人向北郭诗人过渡时的作品，其唱和方式衔接着"玉山雅集"和"北郭诗社"。《荆南倡和诗集》对把握平江文人在时局变化中的心态及雅集方式的变化尤有帮助。

《荆南倡和诗集》产生于至正十四年至至正十五年。据马治至正十五年所作《荆南倡和诗集序》载：

> 前年，予归养亲，始寓荆南山中……去年春，履道自吴门来，与予俱主周氏家，周氏好学有贤行，得客予二人，乃大喜，为屋涧东西以馆之，置茶具酒杯，属其子弟从之游……因合前后所作为荆南倡和诗若干篇。②

可知，至正十三年马治因"养亲"来到义兴（今宜兴）荆南，第二年春周砥也来此地，和马治同寓居周氏家，相互唱和，编成《荆南倡和诗集》。二人来荆南都有"避难"之意。郑元祐在《荆南倡和集序》中说：

---

① 高启：《送徐以文序》，《高青丘集》，第897页。
② 马治：《荆南倡和诗集序》，周砥、马治《荆南倡和诗集》卷首，文渊阁四库全书本。

"念知履道更乱离，与友孝常游荆溪间……今二子身遭百罹，犹能登眺游览，气志不少挫抑，长歌短吟，铋金击石，二子者，谓非奇绝之士，可乎?"① 关于二人生平，《明史》记载：

> 周砥，字履道，吴人，侨无锡。博学工文词，与宜兴马治善。遭乱客治家，治为具舟车，尽穷阳羡山溪之胜。其乡多富人，与治善者咸置酒招砥。砥心厌之，一日贻书别治，夜半遁去，游会稽，殁于兵。治，字孝常，亦能诗。洪武时为内丘知县，终建昌知府。②

周砥和马治，同为吴中文人，但二人的研究价值不同：周砥早年参加过"玉山雅集"，又是《荆南倡和诗集》中的主角，后来成为北郭诗人；而马治，既没有参与过"玉山雅集"，也没有参加过"北郭诗社"，直到入明后，才从义兴移居它地，在元末的文人集会中，远不如周砥活跃。周砥多重角色的演变，既反映了时代变迁对个体文人生存方式的影响，也反映了对群体文人雅集方式的影响。

周砥少时就以文采著名，"至弱冠，尤盛于诗。每东西浙燕享，四方饯集，作者动三数十篇，砥常卷中迥出。其诗幽丽豪浪，无所不有。为小楷行草，略备诸家体。溢而为画，寓篆籀法，人罕得之"。③ 周砥工于诗、书、画，年轻时就是各方文人集会中的活跃者。当时最负盛名的"玉山雅集"，自然也少不了周砥的身影。顾瑛称他："来游姑苏，与予聚首弥月。过草堂，即往鸿山。"④ 根据其留下的唱和诗作，周砥应是至正十一年九月开始参加"玉山雅集"。在"渔庄"集会所成的《渔庄欸歌》中有其诗一首，这是现存周砥在玉山草堂留下的最早作品。此时的周砥，心情和其他玉山文人一样，沉浸于"旷达"与"纵欲"的享受中，如他此时的诗：

《周砥得瑟字》：置酒高宴会，众宾时促膝。高谈三百篇，下笔

① 郑元祐：《荆南倡和集序》，《侨吴集》卷八，文渊阁四库全书本。
② 张廷玉等撰《明史》，中华书局，1974，第7326页。
③ 《苋溜生周砥》，顾嗣立编《元诗选》三集，中华书局，1987，第539页。
④ 《周砥》，《草堂雅集》，第1055页。

无壅窒。陶写情性余，深入义理窟。空山风雨鸣，落叶秋瑟瑟。主醉客亦醉，卧予芝兰室。明日拂衣去，长歌返蓬荜。①

《周砥次》：美人开宴酒如泉，满目岚光碧似烟。半岭暮云犹掩冉，一林秋竹自嫋娟。新诗每荷邀同赋，短棹相将恨未缘。会面几时还别去，百年人事总堪怜。②

《长句一首留别草堂主人并柬匡庐外史》：玉山草堂绝清妍，画图书卷置两边。长松落子当窗前，鹤踏芝云舞翩翩。碧梧翠竹摇秋烟，凤凰一鸣三千年。松溪石凳相周旋，绿萝飞花百尺悬。草堂主人真晋贤，手持麈尾谈重玄。傲睨万象心炯然，示我新诗三百篇。瀑流倒泻挂青天，匡庐先生乃谪仙。谑浪高谈惊四筵，乐府不写金花笺，日日江头浮酒船。爱我草圣如张颠，酣歌草堂屋西偏。醉来狂歌舞跰蹓，共入芙蓉花底眠。③

以上摘录了周砥参与"玉山雅集"的几首诗，在内容上，描述了玉山草堂的丰盛、主人的雅志、纵欲的快感等；在情感基调上，书写了诗人旷达的豪情和张扬的个性；在风格上，以纤秾奇崛为主。值得注意的是，周砥在此一时期还谈到对诗歌的看法："夫诗发乎性情，止乎礼义，非矫情而饰伪也。王者迹熄而诗亡，然后春秋作矣。寥寥数千载下，晋有陶处士焉。盖靖节于优游恬淡之中，有道存焉，所谓得其性情之正者矣。"④ 他认为，诗歌的本质是"发乎性情"，但又需要"得其性情之正"。"正"不是理学家提倡的符合礼仪规范，而是无"矫情"，"不伪"，实际上就是"真"。"真情"又包括很多，有豪放之情、狂狷之情、淡雅之情、悲哀之情等。从以上几诗来看，周砥的确做到了书写"真情"，但这种"情"是以张扬自我为主导，缺少"优游恬淡"的闲适从容，所以其风格也很难达到陶诗"平淡真醇"、"韵味隽永"的艺术境界，而这只能等到周砥摆脱"玉山雅集"的创作语境后才能实现。

---

① 周砥：《周砥得瑟字》，《玉山名胜集》，第 135 页。
② 周砥：《周砥次》，《玉山名胜集》，第 530 页。
③ 周砥：《长句一篇留别草堂主人并柬匡庐外史》，顾嗣立编《元诗选》三集，中华书局，1987，第 560 页。
④ 周砥：《后序》，《玉山名胜集》，第 136 页。

周砥于至正十四年春离开了无锡，来到义兴。史料称这次移居为"避难"，这一年，张士诚自称诚王。二月，元廷以湖广行省平章政事苟儿为淮南行省平章政事，以兵攻高邮，而无锡离此地较近，随时都可能成为战场。来到义兴后，周砥虽和玉山友人偶有书信往来，但其最重要的唱和仍是和马治的"荆南倡和"。

《荆南倡和诗集》仅限于周砥、马治二人的唱和诗作。这种唱和方式，前代有之，最知名的莫过于南宋朱熹、张栻、林用中三人的《南岳倡酬集》。但二者有很大不同，表现有二。一是唱和目的不同。《南岳倡酬集》是理学家的唱和之作，带有很强的理学色彩。朱熹在《南岳倡酬集原序》中说："故前日戒惧警省之意，虽亦小过，然亦所当遏也，由是扩充之，庶几乎其寡过矣！敬夫择之曰：'子之言善，其遂书之以诏，毋怠。'于是尽录赠答诸诗于篇，而记其说如此。自今暇日，时出而观焉，其亦足以当盘盂几杖之戒也。"① 张栻也说："览是篇者，其亦以吾三人自警乎哉？"② 而《荆南倡和诗集》只是周砥和马治为了抒情写意、表现性情的文人之作。周砥说："盖吾二人之诗，非艰深劳苦以得之，见山而心乐焉，则欲养其德也。观水而志达焉，则欲果其行也。"③ 马治说："异时年迈，志衰皤然，然两翁复相遇于山巅水涯，开卷一笑，则犹藉以识穷愁忧患之岁月云。"④ 完全没有朱熹等的"足戒"、"自警"目的。二是唱和诗作的内容不同。朱熹等人的理学家身份决定其看待自然山水的视角不同，解读的信息也不同。如他们的唱和诗：

　　张栻《石廪峰》：岿然高廪倚晴天，独得佳名自古传。多谢山中出云气，人间长与作丰年。

　　朱熹《登山有作次敬夫韵》：晚峰云散碧千寻，落日冲飙霜气深。霁色登临寒月夜，行藏只此验天心。⑤

---

① 朱熹：《南岳倡酬集序》，朱熹、张栻、林用中《南岳倡酬集》卷首，文渊阁四库全书本。
② 张栻：《南岳倡酬集序》，朱熹、张栻、林用中《南岳倡酬集》卷首，文渊阁四库全书本。
③ 周砥：《荆南倡和诗集序》，周砥、马治《荆南倡和诗集》卷首，文渊阁四库全书本。
④ 马治：《荆南倡和诗集序》，周砥、马治《荆南倡和诗集》卷首，文渊阁四库全书本。
⑤ 朱熹、张栻、林用中：《南岳倡酬集》，文渊阁四库全书本。

张栻在诗中由"山中云气"想到"人间丰年",表达了理学家忧国忧民的担当;朱熹在诗中由"寒月夜"想到了"验天心",带有"心与物游"的特点。二人的眼光超越了自然本身的真实与美感,将其作为表达怀抱或哲思的依托,体现了典型的理学思维。而周砥和马治的唱和内容,内容更广泛,情感更丰富。其中有寄情山水的自得之意,"游咏以终年,相依道者闲"①;有写避乱过程中的愁苦压抑,"凄凉怀故旧,寂寞卧丘园"②,"酒酣竟起思归兴,世难飘零心欲摧"③;有把作诗当作游戏的作品,如《戏和呈履道》。更有甚者,连"吃粥"这种生活琐事,都会被作为唱和对象,如周砥的《食茯苓粥》:"荷镘穿云得茯苓,作糜从此谢膻腥。斋厨自启添松火,香韵初浮满竹亭。时忆紫芝歌旧曲,尚寻黄独制颓龄。今晨暂辍青精饭,与洁方坛咏玉经。"④ 周砥细致深微地描写了吃粥的心得以及相关感受。这在朱熹等人看来无异于"玩弄光影"、"腐蚀精神"。

将《荆南倡和诗集》放在整个文学史中看,其诗学意义并不明显。但如果将其放入"元末吴中文人的雅集方式"这个板块中,其意义不容忽视:集中体现它在"玉山雅集"向"北郭诗社"的过渡中的衔接作用。和二者相比,既有变中之不变,又有不变中之变。

相对于"玉山雅集","荆南唱和"只是两个人之间的唱和。此时的周砥,因"避难"而来,既无"玉山草堂"的物质基础,也不可能有彼时的心境。义兴的山水之美既让他感受到别于"玉山草堂"的自然风情,也让他体验到流寓异地之孤独、寄人篱下之窘境。所以,周砥在《荆南倡和诗集》中的作品,情感极为复杂,往往是刚描述过自然之美,闲居之乐,然后感情突然跳跃到对故土亲人的怀念,诗歌的情感基调出现分裂。如其《雨后偶题》:"诗酒尚堪忘世虑,陶然且复咏闲居。园林几日清秋好,风雨一番黄落初。翳翳荒村烟景寂,迢迢虚阁暮钟疏。经时不得故乡信,谁道雁来能寄书。"⑤ 诗中前半部分描述的是闲居带来的

---

① 周砥:《过西涧》,周砥、马治《荆南倡和诗集》,文渊阁四库全书本。
② 周砥:《雨中一首》,周砥、马治《荆南倡和诗集》,文渊阁四库全书本。
③ 马治:《五月廿日雨中饮南楼》,周砥、马治《荆南倡和诗集》,文渊阁四库全书本。
④ 周砥:《食茯苓粥》,周砥、马治《荆南倡和诗集》,文渊阁四库全书本。这种举例方式和上述《南岳倡酬集》一样,同一诗题也都是以唱和的方式出现,但由于内容的相似,故只举其中的一首,目的是为了突显他们唱和内容的广泛性。
⑤ 周砥:《雨后偶题》,周砥、马治《荆南倡和诗集》,文渊阁四库全书本。

快乐，有诗酒相伴，足以忘却世事之烦恼。但后半部分笔锋一转，极力渲染"荒村寂寥"、"虚阁暮钟"的氛围，然后就是不得乡音的苦楚，表达了沉重的思乡之情。周砥此时的诗较"玉山雅集"时的诗作相比，诗作情感真挚，风格清丽温婉。

在玉山草堂，作诗常以比赛的方式进行，拼的是才力、辞藻、才思敏捷以及是否符合规范的押韵。而个人理想中的审美追求、习惯的表达技巧，则无法得到充分的发挥。周砥也不例外，尽管周砥在诗学观上追求"真情"、"无伪"，但不可能在"作诗比赛"的环境中得以实现。"荆南唱和"时期，作诗则是他和马治唯一的雅集方式。没有玉山草堂的物质条件，也不需要比赛，只是纯粹"文艺化"的文人唱和。因此，周砥作诗的形式基本没变（也有次韵、分韵、联句等），但写作的方式及投入的情感大变。这种"文艺化"方式是周砥离开"玉山草堂"环境后的一种自我调整，也成日后"北郭诗社"主导的唱和方式。

周砥何时加入"北郭诗社"？高启在《荆南倡和诗集后序》中说："《荆南倡和诗》若干首，句吴吴履道、毗陵马孝常所共作者也。二君常客阳羡荆溪之南，故以名编。庚子春，余始识履道于吴门，相与论诗甚契。"① 徐贲也说："《荆南倡和诗》一卷，为时所称，后识履道于显亲寺之听秋轩，彼时独不得与孝常见。及予东还，与高季迪以诗倡和于吴，履道亦避地来居，故予三人交结又最密。"② 庚子年为至正二十年。由前可知，周砥因难以忍受和义兴富人们的应酬而离开荆南，时为至正十五年。至正十五年以后周砥的所为，由于史料记载的模糊，给我们带来了诸多不便，但可以确定两件事：一是周砥加入张吴集团，任"军咨"一职③，后死于兵乱；二是至正二十年与高启、徐贲唱和，成为"北郭诗社"中的一员。根据周砥至正二十年所作的《送李用和之常熟知州》可知④，周砥应是先加入张吴集团，然后于至正二十年和高启、徐贲等人

---

① 高启：《荆南倡和诗集后序》，周砥、马治《荆南倡和诗集》附录，文渊阁四库全书本。

② 徐贲：《荆南倡和诗序》，周砥、马治《荆南倡和诗集》附录，文渊阁四库全书本。

③ 高启：《送叶卿还陇西公幕兼简周军咨》，《高青丘集》，595页。在高启的著作中，对周砥的称呼还有"周记室"、"周著作"等。

④ 周砥：《送李用和之常熟知州》，顾嗣立编《元诗选》三集，中华书局，1987，第566页。在此诗中，有"朱幡到邑歌来暮，玉帐论兵思去年"的诗句，可知周砥加入张吴集团早于至正二十年。

成为社友。

和高启等社友唱和期间，周砥多了"军咨"身份。和高启等人一样，周砥也怀抱"旁观者心态"，时时不忘表达"策马欲俱去，我无当世心"①的潇洒与旷达。如其至正二十一年所作的《放歌行赠宋君》："宋公子，尔弹琴，我放歌，白昼苦短夜何多。黄金台，几千尺，翳日浮云奈尔何。"②从军经历让周砥接触了更广阔的社会，也更了解战乱带来的破坏，故而视野更加开阔：

> 《春日》：空山寂寂行人稀，冈头落花如雨飞。罢琴惆怅不能已，故乡寥落何当归。南去百粤羽书急，北来三吴戎马肥。安得龙骧拥战舰，扫除俘寇扬国威。
>
> 《送淮南苏同金赴镇》：大江洪流若奔马，横截中天向东泻。吴楚风烟浩荡中，海门赤日光相射。上将气吞云梦泽，猛士声振长平瓦。灵旗遥指濠泗间，神戈暂驻狼山下。万民不扰农业兴，白叟黄童在田野。文武之道惟张弛，固识贤才天所授。去年开闸今复来，欢呼动地声如雷。愿翻长江作霖雨，沛泽何止沾枯荄。我钦当时羊叔子，岘山之碑传未已。清德九世其在君，缓带轻裘自兹始。③

作为文人，追求"自适"，作为"幕僚"，意欲有为，这几乎成了所有出仕张吴政权文人的共同心态。周砥死于至正二十二年，在不同的人生阶段，其"旁观者心态"表现出不同特点，也参与了不同的雅集方式。周砥身上体现了其所属群体的文人心态及文学思想变迁。

第三节　北郭诗人的文学思想

在张士诚统治平江的12年间，北郭诗人和张吴政权形成了暂时的合作关系。一方面，他们因"幕僚"职位低而无所作为，以"闲适"自处；一方面，随着张吴政权江河日下，个人的不幸遭遇、对民生疾苦的

---

① 周砥：《赠叶秀才》，顾嗣立编《元诗选》三集，中华书局，1987，第558页。
② 周砥：《放歌行赠宋君》，顾嗣立编《元诗选》三集，中华书局，1987，第561页。
③ 分别见于《元诗选》三集第564、561页。

同情、友人间的聚散无常，又让他们感到深深的"无奈"。前期偏重于"闲适"，后期偏重于"无奈"，这种心态对文学创作影响的表现在：在诗歌功能上，他们将"自适"作为创作目的；在诗歌内容上，他们涉猎广泛；在诗体上，他们众体皆工，以乐府写时事、以歌行张性情、以律绝写见闻等。由于"北郭诗社"在所处环境、活动方式和文人心态上都异于"玉山雅集"，所以其参与者更看重诗歌内容。于是他们的"公开化"创作和"私人化"创作（如果非做如是区分的话）之间并无太多差异，"应场"之作大大减少。① 在诗歌审美情态上，他们有张扬人格的"狂"，有书写性情的"真"，还有表现情致的"趣"。从整体上看，北郭诗人之文学思想，既传承了顾、杨的吴中文人本色，又彰显了吴中后进在新环境中对文学思想的开拓。

一　诗歌功能："自适"

（一）高启的"自适"

在北郭诗人中，相较于其他诗人更多在创作实践中表现出某些文学观念，诗歌理论最完备的莫过于高启，他明确提出"自适"的诗歌功能观：

> 凡可以感心而动目者，一发于诗。盖所以遣忧愤于两忘，置得丧于一笑者，初不记其工不工也。积而成帙，因名曰《娄江吟稿》。若夫衡门茅屋之下，酒熟豕肥，从田夫野老相饮而醉，拊缶而歌之，亦足以适其适矣。②

在此，高启探讨了诗歌创作的三个层面：（一）表现范围上，"凡可以感心而动目者，一发于诗"，所谓"得江上之助"；（二）表现技巧上，"初

---

① 前文指出，"玉山雅集"的作诗方式是"娱乐化"，而"北郭诗社"是"文艺化"。鉴于此，我们在研究时，不得不比较玉山文人的"公开化"创作（"应场"之作）与"私人化"创作的区别，而"北郭诗社"人员少、活动简单，参与者偶尔的"应场"也都和"私人化"写作差异不大，进行比较研究意义不大，故在此把二者合并起来，不做细化区分。

② 高启：《娄江吟稿序》，《高青丘集》，第 893 页。

不记其工不工"，所谓不事雕琢；（三）诗歌功能上，"足以适其适"，所谓"娱情"。三个方面，相辅相成，又以"自适"、"缘情"为核心。这种诗学理想在其至正二十七所作的《缶鸣集序》中有着更深刻的阐发：

> 古人之于诗，不专意而为之也。国风之作，发于性情之不能已，岂以为务哉？后世始有名家者，一事于此而不他，疲殚心神，搜刮万象，以求工于言语之间。有所得意，则歌吟蹈舞，举世之可乐者不足以易之。深嗜笃好，虽以之取祸，身罹困逐而不忍废，谓之惑，非欤？余不幸而少有是好，含毫伸牍，吟声呻呻不绝于口吻，或视为废事而丧志，然独念才疏力薄，既进不能有为于当时，退不能服勤于畎亩，与其嗜世之末利，汲汲者争骛于形势之途，顾独事此，岂不亦少愈哉？①

此序亦阐释了"自适"、"缘情"的诗学功能观，这是把握元末文坛的关键，尤以吴中文人为甚。"缘情"呼声的高涨起因于一系列主客观因素，包括文学自身的规律、士人心态的演变、理学的松动等。但具体到对"情"的理解及表现手法上，诗人们出现了偏差。"缘"哪些"情"？以何种方式"缘情"？"缘情"诗歌的理想风貌是什么？这种偏差集中体现在杨维桢和高启身上。

在论及诗歌的本质上，二人是一致的。作为吴中文人新老两代中最杰出的代表，二人都主张张扬自我、书写自由、标举"缘情"。但由于二人经历、心态以及性情的差异，导致对"情"的理解不同。

杨维桢的"情"更多体现为"欲"，而高启则看重的是"情"字所蕴含的感人肺腑的内涵。杨维桢在仕途上饱受打击，最终怏怏而去，蜕变成隐居松江的"自了汉"，其"旁观者心态"更多体现为"激愤"。高启则不然，他接受张吴的记室一职，虽然无法实现其早年"任气豪迈"之抱负，却也不失"闲适"的自由与自得。故杨维桢借"纵欲"以"抒情"，表现手法多用夸张浓艳之笔；内容上多描述上天入地、美色佳人、诗酒聚会等带来的快感。而高启诗中的"情"，或写自己的傲岸与

---

① 高启：《缶鸣集序》，《高青丘集》，第906页。

失意，或写文人的担当与情怀，或写友人聚散的欢快与相思等。其最负盛名的《青丘子歌》：

> 青丘子，臞而清，本是五云阁下之仙卿。何年降谪在世间，向人不道姓与名。蹉屣厌远游，荷锄懒躬耕。有剑任锈涩，有书任纵横。不肯折腰为五斗米，不肯掉舌下七十城。但好觅诗句，自吟自酬赓。田间曳杖复带索，旁人不识笑且轻，谓是鲁迂儒、楚狂生。青丘子，闻之不介意，吟声出吻不绝咿咿鸣。朝吟忘其饥，暮吟散不平。当其苦吟时，兀兀如被酲。头发不暇栉，家事不及营。儿啼不知怜，客至不果迎。不忧回也空，不慕猗氏盈。不惭被宽褐，不美垂华缨。不问龙虎苦战斗，不管乌兔忙奔倾。向水际独坐，林中独行。[①]

此诗极易使人想到杨维桢的《道人歌》与《大人词》。气势之张扬、人格之傲岸、造语之奇崛，都与杨维桢惊人相似。但仔细品读，二者又有不同：高启在傲岸人世、挺拔自我之后，还有着"向水际独坐，林中独行"的诗人本色，而杨维桢则没有。

在抒情方式上，杨维桢乐于采用"夸张"、"雕饰"之手法，而高启则更崇尚"自然"。二人都提倡"复古"，但由于心态的不同，对复古的理解也不同。单以"宗唐"论，杨维桢最终走上了晚唐的路子，所谓"险怪仿昌谷，妖丽仿温李"。杨维桢将仕途不顺的不平与怨悱最终都倾注于文学创作上，加之其性格桀骜狂狷，所以始终无法学到"唐人"笔法中含蓄蕴藉、浑然天成之特色。在其众多门生中，得其真传者如杨基，相当一部分诗中留有"铁崖体"痕迹；学其长而避其短者如贝琼，"学诗于杨维桢，然其论文称'立言不在崭绝刻峭，而平衍为可观；不在荒唐险怪，而在丰腴为可乐'。盖虽出于维桢之门，而学其所长，不学其所短，总之颇不相袭"。[②] 对贝琼作如是评价，是客观的。而高启在"宗唐"上，更看重其"本色"、"自然"的一面。高启认为诗歌要达到这种

---

① 高启：《青丘子歌》，《高青丘集》，第433页。
② 《钦定四库全书总目》（整理本）卷一百六十九，中华书局，1997，第2268页。

状态需要几个条件：首先要有丰富的人生阅历，"得江山之助"。① 他在
《匡山樵歌引》中说："余读其诗，见其词语精炼，有唐人之风。盖君近
尝渡浙江，上会稽、历太末、金华诸山，入闽关，至海，由四明而归，
探揽瑰怪，有得于江山之助，故其诗视旧为益工，而余闭门穷愁，才思
荒落，自顾有不及矣。"② 在高启看来，"闭门穷愁"是写不出好诗的，
只有"得于江山之助"，才可能写出"唐人之风"的诗作。关于人生阅
历与诗歌创作，还涉及"穷"与"达"的命题，或者说对"山林"与
"台阁"的思考。高启在《题高士敏辛丑集后》中对此也有论及：

> 论文者，有山林、馆阁之目，文岂有二哉？盖居异则言异，其
> 理或然也。今观宗人士敏《辛丑集》，有春容温厚之辞，无枯槁险
> 薄之态，岂山林、馆阁者乎？昔尝有观人之文而知其必贵者，吾于
> 士敏亦然。嗟夫，吾宗之衰久矣！振而大之者，其在斯人欤！③

这段话给读者理解造成了困难。前半部分，高启认为"山林"、"台阁"
之分是不合理的，因为高士敏的文章就没有"枯槁险薄"之态，并无
"山林"、"馆阁"之分。言下之意，即使身处"山林"之位，亦能写出
"春容温厚"的作品。该题跋作于至正二十一年前后，根据《明史·艺
文志》载，高士敏并无《辛丑集》传世，只有《蒿斋集》二卷，所以
"辛丑"当为年号，此时的高士敏为"郯山书院山长"一职，并没有入
明之后显赫的位置。但后半部分高启说，读士敏的文章让他有"观人之
文而知其必贵"的感觉，且对高士敏寄托了"振吾宗之衰"的期待。如
何看待高启的这番言论？首先，这是高启的文章观，而非诗学观。在北
郭诗人中，高士敏身份更偏重于"儒者"；其次，"得江山之助"与
"穷、达"无必然联系，只是强调诗人在自然风物中的所感、所闻，属
于"感物说"范畴，所谓"波涛之所汹欻，烟云之所杳霭，与夫草木之
盛衰，鱼鸟之翔泳"。

---

① 《文心雕龙·物色》，范文澜《文心雕龙注》，人民文学出版社，1958，第695页。原文
为"然屈平之所以能洞监风骚之情者，抑亦江山之助乎！"
② 高启：《匡山樵歌引》，《高青丘集》，第941页。
③ 高启：《题高士敏辛丑集后》，《高青丘集》，第925页。

杨维桢和高启的诗歌体貌也不同。在"体"上，杨维桢主要采用古乐府诗体，极度排斥元中期以来以律诗为尚的风气；而高启却古乐府、律绝、歌行等众体皆备。王彝对高启的诗歌有一段评论：

> 盖季迪之言诗，必曰汉、魏、晋、唐之作者，而尤患诗道倾靡，自晚唐以极，于宋而复振起，然元之诗人，亦颇沉酣于沙睡弓马之风，而诗之情益泯。自返而求之古作者，独以情而为诗，今汉、魏、晋、唐之作，其诗具在，以季迪之作比而观焉，有不知其孰为先后者矣。①

这段评论是王彝对高启入明后诗歌的总评。但该评价同样适用于平江时期的高启。再说"貌"，杨维桢的诗歌风格整体上以"奇崛浓艳"著称，而高启却风格多样，既有《青丘子歌》的雄健旷达，也不乏平易清丽之作。如其描述自己"闲适"生活的两首诗：

> 《晓睡》：野夫性慵朝不出，敝簀萧然掩闲室。村深无客早敲门，睡觉长过半檐日。林声寂寂鸟鸣少，窗影交交树横密。此时欹枕意方恬，一任床风乱书帙。昔年霜街踏官鼓，欲与群儿走争疾。如今只恋布衾温，悟从前计应多失。厨中黍熟呼未起，妻子嗔嘲竟谁恤？天能容老此江边，无事长眠吾愿毕。②
>
> 《昼睡甚适，觉而有作》：闲居况懒拙，尽日无营为。掩室聊自眠，一榻委四肢。向暄思益昏，南窗满晴曦。吾神谁能縶，八表从所之。殷忧常苦萦，兹焉忽如遗。有身不自省，此外安得知。觉来邻鸡鸣，已过亭午时。如游钧天还，至乐不可追。我意在有适，宁顾朽木嗤。犹胜夸毗子，尘中争走驰。③

两诗都描述诗人闲适的心境及对世情的淡忘，虽无陶诗"采菊东篱下，悠然见南山"的悠久韵味，但"村深无客早敲门，睡觉长过半檐日"、

① 王彝：《高季迪诗集序》，《王常宗集》卷二，文渊阁四库全书本。
② 高启：《晓睡》，《高青丘集》，第346~347页。
③ 高启：《昼睡甚适，觉而有作》，《高青丘集》，第272页。

"觉来邻鸡鸣,已过亭午时"等诗句也都颇得陶诗风格个中三昧。这种风格在杨维桢诗中是难以看到的。

高启和杨维桢的区别,不仅限于两个个体之间,同时也足以代表北郭诗人和玉山文人两群体间的差异。在对诗歌"缘情"的本质认识上,两个群体没有太多差别。但具体到操作,高启等人偏于"情"本质的内涵,而顾、杨等则更偏重于"欲";在抒情方式上,高启等人追求"自然",甚至对"情"有一定的限制,如王彝、王行等,而顾、杨等人则追求无拘无束、随心而发;在诗歌体貌上,高启等人众体皆备,风格也多姿多彩,顾、杨等人更看重诗歌形式,甚至为形式而形式,诗风流于"奇崛纤秾"。

(二)王彝的"节情"

由于北郭诗人的"旁观者心态"更多以"闲适"为主,故其不必也不愿步铁崖之后尘。他们甚至把"节情"作为抒情规范,以王彝最为典型。王彝最负盛名的当属对杨维桢"文妖"的评价,见于其《文妖》一文:

> 文者,道之所在,抑曷为而妖哉?浙之西有言文者,必曰杨先生。余观杨之文,以淫辞怪语,裂仁义,反名实,浊乱先圣之道,……奋焉以自媚,是狐而女妇,则宜乎?世之男子者之惑之也。余故曰:会稽杨维桢之文,狐也,文妖也。噫,狐之妖至于杀人之身,而文之妖往往使后生小子,群趋而竞习焉。其足以为斯文祸非浅小。文而可妖哉?妖固非文也,世盖有男子而弗惑者何忧焉。①

有人据此立论,加之王彝的理学背景,认为王彝是"道"的捍卫者,于是将其划归浙东文人的范围。② 其实,根据王彝的说法及其创作实际来看,他应属于吴中文人,但因学术背景及个人性情,与其他北郭诗人略有差异。《明史》称其"师事贞文,得兰溪金履祥之传,学有端绪。常

---

① 王彝:《文妖》,《王常宗集》卷三,文渊阁四库全书本。
② 可以参看首都师范大学王双的硕士学位论文《陈基文学思想的二重性研究》"研究综述"中"将陈基归入浙东文人"的部分,2009,第3页。

著论力诋杨维桢，目为文妖。《元史》成，赐银帛还"。[①] 王彝得金履祥之真传，入明后又参与修史，本应是一位纯粹的儒者。但王彝身上又有吴中文人的诸多特点，据他自己称："至正间，余被围吴之北郭……是时，余所居鹤市，聚首辄啜茗树下，哦诗论文以为乐，顾虽祸福、死生、荣悴之机乎其前，亦有所不问者。"[②] 王彝一生儒者与诗人的双重身份，使得他显得格外不同：和宋濂、王祎相比，其更偏于"诗人"本色；和其他北郭诗人相比，其更偏于儒者面孔。双重身份影响了其诗学思想：把"缘情"与"节情"进行统一。其《高季迪诗集序》曰：

> 人之有喜怒爱恶哀惧之发者，情也。言而成章，以宣其喜怒哀惧之情者，诗也。故情与诗一也。何也？情者，诗之欲言而未言，而诗者，能言之情也。然皆必有其节，盖喜而无节，则滥怒而无节，则懥哀而无节，则伤惧而无节，则怛爱而无节，则溺恶而无节，则乱。[③]

此序作于洪武年间。入明后，无论是高启还是王彝，在对诗歌的理解及表达技巧上都有变化。但另一个疑问随之而来："缘情而节情"的诗学理想，是王彝一以贯之的倾向，还是入明后的调整？

王彝主张"缘情"，又抨击杨维桢是"文妖"，自明清以降的研究者，一直聚讼不已，主要观点有三种。一是认可其做法，认为他有捍卫道学之功，如都穆："会稽杨维桢以文雄，一时吴越诸生多归之者。先生独目为文妖，作文诋之凡数百言，穆于是又有以验先生之学之正，推是心也，岂希宠盗名以徼一时之利者哉？……若先生者，匪徒能言，实允蹈之，而足为乡邦之重者也。"[④] 这是从"文道观"的角度对其予以肯定。二是抨击王彝，认为他沿袭"铁崖"诗风，却批评杨维桢是不妥当的，如王士禛："歌行拟李贺、温庭筠，殊堕恶道，余体亦不能佳，安能

---

① 张廷玉等撰《明史》，中华书局，1974，第7320页。
② 王彝：《衍师文稿序》，《王常宗集》卷二，文渊阁四库全书本。
③ 王彝：《高季迪诗集序》，《王常宗集》卷二，文渊阁四库全书本。
④ 都穆：《王常宗集序》，王彝《王常宗集》卷首，文渊阁四库全书本。

与高启、杨基颉颃上下乎?"① 这是从诗风角度出发,认为王彝就沿袭
"铁崖"之风。陈田也有类似的说法:"平心而论,常宗诗类铁崖,本自
眷属一家,胡乃操戈同室?"② 三是认定了这种事实,但立足于二人哲学
思想的分歧,如邓绍基。③

对于该问题的辨析,首先应明确两个问题:(一)王彝的立足点;
(二)王彝文学思想的全貌。

首先,王彝"文妖"说,针对的是杨维桢的诗歌,而非文章。他
说:"文之妖往往使后生小子,群趋而竞习焉。"根据当时的情况,杨维
桢作品真正有影响力的就是诗歌,形成了"铁崖体"。"群趋而竞习"正
是东南诗坛竞相效仿"铁崖"诗风的实情。杨维桢的文章和诗歌在风格
上截然不同的,无论是《正统辩》还是其他铭、记、序、传,都没有其
诗风中"奇崛浓艳"的特点。四库馆臣评曰:

> 王彝尝诋维桢为"文妖",今观所传诸集,诗歌、乐府,出入
> 于卢仝、李贺之间,奇奇怪怪,溢为牛鬼蛇神者,诚所不免。至其
> 文,则文从字顺,无所谓蔦红刻翠以为涂饰,声牙棘口以为古奥者
> 也。观其余句读,疑似之处,必旁注一句字,使读者无所歧误,此
> 岂故为险僻欲使人读不可解者哉?④

足见,只有把杨维桢的诗歌作为抨击对象,王彝才是站得稳的,也是符
合事实的。

其次是王彝的文学思想。整个北郭诗人的文学思想都存有诗学观与
文章观的统一与差异。就王彝而论,其诗学观又分为"缘情"与"节
情"两部分。王彝存诗不多,仅有42首。在题材上,可分为咏史、感
怀、寄答等几类。王彝的某些诗作诚如王士禛的批评,有晚唐之风,甚
至陷入"铁崖"一路,如:

---

① 王士禛:《香祖笔记》卷四,《王士禛全集》(六),齐鲁书社,2007,第4551页。
② 陈田:《明史纪事》(一),上海古籍出版社,1993,第152页。
③ 邓绍基主编《元代文学史》,人民出版社,1991,第51页。
④ 《东维子集提要》,杨维桢《东维子集》卷首,文渊阁四库全书本。

红莲小朵金塘秋，水上弓鞋新月钩。碧日无光灵鹊死，文星堕地银云起。阴鼓森寒闻唾壶，神衣缂缲机声里。曲曲湖波艳神眼，十八虚襲神自绾。宝奁掩月袅蛛丝，天促神归神不归。

黄屋龙颜死灰色，宝鼎嘈嘈人血碧。汉鬼入云成霹雳，震破当年霸王魄。汉家日月上天飞，照见庙前神树枝。万骑阴兵去如水，酒痕洒殿酣春蚁。风过阴庙闻堕珥，戤甀舞罢虞姬死。①

　　夸张的想象、浓艳的诗风、奇奇怪怪的组合，置于杨维桢集中，亦无甚分别。然此类诗数量有限，且以咏史类为主。其抒情诗题材广泛，感情真挚，有表达归隐之思的，"我本青城采樵者，孤吟岂是寒窗蛩"、"明朝拟入五湖里，且载茶灶寻龟蒙"②；有表达对战乱时代感伤情绪的，"孤城五更雨，百死一全身"、"身经乱离苦，聊与野翁论"③；有写入明后对过往生活留恋的，"路断江淮已足忧，繁华犹自说苏州。万人金甲城头骑，十丈朱旗郡里楼。麋鹿昔游何处草，雁鸿不似去年秋。忍将一掬东归泪，付与娄江入海流"。④这些诗歌成了他与杨维桢区别之根本，在抒情方式上，既有"缘情"之本质，又有"节情"之规范。其"节情"说是否出于应对入明以后诗坛之需要？这是一个很重要的方面，但并非问题的全部。

　　王彝的"节情"说还与其文章观息息相关。在文章观上，王彝坚持"文道合一"。其《送浮屠祖默然序》曰："然中国之文，非徒文也，道在焉而已。祖默以浮屠而求余文，余之道与浮屠不类，伏羲神农黄帝尧舜禹汤文武周公孔子之道在《易》《书》《诗》《春秋》者，群圣人之文也，文至是，考之千万世而准矣……余亦不能舍吾中国圣人之道，《易》《书》《诗》《春秋》之文以为文也。"⑤王彝继承了唐中期韩愈以来的"文统"观。把其置身于理学家或者宋濂等浙东文人中，这种"文道合一"观既正常，也应该。王彝虽然早年受理学熏染，但其经历又颇复

---

① 王彝：《神弦曲四首》其一、其二，《王常宗集》卷三，文渊阁四库全书本。
② 王彝：《鄞江渔者歌赠陈仲谦》，《王常宗集》卷三，文渊阁四库全书本。
③ 王彝：《偶题二首》，《王常宗集》卷三，文渊阁四库全书本。
④ 王彝：《东归有感》，《王常宗集》卷三，文渊阁四库全书本。
⑤ 王彝：《送浮屠祖默然序》，《王常宗集》卷二，文渊阁四库全书本。

杂。他长于吴地，和高启等人诗文唱和。应该说，他是带着"理学家"的面孔参与"北郭诗社"的。这是否意味着他既有诗人对诗歌的理解——"缘情"，又有理学家对诗歌的理解——"节情"？这种推理也未尽然。毕竟，杨维桢也有此一问题：文章规规矩矩，法度严谨；而诗歌却毫无忌惮。其文章观和诗歌观完全是两码事。当然，文体本身可以承担不同的功能。对于王彝的这种问题，将其放在北郭诗人中观照，或许能得到某些启示。

首先，王彝等人的经历、心态不同于杨维桢。他们没有仕途失意的感觉，自然无法理解杨维桢借"纵欲"以"缘情"的心态。他们加盟张吴政权，虽偶有怀才不遇之感，但能以"闲适"自处，并未表现出如杨维桢政治失意后的偏激与不平。他们甚至很享受这种只挂"虚职"带来的轻松与解脱。王彝在《跋陶渊明临流赋诗图》中说：

> 陶渊明临流必赋诗，见山则忘言，殆不可谓见山不赋诗，临流不忘言，又不可谓见山必忘言，临流必赋诗。盖其胸中似与天地同流，见山临流皆其偶然，赋诗忘言亦其适然。故当时人见其然，渊明亦自言其然。然而为渊明者亦不知其所以然而然也，又何以知其然哉？盖得诸其胸中而已矣。①

陶渊明的诗歌，在元末明初为广大文人所敬慕效仿，带有"标尺"的意义。理解王彝这段话的关键在于"其胸中似与天地同流"。这包括两个层面：一是这种状态的特征是什么；二是如何才能达到这种状态。这种状态的特征即"偶然"、"适然"。换言之，想达到陶渊明诗的境界，作者有"偶然"、"适然"的创作心境。北郭诗人恰恰具备这种条件——他们既不可能也不愿意参与到张士诚政权的核心层，而是以"闲适"自处。因此他们更愿学陶渊明在乱世中的处世之道，而不会像杨维桢那样充满愤激。即使在张吴政权下无所作为，在北郭诗人眼中，也不会认为这是"怀才不遇"。

其次，其"节情"诗歌观受到文章观的影响。"缘情"而"节情"，

---

① 王彝：《跋陶渊明临流赋诗图》，《王常宗集》卷三，文渊阁四库全书本。

是北郭诗人普遍的诗学理想。张吴时期，普遍偏重于"缘情"，入明之后，则偏重于"节情"。但作为整体性的诗学主张，则始终贯穿于他们的一生。在文章观上，他们主张"文道合一"。尽管他们的"道"和宋濂等人的有所不同，但在一定程度上都提升了他们对"情"的理解。如高启就明确倡导"明道"，在《送江浙省掾某序》中说："盖诗书礼乐所以明道，律令章程所以从政，不明乎道，则无以知出治之本，不从乎政，则无以周辅治之用。古者君子之所学，所以通而后成也。"① 高启认为，能"明道"的文章才算"知本"。如果说此序还因为写作对象的特殊而难以反映高启真实的文章观，那么，在其为徐贲所作之序中，应该是真情之流露：

> 然十余年间，四方之士来吴者，则亦未尝不得见焉，其豪健俊伟、魁闳辩博、饮酒谈笑以意气相得者，固不为少，至于讲义理之微，咏性情之正，薰然和，粹然温，优柔浸渍，相入以善而不自知者，未有及以文者焉。②

高启与徐贲，在"饮酒谈笑"的同时，也不忘"讲义理之微，咏性情之正"，这无疑影响到其对"情"字的理解。因此，平江时期的高启，有《青丘子歌》的书写方式，也有"咏性情之正"的书写方式，这和他整体的文学思想是分不开的。把"节情"观的出现纯粹归结于为了应对入明之后的文坛需要，这是不合理的。所以，入明后王彝的"文妖"说，既有应变新文坛的现实需要，也是北郭诗人固有的文学观念，只是此说在其入明之后应时而生罢了！

最后，"文妖"说的提出，也关系到入明后吴中文人身份的变迁及文坛的需要。修史也好，出仕也罢，都迫使他们在理论及实践两个方面调整其对诗歌的理解。在文坛"大雅"之风回归的节点上，他们更加无法接受杨维桢"铁崖"诗风，而王彝成了其中的先头兵。可以说，把杨维桢目为"文妖"，不但符合王彝的理学家身份，也符合其北郭诗人的

---

① 高启：《送江浙省掾某序》，《高青丘集》，第899页。
② 高启：《送徐以文序》，《高青丘集》，第897页。

身份。

可见，王彝"文妖"说的提出，既是偶然的，也是必然的。它不仅源于明初"大雅"诗风对"铁崖"诗风的反思与批评，也成了吴中文人新老交替之际对诗歌"缘情"的差异性理解。形成这种差异有诸多原因：不同时代文人心态的变化、不同的文章观念与诗歌观念、不同的性情、应时应变的需要，等等。这也体现了吴中文人既有共时性的统一与差异，又有历时性的统一与差异。

二　宽泛、自由的内容选择

在张吴政权的庇护下，北郭诗人的"旁观者心态"极为复杂：一方面，他们继承了老一辈吴中文人的"旁观者心态"，对家国情怀、担当使命没有表现出太多的热情，虽然出仕张吴政权，但心头始终萦绕着对隐居的渴望、对自由的向往以及张扬自我个性，由于种种原因，他们的"旁观者心态"更多表现为"闲适"，而非顾、杨的"纵欲"；另一方面，他们的身份却又实实在在是张吴政权的一部分，这种身份，主观上使他们不可能做彻底的"自了汉"，客观上使他们得以接触广阔的社会、真切地看清战乱的破坏、更加体会到志不获伸的悲哀。种种复杂的心态，使他们在诗歌内容的选择上兼具两个特点：宽泛与自由。在内容上，有对"闲适"情感的抒发，有对个人怀抱的哀怨，有对民生疾苦的写实，还有对自然风情的题咏等。

（一）闲适咏怀

以高启为首的北郭诗人，出仕张吴政权并没有让他们"得其位"、"行其道"。他们时而在政权的庇护下履行相关的职责，时而逃离职位隐居他所，时而以结社赋诗的形式交流感情。但整体看来，他们的身心状态还是相对自由的。他们的大量诗歌表达了这种"闲适"之情，如高启：

> 《迁娄江寓馆》：……野性崇俭陋，经营唯苟完。闲窗俯平畴，幽扉临远湍。岂忘大厦居，弗称非所安。披榛始来兹，霜露凄以寒。

谁云远亲爱，弟子相与欢。室中有名酒，岁暮聊盘桓。①

《我昔》：……天性本至慵，强使赋《载驰》。发言恐有忤，蹈足虑近危。人生贵安逸，壮游亦奚为？何当谢斯役，归守东冈陂。②

此二诗，一诗写自己迁居娄江时的心理体验；一诗总结自己的过往经历，核心都表达自己"野性"、"慵懒"之本性与出仕的矛盾，表达了作者追求自我、回归本性的渴望。在北郭诗人笔下，这类诗比比皆是，如张羽："客散罢琴谦，心闲清道机。南山有佳色，相对共依依"③；徐贲："谢事容身懒，甘贫任路难。不妨教晏起，幸得此时安。"④ 类似的再如张羽的《人间》，徐贲的《题虞山人家南轩》《闲居》等。

北郭诗人在这些诗歌中表达了舒展身心、远离尘嚣的渴望，颇具陶渊明的神采与风度。但是，他们不可能成为陶渊明的异代翻版：一方面，他们始终没有割裂和张吴政权的联系；另一方面，在战火纷飞、命如蝼蚁的时代，尤其到了张吴政权的后期，生命和精神的双重压力使他们不可能真正惬意于田园江畔的"自适"。所以，无论他们怎样强调"野性"、"慵懒"、"适意"，但始终难以摆脱时局紧张带来的身心压力和莫名惶恐。如高启，他或者说："夜深诗成遭寄我，自诉穷愁兼疾病。嗟余比君愁更多，旧感新忧来每并。"⑤ 或者说："酒熟如何菊未开，小园荒径独徘徊。不随宾客登高去，只恐秋因望远来。"⑥ 对于因何而愁，他自己都无法说清。他在《我愁从何来》中写道："我愁从何来？秋至忽见之。欲言竟难名，泯然聊自知。汲汲岂畏长，栖栖讵嗟卑。既非贫士叹，宁是迁客悲。谓在念归日，故乡未曾离。谓当送别处，亲爱元无暌。初将比蔓草，夕露不可萎。又将比烟雾，秋风未能披。蔼然心目间，来速去苦迟。借问有此愁，于今几何时。昔宅西涧滨，尚乐山水奇。兹还东园中，重叹草木衰。闲居谁我顾，惟有愁相随。世人多自欢，游宴方未疲。

---

① 高启：《迁娄江寓馆》，《高青丘集》，第 233 页。

② 高启：《我昔》，《高青丘集》，第 265 页。

③ 张羽：《雨中试笔》，《静居集》卷一，四部丛刊本。

④ 徐贲：《晏起》，《北郭集》卷四，四部丛刊本。

⑤ 高启：《次韵周谊秀才对月见寄》，《高青丘集》，第 349 页。

⑥ 高启：《癸卯（至正二十三年）九日》，《高青丘集》，第 801 页。

而我独怀此，徘徊自何为。"① 诗人自称，"我愁"既不是因为远离故乡，也不是因为朋友别离，只是一种莫名的悲哀与愁苦。"而我独怀此"，"此"为何物？作者没有交代，莫可名状，却又实实在在难以摆脱。这种带有感伤情调的个人"咏怀"，在北郭诗人的诗作中，后期愈发严重。这种诗歌的情感基调正是他们心态变迁的晴雨表，即从"闲适"到"无奈"。当然，他们的这种敏感，随着明王朝的一统，很快变得具体而现实。入明之后，他们的"愁"更加沉重、压抑，如影随形，直到生命的尽头。

（二）社会写实

战乱引发的种种世相给乱世中的文人，提供了关注现实的客观素材。作为年青一代的北郭诗人，他们比老一代的顾、杨等人更深切地体味到乱世中的悲苦。更为重要的是，他们生活在一个思想与行动都相对自由的环境中。他们可以像写自己的喜怒哀乐一样去写社会现实，而且可以不为言论负责。故而，在北郭诗人笔下，充满批判性的文字比比皆是，如高启所作的大量古乐府：

《筑城词》：去年筑城卒，霜压城下骨。今年筑城人，汗洒城下尘。大家举杵莫住手，城高不用官军守。

《田家行》：去年大雨漂我麦，今年桑柘轴无帛。身随簿吏到县门，田少税多那免责？闻道长征未罢兵，轮输日日向边城。老少田中竭筋力，愿为官家足军食。但得官家风雨时，尽供征赋侬不辞。

《苦哉远征人》：悠悠荷戈子，谪发事远征。远征无穷期，千里万里程。瞻斗知乡远，览物悟岁更。霜露铄肌肤，弊铠虮虱生。况兹三边虏，骄黠未易平。闻笳已心摧，赴刃仍骨惊。军兴有严诛，贱命顾自轻。区区在行间，敢望竹帛名？奈何久不还，主将功未成。谁怜城南室，思妇感鹊声。②

三诗分别从不同的角度描写战乱带给百姓的困难：第一首描述张士诚

---

① 高启：《我愁从何来》，《高青丘集》，第 174 ~ 175 页。
② 以上三诗分别见于《高青丘集》第 59、96、75 页。

"筑城"带给百姓的负担；第二首写饱受"征税"之苦的农家；第三首写战争带来的征人之苦、思妇之悲。这类诗，继承了"古乐府"的优秀传统，极富讽喻之力，批判了统治者因"主将功未成"而不顾百姓死活的私心。此外，高启还以非常人性化的口吻写出了农民简单的期待，影射了战争把这种期待都剥夺殆尽的辛酸："长年牧牛百不忧，但恐输租卖我牛"①，"不论城中鱼贵贱，换得到酒归侬不怨"②，"卧驱鸟雀非爱惜，明年好收从尔食"③，等等。

既然张士诚指望不上，北郭诗人转而把希望寄托在那些出任地方官的友人身上，希望他们能给百姓带来希望。如杨基送别出仕地方官员所作的两首诗：

《送谢雪坡防御出郭团练》：所赖官长贤，抚劳得众情。防御出郊来，父老拜且迎。垂髫及戴白，罗列车下听。官家百万师，自足与寇争。汝自守汝乡，汝自保汝生。闲暇苟不虞，仓卒恐见倾。我当徵汝劳，薄尔赋税征。父老共感激，阒然动欢声。④
《过陈湖赠寄周明府》：兰茗参差桑柘绿，细雨冈头啼布谷。人家破产给丁夫，麦未上场蚕未熟。无蚕催丝绵，无麦督税钱，民间此愁谁见怜？君侯为我解倒悬。⑤

在北郭诗人中，杨基的功名心较强。一方面他感觉张士诚不值得托付，一方面张士诚也并没有重用他。既然自己没条件去做实事，那就只能把期待寄予朋友身上。因此，在两首诗中，杨基都不遗余力地告诉朋友：战争给百姓带来负担，所谓"民民皆动摇，一日十数惊"、"人家破产给丁夫，麦未上场桑未熟"。杨基希望他们能尽力保护自己治下的百姓，如此既能得到民心，"抚劳得众情"、"父老拜且迎"，亦对友人有所交代，"君侯为我解倒悬"。当然，这种将太多希望寄托在地方官身上的想法，

① 高启：《牧牛词》，《高青丘集》，第82页。
② 高启：《捕鱼词》，《高青丘集》，第82页。
③ 高启：《打麦词》，《高青丘集》，第84页。
④ 杨基：《送谢雪坡防御出郭团练》，《眉庵集》，第6~7页。
⑤ 杨基：《过陈湖赠寄周明府》，《眉庵集》，第113页。

也导致杨基文字的批判力远不如高启。杨基有时并不把矛头指向张士诚，而是指向地方官吏，如其《夫织蒲》："夫织蒲，妻辟纑，田中种豆田下蒲。编穰上笛苧脱轴，卖席与布未了官家租。重门高楼切云齐，盈仓豆给厩中骊，银鞍铁甲十万蹄。楼高高，马骓骓，居民无庐食无糜，嗟君之牧能无悲？"① 本为同心协力、辛苦而充实的夫妻，但是无论他们如何辛劳，还是交不起官家的赋税。相比之下，富贵人家则是"重门高楼"、"银鞍铠甲"，大量的粮食用来喂马。这种"朱门酒肉臭，路有冻死骨"的现状，杨基认为问题出在州牧身上。问题的关键，其实还是最高统治者不施"仁政"。

　　不唯北郭诗人，几乎所有的吴中文人在元末都写了大量关注现实的作品，而且笔露锋芒，批判力极强。如郑元祐描述战争："十室存二三，烧劫偶见遗。官租不少贷，民力何由支。"② 张翥写妇女遭遇："可怜薄命良家女，千金之躯弃如土。奸臣误国合万死，天独何为妾遭虏。"③ 当然，他们激愤的感情根源于对消兵弭战、国家统一的期待。谢应芳写道："兵革何时息，军书四海同。"④ 陈基写道："何当息战伐，万国收戎垒。"⑤ 杨基听说元军打了胜仗后，甚至喜极而泣，"喜极自提孤剑舞，不知双泪落衣巾"，发出"见得升平死即休"⑥ 的感叹。需要说明的是，同为希望国家统一，但由谁来统一？这在吴中文人内心深处又有不同，可分三种心态。（一）曾在元廷为官，后选择"归隐"的，奉元廷为正朔，希望由元廷来统一全国。他们认为朱元璋、张士诚等都是"贼寇"。如袁凯，"官军应贼着红巾，苗獠来时更不仁"⑦，"往年江南妖贼反，圣旨差我随平章"。⑧（二）加盟张士诚政权，刚开始认为张士诚乃"中兴之臣"，但后对其质疑，"中兴之梦"破产。如张宪，"干戈不息殆且十

---

① 杨基：《夫织蒲》，《眉庵集》，第 116 页。
② 郑元祐：《悯农一首送张德常吴令出郊劝农兼柬国家公田》，《侨吴集》卷一，文渊阁四库全书本。
③ 张翥：《王贞妇》，《蜕庵集》卷一，文渊阁四库全书本。
④ 谢应芳：《漫兴》，《龟巢稿》卷三，四部丛刊本。
⑤ 陈基：《上乐》，《夷白斋稿》卷三，四部丛刊本。
⑥ 杨基：《闻官军南征解围有日喜而遂咏》其一、其四，《眉庵集》，第 184 页。
⑦ 袁凯：《费夫人》，《海叟集》卷四，文渊阁四库全书本。
⑧ 袁凯：《病阿苏》，《海叟集》卷二，文渊阁四库全书本。

年，余流连江湖间，幽忧愤奋，不见中兴。涯际四方，又无重耳小白之举，深山大泽所不忍言。将仗剑军门，而可依者何在？"① 甚至可以说，这是所有出仕张吴政权的吴中文人共同的心理历程。从这一点上讲，吴中文人并没有婺中文人幸运。（三）既没有在元廷为官，也没有加入张士诚政权，只是单纯地期待国家统一，结束战争带来的流离与不安。如谢应芳、陶宗仪等。

可是，当朱元璋统一全国后，吴中文人再难写出关注国家民生的作品。当然，缺少战乱情景的刺激，这是一个原因，但更深层的原因在于，明初严酷的思想控制及朱元璋对文人的打压，使他们既不敢写，也不愿写。此后，生命尚且难顾，再无心力去讽喻、去批判。诗歌内容既不宽泛，表达手法也不自由，呈现出由"外"向"内"的转变，即把更多的精力用来书写自己的压抑上。这也预示了入明以后吴中文人心态及文学思想的转变。

（三）写景状物

写景状物一直是吴中文学的固有传统。把握好此类诗有两个条件不可或缺：一是创作主体的才气；二是有客观的表现对象。这两个条件吴中文人都具备。如果说玉山文人的写景状物诗还因为"作诗比赛"的性质，导致其奇崛纤秾的风格，从而影响了此类诗歌的质量，那么对于北郭诗人而言，这种情况虽仍存在，但有所改观。

北郭诗人写景状物的诗很多。在写作方式上，既有以"雅集"形式状物写景，也有单独写景状物的。在一次在雅集中，他们对"月"进行描述，王行《中秋张来仪宅赏月》："仰观太虚云雾卷，星宿敛迹山藏岚。穹穹窿窿天上下，万里一色垂青蓝。须臾白莲出东海，凌高直涌凭谁探？漫流金波澈银汞，光辉如昼明相涵。玉蟾吐彩耀孤镜，冰轮碾空脱两骖。只疑顾兔捣灵药，因依桂影长毿毿。诸公乐玩豪兴发，浮觞觅句崇高谈。争奇炫巧各有味，如啖蜜蜡回香甘。谪仙问歌词韵胜，阳春寡和吾当惭。却怜此月不易得，一别一载理所谙。商飙扇凉繁露泫，啼蛩绕阶凄以喟。后期未审果何境，不如引满直抵酣。于焉就室相枕藉，

---

① 张宪：《琴操序》，《玉笥集》卷三，文渊阁四库全书本。

邻鸡喔喔将鸣三。"① 由于此时苏州城的局势已经开始紧张，这次"雅集"是他们于至正二十六年在张羽家中举行的一次赏月活动，所以他们在咏物的同时难免感慨颇多，一面是"玩豪兴发"、"浮觞觅句"的对酒当歌，一面是担心佳会不在，借酒浇愁的惆怅。高启也在同题赋诗中写道："南邻歌舞北邻哭，月虽同照异苦甘。何人为我挥天戈，乾坤多难俱平戬。行者得还居者乐，清光所及恩所罩。悬知此愿未易遂，忧来举盏从沉酣。"② 高启心情比王行更沉重，由"月"想到国之存亡。由于诗人们缺少平静心态下的审美感受，所以不能算是严格意义上的写景状物诗。

北郭诗人私人化的写景状物之作，就比他们在雅集中的类似作品质量高了很多。摆脱了雅集创作的语境后，他们的写景诗往往寄托了悠远的感情，形成"情景交融、含蓄隽永"的意境。如王行的两首小诗：

> 《冬景六言》：溪上人烟钓家，雪余鸿迹泥沙。路入双崖窈窕，花开几树枇杷。③
> 《寄题远山楼》：烟楚苍茫际晓，霜空浩荡凝秋。何限江山远意，披襟独倚层楼。④

两诗都采用六言的形式。第一首诗从不同的角度写出了"冬景"之别致，以浅淡疏雅之笔把各种物象勾勒如画境。第二首诗中，诗人独坐江楼，面对无限江山，用苍茫脱俗的"远山风烟"将自己孤独清净的心境表现出来，给人以空旷隽永之感。虽然二诗不是题画诗，但其手法、构思与题画诗如出一辙，在审美上给人"诗画同一"的感受。这与王行对"题画诗"的理解是一致的：

> 诗本有声之画，发缲缋于清音；画乃无声之诗，粲文华于妙楮；一举两得，在乎此焉。言夫画也，极山水草木、禽鱼动植之姿；言夫诗也，尽月露风云、人物性情之理。春生秋实，一挥洒而已成；

---

① 王行：《中秋张来仪宅赏月》，《半轩集》卷十，文渊阁四库全书本。
② 高启：《中秋玩月张校理宅得南字》，《高青丘集》，第 316～317 页。
③ 王行：《冬景六言》，《半轩集》卷十，文渊阁四库全书本。
④ 王行：《寄题远山楼》，《半轩集》卷十，文渊阁四库全书本。

地下天高，在咏歌而成备。以运其不见不闻之思，遂成其可喜可爱之观，所谓言语精英，胸怀丘壑者矣。①

在北郭诗人中，王行论述诗画关系比较系统。他继承了唐宋以来王维、苏轼等人对"诗画同体"的观念，将用笔之"工"与胸中之"趣"结合起来，所以能达到传神写意、清新自然的意境。这种观念在吴中文人中蔚然成风，大大丰富了传统的诗画理念与创作。这类诗也是他们写景状物诗中不可忽视的一类。

从整体上看，北郭诗人的写景状物诗，以高启的数量最多，而以杨基的质量最好。高启写景状物，题材广泛，体式多样。他用五绝的形式写了《观军装十咏》《师子林十二咏》《和杨礼曹刺客三咏》《余氏园中诸菜十五首》，以七律的形式写了《潇湘八景》，以乐府的形式写了《吊伍子胥辞》十五首，以五古的形式写了《吴越纪游》，等等。而杨基，虽然数量上比高启少，但由于其受"铁崖体"的熏染，在写景状物的技巧上尤高。杨基才情逸荡，尤其擅长近体诗，留下了大量名篇佳句，为后来诗论家所称道，如朱彝尊说：

> 吴中四杰，孟载犹未洗元人之习，故铁崖亟称之。王元美《卮言》谓孟载七律"尚短柳如新折后，已残梅似半开时"，类浣溪沙词中语。予谓不特此也，如"芳草渐于歌馆绿，落花偏向舞筵多"；"细柳巳黄千万缕，小桃初白两三花"；"布谷雨晴宜种药，葡萄水暖欲生芹"；"雨颉风颃枝外蝶，柳遮花映树头莺"；"燕子绿芜三月雨，杏花春水一群鹅"；"江浦荷花双鹭雨，驿亭杨柳一蝉风"；"一路诗从愁里得，二分春向客中过"；"立近晚风迷蛱蝶，坐临秋水映芙蓉"；"罗幕有香莺梦暖，绮窗无月雁声寒"……试填入浣溪沙，皆绝妙好辞也。②

朱彝尊虽然看出杨基未脱铁崖诗风的熏染，但仍肯定了他对写景状物诗

---

① 王行：《寄胜题引》，《半轩集》卷二，文渊阁四库全书本。
② 朱彝尊：《静志居诗话》，杨基《眉庵集》汇评，第397页。

的把握技巧，尤其指出其句绝字妙的一面。这种认识基本也为其他诗论家所共有，如陈霆说："杨孟载新柳清平乐曰：'犹寒未暖时光，将昏渐晓池塘。记取春来杨柳，风流全在轻黄。'状新柳妙处，数句尽之，古今人未曾道著。"① 吴乔说："唐人至极处，乃在不著议论声色，含蓄深远耳。以此求明诗，合者十不得一，惟求好句，则丛然矣。"② 以此为据，吴乔举出了大量杨基的好句，如"六朝旧恨斜阳外，南浦新愁细雨中"等。

这些评论是符合杨基诗歌特点的。不足的是，他们对杨基此类诗只做整体上的描述，未能进一步区分。平江时期到入明后，杨基的此类诗有以下转变：风格上，从"清新自然"到"感伤低沉"；写法上，从"直抒胸臆"到"含蓄蕴藉"。如其不同时空下的两首诗：

> 《天平山中》：细雨茸茸湿楝花，南风树树熟枇杷。徐行不记山深浅，一路莺啼送到家。③
>
> 《过丰城》：云树参差接远汀，隔沙谁识是丰城？芙蓉不禁行人采，薜荔多依古树生。寒店鸡声烟寺远，沧江鸿影暮川晴。欲将三弄桓伊笛，吹向船头唤月明。④

两诗都是写景。一写于元末，一写于明初，但风格与技法截然不同。第一首诗明快轻扬，在自然的美景中寓含了闲适的情怀；第二首诗情感低沉，却笔法苍劲，婉转幽深。这种转变与入明后诗人心态的变化息息相关。面对朱元璋的专制打压，杨基恣意张扬的个性迅速受到压制，进而小心谨慎、惶恐不安，其写景诗也变得含蓄伤感。这种现象同样发生在其他吴中文人身上，成了吴中文人文学思想演变的重要特点。

三　审美情态："狂"、"真"、"趣"

诗歌的审美情态与诗人的心态密不可分。玉山文人活动在平江主要

---

① 陈霆：《渚山堂诗话》，杨基《眉庵集》汇评，第398页。
② 吴乔：《围炉诗话》，杨基《眉庵集》汇评，第397页。
③ 杨基：《天平山中》，《眉庵集》，第284页。
④ 杨基：《过丰城》，《眉庵集》，第230页。

于至正十六年（1356）张士诚入吴前，此时各种割据力量此起彼伏，平
江的局势瞬息万变，所以顾、杨等人更多的是迷茫与不安。他们的诗歌
创作，以形式之乐趣为先，故而形成浓艳、奇崛、单一的诗歌风貌。而
北郭诗人主要活动于平江局势相对稳定的张士诚时代，尽管后期他们也
有"覆巢之下，岂有完卵"的恐惧，但整体上还是以"闲适"为主。此
外，张士诚对他们管制宽松，行动与思想都相对自由。所以，北郭诗人
诗歌主要的审美情态可以概括为"狂"、"真"、"趣"。

　　先说"狂"。张士诚入吴，杨维桢逃跑，可是还有受其影响的另一
"狂人"——杨基留在平江。杨基不会像其老师那样有"鞋杯"之举，
也没有能力以"铁崖诗风"引领文坛，但也充分继承了杨维桢的为人与
为文。在北郭诗人中，杨基算是最狂的。他动辄以"老夫"自称，以
"痴顽"自居，说自己"世言麋鹿野，我更野于鹿"①，说自己年轻时
"三龄能言学诵诗，四龄指字识某"、"客来当座赋短章，四韵不待八叉
手"。② 杨基的诗歌呈现出一股"疏狂"之气，如《痴顽子歌》："痴非
痴兮顽非顽，清晨扫云夜掩关。耻道焦螟争触蛮，龌龊自处痴顽间。生
涯只在青巑岏，拾枯汲深忘险艰。披烟扪罗亟跻攀，朣胧月出东海湾。
谓是上古白玉环，直欲走海赤手扳。禁之不可暂不还，道逢呆翁乐且闲。
相顾一笑玉齿殷，十年采药不下山。倒驾玄鹿招白鹇，神经秘牒鸟篆弯。
时复窃读见一斑，往往亦辩跖与颜。今年从翁来帝宸，劝师慎勿忘旧山。
山中春泉响潺潺，松花落藓香斑斓。醉听黄鹏鸣草菅，不博人间玉笋
班。"③ 读这样的诗，就不奇怪杨维桢为什么发出"吾在吴，又得一铁
矣"的感叹。④ 杨基虽然没有杨维桢那样自我标榜为"大人"，但"痴顽
子"上天入地、呼朋引伴和"大人"如出一辙。诗歌以浓艳奇崛的笔法
张扬了一股"狂气"，有"铁崖"余响。杨基在元末的诗歌，与此诗风
格相似者很多，如在《结客少年场行》中说："花底若教连日醉，座中
犹可少年狂"、"豪名独擅秋千社，侠气平欺蹴鞠场"⑤；在《山中云歌》

---

① 杨基：《梅边读易》，《眉庵集》，第 112 页。
② 杨基：《梁园饮酒歌》，《眉庵集》，第 109 页。
③ 杨基：《痴顽子歌》，《眉庵集》，第 110 页。
④ 张廷玉等撰《明史》，中华书局，1974，第 7329 页。
⑤ 杨基：《结客少年场行》，《眉庵集》，第 106 页。

中说："明朝我亦乘云去，相遇蓬莱飘渺间"①；在《醉歌行赠朱彦明别》中说："竖儒可骂冠可溺，底用文章呈百丑"、"冻饿长居野老先，飞腾已落他人后"。② 杨基将自己的怀才不遇和狷狂之性合为一体，形成了这种"张扬疏狂"的人格特点与诗学追求。在北郭诗人中，类似杨基的人很多，如王彝，"便欲东游渡弱水，沐发沧海朝阳盆。又欲西行溯河汉、逾昆仑。山横川阻两地俱不可以往兮，归来掩户卧旦昏"。③ 再如宋克，"少任侠，喜击剑走马，尤善弹，指飞鸟下之……性抗直多辩，好箴切友过，有忤己则面数之，无留怨；与人议论，蕲必胜，然援事析理，众终莫能折"。④ 无拘无束的创作环境，加之自身狷狂的性格，人格之狂进而偏爱诗风之放纵，构成了北郭诗人审美观重要的内涵之一。

其次是"真"。"真"作为诗歌的审美情态，往往有两个表征：一是"真挚"、二是"逼真"。前者指情感饱和度，后者指写作技巧。对于北郭诗人而言，在这两方面上皆备。书写技巧自不待言，在情感的饱和度上，他们又比玉山文人更进一层，原因有二。第一，就两个圈子的成员而言，北郭诗人人数更少、成分更单一，因而其私交更密；而玉山文人中不乏和主人一面之缘者，甚至骗吃骗喝者。第二，就写作方式而言，玉山文人动辄举行大规模的"作诗比赛"，这种方式决定了参与者难以投入太多真实的感情，北郭诗人虽也有"作诗比赛"，但力度和规模都远逊前者。因此，尽管两个群体都标榜"缘情"，但从诗歌的最终审美情态来看，北郭诗人的诗歌更具感染力。

两个群体都有大量的赠答送别诗，此类私人化写作往往最能寄托感情。但细分之，二者的赠答诗亦有区别。玉山文人中，除了于立、谢应芳等少数几人和顾瑛"私交"甚密，其他人多为泛泛之交。所以，玉山文人之间的赠答诗，其真正投入感情的只限于寥寥数人之间，其他人或夸赞玉山主人的殷勤好客，或回忆玉山佳处的美酒佳肴，更有流于形式、草率应付者。而北郭诗人的赠答诗，或出于对友人的关心，或向友人诉说衷情，往往能缘情而发，真挚感人。其中最有代表性的莫过于张羽的

① 杨基：《山中云歌》，《眉庵集》，第105页。
② 杨基：《醉歌行赠朱彦明别》，《眉庵集》，第108页。
③ 高启：《妫蜼子歌》，《高青丘集》，第448～449页。
④ 高启：《南宫生传》，《高青丘集》，第908～909页。

《怀友诗》二十三首及《续怀友诗》五首，和高启的《春日怀十友诗》。

张羽的《怀友诗》二十三首，作于元末，散见于各种笔记杂谈中，今已难见全貌。① 《续怀友诗》五首并序作于明初，见于《静居集》。二者都体现了北郭诗人在赠答诗中所倾入的真挚感情，如《续怀友诗》：

> 《余左司》：幽居古垣下，共彼嘉树阴。里邻岂无好，念子是同心。芳英带露折，清樽向月斟。欲往寻遗躅，荒园春草深。
> 《杨典簿》：藩翰屈长才，蹉跎事文笔。宾筵罢醇酿，容台淹下秩。高门去复醉，孤帆望中疾。少别岁巳华，思君无终日。
> 《王逸人》：衡庐古卷中，高驾日相顾。芳草掩空扉，知君断幽步。残烟北寺钟，暮雨西阊树。携赏邈难期，庶望遗缄素。②

此组诗共五首，都是张羽在刚刚入明后所作。彼时，张士诚政权刚刚覆亡，"树倒猢狲散"，北郭诗人或谪或隐，天各一方。较之玉山文人此类诗歌，张羽的诗具有更感人肺腑的力量。在诗中，张羽也描述了当年雅集聚会的风流。但是，他还能根据不同朋友的性情、遭遇对其表示同情理解，没有太多修饰虚夸性的口吻，完全是真实情感的阐发。高启的《春日怀十友诗》也是其刚刚入明之后的作品，也有类似的特点，如写张羽，"累日亏幽访，惭余尘务牵"；写陈则，"知君思正纷，杂英共如积"；写道衍，"别后空遥念，迢迢双树荫"。③ 对于北郭诗人而言，连接他们的纽带完全是感情，而玉山文人之间的关系则相对复杂得多。

不唯朋友间，北郭诗人在写给妻子的诗作中也表现了其动情的一面。如杨基的《赠婉素》："同祀碧鸡神，绿萝又结姻。文如谢道蕴，书逼卫夫人。冀缺终相敬，梁鸿不厌贫。还能事荆布，归钓五湖滨。"④ 首联认为和妻子的缘分是上天注定，颔联盛赞了妻子的才艺，最后说妻子愿意和自己同甘共苦，归老山林。其中的感情既有思念，也有感激，情真意

---

① 可以参看贾继用《张羽"怀友诗"考论》，《中国社会科学院研究生院学报》，2008 年第 6 期。

② 张羽：《续怀友诗》组诗，《静居集》卷一，四部丛刊本。

③ 高启：《春日怀十友诗》组诗，《高青丘集》，第 134～137 页。

④ 杨基：《赠婉素》，《眉庵集》，第 147 页。

切。杨基还有《寄内婉素》《至钟离发书至婉素》《折花赠内并代答》等诗作。整体看来，北郭诗人在生活方式上不像顾、杨等人那样，动辄"花中眠"、"冶游曲"，甚至妻妾成群。因而，北郭诗人的感情更加真醇质朴，也更值得尊重。

再说"趣"。较之"狂"与"真"，"趣"则更难把握。"趣"不但因强烈的主观色彩而不宜确定，且对创作主体要求更高。北郭诗人中对"趣"理论表述最完备的是高启，且在入明后把其与"格"绑在一起论述。他在洪武三年所作的《独庵集序》中说："诗之要：有曰格、曰意、曰趣而已。格以辩其体，意以达其情，趣以臻其妙也。体不辩则入于邪陋，而师古之意乖；情不达则堕于浮虚，而感人之实浅；妙不臻则流于凡近，而超俗之风微。"① 这段材料是高启对诗歌审美标准最完备的论述。但从三者的演变上看，"格"是高启入明后对诗歌有了新认识后所重视的，而贯穿始终的则是对"意"与"趣"的坚持。就"趣"而言，高启想要达到的理想状态是"妙"，而且把"凡近"与"俗气"作为"妙"的对立面。可见，高启的"趣"对创作主体有极高的要求，这也是北郭诗人共有的审美追求。归纳起来，北郭诗人的"趣"与其他两个审美标准密不可分：一是"自然"。如张羽在《画屏赞》中借画论表达了对"趣"的看法："若乃幽人逸士，游心事外，命驾乎苍茫之野，骋耀乎清冷之渊，默揽万变，有动于中。于是假豪素之妍以写夷旷之趣，不计工拙，而姑以自娱焉者，则君子所不废也。"② 所谓"夷旷之趣"是指情感体验上的"自然"，"不计工拙"则是指表现手法上的"自然"。当然，这种情感体验必须讲究一定的原则，不能像杨维桢那样"肆情而发"，这就牵涉到其另一个诗学原则——"法度"。如高启在《跋沟南诗后》中说："右沟南张先生诗若干首，格律深稳，不尚篆刻，而往往有会理切事之语，盖能写其胸中之趣者也。"③ 高启认为其诗能写"胸中之趣"，那是因为他能做到"会理"。"法度"和"自然"本为对立的两个诗学命题，但在北郭诗人的诗中得到了统一。对此需要说明两点：（一）尽管"法度"是其入明之后的诗学理想，但在元末他们就比较注意"情"的

---

① 高启：《独庵集序》，《高青丘集》，第885页。
② 张羽：《画屏赞》，劳格辑《张来仪先生文集》（善本）清抄本，国家图书馆收藏。
③ 高启：《跋沟南诗后》，《高青丘集》，第929页。

"法度"性，所谓"缘情"又要"节情"；（二）其元末时对"法度"的理解和入明之后是有区别的，更不同于理学文人的理解。

北郭诗人的"趣"所达到的最高境界是"化工"。正如张羽在《笔妙轩记》中说：

> 有妙难。盖可以教得者，艺之粗者也；可以力及之者，亦习之浅者也。惟教之所不可得，力之所不能及者，则有妙存焉。然而难言也……出乎教而得乎教之外，由于力而造乎力之有所不足，庶几乎道矣。①

张羽提出的两个概念需要注意："教"与"道"。这和理学家的说法是有别的：此"教"并非"风人之旨"，"道"并非"伦理道德"。张羽认为，"教"是功夫上的"模拟"，所谓"习"。只有摆脱了这些，才能近"道"。"道"是与"自然"相联系的艺术本质，是"天地之美"。以"自然"为根本，以"法度"为准则的"趣"才能"有妙存焉"。这与高启的"超俗之风"，王行的"诗画同一"在本质上是一致的。

具体到创作中，"趣"又因主体性情及写作手法的差异而呈现出不同的表现情态。释道衍在诗中表现出"禅趣"，如"波澄一溪天，霜红半山树。荒烟满空林，疏钟在何处"。②高启和杨基关系甚密，往往不乏"谐趣"。高启眼睛生病，医生劝其止酒，杨基在《季迪病目医令止酒因作此劝之》中写道：

> 病目须饮酒，饮酒调微疴。气血郁不舒，赖此酒力和。所以雷公方，制药用酒多。活血必酒洗，散郁须酒磨。制药既用酒，饮酒良非他。酒可引经络，酒能驱病魔。病目不饮酒，此盖医者讹。李白好痛饮，不闻目有痤。子夏与丘明，不为饮酒过。饮酒既无害，不饮如俗何。清晨呼东家，置买数斗醝。烂醉暝目坐，满目春风酡。陶然物我忘，梦见孔与轲。此药岂不佳？而乃止酒那。我今劝君饮，

---

① 张羽：《笔妙轩记》，劳格辑《张来仪先生文集》（善本）清抄本，国家图书馆收藏。
② 姚广孝：《如访震师不遇》，《逃虚子诗集》卷六，《四库全书存目丛书》集部第28册，第56页。

君意无婞婀。庸医或见责，请示眉庵歌。①

医生劝高启戒酒显然是正确的。但在杨基看来，"酒"是药之源，既能"引经络"，还能"驱病魔"。为了证明自己的说法，杨基从不同的角度论述了"酒"的好处，还把劝高启戒酒的医生说成"庸医"。这显然是戏谑调侃的口吻。杨基的《季迪病目戏作》还揶揄了高启的病态："不寐听邻钟，声来觉耳聪。夜吟斜避月，晓立背当风。万象空花外，千山雾雨中。欲行俄触户，昏昼问儿童。"②杨基把高启描述成老眼昏花、万象模糊、四处撞墙的形象。从中，既可以看出二人友情之笃实，也反映了杨基无拘无束、张扬不羁的个性。北郭诗人还常在诗中表现自己的"情趣"。如徐贲，"艳情杯里融，幽意琴中度。萧散且未寝，遂适前度趣"③；或者"理趣"，如张羽，"静观因悟性，耽听欲忘言。何由驻尘鞅，迢递一寻源"。④从本质上讲，"趣"是比"狂"与"真"更高的审美情态，其核心在于创作主体对世俗的超越。这种超越之所以呈现在北郭诗人身上，从价值观上讲，是其"隐逸"人格的集中体现；从审美观上讲，源于北郭诗人对自然物象与美好事物的喜爱；从所处环境上讲，他们生活状态相对"闲适"，思想自由。

四　北郭诗人的文章观——以王行为例

北郭诗人的文名往往因诗名而被忽略。正如杨维桢的文章观与诗歌观有明显的差异，北郭诗人同样存有这种现象。整体看来，他们的文章理论与实践主要有两个特点。一是鲜少鸿篇巨制，多序、跋、题、记、铭等。这是因为他们在张吴政权下消极无为，"旁观"自处，更偏重于写表现性情的诗。二是缺少系统的关于文章功能、布局、风格等理论表述。这是因为他们不像婺中文人那样有着深厚的理学传统。在北郭诗人中，高启、王行、张羽、王彝留下的文章相对较多，而尤以王行文名最盛。四库馆阁文臣对其评价极高："故其文往往踔厉风发，纵横排奡，

---

① 杨基：《季迪病目医令止酒因作此劝之》，《眉庵集》，第16～17页。
② 杨基：《季迪病目戏作》，《眉庵集》，第140页。
③ 徐贲：《晚步》，《北郭集》卷二，四部丛刊本。
④ 张羽：《潭上偶咏》，《静居集》卷一，四部丛刊本。

极其意所驰骋，而不能悉归之醇正，颇肖其为人……就文论文，不能不推一代奇才也。"①

据《明史》载，王行，"字止仲，吴县人。幼随父依卖药徐翁家，徐媪好听稗官小说，行日记数本，为媪诵之。媪喜，言于翁，授以《论语》，明日悉成诵。翁大异之，俾尽读家所有书，遂淹贯经史百家言。未弱冠，谢去，授徒齐门，名士咸与交。富人沈万三延之家塾，每文成，酬白金镒计，行辄麾去曰：'使富而可守，则然脐之惨不及矣。'洪武初，有司延为学校师。已，谢去，隐于石湖。其二子役于京，行往视之，凉国公蓝玉馆于家，数荐之太祖，得召免。后玉诛，行父子亦坐死"。②其囊括了王行的主要经历及性格特征。在北郭诗人中，王行虽然不像高启那样以"专业诗人"自任，但也能和他们诗酒唱和。其身份偏重于"经师"、"教授"、"儒者"，但又不是纯粹的理学文人。因此，他既有北郭诗人之共性，也有自身的特点。

王行留下了大量的文章，主要集中于《半轩集》与《墓铭举例》中。在体裁上，分为赋、箴、颂、辞、辩、喻、拟、论、序、记、说、墓志铭等。关于文章的功能，他首推"明道"："君子之于文，非徒煦煦之情也，有切偲之道焉。"③至于"道"的内容，主要指以儒家为根本的伦理道德。其《读书屋记》曰：

> 炎宋既兴，斯文之运渐复，濂洛诸子出，圣人之道乃明。然程氏甫没，门人已有骎骎于老佛者，况无大贤为之依，归而守陈编、窥断简者耶？暨夫徽国文公集大成而继承丕绪，决澄流，导深源，幽通滞达，濂洛之道始大行于时，迄今而愈盛。今之学者读其书而议论言说或戾于道者几希。不戾于道，宜今之士，可几于三代而终有愧于汉，何也？盖濂洛徽国之言，圣人之心也，其行，圣人之道也。袭其言不心其心，谈其道而不行其行，欲无愧于古人，得乎？乃知圣人之道，虽不外乎书，而非徒诵习之可得也。④

---

① 《钦定四库全书总目》（整理本），中华书局，1997，第 2275 页。
② 张廷玉等撰《明史》，中华书局，1974，第 7330 页。
③ 王行：《送唐君敬处序》，《半轩集》补遗，文渊阁四库全书本。
④ 王行：《读书屋记》，《半轩集》卷二，文渊阁四库全书本。

这是王行给北郭友人唐肃"讲肄之所"所作的记,主要谈的是读书之
要,但也涉及文道关系。其核心观点有二:一是文章应该续濂洛程朱之
传统,是"圣人之道"的体现;二是要真正做到这一点,必须把"行"、
"心"、"书"结合起来,而不能像汉儒,徒诵习其章句。与这种本体论
和方法论紧密联系的,是王行对唐宋韩、柳以来古文的推崇:"文自东汉
之衰,更八代而愈下,至唐韩文公始振而起之,以复于古焉。韩文公既
为之倡,同时和者惟李文公、柳河东而已。后二百年至宋之盛,始复得
穆参军、苏沧浪、欧阳公、尹河南,相与溯而继之,而欧公其杰然者。
当时文风实为之变,从而和之者,日以浸盛,而南丰曾氏、临川王氏、
眉山苏氏出矣。南渡以还,斯文之任则在考亭焉。"① 王行仔细分析了唐
宋文风的转折意义,极力推崇以韩、柳为首的"唐宋八大家"。显然,
王行的文章观是以"道统"为核心,在对古文认可的基础上形成的。

　　但是王行毕竟不是理学文人。在关于"道"的本体论上,他又显得
比较通达。他不太偏执于对"道"伦理道德属性的认识。举凡物理、天
文、方技、释道,只要顺乎人情,其中都有"道"。如他为徐达左所作
的《耕渔轩诗序》:"盖耕渔,野人之事耳。以野人之事而得咏歌于大夫
士者,其必有道矣。吾意其耕也,足以养其家;渔也,足以奉其亲,在
堂有余欢,在室有余乐,混迹于乡人之途,致意于哲人之言,而存心于
圣人之道也。"② 王行认为,即使耕渔野人,所作之文也未尝不符合
"道"的标准。因为"道"的标准不能全以儒家的价值观来衡量,只要
是顺乎人情,存心于"圣人之道",就可以看作有"道"存焉。所以,
王行认为医者和儒家之"道"亦是相通的。其《报施》曰:"医以兼事
乎儒,虽先后不同,所至宜无不一也。"③ 当友人吕敏改入道家,别人极
力反对,王行却说:"今吕君志学,当风尘缭绕而易为老氏之服,人皆非
之,而吾则与之。呜呼,以吕君之读圣人书,求圣人道,乃服异端服焉?
而予之与之,则其意岂浅浅哉?"④ 对于佛门中人,王行认为他们亦能得
"道",其《送圆讲师序》曰:"道于天地间,随所在而皆是,非语言文

---

① 王行:《墓铭举例》卷二,文渊阁四库全书本。
② 王行:《耕渔轩诗序》,《半轩集》卷五,文渊阁四库全书本。
③ 王行:《报施》,《半轩集》卷二,文渊阁四库全书本。
④ 王行:《赠吕山人序》,《半轩集》卷五,文渊阁四库全书本。

字之所能尽也。"①

王行之所以有如此认识，原因有二。从时代背景上讲，元代不重儒学，导致文人出入佛、道、儒。即使是宋濂这样的"粹儒"，对"道"的信奉也经历了一个过程，即由元末的"杂"向明初"纯"的转变；从圈子上讲，王行属于北郭诗人，其性情与思想都深受吴中传统的影响，为人张扬，思想斑驳，缺少理学传统，所以不会像婺中后学般对"道"有着谨严而偏执的信奉。王行对"道"的认识，也为北郭诗人所共有。如高启在为徐贲所作的《蜀山书舍记》中说：

> 故弁裳之于容，珩瑀之于步，豆笾之于陈，琴瑟之于乐，弓矢车马之于服，度量权衡之于用，凡接于物，皆学也。岂专于六籍之内哉？往于田，入于市，处于户庭，览于山川，立于宗庙朝廷，游于庠序军旅，凡履之地，皆学也。岂限于一室之间哉？后世讲学之道既废，而人之不能然也。有志者始各占山水之胜，筑庐聚书而读之，虽其所以学之者异乎古，然凡事物之理与夫群圣贤修己治人之要，实皆不出于书。况安僻阻之区，绝纷嚣之役，得一肆其力于是，则其至于成就，岂不反有易者哉？②

高启从为学的角度阐释了"理"与"学"的关系。他指出所谓"学"并不限于室内研习经典的活动，能"明理"的方式很多，关键问题在于是否正确把握"理"的内涵。高启的"理"与王行的"道"在本质上是一致的。张羽也有类似的看法，在《静观轩记》中说：

> 夫理出于天，散于万物，而会于吾之心。自其散者而观，则林林之徒，有万不齐，孰得而一之？自其出者而观，则大本所自，混然一致，孰得其二之？故天者，理之原也，散一为万者也；物者理之寓者，各得其一者也；心者理之府也，会万物于一者也……故静而观诸天，则见吾健之理矣；静而观诸地，则见吾顺之理矣。岂惟

---

① 王行：《送圆讲师序》，《半轩集》卷十二，文渊阁四库全书本。
② 高启：《蜀山书屋记》，《高青丘集》，第 853～854 页。

天地为然哉？观木之生而见仁之理，观水之流而见智之理，又岂惟草木为然哉？凡贱而跂行喙息，细而珠玑毛发，皆可以观，则皆有得于我也。

在"理"本体论上，张羽吸收了理学的"理具于天"与心学的"会于吾心"的说法，此为源。同时他继承了理学家"月映万川"的说法，此为流。但是在从哲学向文学的过渡上，他和纯粹理学家又有了区别，这也是北郭诗人共有的特点。由于所生活的时代背景不同，北郭诗人眼中的"道"或"理"并不局限于儒家的伦理体系，而是包括自然物理，甚至自我性情。他们虽然坚持文章"明道"的功能，但由于"道"内涵的丰富，所以有不同的表征。如王行以杨基的《论鉴》为例，对"论"这一体裁的探讨：

　　盖士大夫平时鉴观于往迹，习见于当世，有所感发兴慨，而不得行其志者，则必摅其所识，所蕴著之为言，以自见其志也，又乌计夫时之尚不尚邪？论固非今时所尚，然今之士，视兴衰而观治乱，岂无有感于中者哉？此杨君之论所以作也。①

王行首先说"论"有"感发兴慨"、"自见其志"的特点，然后指出写文章应该像杨基一样，不为时尚所驱。这两个问题的连接点在于：文章应该打破法度与规范的限制，以自我为中心，所谓"自古昔盛治之时，其君臣相与议论于朝廷之上，衰乱之世，其士大夫相与议论于学校乡党之中者，其言皆文辞也"。② 王行没有像入明后的宋濂那样，把二者分出高下。在其看来，文辞好坏不在于"议于朝廷"或"议于乡党"，而在于能否做到"自见其志"、"不徇于时"。显然，这种观念虽然带有折中的意味，但至少反映了北郭诗人变通的文章观。

　　以王行为代表的北郭诗人的文章观，虽然也倡导"明道"，但其"道"的内涵并不局限于儒家的伦理道德。他们眼中的"道"，更强调作

① 王行：《论鉴序》，《半轩集》卷五，文渊阁四库全书本。
② 王行：《论鉴序》，《半轩集》卷五，文渊阁四库全书本。

者自我意志的表达，所谓"感发兴慨"、"自见其志"，实质是对自我见解的看重。在对"道"的体认上，北郭诗人的文章观和诗学观得到了完美的统一，都强调自我情志的重要性。这也成了他们和玉山文人的重要区别之一。

在创作实践上，北郭诗人的文章缺少鸿篇巨制，多以序、铭、记、赞等方式出现。在体裁上，多短小精悍，富有小品气息；在风格上，没有理学文人板起面孔的说教意味，而是文学化的手法非常深入，感情分量大大增加；在写作对象上，多为小人物，表现他们的喜怒哀乐及平淡生活。如王行写的《吴隐君序》：

> 事母甚孝，母坐堂上饭，则立堂下待饭已，为撤具，微察母啖之甘则喜，或似不适口则戚戚以忧，必求适口者以进。母息于寝，则坐床几下，戒嬉戏儿毋哗以乱大人寐。至中夜乃归宿，鸡一鸣即起，日为常。母死哭之几绝者，数庐于墓三年。①

这是一篇典型的小人物的故事，核心是"孝"。王行并没有用义理来阐释"孝"，而是从吃饭、睡觉两件极小的事表达"孝"之内涵，情感真挚，活泼生动。王行其他文章，在题材选择与表达方式上都类似此序。在王行看来，无论是"议于朝廷"的奏章对策，还是"议于乡党"的铭记碑文，都应以自己见解为中心，饱含感情，这才是"明道"。这种文章观及创作实践，使得他们元末的文章具有较高的艺术价值。随着入明以后大环境及文坛主旋律的变化，这种文章观渐渐走向"雅正"。不变的是他们依然要坚持"明道"，变化的是"道"的内涵由以自己为中心转而以主旋律为中心，即符合儒家伦理体系的道德观念。与此相对应的是，婺中文人宋濂、刘基等，也由元末以寓言为写作主体转变为以奏对诏策为主体，写作方式上也由讽喻批判转为"雅正颂圣"。由此可见，元末明初文人的文章观，在对"道"的理解及调整上，都经历了相似的过程。

---

① 王行：《吴隐君序》，《半轩集》卷五，文渊阁四库全书本。

第四章　明初的吴中文人

——以"吴中四杰"为中心

朱元璋统一全国后，一改元朝治国方略。对于文人而言，体会最深的变化有二。一是朱元璋"崇朴尚简"。表现在学术与文化上，就是提倡"实学"及一切以"雅正"为准的的文学观。二是朱元璋的实用主义人才观。在起用人才上，朱元璋态度强硬，手段苛刻。取才一以实用为标准。朱元璋对待文化与文人的态度，比起元代统治者与张士诚，更显爱才重才。这种政策本无可厚非，但对吴中文人而言却是致命一击。表现有二。一是价值观的冲突。吴中文人怀抱"旁观者心态"，向往隐逸，在元末养成了疏散慵懒之性。这绝非朱元璋心中的人才标准，然而朱元璋还要把其当作人才用之，必须"被召"出仕。二是文学观上的冲突。吴中文人的人生态度决定了其对文学的理解，即以"自适"为创作目的，坚持诗歌"缘情"本质，在表达方式上任性而发，不拘章法。而这些也并非朱元璋理想的文学。

当然，这些矛盾的暴露也经历了一段过程。吴中文人曾一度欲适应新朝。他们小心谨慎地履职"责任"，也开始写"台阁"作品。但随着时间的流逝，他们着实难以适应为官生活。在这个过程中，"隐逸"与"被召"、"希望"与"哀怨"、"颂圣"与"畏祸"、"责任"与"乡情"间的矛盾越发暴露，可悲的是，其"旁观者心态"彻底失去了生存的空间。

这种矛盾心态反映在创作上，便是他们在写作"台阁"作品的同时，也留下了大批表达自我、书写自我的作品。于是就产生如下尴尬：他们既无法像宋濂等人一样甘心埋头于"台阁"之作，也无法再回归元末私人化的创作环境中。于是，在日渐严重的"畏祸"心理下，他们不但失去了元末的本性，甚至搭上了性命。在这个过程中，既有吴中文人为文坛"大雅"之风回归做出的努力，也昭示了明初文坛的新走向。

第一节　明初的政治文化格局

出于开国恢复元气之需，朱元璋"崇朴尚简"，这种原则成了一切政策的标尺。表现在文化领域，便是对"实学"的提倡。"实学"从根本上是为了追求文章的"实用"，又包括两个相辅相成的层面：一是"雅正"的功能；二是平白质朴的表达。在这种局面下，以宋濂为代表的婺中文人成了先锋，一是他们曾跟随朱元璋打天下；二是他们本身的写作特点也符合这种要求。在婺中文人的引领下，明初文坛渐渐呈现出以"台阁"为主导的局面。

一　"崇朴尚简"

作为群雄的最终胜利者，朱元璋有其独特的政治素养及不可替代的人格魅力。乱世中的首义者，往往起于贫贱，起初尚能恪守自律、以身作则，但鲜有能长久者。与张士诚、陈友谅等人相比，严谨的道德观念与生活作风，在很大程度上帮助了朱元璋最终脱颖而出。无论"打江山"阶段，还是"坐江山"阶段，终朱元璋一生，"崇朴尚简"原则都是其毕生之所尚，包括政治经济措施、生活态度以及文化政策。

在政治经济领域，他实行"右贫抑富"措施，表现在三个方面。一是警告诛杀。早在吴元年九月，时朱元璋刚攻克平江，即召集投降和被俘的张氏僚属曰："吾所用诸将，皆濠泗、汝颍、寿春、定远诸州之人，勤苦俭约，不知奢侈，非比浙江富庶，耽于逸乐。汝等亦非素富贵之家，一旦为将握兵，多取子女玉帛，非礼纵横。今既归于我，当革去旧习，如吾濠泗诸将，庶可以保爵位。"当时吴中富室，只要稍有不慎，或被籍身家产，或招来灭顶之灾。如无锡顾寿山，"善治生，富埒吴中。明兴，法网渐密，豪猾易梗。有俞慎者，聚而构乱，邑遭株染。父子逮系，虽获矜释，而门户倾圮矣"。① 再如杨复吉《梦阑琐笔》中的一则记载：

① 皇甫汸：《明鸿胪通事顾公墓碑》，《皇甫司勋集》卷五六，文渊阁四库全书本。

《唐堂集·路氏族谱序》："华亭路华，以丁产甲吴中，明高帝籍其家，诛戮极惨，华母张氏抱幼子逃至陶宅，依其姻以居，既长，冒张姓，再传犹被仇讦，遣一子戍，余遇赦而后复路姓。"夫明祖之籍复民，岂独路氏。就松属若曹、瞿、吕、陶、金、倪诸家，非有叛逆反乱谋者，徒以拥厚资而罹极祸，覆宗湛族，三世不宥。①

"徒以拥厚资而罹极祸"，无论朱元璋出于何种目的，在客观上都冲击了吴中地区的富室巨户，"当是时，浙东、西巨室故家，多以罪倾其宗"。②"吴在胜国时，习尚奢靡，豪门钜族，辟苑囿，筑亭台，所以藏歌而贮舞者何限……圣朝更化，诛灭无遗。"③二是重赋。平定吴中后，朱元璋立刻着手整饬和清理当地的赋税与田地，对吴中地区征收繁重的赋税。《明史·食货志》载："初，太祖定天下官、民田赋，凡官田亩税五升三合五勺，民田减二升，重租田八升五合五勺，没官田一斗二升。惟苏、松、嘉、湖，怒其为张士诚守，乃籍诸豪族及富民田以为官田，按私租簿为税额。而司农卿杨宪又以浙西地膏腴，增其赋，亩加二倍。故浙西官、民田视他方倍蓰，亩税有二三石者。大抵苏最重，松、嘉、湖次之，常、杭又次之。"④重赋本为针对地主富豪阶层，但在客观上造成了吴地民力的枯竭，层层盘剥，使得民不聊生。明中期的吴宽形容这种政策之害时说："民指为子孙无穷之害，曰：'吾宁遇灾也。'盖其害自苏、松、湖州皆然。"⑤吴宽之说虽有夸张，但也反映了明初吴地赋税之重。如此高压下，大量的吴中百姓逃亡他乡，土地闲置，逃亡者遗留下的赋税负担，又都平摊到未逃亡者身上，日复一日，恶性循环，无论是地主还是佃户都日渐贫困。杨维桢说："主上新收浙地，官民田土，夙有成籍。然仰人租额，岁为地主，有增无减。阡陌日荒，庄佃日贫，至于今，盖穷极无所措乎足矣。"⑥三是徙民。至正二十七年攻克平江后不久，朱元璋立刻

---

① 杨复吉：《梦阑琐笔》，转引自谢国桢编《明代社会经济史料选编》下册，福建人民出版社，1980，第310页。
② 方孝孺：《采苓子郑处士墓碣》，《逊志斋集》卷二二，四部丛刊本。
③ 莫旦：《书友竹卷后》，赵琦美编《赵氏铁网珊瑚》卷十，文渊阁四库全书本。
④ 张廷玉等撰《明史》，中华书局，1974，第1896页。
⑤ 吴宽：《华守方义事记》，《匏翁家藏稿》卷三五，四部丛刊本。
⑥ 杨维桢：《又代冯县尹送（司农丞杭公还京）序》，《东维子文集》卷二，四部丛刊本。

将张氏官属并外郡流寓之人，凡二十余万，悉数遣送建康（今南京）。①高启的伯兄高咨也在遣中，高启在《送伯兄西行》中写道："落日万人哭，征行出阖闾。道路亦悲哀，而况骨肉亲。我生鲜兄弟，提挈惟二人。何辞一室欢，去作万里身。北风吹衣寒，方舟涉河津。出处有常役，欲从愿无因。岂不知当还，忧思自难伸。惟期善保爱，驰缄慰悁勤。"②类似这种大规模的"徙民"，在朱元璋立国前后的四年间，就有三次，其对象主要是吴中地区的富民、文人、僚属等，迁徙的地点主要是临濠（今凤阳）或南京。吴元年十月，徙苏州富民实濠州；十一月，庆元（今宁波）克，"徙方氏官属刘庸等二百余人居濠州"③；洪武三年六月，朱元璋喻中书省臣曰："苏、松、嘉、湖、杭五郡，地狭民众，细民无田以耕，往往逐末利而食不给。临濠，朕故乡也，田多未辟，土有余利，宜令五郡无田产者往临濠开种，就以所种田为业。"④当然，大量文人也在迁徙之列。至正二十七年九月，饶介、杨基、徐贲、余尧臣等先被押往金陵，旋被徙往临濠。一年后，杨基又转谪大梁。顾瑛因其子元臣曾仕元亦徙居临濠。

　　之所以把朱元璋对吴中地区的打压与"崇朴尚简"联系起来，因为这种打压出于三种考虑。其一，强干弱枝。吴中向以富庶著称，即使在元末战争时代，在张士诚的庇护下，其经济较其他区域相比破坏较少。迫使大量的吴中富豪巨户离开原有的土地，成为丧失经济地位与社会地位的普通人，有利于平衡吴中与中央的经济实力，减少大量固有的利益集团对中央政权的威胁。徙民之举巩固了京师金陵和中都凤阳，削弱了地方豪强大族的势力。其二，恢复农业社会的传统。在元末的数十年间，吴中地区的工商业，得到了迅猛的发展。商业的发展引发士商关系的重组，也动摇了以农业社会为基础的道德理想，这和朱元璋"重农抑商"的政治理念相左。因此，为了巩固新政权，朱元璋颁布政策极力打压吴中商业，恢复以农业为本的经济原则。其三，规范士风。富庶的吴中地区，滋生了极为浮靡的士风，士人放纵淫逸，这与新建朱明王朝"崇朴

---

①《明太祖实录》卷二五，中研院历史语言研究所，1962。
②高启：《送伯兄西行》，《高青丘集》，第819页。
③《明太祖实录》卷二十八，中研院历史语言研究所，1962。
④《明太祖实录》卷五十三，中研院历史语言研究所，1962。

尚简"的原则格格不入，这也是朱元璋首选吴中地区进行整顿的原因。方孝孺对此有深刻的认识："元以功利诱天下，众欢趋之，而习于浮夸。负才气者以豪放为通尚，富侈者骄侠自纵，而宋之旧俗微矣。大明御宇内今三十年，屡诏诰四方，铲削元之遗弊，吾意士俗当复如宋时之美乎。"①"习于浮夸"的士风尤以繁华的吴中为甚。通过对该地区的全面整顿，朱元璋的确达到了目的。但在这些措施的落实过程中，吴中文人的遭遇尤为坎坷，最终导致吴中文风的消歇。

"崇朴尚简"的原则也贯穿于朱元璋的日常生活。这种自律既源于一代雄主的人格魅力，对于刚草创的新朝建设，也尤为必要。朱元璋出身底层，备尝生活之艰辛，在"打天下"的争雄过程中，深知君主成亡之道。在论及元代败亡时他说："朕观元世祖在位，躬行俭朴，遂成一统之业。至庚申，帝骄淫奢侈，饫粱肉于犬豕，致怨怒于神人。故逸豫未终，败亡随至，此近代之事，可为明鉴。"② 鉴于此，朱元璋深知"崇朴尚简"既为立身之本，也是立国之本。针对历代帝王"求仙访道"之举，朱元璋说："人君果清心寡欲，勤于政事，不作无益以害有益，使民安田里、足衣食、熙熙暤暤，而不自知，此即神仙也。功业垂于简册，声名留于后世，此即长生不死也。"③ 据此立论，朱元璋堪称中华帝王谱系中的佼佼者。无论正史还是野史，都对朱元璋的"崇朴尚简"有所记载。如《典故纪闻》中载：

> 司天监进元主所制水晶宫刻漏，备极机巧，中设二木偶人，能按时自击钲鼓。太祖谓侍臣曰："废万机之务，而用心于此，所谓作无益而害有益也。使移此心以治天下，岂至亡灭！"命碎之。④

朴实的生活观直接影响到他对文化的认识，以及对"实学"的提倡，在具体操作上表现有二：一是将"质"作为选拔人才的主要标准；二是将"用"作为规范通行文体的主要标准。而这两条，朱元璋都通过官方的

①　方孝孺：《赠卢信道序》，《逊志斋集》卷十四，四部丛刊本。
②　《明太祖宝训》卷四，中研院历史语言研究所，1962。
③　余继登：《典故纪闻》，中华书局，1981，第 25 页。
④　余继登：《典故纪闻》，中华书局，1981，第 27 页。

措施强制推行，尤其体现在人才选拔方式上。洪武三年（1370），朱元璋恢复科举考试，但在洪武六年，又下诏停罢科举，曰：

> 朕设科举，以求天下贤才，务得经明行修、文质相称之士，以资任用。今有司所取，多后生少年，观其文词，若可与有为，及试用之，能以所学措诸行事者甚寡。朕以实心求贤，而天下以虚文应朕，非朕责实求贤之意也。今各处科举宜暂停罢，别令有司察举贤才，必以德行为本，而文艺次之，庶几天下学者知所向方而士习归于务本。①

"文质"相称，以"质"为本，这才是朱元璋理想中的人才。他尤其瞧不起专事诗文的"词章之士"，甚至批评韩愈、柳宗元的某些作品华而不实："盖于《马退山茅亭记》，见柳子厚之文无益也……空逾日月，甚谓不可。戒之哉，戒之哉！"② 这颇有宋代理学家"玩弄光影"的说法。至于李煜、赵佶等帝王吟风弄月，朱元璋更是深恶痛绝。朱元璋对科举的矛盾心态导致明初科举时断时续，甚至一度停考达 10 年之久，其间主要通过察举、征召、礼聘等手段任命大批实干之才。这些方式固然能在一定程度上弥补科举"重文轻质"的弊病，但由于缺少统一的标准导致人情因素过多、徇私舞弊，难免失去公正。洪武三十年（1397），在胡惟庸案上，朱元璋发现了这一问题，称其"私构群小，贪缘为奸"③，导致"君子晦伏，小人尊荣，致怀才抱德之士，隐于岩穴，不求闻达"④，因此在洪武十五年（1382）又重开科举。在以后对科举程式、内容的规范上，朱元璋都以"质"即理政才能作为衡量人才的主要标准。从明初科举政策的反复上看，朱元璋确实是将"实用"作为选拔人才之典范。

与"实学"相匹配的，便是文体与文风的规范。洪武二年（1369），朱元璋对詹同说："近世文士不究道德之本，不达当世之务，立辞艰深，而意实浅近，即使过于相如、杨雄，何裨实用？自今翰林为文，但取通

---

① 《明太祖实录》卷七十九，中研院历史语言研究所，1962。
② 《明太祖集》，黄山书社，1991，第 133 页。
③ 《明太祖实录》卷一二九，中研院历史语言研究所，1962。
④ 《明太祖实录》卷一三二，中研院历史语言研究所，1962。

道理、明世务者,无事浮藻。"① 文章首先应承担"明道德"的功能。洪武十四年,明廷"颁五经四书于北方学校"。朱元璋说:"取经载圣人之道也,譬如之黍粟布帛,家不可无,人非黍粟布帛则无以为食,非五经四书则无由知道理。北方自丧乱以来,经籍残缺,学者虽有美质,无所讲明,何由知道。"② 以"道"作为对学者为学与为文的规范,是典型的文学实用观。和这种功能相匹配的是,文章在表达方式需要平易晓畅。洪武六年,朱元璋废止了表笺中的"四六文",以"简古"代"雕琢":"近代制诰章表之类,仍蹈旧习,朕当厌其雕琢,殊异古体,且使事实为浮文所蔽。其自今凡告谕臣下之词,务从简古,以革弊习。"③ 洪武九年(1376),为文繁而杖责茹太素。洪武十二年(1379),命廷臣"减其繁文,着为定式",对应用公文—以平易晓畅为标准,许元溥《吴乘窃笔》中有则《洪武安民帖》:

> 钦奉圣旨,说与户部官知道,如今天下太平了也,止是户口不明白哩,教中书省置下天下户口的勘合文簿户帖。你每户部家出榜,去教那有司官将他所管的应有百姓都教入官,附名字写着他家人口多少,写得真著,与那百姓一个户帖,上用半印勘合,都取勘来了。我这大军,如今不出征了,都教去各州县里下,著绕地里去点户比勘合,比著的便是好百姓,比不著的,便拿来做军,比到其间,有司官吏隐藏了的,将那有司官吏斩,百姓每自躲避了的,依律要了罪过,拿来做军。钦此。④

许元溥在帖后不由得感叹:"高皇帝不徒用法之严,安民至意,何等明白晓畅。"农民出身的朱元璋文化素养不高,却偏爱通俗易懂、感情真挚的作品。⑤ 显示出草莽英雄的风流本色。他还称赞写诗粗浅草率的范常:

---

① 《明太祖宝训》卷六,中研院历史语言研究所,1962。
② 《明太祖实录》卷二三六,中研院历史语言研究所,1962。
③ 余继登:《典故纪闻》,中华书局,1981,第49页。
④ 高德基:《平江记事》,许元溥《吴乘窃笔》,中华书局,1985,第12页。
⑤ 如相传为朱元璋的诗歌《野卧》:"天为罗帐地为毡,日月星辰伴我眠。夜半不敢伸长腿,恐把山河一脚穿。"

"老范诗质朴，殊似其为人也。"① 通过朱元璋躬亲示范作用以及强力的整顿措施，一举扭转了元末纤秾柔靡的文风，直接开启了明初文坛大雅气象的回归。在这一回归过程中，浙东文人渐渐占据主流文坛，也渐渐挤压了吴中文人的生存空间，导致了他们最终不同的命运。

二　"大雅"文风的回归——以宋濂为例

婺中文人和吴中文人是元末明初最重要的两个文人群体，都有一套完整的传承系统，且名家辈出。二者的差异性也尤为明显，表现在道德理念、生活原则和文学观念等诸多方面。这种差异性的形成，既有二者在继承传统上所产生的分歧，也有现实遭遇的不同影响。相比之下，由于在明初相当一段时间内，二者的地位及遭遇不同，因此文坛的影响力也不同。如果说吴中文人构成了元代中晚期文坛演变的中坚力量，那么婺中文人则在元末明初文坛大雅回归的过程中，发挥了核心与主导作用。兹以宋濂（1310~1381）为例。

从师承关系上看，宋濂是第三代婺中文人中的杰出代表。② 如果没有在风云际会的元末遇到朱元璋，宋濂至多不过算一个带有理学色彩的文人罢了。和朱元璋的相遇，改变宋濂的命运的同时，也改变了其文学观。从个人境遇上看，一方面，朱元璋给了他实现理想抱负的舞台，其被誉为"开国文臣之首"；另一方面，由于朱元璋的雄猜，虽然其命运最终没有高启等吴中文人那般惨烈，但同样在胆战心惊中聊度余生，并没得到一个"持重硕儒"本该得到的待遇。在文学观上，一方面，借助官方创造的声誉及平台，宋濂能充分践行并强化带有理学色彩的文学观；另一方面，这种地位及声誉的获取又是以失去自由甚至如履薄冰的惶恐度日为代价，宋濂在诗歌中表达了压抑之情。因此，宋濂的诗歌观与文章观也并非完全吻合，显示了其文学思想的丰富与复杂。

宋濂的一生，整体上可分两个阶段：一是元末隐居时的"守道"时期；一是跟随朱元璋后的"行道"时期。结合宋濂的作品，"道"有三

---

① 张廷玉等撰《明史》，中华书局，1974，第3918页。

② 关于婺中文人的传承情况，可以参看欧阳光《论元代婺州文学集团的传承现象》一文（《文史》第49辑，中华书局，1999）。徐永明在此基础上，对此作了详细的划分，见其《元代至明初婺州作家群研究》一书中第一章第4~7页。

种表现层面：政治上，"道"是孔子以来儒家"仁"的治国理念；道德上，"道"是严谨自律的修身道德；文学上，"道"是教化、宗经征圣的"文道合一"。"明道"是伴随宋濂一生的文学观念，但又随着其地位的升迁及心态的变化有着不同的表现方式。

在元末，深受老师柳贯、黄溍的影响，宋濂也曾努力入仕，历经两次科举失败，宋濂最终选择了隐居。至正九年（1349），宋濂40岁，因危素荐，擢翰林国史院编修。但老师黄溍已上章求归，故宋濂也以亲老固辞。至正十年（1350），宋濂携家自金华迁往浦江。不久，即入浦江仙华山为道士。戴良还写了一篇《送宋景濂入仙华山为道士序》，在文中，戴良引用了宋濂说自己不愿为官的四大理由："自闲散以来，懒慢成癖，懒则与礼相违，慢则与法相背。违礼背法，世教之所不容，大不可者此也。又心不耐事，且惮坐劳酬答，少顷必熟睡，尽日神乃可复。而当官事丛杂，与夫造请迎将之不置，一不能也。啸歌林野，或立或行，起居无时，惟意之适，而欲拘之以珮服，守之以卒吏，使不得自纵，二不能也；凝坐移时，病如束湿，一饭之久，必四三起，而当宾客满座，俨如木偶，俾不得动摇，三不能也；素不善作字，举笔就简，重若山岳，而往返书札，动盈几案，四不能也。"① 可见，此时宋濂已经对政治失去了信心。至正十六年，宋濂入小龙门山著《龙门子凝道记》。这一时期，宋濂虽以"修身"自任，但行动自由，思想无拘无束，友人描述他："性疏旷，不喜事检饬，宾客不至，则毕日不整冠。或携友生徜徉梅花间，轰笑竟日；或独卧长林下，看晴雪堕松顶，云出没岩扉间，悠然以自适。"他自号"龙门子"，"悠然以自适"，在生活态度上和吴中文人极为相似。但宋濂毕竟深受浙东学派事功观念的影响，他的"隐居"与"守道"只是为了等待时机，在《龙门子凝道记》的《终胥符》中，借龙门子表明了这一心迹：

龙门子怃然曰："我岂遂忘斯世哉？天下之溺，犹禹之溺；天下之饥，犹稷之饥。我所愿，学禹稷者也，我岂遂忘斯世哉？虽然，予闻之，道之兴废系诸天，学之进退存诸己。存诸己者，吾不敢不勉也；

① 戴良：《送宋景濂入仙华山为道士序》，《九灵山房集》卷六，四部丛刊本。

系诸天者，予安能必之哉？予岂若小丈夫乎？长往山林而不返乎？未有用我者尔，苟用我，我岂不能平治天下乎？"①

宋濂在这里区分了"平治天下"的关键在于"用"与"不用"，但"用"还需要遵循"礼"的原则，他在《观渔微》中说："君子未尝不欲救斯民也，又恶进不由礼也，礼丧则道丧矣。吾闻君子守道，终身弗屈者有之亦，未闻枉道以徇人者也。"可见，宋濂眼中的出仕标准既有对自我"守道"的规范，也有对人主"贤"（礼）的规范。这种把"事功"与"道德"紧密结合起来的理想目标，使他和纯粹的"事功派"区别开来，也终因这一理想的沦丧使其最终遭遇坎坷。

"明道"是儒家根本的文艺观。关于"道"的内涵，主要包含两个方面：对于统治者而言，"道"侧重于教化之美、风俗之醇、律令之明等；对于被统治者而言，"道"侧重于民生疾苦、社会不平、现实遭遇，等等。作为最有资格有效连接二者的文人，要想实现理想的上传下达功能，自身往往需要具备两个条件：一为德，所谓文人之担当；二为"位"，充分保证上达天听、化育黎民。这种理论设计并不能保证操作上的实效性，尤其是面对独裁雄猜之君，"道"往往难以发挥规范统治者的作用，成了"颂圣"、"御用"的工具，宋濂"明道"观内涵的转变就印证了这一点。元末时的宋濂，对"道"的认识更多是站在下层百姓的立场上，具有极强的讽喻性与批判性。他写了大量的寓言，如《龙门子凝道记》《燕书四十首》及《寓言五首》，等等。这些寓言，题材广泛，文笔泼辣，形象生动，极富忧世情怀与批判精神，表现了宋濂愿意为底层人民代言的儒者情怀。

宋濂被朱元璋罗致幕下是在至正二十年，同行的还有被称为"金华四先生"的刘基、叶琛、章溢。在此之前，已有一大批婺中文人如王祎、范祖幹、叶仪、许元、胡翰、戴良、吴沈、李公常、金信、童冀等投入朱元璋幕下。可以说，"四先生"的加入，标志着朱元璋已经把婺中文人的精英纳入自己的政权体系。此时，朱元璋尚处于争雄阶段，对文人极为礼敬。当然，大多数婺中文人和朱元璋的合作也十分愉快，尤其是

①　宋濂：《终胥符》，《宋濂全集》，第 1761 页。

宋濂与王祎，更是凭借才华受到朱元璋的重视。至正二十一年（1361），朱元璋攻破江西，王祎进了一篇《平江西颂》，朱元璋评曰："吾固知浙东有二儒者，卿与宋濂耳。学问之博，卿不如濂；才思之雄，濂不如卿。"① 尽管宋濂已经开始了"颂圣"的政治生涯，但此时的朱元璋尚以军事斗争为主，暂不需要大规模的礼制建设与思想控制。所以，这一阶段的宋濂，身心都处于自由状态。他可以和刘基、章溢等友人像吴中文人一样游山玩水，发出感叹："予幸与三君得放怀山水窟，一刻之乐，千金不以易也。山灵或有知，当使予游尽江南诸名山，虽老死烟霞中，有所不恨，他尚何望哉？他尚何望哉！"② 也可以和离开朱元璋的同门戴良酬答唱和。在和戴良的赠答中，宋濂的感情非常复杂。当戴良告诉他，当下人才济济，所谓"况复已多贤，何能奋薄躬"，还不如"愿言携壶酌，长与尔为邻"③ 时，宋濂表示理解。他深知人应该顺其自然，所谓"大运既如斯，何须苦心竟"；也知道只有栖居山林，才能"庶可免祸机"；更知道自己"我年逾半百，来日知几何"的现实状况。但宋濂毕竟不是戴良。戴良已经在几个政权的比较中渐渐沦丧了对政治的热情，意欲归隐；而宋濂却刚刚找到实现梦想的平台。所以，宋濂虽然对戴良表示理解，但还是抱定了"年当四五十，所愧在无闻；于此苟无忧，可复名为人"的立场，希望自己做到"幸有一寸心，万世能长存"。而且他委婉地暗示戴良，如果自己退隐，那就是不负责任的自私行为，"即当谢羁绊，采采不知疲。窘束势方固，安能遂吾私"。④ 整体看来，此时宋濂对自己的状态是比较满意的。这和他刚加盟朱元璋政权时所作的《诘皓华文》中的"出处观"是一致的。此文作于至正二十年，彼时宋濂刚加入朱元璋政权不久，文中宋濂借主"忧"之神皓华的口，对不顾国家危难、只图自己消忧快乐的思想予以批判：

> 王公弗忧，四国不治；侯伯弗忧，庶政用隳；子男弗忧，名毁身随；士庶人弗忧，蔺害是罹。是忧者，群善之原，众德之基，修

---

① 张廷玉等撰《明史》，中华书局，1974，第 7414 页。
② 宋濂：《游钟山记》，《宋濂全集》，213 页。
③ 郎瑛：《七修类稿》卷三十五"宋戴遗诗"，中华书局，1959，第 526 页。
④ 郎瑛：《七修类稿》卷三十五"宋戴遗诗"，中华书局，1959，第 526 页。

之则安，悖之则危，故曰："生于忧患，死于安乐。"而君子终身以之，夫子奈何弃诸?①

可见，从加入朱元璋政权起，宋濂就抱定了"行道"之夙愿，再也不是当年那个求仙访道者了。当然，宋濂跟随朱元璋"打天下"的过程中，二人确能相得益彰，这种良好的合作状态一直保持到入明之后相当长的一段时间内。

入明之初，宋濂被誉为"开国文臣之首"。挟政治地位之力，宋濂主要做了三方面的工作：一是参与明代开国的礼制建设；二是积极写作"应制"之作；三是规范全国意识形态的统一。宋濂在各种机会中明确其文章观，他甚至以极为诚恳的姿态对过去的文学观进行了否定：

> 余自十七八时，辄以古文辞为事，自以为有得也。至三十时，顿觉用心之殊微，悔之。及逾四十，辄大悔之。然如猩猩之嗜屐，虽深自惩戒，时复一践之。五十以后，非惟悔之，辄大愧之，非惟愧之，辄大恨之。自以为七尺之躯，参于三才，而与周公、仲尼同一恒性，乃溺于文辞，流荡忘返，不知老之将至，其可乎哉?自此焚毁笔砚，而游心于沂泗之滨矣。②

宋濂对于自己过去所为的态度，是否真是"悔"、"愧"、"恨"，其实也未见得，毕竟入明之后，他还是写下了一些如《送东阳马生序》《王冕传》《虎说》《猿说》等"古文辞"之作。但宋濂在入明后正式建立自己的"文道"体系，且借助官方话语权加以推行，则是基本事实。他在《徐教授文集序》中说：

> 文之至者，文外无道，道外无文。粲然载于道德仁义之言者即道也，秩然见诸礼乐刑政之具者即文也。道积于厥躬，文不期工而自工。不务明道，纵若蠹鱼出入于方册间，虽至老死，无片言可以近道也。③

---

① 宋濂：《诰皓华文》，《宋濂全集》，第 225 页。
② 宋濂：《赠梁建中序》，《宋濂全集》，第 558 页。
③ 宋濂：《徐教授文集序》，《宋濂全集》，第 1352 页。

宋濂的文道观在其他篇章中均有论述,如《文原》《文说》《文说赠王生黼》《王君子舆文集序》等。合而观之,宋濂的文道观并无太多创新,不过较之前人更加完备。他至少综合了"道"的三个方面。一是天地之"道":"画疆定野,授田分井,邦之文也;前室后寝,左昭右穆,庙之文也;车服有章,爵士有数,官之文也;钟磬竽瑟,干戚旄翟,乐之文也;……舒阳惨阴,彰善瘅恶,刑之文也。如此之故,殆不可以一二数。斯文也,非指夫辞章而已也。"① 这和刘勰《原道》中的意思颇为相似。二是人伦之"道"。他在评论汪广洋诗歌时,阐述了文章美教化、移风俗的观念:"有如公者,受丞弼之寄,竭弥纶之道,赞化育之任,吟咏所及,无非可以美教化而移风俗。"② 三是人心之"道":"圣贤与我无异也,圣贤之文若彼,而我之文若是,岂我心之不若乎?气之不若乎?否也,特心与气失其养耳。圣贤之心浸灌乎道德,涵泳乎仁义,道德仁义积而气因以充。气充,欲其文之不昌不可遏也。"③ 这里格外强调"气充言昌",既有理学家的文章观,也有宋濂作为文人的文学观。他还以此为论,将文章分为"台阁之文"和"山林之文"。宋濂以"道"为本的文章观整合了前人的优良传统,但也有发挥。这是因为宋濂身份更加复杂,他是史臣,也是理学家,同时还有文人的一面。在明初文坛以"雅正"为功能、以"质朴"为规范的文坛风尚下,宋濂的文章观和主旋律步调一致。因此,宋濂的文章也被认定为"醇深演迤,与古作者并"④、"雍容浑穆,如天闲良骥,鱼鱼雅雅,自中节度"。⑤

宋濂带有理学色彩的文章观,一方面使他能在明初文坛上呼风唤雨,成就其"开国文臣之首"的美誉。但另一方面,这种在为人与为文两个方面都深受理学浸染的气质又使宋濂最终丧失了自己。从根本上讲,理学家对"道"的信奉包含了两个相辅相成却又相互制约的命题:在为臣上,既要替君王"行道",但又要坚持高于"君统"的"道统",这样才能有效平衡"君王"与"黎民"两方的利益;在为文上,既要能做到

---

① 宋濂:《〈讷斋集〉序》,《宋濂全集》,第2031页。
② 宋濂:《〈汪右丞诗〉序》,《宋濂全集》,第482页。
③ 宋濂:《文说》,《宋濂全集》,第1569页。
④ 张廷玉等撰《明史》卷一百二十八,中华书局,1974,第3787页。
⑤ 《钦定四库全书总目》(整理本)卷一百六十九,中华书局,1997,第2262页。

"雅正",又要做到"讽喻",这样才能保障文章不至于沦为"颂圣"的工具,宋濂显然希望兼顾二者。在他看来,这既是自己作为理学文人的责任,也是最理想的写作状态。这种写作方法集中体现在宋濂的《阅江楼记》上。此文是应制文,作于洪武七年(1374)。朱元璋拟于狮子山上筑阅江楼,命群臣作记。宋濂首先用了大量的篇幅进行"颂圣",但在结尾处以"绵里藏针"之法婉转寓含了自己的规诫:

> 有登斯楼而阅斯江者,当思帝德如天,荡荡难名,与神禹疏凿之功同一罔极。忠君报上之心,其有不油然而兴者耶?臣不敏,奉旨撰记,欲上推宵旰图治之切者,勒诸贞珉。他若留连光景之辞,皆略而不陈,惧亵也。①

但在朱元璋看来,宋濂的文章却因不敢大胆直言落入俗套。朱元璋不但亲自重新撰写了《阅江楼记》,而且对宋濂等人予以批评:"今年欲役囚者建阅江楼于狮子山,自谋将兴,朝无人谏者。柢期而上天垂象,责朕以不急。即日惶惧,乃罢其工。诚令诸职事妄为《阅江楼记》,以试其人。及至以记来献,节奏虽有不同,大意比比皆然,终无超者。"② 这本是朱元璋头脑"清醒"的认识,但从另一方面也说明了宋濂达不到"圣意"要求的可能性:朱元璋的"清醒"是和其"雄猜"紧密相连的。在此之前,宋濂已经感受到了圣上的"雄猜"。洪武三年,第二次"修史"完毕时,宋濂因"失朝参,降为翰林编修"。③ 洪武四年,宋濂奉命考祀孔子礼仪,作《孔子庙堂议》一文,明确表明礼法由孔子制定,国家的礼乐制度应从尊孔而来:"其所谓先圣者,虞庠则以舜,夏学则以禹,殷学则以汤,东胶则以文王,复各取当时左右四圣成其德业者,为之先师以配享焉。此固天子立学之法也,奚为而不可也。"④ 但宋濂因此被贬,理由是"不以时奏"。这就给宋濂出了一个很大的难题:当自己满怀热情地坚持"正道"时,势必受到打击;当自己知难而退、收敛锋芒时,

---

① 宋濂:《阅江楼记》,《宋濂全集》,第781页。
② 朱元璋:《阅江楼记序》,《明太祖文集》卷十四,文渊阁四库全书本。
③ 张廷玉等撰《明史》,中华书局,1974,第3787页。
④ 宋濂:《孔子庙堂议》,《宋濂全集》,第21页。

却又被朱元璋视为不敢直谏。这种情况下，宋濂的内心必然产生矛盾：既要规规矩矩地"颂圣"，又要诚惶诚恐地言行。这种情况不唯宋濂有，基本上所有明初文人都有。从根本上讲，朱元璋对文人最大的要求是"实用"、"好用"，既不允许有太多的操守与坚持，同时还要在"颂圣"中学会灵活变通。

显然，朱元璋对文人的期待和宋濂的自我期待是不同的。朱元璋只需要宋濂做一个文学弄臣、写作机器。当然，宋濂也确实做到了这些，《明史》记载：

> 郊社宗庙山川百神之典，朝会宴享律历衣冠之制，四裔贡赋赏劳之仪，旁及元勋巨卿碑记刻石之辞，咸以委濂，屡推为开国文臣之首。士大夫造门乞文者，后先相踵。外国贡使亦知其名，数问宋先生起居无恙否。高丽、安南、日本至出兼金购文集。四方学者悉称为"太史公"，不以姓氏。①

在官方看来，宋濂已经得到了作为一个文人的最高待遇。但在宋濂眼中，其出入经史、读遍天下书的初衷绝非为此。他更希望在做好这些的同时，还能行"道"：一是"政统"上的"道"，做一个"贤臣"；二是"文统"上的"道"，做一个"斯文"自任的"大儒"。而这两点愿望，在朱元璋身上是不可能真正实现的。朱元璋后来评宋濂曰："濂，文人耳。"② 当这种梦想渐行渐远时，宋濂的心态也发生了巨大的变化。在其后期创作中，宋濂不但创作了一些极富感情的散文，如《跋〈张孟兼文稿序〉后》《故诗人徐方舟墓铭》等，甚至用诗歌表达自己的真实情感。他在《题方方壶画钟山隐居图》中说："予十年不作诗，见方壶子此图，不觉逸兴顿生。"③ 在《送黄伴读东还故里》中说自己"绝吟事者已十余年矣"。④ 当然，由于宋濂的"儒者"本色，他并没有在诗歌中肆意放

---

① 张廷玉等撰《明史》，中华书局，1974，第3787～3788页。
② 张廷玉等撰《明史》，中华书局，1974，第3948页。
③ 宋濂：《题方方壶画〈钟山隐居图〉》，《宋濂全集》，第1614页。
④ 宋濂：《送黄伴读东还故里》，《宋濂全集》，第1614页。

情，而是兼顾了原道教化与书写性情的两个方面。① 但至少可以看出，宋濂对"道"的认识又发生了一次转变。

从至正二十年跟随朱元璋"打天下"，到洪武十年（1377）致仕，17 年的政治生涯，宋濂对朱元璋的忠诚毋庸置疑。在做官上，他兢兢业业；在写作上，他不但创作了大批典雅庄重的"台阁"文章，而且提出了一整套关于"文道"关系的理论。可以说，在元末明初"台阁"文风的形成中，宋濂厥功至伟。但是宋濂最终也未得善终：洪武十三年（1380），他的儿子宋璲、孙子宋慎因胡惟庸党案被杀，自己也险遭不测，经马太后与太子的营救，方落得个发配四川夔州的下场，最终也只能自杀。宋濂的政治悲剧，昭示了理学家坚持的"道"在专制环境中不可能得到真正落实，只能沦落为君王的御用工具。在宋濂身上，二者所形成冲突尚未真正爆发，至少他的"死"还不是直接导源于二者之间不可调和的矛盾。而一旦环境有变，当这种矛盾需要摆在桌面上予以解决时，坚持"道"的一方必然要付出血的代价，这集中体现在宋濂的学生方孝孺的被杀上。方孝孺之死，固然有其"自命太高，意气太盛"② 的性格因素，但也彻底反映了婺中文人集团的价值观与文章观，和君王期待中的"台阁文人"之间的差距。所以，与吴中文人相比，婺中文人固然更能适应明初"应制"的写作要求，但他们都永远不可能成为真正意义上的"台阁文人"。尽管"败北"的方式不同，但至少结果都验证了这一点。而真正完成这一使命的，却是在同样以理学著称的江西文人手中。可见，真正的"台阁体"不但关涉文章自身的理论与实践，还得益于文人心态、价值观念和政权之间的契合。而这种关系的实现，却是文人和政权之间一个漫长的相互选择的过程。

第二节　明初吴中文人生存困境与矛盾心态

入明前，吴中文人的"旁观者心态"尚有生存空间，无论元政权还是张吴政权，士人在"出处"上都两种选择：仕或隐。因此，无论是玉

---

① 关于宋濂的诗学思想，可以详见左东岭《论宋濂的诗学思想》一文，载《首都师范大学学报》（哲学社科版），2009 年第 4 期。

② 《钦定四库全书总目》（整理本）卷一百六十九，中华书局，1997，第 2262 页。

山文人彻底的"旁观者心态",还是北郭诗人有所保留的"旁观者心态",整体上看,其身心状态都是相对自由的。入明后,明初的客观环境不断挤压这种心态的生存空间。在对新环境的适应与抗争中,吴中文人的"旁观者心态"遭遇了空前的挑战,以极为隐晦的方式传达出来,尤其是"吴中四杰",集中体现了吴中文人在残酷环境中的生存遭遇与矛盾心态:"隐逸"与"被召"、"希望"与"哀怨"、"颂圣"与"畏祸"、"责任"与"乡情"。

一　"隐逸"与"被召"——以高启为例

在元末的割据斗争中,各路豪杰纷纷礼聘文人学士,朱元璋也不例外,此时他的文人集团以浙东文人为主。大明一统后,朱元璋对待士人的态度逐渐强硬起来,原因有二。第一,客观上,他开始具备对全国的士人进行掌控的能力。为割据诸侯时,他不得不以"怀柔"的政策对待士人,而一旦君临天下,便有能力在全国范围内以统一性的政令号令士人。第二,主观上,他要对文人进行有针对性的整顿。与其他区域文人相比,吴中文人无论在思想上还是行为上,都与朱元璋的价值观及明初的大环境格格不入。为了把吴中文人彻底纳入大明政权体系,朱元璋不得不采取针对性的措施予以整顿。

早在朱元璋打天下时,以徐达、常遇春为首的淮西武将及以宋濂、王祎为首的浙东士人就成了朱元璋官僚集团的班底。入明后,这批人加官晋爵、迅速崛起也合情合理。在相当长一段时间内,他们享受到了"开国元勋"、"开国文臣"的待遇,乐于为朱明王朝献忠尽力。而向以疏旷闲散自任的吴中文人,不但在割据斗争时就和朱元璋集团对立,蔑其为"妖寇"、"魁丑"、"妖氛",而且在入明后纷纷"归隐"。原因有二:一是对故元的"遗民"情结,二是长期以来的"旁观者心态"。相比之下,后者更为根本。对于吴中文人而言,怀恋故元或张士诚,并非出于"君臣大义"的节操观,而是因为在这两个时期,他们身心自由且不受约束,而这种自由随着明王朝的一统,瞬间化为乌有。对于朱元璋而言,王朝新建,百废待兴,士人积极参与新朝,既体现了"君民一体"的同心同德,也是建设新王朝的需要。所以朱元璋既不愿看到也不允许大量士人游离政权之外。洪武元年,他就下诏:

> 天下之治，天下之贤共理之。今贤士多隐岩穴，岂有司失于敦劝欤？朝廷疏于礼待欤？抑朕寡昧不足致贤，将在位者壅蔽使不上达欤？不然，贤士大夫，幼学壮行，岂甘没世而已哉？天下甫定，朕愿与诸儒讲明治道，有能辅朕济民者，有司礼遣。①

明初自洪武元年至十四年，大规模的"征召"就有七次。② 尽管如此，大量的吴中文人依然以不同的方式予以抵触。朱元璋甚至采用威胁恐吓的手段，如遣使前往礼聘秦裕伯，秦裕伯固辞不起，朱元璋乃以手书告诫："海滨之民好斗，裕伯智谋之士而居此地，苟坚守不起，恐有后悔。"秦裕伯接到手书后，涕泗横流，不得已和使者一起入朝。为了对不愿出仕的士人施加更大的压力，他甚至采用杀戮的方式，下诏曰："寰中士大夫不为君用，是自外其教者，诛其身而没其家，不为之过。"③ 因此，朱元璋也首创了"寰中士夫不为君用，罪至抄扎"④ 的制度。据《明史·刑法志》载："贵溪儒士夏伯启叔侄断指不仕，苏州人才姚润、王谟被征不至，皆诛而籍其家。'寰中士夫不为君用'之科所由设也。"⑤

在这种局面下，以高启为首的"吴中四杰"不得不入仕新朝，但他们的入仕经历又有区别：高启于洪武二年被征召修史；杨基先被徙居临濠，后被征召；徐贲徙居临濠后，一度选择隐居，后被征召；张羽在明初先隐居杭州，后被征召。

"修史"在中国历史上，是新主对旧朝文人拉拢任用的最好方式之一。一方面，它既能体现新朝对士人的开明宽容，同时又有利于新朝文化建设；另一方面，"修史"作为入仕之一途，却又无关新朝核心政治利益。因此，在任命自己核心集团的两位文人宋濂、王祎作为总裁后，朱元璋把大量吴中文人纳入"修史"行列，高启正厕列其中。《元史》

---

① 夏燮：《明通鉴》，中华书局，1959，第203页。
② 据《明通鉴》载，依次为洪武元年七月、九月、十一月，洪武二年二月，三年三月，十四年一月、八月。
③ 《御制大诰三编》"秀才剁指第十"条，《续修四库全书》第826册，上海古籍出版社，2002，第328页。
④ 夏燮：《明通鉴》，中华书局，1959，第440页。
⑤ 张廷玉等撰《明史》，中华书局，1974，第2318页。

的修撰前后共两次，第一次为洪武二年二月至八月，参与者有汪克宽、胡翰、宋禧、陶凯、陈基、赵埙、曾鲁、高启、赵沨、张文海、徐尊生、黄篪、傅恕、王祎、傅著、谢徽。第二次是洪武三年二月至七月，参与者有赵埙、朱右、贝琼、朱廉、张孟兼、高逊志、李懋、张宣、李汶、张简、杜寅、俞寅、殷弼。其中，除胡翰、朱廉、张孟兼为婺中文人外，其他几乎全为吴中文人。

于是，大批吴中文人都"被召"。高启在《送徐先生归严陵序》中说："皇上始践大宝，首下诏征贤，又责郡国以岁计贡士，欲与共图治平，甚盛举也。故待贾山泽者，群然造庭，如水赴海，而隐者之庐殆空矣。"① "被召"与"旁观者心态"是矛盾的。于是，相当一批吴中文人毫无"重见天光"之激动与兴奋，如贝琼形容"被召"后的心情："王事忽相縻，遂令违我心。迢迢适西道，恻恻辞东岑。中田泽雉雏，古木鸱鹠吟。所亲亦吴越，耿耿辰与参。愁来一回首，涕下徒沾襟。"② 作为文人进京修史，本为光耀之事，贝琼却满怀忧愁，涕下沾襟。相比之下，高启就显得较为豁达，其《召修元史将赴京师别内》曰：

> 承诏趣严驾，晨当赴京师。佳征岂不荣？独念与子辞。子自归我家，贫贱久共之。闺门霭情欢，宠德不以姿。天寒室悬磬，何忍远去兹？王明待绅文，不暇顾我私。匆匆愧子勤，为我烹伏雌。携幼送我泣，问我旋轸时。行路亦已遥，浮云蔽川坻。宴安圣所戒，胡为守蓬茨？我志愿稗国，有遂幸在斯。加餐待后晬，勿作悄悄思。③

高启尽管亦有不舍，但却有"我志愿稗国，有遂幸在斯"的自豪。但当真正开始京师之旅时，高启意识到将要抛妻离子，兴奋立即冷却。刚刚上路，他就抑制不住思乡之情："乌啼霜月夜寥寥，回首离城尚未遥。正是思家起头夜，远钟孤棹宿枫桥。"④ 舟车行至丹阳时，高启感叹"今朝

---

① 高启：《送徐先生归严陵序》，《高青丘集》，第 883 页。
② 贝琼：《赴召留别诸友》，《清江诗集》卷二，文渊阁四库全书本。
③ 高启：《召修元史将赴京师别内》，《高青丘集》，第 274 页。
④ 高启：《将赴金陵始出阊门夜泊》，《高青丘集》，第 737 页。

始觉离乡远，身在丹阳郭外村"。① 旅途之劳累，前途之未卜，加之思乡之情，使高启不禁留恋家乡的安逸闲适，甚至开始质疑自己的抉择："胡为此行迈，霜露劳局促？王事靡敢辞，非关徇微禄。"② 在高启看来，"被召"完全是迫于无奈，"王事靡敢辞"。意识到这一点，所以其敏感的神经似乎预感到未来的诸多不祥，道逢乡人时，不禁"欲寄故乡言，先询上京事"。③ 当然，高启的忧虑并非多余，"被召"只是拉开了其悲剧人生的帷幕。

至京师后，高启寓居南京天界寺修史。洪武二年八月，《元史》成，高启被授官，初为翰林编修，第二年七月，旋被授予户部侍郎，但高启力辞，上应允，赐白金放还。在这一年多的"为宦"时间中，高启的心态极为矛盾。一方面，他感激皇恩浩荡，写下了大量的"颂圣"作品，如《圣寿节早朝》："天启圣图昌，流虹叶梦祥。飞龙起江左，战马放山阳。御柳垂阊阖，仙桃熟建章。远人陈贡篚，近侍渴炉香。《金镜千秋录》，瑶池万岁觞。小臣歌拜手，尧日正舒长。"④ 再如《谢赐衣》《奉天殿进元史》等。但这并非高启情感世界的全部。身居张士诚幕，尽管也有压抑，但无论是行动还是思想，他都是自由的。而朱元璋对待士人，不但以强制性的政令规范了"士不为君用"的措施，而且对士人严密监控，尤其是作为重点整顿对象的吴中文人，更是受到了空前的打击。此时的高启，既感受到了人情的冷暖，"上国多故人，情亲似君寡"⑤，也有深深的"畏祸"心理。他以燕子自比："双燕生五雏，怡怡向高屋。雏饥母出风雨来，新作深巢竟倾覆。主人念雏不解飞，移之别垒待母归。雏虽得垒燕勿喜，相逢主人亦偶尔。明年作巢当更好，须信安居最难保。"⑥ 其《京师苦寒》集中体现了这种孤独恐惧的心态：

苦寒如此岂宜客？嗟我岁晚飘羁魂。寻常在舍信可乐，床头每有松醪存。山中炭贱地炉暖，儿女环坐忘卑尊。鸟飞亦断况来友，

①　高启：《舟次丹阳驿》，《高青丘集》，第 737 页。
②　高启：《早发土桥》，《高青丘集》，第 275 页。
③　高启：《赴京道中逢乡友》，《高青丘集》，第 696 页。
④　高启：《圣寿节早朝》，《高青丘集》，第 545 页。
⑤　高启：《酬谢翰林留别》，《高青丘集》，第 290 页。
⑥　高启：《燕覆巢》，《高青丘集》，第 454 页。

十日不敢开衡门。竭来京师每晨出，强逐车马朝天阍。归时颜色黯如土，破屋瞑作饥鸢蹲。陌头酒价虽苦贵，一斗三百谁能论？急呼取醉径高卧，布被絮薄终难温。却思健儿戍西北，千里积雪连昆仑。河冰路碎马蹄热，夜斫坚垒收羌浑。书生只解弄口颊，无力可报朝廷恩。不如早上乞身疏，一蓑归钓江南村。①

高启最眷恋的还是"儿女环坐忘卑尊"的生活，而现实中却是"十日不敢开衡门"的处境。在"无力可报朝廷恩"的谦词中，隐含的是对"一蓑归钓江南村"的期待。所以在其为官期间，虽然心存感恩，但更多的是对自由的向往、对家乡的怀念。如其《晓出城东门闻橹声》：

　　城门朝开路临水，人语烟中近鱼市。谁摇飞橹入苍茫，带梦惊凫柳边起。过处寒波动拍沙，远闻呕轧复咿哑。征夫车转山头阪，工女机鸣竹外家。我身本是江湖客，偶堕黄尘晓行役。此声空忆旧曾听，舟中酒醒东方白。②

"我身本是江湖客"，这才是真正的高启。他以司马相如自比，"长卿本疏慢，深愧陪朝谒"③，指出了为官的无奈。在被朱元璋放还后，高启并没有大肆抒发喜悦之情，而是以把这种感情深藏于心，表面上还表现出对京城的眷恋、对皇恩的感激。他在《辞户部后东还始出都门有作》中写道："诏贰民曹出禁林，陈辞因得解朝簪。臣材自信元难称，圣泽谁言尚未深。远水红花秋艇去，长河宫树晓钟沉。还乡何事行犹缓，为有区区恋阙心。"④"圣泽未远"、"恋阙心"，这只是高启"畏祸"的违心之说，因为这样才不会引起怀疑。这既反映了高启在京生活的压抑，也可看出高启的聪明。等到离开京城后，高启才敢表明心迹，书写欢悦。刚回到吴地，他便写下了《至吴松江》《始归江上，夜闻吴生歌，因忆前岁别时》《漫成》等诗。这些诗，在时间上，既有回乡途中所作也有回乡之后所作；

---

① 高启：《京师苦寒》，《高青丘集》，第413页。
② 高启：《晓出城东门闻橹声》，《高青丘集》，第396~397页。
③ 高启：《晓出趋朝》《高青丘集》，第288页。
④ 高启：《辞户部后东还始出都门有作》，《高青丘集》，第596页。

在内容上，有对"归隐"的渴望，有回首京师生活的压抑，有描述隐居后的闲适，情感基调整体上是轻松明快的，如《始归江上，夜闻吴生歌，因忆前岁别时》："解绂今年别紫宸，归舟江上又逢君。一尊重听当年曲，相对浑疑梦里闻。东方欲曙余声绝，悲喜盈襟竟谁说？愿长把酒听君歌，从此天涯少离别。"① 然而通过在京的历练，高启深知朱元璋的猜忌，因此，出于自我保护的本能，高启并没有得意忘形。归隐后，当乡人问其在京生活时，高启极为谨慎，如《始归田园》二首：

> ……别来几何时，旧竹已成林。父老喜我归，携榼来共斟。问知天子圣，欢然散颜襟。相期毕租税，岁暮同讴吟。
> ……乍归意自欣，策杖频览游。名宦诚足贵，猥承惧怨尤。早退非引年，皇恩未能酬。相逢勿称隐，不是东陵侯。②

一方面，高启极力称颂当今天子，其"归隐"并非蔑视功名，也不敢以"东陵侯"自比，甚至对"归隐"表示深深的歉意，因为"皇恩未能酬"；一方面，高启又给自己的"归隐"找到合理的解释——"猥承惧怨尤"。他没有把理由归因于朱元璋，而是说自己能力有限，害怕难当大任而落得处分。在张士诚手下当"记室"时，高启最终也选择了归隐。但那时的高启，既可以说自己无拘无束的本性与做官不协调，也可以直陈张吴集团的弊病，隐居娄江后，甚至在《青丘子歌》中表达狂傲之情。然而，朱元璋绝非张士诚，高启深谙此理，故处处收敛。高启这种不得已而形成的"世故"，早在辞官之前就已形成，从其为徐尊生（字大年）"归隐"所作的《送徐先生归严陵序》中已经体现：

> 盖先王之为政，莫先于顺人情，亦莫先于厚民俗，力有所不任者，不迫之使必为，义有所可许者，必与之使有遂，所以人之出处皆得，而廉耻之风作矣。今先生以齿发非壮，厌载驰之劳，恋考槃之乐，抗辞引艇。上之人不违其请者，盖将纵之山林，使其鸟飞鱼

① 高启：《始归江上，夜闻吴生歌，因忆前岁别时》，《高青丘集》，第398页。
② 高启：《始归田园》，《高青丘集》，第292页。

泳于至化之中，以明吾天子之仁，又将以风厉海内，使皆崇退让而
息躁竞也。顺人情而厚民俗，实在于是，故宁失一士之用而不惜，
以其所得者大也。不然，先生岂苟去之徒，而大臣岂弃材之士哉？
况先生之归也，必能著书立言以淑诸人，咏歌赋诗以扬圣泽，则又
非洁身独往而无所补者也，尚何疑哉？……若余遭逢明时，不能裨
益万一，怀恩苟禄而不去，于先生盖有愧焉矣！①

徐尊生和高启都是洪武二年"被召"修史的。和高启不同，徐尊生修史
结束后，执意辞官，这和朱元璋对士人的要求是矛盾的，因此，很多人
为徐尊生的"归隐"担心。高启当然清楚其中的利害关系，为了给徐尊
生的"归隐"进行合理的辩解，高启主要立足于两点：其一，天子求
贤，士人"被召"，士人需要尽心尽力，但一旦"力有所不任"，天子也
应该"不迫之使必为"、"不违其请者"，此乃"明天子之仁"的善举，
所以徐尊生的请求是合情合理的；其二，士人归隐后，也并非一无所用，
如徐尊生就能"著书立言以淑诸人，咏歌赋诗以扬圣泽"，于朝廷于士
人都有益。作为有着共同心愿的吴中文人，高启最后又把话锋转向自己，
"若余遭逢明时，不能裨益万一，怀恩苟禄而不去，于先生盖有愧焉矣"，
既对徐尊生"归隐"表示理解，也给自己以后的隐退留下了后路。高启迫
切"归隐"主要源于明初的高压政策，但他始终没有归因于朝廷，而是反
复强调自己"不能裨益万一"。这既体现了高启在"隐逸—被召—隐逸"
抉择中的世故，也反映了明初政策给士人带来的谨慎与恐惧。

高启的世故却最终未能改变其命运。洪武七年（1374），高启因苏
州知府魏观案的牵连被腰斩于市。其根本原因在于，朱元璋不可能从根
本上改变对吴中文人的敌视，或者说对文人的防范，只是与其他区域文
人相比，吴中文人更扎眼罢了！高启的死，重创了吴中文人的心理，也
拉开了他们悲剧人生的帷幕。

二　"希望"与"哀怨"——以杨基为例

朱元璋打压吴中文人的另一手段是"徙濠"，杨基、徐贲正在其列。

---

① 高启：《送徐先生归严陵序》，《高青丘集》，第883页。

"徙濠"本为朱元璋整顿吴中文人的方式之一，但吴中文人又因劳动强度及期限的不同而遭遇不同的命运，大致可分三种：一是如杨基、余尧臣，在很短的时间内就被授予官职，杨基起用为荥阳知县，余尧臣起用为新郑知县；二是如顾瑛、唐肃，最终不堪其劳累与屈辱，死于临濠，顾瑛死于"徙濠"的次年——洪武二年，唐肃于洪武六年（1373）被谪临濠之瞿相山，次年就卒于此地；三是如徐贲，在"徙濠"放归以后，数年后才被起用。

吴中文人"徙濠"的过程中饱受艰辛，杨基在《忆昔行赠杨仲亨》回忆道：

> 嗟我忆昔来临濠，亲友相送妻孥号。牵衣上船江雨急，辟历半夜翻洪涛。濠州里长我所识，怜我一月风波劳……君前挽鞘我后策，涉险攀峻随猿猱。饥肠午渴掬涧饮，甘滑不啻青葡萄。到家仓卒席未暖，复此赴汴同轻舠。崖高水涩石溜急，时复着力撑长篙。①

杨基在诗中详细地描述了赴濠时妻子及友人送别的情景、在临濠从事繁重体力劳动的艰苦以及和杨仲亨同舟共济的相依相助。其《舟入蔡河怀徐幼文》也描述了他与徐贲在临濠经历的屋破雨漏、卖衣度日的悲惨生活："漂泊共泛濠梁载。城荒地僻生计拙，时脱春衫倩人卖。破楼夜雨邻钟急，委巷秋风茅屋坏。斯时愁绝正难禁，君独相看劝余耐。"②

与高启的"被召"相比，杨基的入仕经历稍显曲折。他于至正二十七年（1367）"徙濠"，洪武元年（1368）九月，再徙居河南大梁（今开封），不久，起任为荥阳知县。由于老母寄居京师，无人赡养，杨基上书陈情，于洪武二年春返京，寓居秦淮河边。当时高启正应诏修史，二人得以相会，皆有诗叙其事。

尽管遭遇了短暂"徙濠"的打击，但是大明的统一，还是让杨基看到了"希望"。国家新统，结束了战争带给百姓的疾苦，同时新朝给自己提供了出仕的机会，他在《送汲县主簿朱孟仁》中写道：

① 杨基：《忆昔行赠杨仲亨》，《眉庵集》，第 111 页。
② 杨基：《舟入蔡河怀徐幼文》，《眉庵集》，第 93 页。

> 百年华夏总戎衣（中原方治），忽看中古威仪在。父老喜极复泪垂，廿年兵燹悲疮痍……自愧才疏抚字劳，嗟君年少飞腾早。清霜一夜满河水，此别怜余白发生。主簿官卑君莫厌，鹏程九万自兹升。①

天下一统，中原方治，父老喜极而泣，杨基也满怀欣喜。国家新建，正是士人用武之时，所以杨基勉励朱孟仁"主簿官卑君莫厌，鹏程九万自兹升"。此诗作于杨基荥阳任上。杨基虽然勉励朱孟仁，但对自己的官职不禁感到失落。杨基因"养母"之需，由荥阳任返京，遇到高启，高启在《赠杨荥阳》中勉励他道：

> 吾皇历神武，四海始安奠。栈通谕夷文，驿走征士传。时巡抚霓旌，肆觐冠星弁。功成万瑞集，礼欲议封禅。君才适时需，正若当暑扇。手持照国珠，胸出补衮线。便应上金銮，立对被天眷。嗟余忝载笔，鼠璞难自炫。幸兹际昌辰，魏阙宁不恋？②

高启高度赞颂了"吾皇历神武，四海始安奠"的一统局面。杨基"壮志已倦"，高启则勉励其应奋发有为，为朝廷出力，甚至认为自己"修史"远没有杨基出任地方官有意义。作于同年的《答余新郑》，高启对北郭友人余尧臣说：

> 幸逢昌朝勿自弃，愿更努力修嘉名！……况君磊落抱奇器，不异一鹗秋空横。岂容久屈薄领下，天道始塞终当亨。文章期君归黼黻，借问报政何时成？③

两诗都是高启的赠答诗，在抒情上不需要太多的修饰与伪装，对大明新建的希望与期待应是真实想法。明初新统，大量的吴中文人因天下归复太平而满怀喜悦。如贝琼，"朝来吉语解离忧，四海销兵战伐休。地辟尧

---

① 杨基：《送汲县主簿朱孟仁》，《眉庵集》，第124页。

② 高启：《赠杨荥阳》，《高青丘集》，第285～286页。

③ 高启：《答余新郑》，《高青丘集》，第363～364页。

封皆内属，江通禹凿已安流"①；袁凯，"君王观阙倚天开，画出金山复壮哉"②；陶宗仪，"虎踞龙蟠真圣主，天开地设古神州。五云宫殿参差起，万国梯航远近柔"。③当然，"希望"之后，不同的人抉择又不同：有的只是为国家统一而高兴，却不愿意出仕，如陶宗仪；有的希望国家统一后能为国效力，如杨基；还有的不愿意出仕，却把希望寄托在他人身上，如杨维桢。洪武二年，杨维桢门生王盖昌，已经仕明，因事至淞，杨维桢作《送检校王君盖昌者还京序》说："士生乱世，不以窭而苟售，必迟迟坚忍，俟其人焉而后兴。此非志之速、识之卓、毅然大丈夫不能。若今中书检校王君盖昌者是已……皇明受天明命，君自贺曰：'天下定矣，任有吾生矣。'……非其慎仕得时，讫于真主之遇，其能庹契致是哉？"④杨维桢认为，高士生乱世应慎仕待时，遇真主而后兴，并认为盖昌正是慎仕待时者，又谓"皇明受天明命"，可见其对新朝的态度。

吴中文人的"希望"随着朱明王朝的巩固而逐渐化为泡影。从根本上讲，朱元璋对吴中文人始终充满怀疑与敌视，无论是高启的"修史"，还是杨基的出任地方，他们都不可能享受到宋濂等人的待遇。敏感者如高启，由于较早意识到这一点，选择"归隐"，尽管最终难逃一劫，但因仕途较短，也避免了较多"为官"期间的打击。在"四杰"中，杨基的功名心最强，也因此遭受打击最多，其"希望"最终成了"哀怨"。

从荥阳知县任上到京师后，杨基任太常寺典簿一职。初到京师任职，杨基十分兴奋，"白发到京期少补，敢将词赋重声名"。⑤带着"期少补"的愿望，杨基尽职尽责，时时不忘皇恩浩荡，写了大量的诗表达了这种感情，如《奉天殿早朝》：

双阙翠飞紫盖高，日华云影映松涛。万年青拥连枝橘，千叶红开并蒂桃。仗以玉龙衔宝玦，佩将金虬错银刀。午晴风日忻妍美，阊殿齐穿御赐袍。锦铠绣帽列金挝，玉节龙旗拱翠华。甘露欺霜凝

① 贝琼：《初冬口号》，《清江诗集》卷五，文渊阁四库全书本。
② 袁凯：《南京口号》，《海叟集》卷四，文渊阁四库全书本。
③ 陶宗仪：《三月朔日人都门》，《南村诗集》卷三，文渊阁四库全书本。
④ 杨维桢：《送检校王君盖昌还京序》，《东维子文集》卷二，四部丛刊本。
⑤ 杨基：《到京》，《眉庵集》，第205页。

紫液，卿云如盖结丹霞。莺声近隔宫中柳，骏骑遥穿仗外花。圣主直教恩泽遍，香罗先到小臣家。①

　　这些诗作，在内容上往往都先写皇宫之辉煌雄伟，再写圣主之雄才，最后是感激皇恩，所谓"圣主直教恩泽遍，香罗先到小臣家"，类似的再如《元夕观灯》《塔灯应制》等。

　　《明史》没有记载杨基在京的政治生涯，只是记载了杨基从荥阳任上再次被贬谪临濠。根据杨基的诗文来看，在京为官的经历是真实存在的，且有两点可以确认。一是他也做过一些本职工作，且满怀喜悦。如其在《应制送安南使臣杜相之还国》中写道："都门车马晓骈骈，敕送陪臣万里归。使者重闻新宠诏，嗣王仍赐旧颁衣。驿亭五月蕉花落，江路南风荔子肥。归报大廷方彻乐，也知存没感皇威。"② 二是他受到打击，有段闲居南京的时光。其《宜秋轩对月并序》中落款为"洪武辛亥寓句容"。③ 对于落闲的生活，杨基起初尚感觉轻松解脱，"兔逃罝罦鸟投林，脱彼官资畅此心"。④ 但是，杨基毕竟不像高启，偶尔能聊作自慰。浮生凋零、离友独居、穷病交加，种种境况都使杨基感到悲哀。他在《寓江宁村居病起写怀》其八中写道："坐对青山觉眼明，山应怜我眼偏青。一官不博三竿日，万事无过两鬓星。花底蛛丝迷蛱蝶，草根虾族变蜻蜓。文章无预封侯相，莫向人夸识一丁。"⑤ 他甚至卖掉御赐的袍子换取酒钱，"山中无复瀛洲梦，换取金钱当酒赀"。⑥ 既然"瀛洲梦"渺无希望，还不如把御袍换做酒钱。这种狷狂的性情，也是杨基终生不得志的重要原因。

　　洪武四年（1371），杨基被荐为江西行省幕官，很快又获罪落职，"以省臣得罪"⑦，并入御史台狱。在江西为官期间，杨基职低位卑，公

---

① 杨基：《奉天殿早朝》，《眉庵集》，第 205 页。
② 杨基：《应制送安南使臣杜相之还国》，《眉庵集》，第 209 页。
③ 杨基：《宜秋轩对月并序》，《眉庵集》，第 227 页。
④ 杨基：《罢职初寓句曲山居》，《眉庵集》，第 226 页。
⑤ 杨基：《寓江宁村居病起写怀》，《眉庵集》，第 213 页。
⑥ 杨基：《卖袍》，《眉庵集》，第 226 页。
⑦ 张廷玉等撰《明史》，中华书局，1974，第 7328 页。

务繁杂，忍受很多屈辱，"伻来督责至诃詈，面微发红气每吞"。[1] 但他还是把这些视作磨砺，"人生屈辱乃淬砺，百炼正欲逢盘根"。[2] 洪武五年（1372），他出台狱至洪都（今江西南昌）。他在《出台狱复还洪都》中描述了自己的心情：

> 福至本无象，祸来非有因。方忧触罗网，遽喜辞妖尘。念此蓬蘽姿，忽构蹇与屯。仓黄圜扉中，日夕与死邻。皇明眷私照，寒谷回阳春。既免在涤牲，复纵充庖鳞。重沐饬冠裳，济溺立要津。道路与我庆，况我骨肉亲。归来向妻孥，秉烛语及晨。犹疑是梦寐，欢乐恐未真。嗟余抑何艰，坎坷多苦辛。弱无胜力锥，而欲举万钧。羸牛服盐车，遥遥西入秦。进逢九阪危，退迫尺箠嗔。敢惜筋力疲，所虑车摧轮。哀鸣徒嗷嗷，仰诉空谆谆。听者无不怜，谁复为解顿？终当脱羁靮，沧波浩难驯。[3]

经历了"徙濠"及在官场上的各种打击，杨基看开了很多。"福至本无象，祸来非有因"，他似乎意识到了自己遭受打击的许多因素，但依然对圣上心存感激，"皇明眷私照"，以至于出狱后"犹疑是梦寐"。仕途的险恶，让杨基最终生出"终当脱羁靮"之念，但此念最终无法实现。第二年（1373），杨基奉命出使湖南广右。这次出使，杨基再也没有"重见天光"的感觉，代之以旅途之疲惫及人生如梦之哀愁。他在途中写下了《岳阳阻风》《湘江对雨》等诗描写路途之险阻。他在《二月晦日耒阳江口寄书》中将自己描述成落魄的老年秀才："儿童别久应惊问，华发飘萧似老翁。"[4] 更让杨基痛心的是，途经衡阳时，得知母亲去世，这对幼年丧父的杨基而言，更是莫大的打击。他写下了长诗《发衡州》表达自己的悲恸：

> 怜我幼失怙，爱我如掌珠。斯恩未及报，不敢忘须臾。书来得

① 杨基：《忆北山梨花》，《眉庵集》，第79页。
② 杨基：《忆北山梨花》，《眉庵集》，第79页。
③ 杨基：《出台狱复还洪都》，《眉庵集》，第30页。
④ 杨基：《二月晦日耒阳江口寄书》，《眉庵集》，第224页。

凶问，哀顿空号呼。衣衾与棺敛，弗得亲走趋。家山在万里，那能返故都。树头哑哑啼，愧杀返哺乌……兹晨过衡阳，霁景差可娱。桃花白练带，春水绿菇蒲。感此颜色妍，暂使忧心苏。万事信有命，拊膺长叹吁。①

诗中详述了失母的悲痛及多年来自己遭遇的种种打击，最终知天认命，拊膺长叹。此时诗人的身体、心志都大不如以前，加之"失亲"之痛，可以想象此次出使杨基的心情。奉使结束后，杨基被召还，授兵部员外郎，不久出为山西按察副使。与此前相比，杨基的这段政治生涯略显平坦。可是，多年的政治遭遇，加之渐入暮年，杨基的"希望"渐渐破灭。于是，对自由的渴望、对亲友的思念，都使杨基充满"哀怨"。如果说入明伊始，杨基的"哀怨"出于"徙濠"的打击及在政治上的风波，那么，此时杨基的"哀怨"则更多出于履行职责与思念故土亲友之间的矛盾。如他初到山西时所作的两首词：

> 《阮郎归》：携手河梁惜袂分。秋雁不成群。同来不得同归去，目断太行云。　　望故里，畅羁魂。近杨柳同门。惟留白发老河汾，无才可报君。②
>
> 《惜余春慢》：陇头水涩，秋蝉过塞，雁鸣寒威陡至。怎早觉、袖手懒将开，这气候，偏与中原异。峭砭肌骨，洌脆髭须，江南老实难当御。览高山，何叶不零，那百草归何处？　　记故乡、秋暑方消，金粟飘香，黄花委地。谩携壶、共上着翠微吟，盼白云红树。时去世更无几。南迁北往，番成梦里。到明朝、赢得边雪霏颠，空令抚髀。③

第一首作于去往山西途中，送别友人归乡，无限"哀怨"，"同来不得同归去"。第二首作于初到山西，"才中秋，已寒甚拥敝裘矣。缅思故乡，

---

① 杨基：《发衡州》，《眉庵集》，第44～45页。
② 杨基：《阮郎归》，《眉庵集》，第349页。
③ 杨基：《惜余春慢》，《眉庵集》，第349页。

正当赏桂问月之期，杳莫可得。然诸友亦多散没，惟止仲在焉"。① 山西的酷冷之秋让他倍添思乡之感，以致"南迁北往，番成梦里"。杨基在山西为官期间，心情极度压抑，在《太原官廨见榴花》中写道："短短榴花石上栽，南风吹得一枝开。花枝纵是相怜我，白发何心为看来？"② 面对阔大雄浑的场面，杨基不复当年的激动与豪气，在《晋邸北狩》中说："固以巽爻象，不殊诗雅篇。边氓瞻纪律，勋业可铭镌。"③ 他开始相信天命，面对功业，仅以"可铭镌"作结，口气之淡，与当年判若两人。

为官山西是杨基政治生涯的终点，却最终因"被谗"而夺官，再次贬谪异地，死于工所。在"四杰"中，杨基的功名心最强，也因此受到最多的政治打击。从明初新建时的"希望"，到对政治死心后的"哀怨"，杨基代表了相当一批吴中文人的经历及心路。他的死虽然没有高启的悲惨壮烈，但也是朱元璋敌视吴中文人的必然结果。杨基身上，同样浓缩了明初吴中文人人生的跌宕起伏。

三 "责任"与"乡情"——以徐贲为例

"四杰"中和杨基一起遭遇"徙濠"的是徐贲。据杨基记载，二人同居一处："余与徐君幼文，同谪钟离，结屋四楹，幼文居东楹，余居西楹。"④ 由于徐贲在元末有过从军经历，故对"徙濠"中生活之悲苦，未像杨基那般抱怨。徐贲的压力体现在对"乡情"之眷恋，其《望云》一诗："道路固无阻，可望不可之。托云以思亲，朝夕如有依。"⑤ 所以，当被"放还"后，他有着劫后余生的庆幸，至少亲友得以相聚。他在写给高启的《次韵高季迪喜予北归相访江渚之作》中说："客里频思大树村，归来还喜旧情存。十年梦寐凭诗寄，千里风霜藉酒论。江上衣裳冬倍冷，竹间窗户昼犹昏。从今会别非遐远，不学梅花易断魂。"⑥ 徐贲被"放还"后没有像杨基一样即被起用，而是返回归乡。至于其何时"放

---

① 杨基：《惜余春慢》，《眉庵集》，第 349 页。
② 杨基：《太原官廨见榴花》，《眉庵集》，第 328 页。
③ 杨基：《晋邸北狩》，《眉庵集》，第 182 页。
④ 杨基：《梦绿轩序》，《眉庵集》，第 92 页。
⑤ 徐贲：《望云》，《北郭集》卷三，四部丛刊本。
⑥ 徐贲：《次韵高季迪喜予北归相访江渚之作》，《北郭集》卷七，四部丛刊本。

还"，从高启与他的诗作酬答中可知，当为洪武元年。高启于洪武二年春"被召"修史，所作《初入京寓天界寺西阁对辛夷花怀徐七记室》云："去年寺里开辛夷，君来忆我曾题诗。今年我来君已去，思君还对花开时。"①　诗中说徐贲去年春经过南京，且互相赠诗，可见徐贲当于洪武元年春夏之际被"放还"。

"徙濠"归来，徐贲先回到吴中，后复归隐吴兴之蜀山。由于刚刚经历"徙濠"之苦，所以徐贲对隐居生活非常满意。他在《复寓蜀山》中写道："肃斨自东来，兹复寓衡宇。虽非吾所居，暂寓亦云主。"②　此时的徐贲虽然不像高、杨重新为官，但还是抑制不住对天下太平的称赞，至少给他提供了闲适隐居的条件。他在《庚戌岁元日立春》中写道：

> 首祚欣兹践，新年喜并回。簇丝分细菜，剪胜学蟠梅。
> 宜春新燕帖，正旦颂椒花。乐遇重熙日，东风改岁华。③

对于那些"被召"的朋友，徐贲没有丝毫的羡慕，他更愿意享受当下的"隐居"生活。洪武三年，张羽来访，他说："荣贵岂足慕？所蕲乐时康。"④　"荣贵"已然不值得羡慕，当下安居的生活才是最重要的。在《慰杜二寅》中，徐贲甚至从"天道"的角度来劝诫朋友应"任性"、"顺命"："天地一大环，日月行其间。人生禀造化，在世间得闲。走者无鳍鬣，泳者无羽翰。万物各任性，运动合自然。君子贵闻道，何必多苦颜？蜀道虽峥嵘，不度何险艰？世事虽欹倾，处顺何忧患？请君听我言，君且收潺湲。"⑤　徐贲认为，人是造化之物，应该顺着本性发展，这和日月之行一样，符合"天道"。虽然世道艰辛，宦海浮沉，但如果能把持自己，顺性自处，也可以免去忧患。徐贲的看法颇得庄子神韵。但明初的政治环境没有给徐贲终老山林的机会。他于洪武七年被荐至京。

对于"被召"，徐贲的心态是复杂的。一方面，他已经适应了"隐居"

---

① 高启：《初入京寓天界寺西阁对辛夷花怀徐七记室》，《高青丘集》，第361页。
② 徐贲：《复寓蜀山》，《北郭集》卷三，四部丛刊本。
③ 徐贲：《庚戌岁元日立春》，《北郭集》卷八，四部丛刊本。
④ 徐贲：《答张来仪嘉予见过之作》，《北郭集》卷三，四部丛刊本。
⑤ 徐贲：《慰杜二寅》，《北郭集》卷二，四部丛刊本。

生活，迫于无奈被迫奉诏；一方面，自己日渐衰老，却毫无功业，面对朱元璋提供的机会，他又不禁有些激动。所以，他半忧半喜，甚至有些惶恐疑虑，在《对镜》中写道："把镜忽成悲，衰颜独对时。风尘空老我，勋业竟烦谁？乍见如曾识，频看却又疑。黄冠初欲试，短发可相宜。"①

洪武九年，徐贲奉使晋、冀，因表现出色，迅速得到擢迁。《明史》载："暨还，检其囊，惟纪行诗数首，太祖悦，授给事中。改御史，巡按广东，又改刑部主事，迁广西参议。以政绩卓异，擢河南左布政使。"②在"四杰"中，徐贲入明后的仕途最为平坦。徐贲死于洪武十二年（1379），短短几年中，徐贲一路擢升。这首先得益于徐贲自己的努力，同时得益于朱元璋的提拔。可以说，在履职"责任"上，徐贲在"四杰"中做得最好。他既无高启的"辞官"之举，也不像杨基处处遭受打击，更没有出现张羽"应对不称旨"③的情况。张羽对徐贲的努力及升迁深表赞许："方今台阁多文儒，似君才艺众中无。文宜侍中武金吾，不负堂堂美丈夫。"④当然，徐贲并不敢忘记皇恩浩荡，其《登广州城楼》曰："五岭南来瘴海深，秋风榕叶尚阴阴。安期一去家遗舄，陆贾重来橐有金。门限虎头潮上下，城开雁翅客登临。清时不用频兴感，万里惟存向阙心。"⑤类似的诗还有《送王员外归太原省墓》《岁晚》等。尽管如此，仕途的顺利并不是徐贲全部的情感世界的。他一面谨小慎微地履职"责任"，一面又感到为官的疲惫与压抑。他在《杨孟载画竹》中借"竹"表达了这种心迹：

> 朝行竹下暮仍往，自谓竹缘终不断。曷来并州苦寒地？沙土扑面心烦懑。宁无塞草共山花？惟觉粗疏俗吾眼。胸中尘气久已积，对此汾河讵能浣？君心饱有渭川思，挥洒风烟意闲散。封图远送邀我题，措语苦涩颜何报。⑥

---

① 徐贲：《对镜》，《北郭集》卷五，四部丛刊本。
② 张廷玉等撰《明史》，中华书局，1974，第7329页。
③ 张廷玉等撰《明史》，中华书局，1974，第7329页。
④ 张羽：《徐黄门画》，《静居集》卷三，四部丛刊本。
⑤ 徐贲：《登广州城楼》，《北郭集》卷六，四部丛刊本。
⑥ 徐贲：《杨孟载画竹》，《北郭集》卷四，四部丛刊本。

此诗作于徐贲奉使出访山西之际。此时杨基也在山西为官,二人相遇,互诉衷情。看到杨基所画之竹,徐贲仿佛看到自己压抑已久的"胸中尘气"。杨基索诗于他,他感到"措语苦涩",却羡慕杨基能做到"挥洒风烟意闲散"。其实杨基的压抑也未必比他少。除了为官的压抑,沉重的"思乡"之情始终萦绕于徐贲的内心。为官山西期间,在和杨基的酬答中,他表达了沉重的"思乡"之苦,写下了《答山西杨孟载宪副》《送山西谢员外题杨宪副诗后》《答故人杨宪副孟载》等诗作。如《答故人杨宪副孟载》:

> 忆在并州喜合并,别来两见岁华更。自知诗里闲情少,顿觉樽前老态生。桑枣谁家非乐土?云沙何处是边城!忆君几处频登览,寒日千山雪正晴。①

回京后,徐贲在短暂的几年迅速升迁,其对朱元璋既充满感激,又深感不安与恐惧。他甚至质疑自己的为官能力,在《秋晚次高推官韵》中写道:"溪楼成晚眺,沙浦粲孤霞。值节长为客,逢人即话家。荒山惟去鸟,落木见栖鸦。莫谩嗟零落,吾生岂系瓜?"② 因此,面对升迁,他恐惹事端,时时小心。他在《芟草》中写道:"草生何离离,没我园中路。每行又复止,念我荷锄去。对此空叹息,无由展幽步。芟夷匪力殚,沾裳畏晨露。沾裳既不可,此意向谁语。弃置独归来,且当息吾虑。"③ 徐贲在这种精神压力下,始终怀念着"乡情"。可以说,在"四杰"所作的怀乡诗中,以徐贲的最为真挚感人。他写给兄弟的《秦淮客舍除夕呈大兄》:"兄弟喜连床,灯前话故乡。年随窗雪尽,夜入酒杯长。暂得欢情合,都将客况忘。何如共归去,醉烂北城傍。"④ 为官异地,任何升迁都难以代替和长兄"醉烂北城傍"的期待,尤其是在"每逢佳节倍思亲"的除夕之夜。远处的笛声,都会勾起徐贲的思乡之情,"雨映凉天

---

① 徐贲:《答故人杨宪副孟载》,《北郭集》卷七,四部丛刊本。
② 徐贲:《秋晚次高推官韵》,《北郭集》卷六,四部丛刊本。注:"系瓜"的典故出自孔子,在《论语·阳货》中,孔子对自己周游列国却终不见用感叹道:"吾岂匏瓜也哉,焉能系而不食!"徐贲借"系瓜"表达了自己出仕的质疑与感叹。
③ 徐贲:《芟草》,《北郭集》卷二,四部丛刊本。
④ 徐贲:《秦淮客舍除夕呈大兄》,《北郭集》卷六,四部丛刊本。

晚更新，笛声隐约在东邻"，"听来我最思乡切，不独山阳作赋人"①。但他始终没有像高启一样退隐，只能在大量送别诗、题咏诗中寄托"归乡"之盼，如：

> 《送方给事中》：南风花满荔枝林，路出湖山百嶂深。惟有白云长在眼，三千里远寄归心。②
>
> 《与丘克庄晚立瓜洲望京口诸山》：津头船发暮潮酣，楚水吴山思不堪。历问青山是何处？却从江北望江南。③
>
> 《题彭江》：远水残阳落钓舟，远村渐见野烟收。菱歌归浦家家夕，杨叶惊风树树秋。昨日梦非今日梦，他乡愁是故乡愁。自怜久负山中桂，每向江湖忆旧丘。④

随着朱元璋对吴中文人的打击力度的加大，大量的吴中文人或被杀害，或遭贬谪。徐贲对友人遭遇充满同情，又对自身命运充满惶恐。他通过"题画"的方式，隐晦地表达了对友人的怀念：

> 《题画有感（上有高杨张王诸友诗）》：幽禽相对弄芳春，嫩竹分梢露叶新。偶看画图怀故旧，眼前无几白头人。⑤
>
> 《题冬青十二红图（上有高杨诸友作）》：秋风吹老万年枝，山鸟飞来啄子时。却忆题诗画中客，一成没后一成离。⑥

入明以后，徐贲当年的北郭友人相继"被召"，彼此都在履职"责任"，但他们的友情始终没有间断。当然，他们交往的方式虽已不可能再如元末时那般顺畅，但通过赠答、题图的方式交流感情，甚至采用"异地题咏"的方式传达默契，最典型的是《听雨楼图诗卷》《破窗风雨卷》的形成，上述二诗也正是这种方式的体现。随着朋友的相继离去，徐贲更

---

① 徐贲：《听笛二首》其二，《北郭集》卷十，四部丛刊本。
② 徐贲：《送方给事中》，《北郭集》卷十，四部丛刊本。
③ 徐贲：《与丘克庄晚立瓜洲望京口诸山》，《北郭集》卷十，四部丛刊本。
④ 徐贲：《题彭江》，《北郭集》卷六，四部丛刊本。
⑤ 徐贲：《题画有感（上有高杨张王诸友诗）》，《北郭集》卷十，四部丛刊本。
⑥ 徐贲：《题冬青十二红图（上有高杨诸友作）》，《北郭集》卷十，四部丛刊本。

加小心谨慎的同时，思乡之情更甚。其《中秋夜淮河舟中看月怀张羽》曰：

> 思夺梁园席上才，气压南楼座中兴。百年此夜不多好，人世浮云何足道。虽有乡心自感伤，能无樽酒相倾倒。人间清景不可并，杯当暂辍歌亦停。翻思年年看月伴，如今落落如晨星。此怀此念谁能识，茗水东头静居客。为渠写作看月诗，西方拟附南飞翼。①

诗中追忆了当年和张羽等人唱和时的逞才使气、负才自高，而今却是"翻思年年看月伴，如今落落如晨星"，颇有恍若隔世之感。无论徐贲如何小心，最终的结局是未能再次回乡，反倒因罪下狱而死。张羽在《北郭集后录》中载："时戈铁既息，民瘝未疗，先生笃加保爱，当大将提六军靖洮岷，往返中原，以所司歉其犒劳，衔而诬诉之。上以贲迂疏儒者，其于军士之恤，固未谙也，下囹圄，幸全要领而殁。"② 徐贲动机本是好的，但还是被朱元璋认为"迂疏儒者，其于军士之恤固未谙也"。从徐贲入明后的出仕经历来看，其死相当冤屈，但从朱元璋对吴中文人一贯态度看，他的命运又有着必然。尽管徐贲最终难逃宿命，但在"四杰"中，其生前的际遇又稍显幸运。

四　"颂圣"与"畏祸"——以张羽为例

在"四杰"中，张羽在明初的经历既是幸运的，又是不幸的。他没有体会到高启"被召"修史的荣耀，也幸免了杨、徐二人"徙濠"之苦。平江城破，张羽先隐居杭州，后又隐居湖州戴山。洪武四年，他才被征至京师，结果又"应对不称旨，放还"③，再次"被召"，被授予太常司丞。

张羽隐居湖州期间，徐贲正隐居蜀山，二人偶有互访。和徐贲一样，张羽也颇能"安贫乐道"，如他在游历戴山时写道："俛仰天地间，微躯良不轻。安能自羁束，坐使众累萦。处贱足为贵，抱素讵非荣。逍遥解

---

① 徐贲：《中秋夜淮河舟中看月怀张羽》，《北郭集》卷四，四部丛刊本。
② 张羽：《北郭集后录》，徐贲《北郭集》后录，四部丛刊本。
③ 张廷玉等撰《明史》，中华书局，1974，第 7329 页。

神虑，庶以适吾生。"① 然而面对朋友的纷纷"被召"，张羽和徐贲的心境截然不同，张羽对新朝政治尚未深入了解，没有经过"徙濠"之苦，因而朋友纷纷出仕，他一面感到羡慕，一方也因朋友的离去而感到孤单。如他送别高启与杨基入京的两首诗：

> 《槎史赴台》：高台阚江山，梯航辏城阃。佳丽焕凤昔，而独惨我颜。游者固云乐，子去不复还。平生五千卷，宁救此日艰。天网讵恢恢，康庄遍榛菅。所恃莫可灭，才名穹壤间。②
> 《送杨仪曹赴京》：道路良已悠，谁念行子贫。昨游今已往，后会难豫陈。且莫倦行役，圣朝方用人。伫当绾华绶，远报慰勤勤。③

第一首是送别高启。想到高启的荣光，张羽不禁"而独惨我颜"。张羽认为高启定能通过修史，留得"才名穹壤间"。第二首是送别杨基。由于杨基刚刚经过"徙濠"，所以他送别杨基的口吻也异于高启。张羽先是同情杨基此去道路悠长，远冒风尘，但当今"圣朝方用人"，所以还是应"且莫倦行役"，同时希望杨基能"绾华绶"，告慰大家。可见，张羽不仅承认了新朝的合法性，还对之抱有期待。在《送周以道入太学》中，他的感情更是意味深长："圣朝用才不论次，年少逢时当致身……临期与子一踌躇，莫忘草泽共闲居。古来贫交不可弃，行到金陵好寄书。"④ 张羽认为"圣朝用才"之际，周以道应"年少逢时当致身"，甚至希望他一旦发达，不要忘了自己这个"贫贱之交"。所以，面对众多朋友"被召"，自己却隐居山泽，张羽既失落，又孤单。他在另一首登戴山的诗中写道："选胜寻常此地行，春日望湖湖更明。白浪遥连阳羡树，青山半掩阖闾城。楼台高下千家柳，阡陌东西几处莺。忽忆从前旧游伴，无端愁思一时生。"⑤ 朱元璋对士人出处的规范注定了张羽不可能做天平盛世的"隐者"。当然，这也符合张羽对新朝的"希望"。洪武四

---

① 张羽：《春初游戴山》，《静居集》卷一，四部丛刊本。
② 张羽：《槎史赴台》，《静居集》卷一，四部丛刊本。
③ 张羽：《送杨仪曹赴京》，《静居集》卷一，四部丛刊本。
④ 张羽：《送周以道入太学》，《静居集》卷三，四部丛刊本。
⑤ 张羽：《春日登戴山怀旧》，《静居集》卷五，四部丛刊本。

年，张羽"被召"，却因"应对不称旨"而放还，随后又被任命为太常司丞。关于其中的细节及张羽出仕的具体时间，《明史》无记载。然根据张羽诗作，时间当为洪武七年。① 赴任不久，张羽就奉旨到凤阳祭祀皇陵。这次出行中，张羽不遗余力地"颂圣"，成了一个名副其实的"御用文人"，如《纪行十首》中的两首：

> 《竹篠潭》：冻雨不成雪，客行利新晴。回睇三山外，残阳霭余明。江神不扬波，归流澹且平。使者诚寡德，国家育威灵。笳鼓发中州，棹歌悲且清。醴酒凌长风，篇翰倏已成。常读皇华章，征夫任匪轻。愧无咨询效，何以答圣情。
>
> 《高邮城》：茫茫高邮城，下有古战场。当时鱼盐子，弄兵此跳踉。燕师扫境出，供馈走四方。长围匝百里，旌甲耀八荒。譬如高山颓，一卵安足当。骄将存姑息，顿刃待若降。两机不容发，岂暇虑杀伤。一朝谤书行，将殒兵亦亡。嗟哉三里城，百万莫与亢。鹿走命在庖，居然属真王。空余菩萨台，落日风吹黄。②

两诗虽然都是纪行诗，但处处可见"颂圣"的语气。对于张羽此时的心态，应注意两点。其一，和高启、杨基相比，张羽"出仕"较晚。刚刚上任，就被派往皇上的老家凤阳祭祀，张羽倍感荣幸，否则也不会感叹"何以答圣情"，似乎对皇恩浩荡无以为报。可以说，张羽此时的"颂圣"带有一定真实的感情。其二，张羽此次出行在洪武七年冬，同年九月，张羽较好的两位北郭友人高启和王彝被处斩，都死于魏观案。尤其是高启的死，对张羽震撼尤大。张羽和高启、王彝私交甚密，早年同为北郭诗人；就事件本身而言，洪武五年，魏观出任苏州知府，不久就聘请高启、王彝、张羽等人一起修订经史，以明教化。与高启、王彝相比，张羽由于没有明初"被召"修史的经历，未受到魏观重视，因而与魏观

---

① 据张羽《静居集》卷三《姚运使溪山仙馆图》后序中记："去年冬，姚君继华，过予戴山，会饮顺德堂，为仲伦写此图。今年春，君遂以文学被征……癸丑秋八月望识。"癸丑为洪武六年，可知，张羽依然住在戴山。再由张羽《纪行十首》（《静居集》卷一）可知，洪武七年冬，他就奉旨到凤阳祭祀，这应是张羽刚刚出任的新差。

② 张羽：《纪行十首》组诗，《静居集》卷一，四部丛刊本。

的文字往来较少。可以说，张羽未受此案牵连，已是不幸中的万幸。张
羽深知于此，所以行至高邮，面对"故主"张士诚的旧居，他一反往日
的立场，称张士诚为"弄兵跳踉"的"鱼盐子"，认为朱元璋才是天下
的"真王"，张士诚不过是"如鹿在庖"的命罢了。张羽的态度，一方
面出于"颂圣"的需要，一方面也是为了与张吴撇清关系。

　　"颂圣"是明初文人普遍的心态。无论是宋濂、王祎等婺中文人，
还是以"四杰"为代表的吴中文人，"颂圣"既是必要的，也是必然的。
对朱元璋而言，国家新建，科举重开，士人"颂圣"有利于国家意识形
态的统一，亦能满足自己的虚荣，"颂圣"至少在表面上显示出士人对
政权的拥护，亦能树立天子之威；对于士人而言，明结束了元末长期的
混战割据，给百姓带来稳定的环境，也给士人带来新的机会，士人因之
对其抱以莫大的"希望"。可以说，在明初的相当长的一段时间内，士
人"颂圣"的感情是真实而忠诚的。但是，朱元璋的恩威并用、喜怒无
常的情绪、刚愎强硬的态度、重典治士的政策，让天下士人有了"畏
祸"心理。对于"重典"，朱元璋自己亦有认识。吕毖《明朝小史》载：

　　　　帝在位十八年，凡臣下稍有过失者，尽行诛戮，其事见于《任
　　萧安石子孙敕命》中。其词曰："朕自即位以来，法古命官，列布
　　华夷，岂期擢用之时，并效忠贞。任用既久，俱系奸贪，朕乃明以
　　宪章，而刑责有不可恕，以至内外官僚，守职惟艰，善能终是者寡，
　　身家诛戮者多。"①

在这种环境下，士人无不胆战心惊。如果说士人最初的"颂圣"是出于
真心，到后来便多出于"畏祸"，二者相因相循：越"颂圣"，越说明
"畏祸"，越"畏祸"，则越需要"颂圣"。"颂圣"从而成为士人的普遍
心态。而吴中文人"颂圣"的同时却绕不过一个客观事实：对旧主张士
诚的态度。

　　以"四杰"为代表的吴中文人，在入明之后都表现出对张士诚政权

---

① 吕毖辑《明朝小史》卷二"诛戮官员"条，《四库禁毁书丛刊》系列，北京出版社，
　2000，第 478 页。

不同程度的留恋。当然，这种"留恋"并不等同于"遗民"情结：其一，"四杰"对张士诚并没有"忠君报国"的想法，出仕张吴政权或因张士诚态度的感召，或出于不愿背井离乡而委以生存的需要；其二，出仕以后，"四杰"并未身居高位，其行动自由，或离职归隐。入明以后，他们纷纷"被召"。不但"被召"的方式是勉强的，且"被召"后的生存状态及心理状态是极其压抑的。"徙濠"之哀怨、"思乡"之苦楚、"畏祸"的压力，都让他们对张吴时期的生活倍感怀恋。具体到每个人，"留恋"的内容又不同。高启由于"被召"修史，所以能以"史"的视角看待张吴政权，且寄托无尽哀思，如其《吴城感旧》："城苑秋风蔓草深，豪华都向此销沉。赵佗空有称尊计，刘表初无弭乱心。半夜危楼俄纵火，十年高坞漫藏金。废兴一梦谁能问？回首青山落日阴。"① 杨基遭遇"徙濠"，后又长时间在地方为官，所以能把个人哀怨和民生疾苦结合起来，如《过高邮即景》："苍烟斜日照孤城，嗟我情多却倦登。田豸白蹄高似鹿，野蚊花股大于蝇。人家结屋多芦苇，官府收租半藕菱。莫向西风询往事，旅怀萧索岂堪胜。"② 徐贲虽然仕途较顺，但"思乡"之苦使他对故土格外依恋，如《过王伯时宅》："里巷新翻乱后移，喜君住处有轩池。重来已是三年后，竹树依然似旧时。"③ 而张羽则在《高邮城》诗中公开攻击张士诚，在"四杰"中，他是唯一有过如此态度的。对此，必须考虑两个因素：一是此诗作于洪武七年冬，张羽刚刚赴任不久，即出行凤阳祭祀，所言所行须以官方立场为准；二是，张羽在元末曾任安定书院山长，后来又在张吴帐下任职，张吴又一度降元，只有撇清与张吴的关系，方能撇清与元政权的关系，而后者尤为重要。所以，张羽的这种态度可以看作"权变"自保的行为。而他对张吴政权的真实态度，则随其"畏祸"心理的加重而逐渐显现出来，如后期作品：

　　　《吴城览古》：故国有荒台，登临一怆哉！厌廊风落籗，香径雨生苔。苑废民家占，城摧客吊来。伍员当日语，千古尚堪哀。④

---

　　① 高启：《吴城感旧》，《高青丘集》，第597~598页。
　　② 杨基：《过高邮即景》，《眉庵集》，第248页。
　　③ 徐贲：《过王伯时宅》，《北郭集》卷九，四部丛刊本。
　　④ 张羽：《吴城览古》，《静居集》卷一，四部丛刊本。

《登姑苏台怀古》：荒台独上故城西，辇路凄凉草树迷。废冢已无金虎踞，坏墙时有夜乌啼。采香径断来麋鹿，响屧廊空变蕨藜。欲吊伍员何处是？淡烟斜日不堪题。①

元末时的"四杰"，在对朱元璋的攻击上，以张羽最为猛烈。因其曾经在元廷为官，最有资格代表元政权。入明以后，尽管张羽的官职在"四杰"中最低，但在"颂圣"上最为突出。当徐贲遭贬时，张羽仍不忘告诫他，圣主定会重贤惜才，劝其不要难过："明时重英彦，行当觐丹闱。尘垢何足累，拂拭还光辉。"② 但在"颂圣"的背后，张羽"畏祸"心理也最严重。一方面，他在"四杰"中寿命最长，陆续目睹友人被杀；另一方面，他长期在京做官，能更深刻体会朱元璋之雄猜。尤其是高启、杨基等人陆续获刑，更加重了张羽的"畏祸"心理。高启被杀，他写道："圣朝重英彦，草泽无遗逸。若人抱奇才，独为泉下客。华章委空篋，一览动余戚。妙咏长传世，精灵已归寂。幸兹墨泽存，零落篇翰迹。当时携手地，事往今成昔。永乖盍簪好，缅怀同心益。恻怆结长悲，音容难再觏。"③ 高是作者心中的"奇才"，其死对张羽的打击格外沉重。他相继作了大量的诗悼念高启④，既然"圣朝重英彦"，为什么还会成为"泉下客"？既然"草泽无遗逸"，为什么士人还会向往"隐逸"？他在《重过蜀山徐幼文隐居》中写道："怜君旧隐此林间，一去神京未得还……何日能除簪绂系，莫年相约共投闲。"⑤ 但"相约投闲"不但不可能，反倒要要继续履职尽责，小心翼翼地"颂圣"。洪武十六年（1383），朱元璋"自述滁阳王事，命羽撰庙碑"⑥，张羽撰写了《敕赐滁阳王庙碑》。⑦ 但随着友人相继被杀，张羽后期心情剧变：

---

① 张羽：《登姑苏台怀古》，《静居集》卷一，四部丛刊本。
② 张羽：《闻徐使君左降怀庆太守，因寄》，《静居集》卷一，四部丛刊本。
③ 张羽：《观高吹台遗稿以诗哀之》，《静居集》卷一，四部丛刊本。
④ 再如《静居集》卷一中的《无寐（时闻吹台故）》《于书籲中得高吹台所寄诗遗稿》，卷六中的《悼高青丘季迪》三首、《游天界寺见亡友高启题壁诗有感》二首等。
⑤ 张羽：《重过蜀山徐幼文隐居》，《静居集》卷一，四部丛刊本。
⑥ 张廷玉等撰《明史》，中华书局，1974，第7329页。
⑦ 张廷玉等撰《明史》，中华书局，1974，第7329页。

《金陵道中》：孤舟晓出古关西，江树萧疏绕坏堤。七里冈前寒雪霁，三茅峰顶暮云齐。酒家寂寞人稀醉，车路纵横客易迷。迢递渐看宫阙近，月明时听夜乌啼。①

《燕山客中》：只合山中度岁时，欲求闻达岂相宜？命轻似絮人争笑，心直如弦鬼亦知。怕见是非休看史，未忘习业尚耽诗。春风归去江南路，芳草满汀花满枝。②

在第一首诗中，再难看出张羽刚入朝为官时的激动心情。他看到渐近的"宫阙"，唯感"月明时听夜乌啼"的孤单。在第二首诗中，张羽非常想念山中的"隐居"岁月，因为自己真正擅长的并非为官，而是"耽诗"。而朱元璋更需要的则是能履职"责任"的官吏，而非"诗人"。故张羽感到又累又怕，在《官廨雨中》中形象地表达了这种疲惫与恐惧："客愁连月惟闻雨，农事关心拟问天。自幸拙耕终岁饱，更惭中酒日高眠。不才如此真堪弃，敢负明时费俸钱。"③"农事关心拟问天"，这是一个诗人面对具体问题时的无奈与悲哀。徐贲如此小心地履行着"责任"，但还是因"不合格"而被杀。"怕见是非休看史"，身边朋友的遭遇才更像"史"一样刺激着张羽。所以，在被贬岭南的路上，当朱元璋半道"召还"张羽时，"羽自知不免，投龙江以死"④，揭示了一个"畏祸"者的内心。

"四杰"中，张羽和高启都更偏于"文人"性情。杨基与徐贲更偏于"官吏"气质。所不同的是，高启面对"户部侍郎"一职，选择了辞归，一是因为其性格难以适应此职，二是在修史经历中所形成的"畏祸"心理，但最终还是难逃被杀的命运。张羽担任"太常寺丞"一职，一直做着"颂圣"的工作，祭祀皇陵、为圣上撰庙碑，但最终因"畏祸"自杀。杨基和徐贲虽然同时经历"徙濠"，但后来的为官生涯中，杨基屡遭贬谪，不断"哀怨"，最终死于工所。徐贲在履职"责任"上做得最好，也曾一路升迁，但最终还是因不合格而下狱被杀。他们的经

---

① 张羽：《金陵道中》，《静居集》卷五，四部丛刊本。
② 张羽：《燕山客中》，《静居集》卷五，四部丛刊本。
③ 张羽：《官廨雨中》，《静居集》卷五，四部丛刊本。
④ 张廷玉等撰《明史》，中华书局，1974，第7329页。

历不同，但命运相同。他们的心态既有吴中文人相似的一面，也因不同的个性及遭遇而略显差异。从"四杰"的命运中，既可以看出明初吴中文人对"旁观者心态"的继承及调整，又可以看出朱元璋对这种心态的打压与惩罚。最终吴中文人不但这种心态失去了空间，甚至连性命都无法自保。当然，吴中文人的悲剧也是一个时代文人的悲剧，只是与其他区域文人相比，更加惨烈罢了！

五　其他吴中文人的遭遇——以袁凯为例

除了"四杰"，明初还有一位杰出的吴中文人，就是袁凯。他的杰出不仅体现其才华不逊于"四杰"，而且在明初吴中文学在向主流文坛靠拢的过程中，他起到了中坚作用。论者从"雅正"的角度认为他与高启不分伯仲，如四库馆臣评其"驰骋于高启诸人之间，亦各有短长，互相胜负。居其上则未能，居其下似亦未甘也"。① 尽管有如此文名，袁凯在明初的遭遇也甚为悲惨，虽然不若"四杰"之结局，但其"佯狂以自全"，也从另一侧面反映了吴中文人的命运。

袁凯（1309~?），字景文，自号海叟，松江华亭人。"元末为府吏，博学有才辩，议论飙发，往往屈坐人。"② 有人将其归为"铁崖门生"，如顾嗣立在《寒厅诗话》中称其"出铁崖门"。杨维桢在《改过斋记》中，记录了与袁凯相识的过程：

> 至正九年春，予游淞。之明日，邢台张叔温携数客来见。中一人昂然长，瞳然清，言议风发可畏。问为谁，则日袁景文氏也……既长，益有志于学。然偏质刚慎，不龊龊与里闾浮沉，且又不能隐人善恶，时时立物论为臧否。于是与俗寡谐，人亦以此相诋，若有所不容者。今年岁已强矣，欲改是过，故自颜其燕居之所日"改过"，而日自省焉。敢求先生一言，以戒吾过，引吾不及，以底于圣人之道。③

---

① 《钦定四库全书总目》（整理本）卷一百六十九，中华书局，1997，第2280页。
② 张廷玉等撰《明史》，中华书局，1974，第7327页。
③ 杨维桢：《改过斋记》，《东维子文集》卷十九，四部丛刊本。

可见，袁凯在为人上确实有铁崖"狷狂傲物"的一面，"偏质刚腹"、"好为臧否"，除此之外还有"性诙谐"① 的一面。尽管看不到太多关于袁凯元末为官的记录，但从其行为可以看出，他对元廷持典型的"旁观者心态"，否则也不会有"背戴乌巾，倒骑黑牛，游行九峰间"② 的举动，也不会和杨维桢等人整日雅集唱和，创作名篇《白燕诗》。③

张士诚入吴后，他选择了隐居松江。生活异常艰辛，他在《老夫五首》（其一）中说："老夫避兵荒山侧，三日无食在荆棘。鞋袜破尽皮肉碎，血被两踵行不得。于时瘦妻实卧病，十声呼之一声应。夜深困绝倚枯树，逐魂啼来雨如注。"④ 但他对自己的抉择还是比较满意的，在《题葛洪移家图》中写道："明哲终保身，畴能测其意。生也虽后来，心迹颇相类。"⑤ 在序中，他对那些看不懂葛洪"借修仙求隐"做法人予以讥讽："神仙虚无，君子之所不道，以予观之，其与留侯从赤松子意同，世俗不知，遂以为真有此事，其可笑也。"袁凯不加入张吴政权，除了"明哲保身"外，还因他曾是元廷的"府吏"。在他看来，无论张士诚还是朱元璋都是"反贼"、"流寇"：

> 《费夫人》：官军应贼着红巾，苗獠来时更不仁。若道南州无节妇，请看东海费夫人。⑥
>
> 《病阿苏》：往年江南妖贼反，圣旨差我随平章……九月十月岁云暮，贼兵突入观音渡。平章脱身向东去，太半尽死无人顾。我幸不死病已危，丞相被逐无依归。⑦

第一首诗把红巾军看作"贼"。第二首诗在结尾处有落款"申戌丞相达

① 张廷玉等撰《明史》，中华书局，1974，第7327页。
② 张廷玉等撰《明史》，中华书局，1974，第7327页。
③ 关于《白燕诗》的产生，《明史·袁凯传》载："初，在杨维桢座，客出所赋《白燕诗》，凯微笑，别做一篇以献。维桢大惊赏，遍示座客，人遂呼袁白燕云。"杨仪《骊珠杂录》也对此有记载。这颇类似于"玉山雅集"中的作诗比赛，可见袁凯也是各种雅集诗社中的活跃分子。
④ 袁凯：《老夫五首》（其一），《海叟集》卷二，文渊阁四库全书本。
⑤ 袁凯：《题葛洪移家图》，《海叟集》卷二，文渊阁四库全书本。
⑥ 袁凯：《费夫人》，《海叟集》卷四，文渊阁四库全书本。
⑦ 袁凯：《病阿苏》，《海叟集》卷二，文渊阁四库全书本。

识特穆儿为张士诚所逐"，可见，张士诚在其眼中同样是"江南妖贼"。所以，当扩阔帖木儿收复山东，他倍感兴奋，在《闻山东消息三首》写道：

> 王事私恩不共天，益都城下枕戈眠。鲸鲵戮尽为京观，子孝臣忠亿万年。
>
> 纵道山东柱石倾，百方黎庶不须惊。张皇国势如平日，詹事新来总父兵。
>
> 从今父老不须悲，詹事英名四海知。汉室中兴吴楚破，条侯元是绛侯儿。①

尽管希望元廷能平定叛乱，但这并不意味着袁凯对元廷忠心耿耿。他为元代"府吏"，但并不甘心做"吏"。他理想中的人生是通过"通经明史"以获重用。在一次醉酒后，袁凯写道："身是江南儒家子，十五学经二十史。低回欲得圣贤心，浩荡更觅先儒旨。当时自谓才可重，岂料中年人不用。"② 因此，袁凯才会选择戏谑的人生态度及生活方式，"不如相随剧孟辈，博钱吃酒洛阳城"。③ 可是，动荡时局使他连这种生活都不可能实现，先是逃荒的艰辛，然后是漂泊异地，"干戈此日连秋色，头白尤多宋玉悲"④，"天意未教戎马息，老夫漂泊敢言归"⑤。因而他痛恨张士诚、朱元璋这类"流寇"争夺天下，使百姓不能安心生活。他之所以为元廷平叛高兴，只是出于统一后能带来和平生活的期望。在个人的政治前途上，他不再对元廷抱有幻想："身世只今惟仗酒，安危从此不关侬。神交赖有陶征士，避地休官意颇同。"⑥

尽管抱定了"身世只今惟仗酒"的"旁观者心态"，但是袁凯最终未能逃脱"被召"的命运。洪武三年，袁凯由布衣"被召"为监察御史。他在《新除监察御史辞贯泾别业》中表达了强烈的不愿及不满：

---

① 袁凯：《闻山东消息三首》，《海叟集》卷四，文渊阁四库全书本。
② 袁凯：《大醉后率尔三首》，《海叟集》卷二，文渊阁四库全书本。
③ 袁凯：《大醉后率尔三首》，《海叟集》卷二，文渊阁四库全书本。
④ 袁凯：《江上早秋》，《海叟集》卷三，文渊阁四库全书本。
⑤ 袁凯：《久雨》，《海叟集》卷三，文渊阁四库全书本。
⑥ 袁凯：《壬寅九日》，《海叟集》卷二，文渊阁四库全书本。

侧席念贤俊，旁求逮凡鄙。谬当南宫荐，重此柏台委。命严尅敢后，中夜去田里。邻友赠予迈，切切语未已。妻孥独无言，挥泪但相视。于时十月交，悲风日夜起。轻舟泝极浦，瑟瑟枯苇惊。惊兔乱沙曲，孤兽嗥荒市。回首望旧庐，烟雾空迤逦。抚膺独长叹，胡为乃至此。顾予久纵诞，远迹随鹿豕。乃兹年已迈，精气固销毁。趋事深为难，速戾将在是。皇恩傥嘉惠，还归卧江水。①

袁凯对"被召"的抱怨比"四杰"还多，原因有三：一是离别妻子的无奈；二是认为自己根本不适合做官，"顾予久纵诞，远迹随鹿豕"；三是自己年迈体弱，力不从心。但由于朱元璋的"命严"，以致"旁求"到自己这样的"凡鄙"，最终还是不得不在"长叹"中前往京城。袁凯之所以表现得比"四杰"更为极端，"年迈精销"也是一方面。但更重要的是，他曾是元廷"府吏"。这种身份和高启等人出仕张吴性质又不同：高启等人顶多算是为割据政权服务，尽管张吴也曾投降元廷，但从严格意义上讲，高启等人并未正式被元廷纳入官僚体系，而袁凯却是名副其实的元廷的食禄者。当然，这并不意味着袁凯有"遗民"情结，至少从其诗文中看不到这点。但这种经历无疑加重其"再仕"时的心理负担。

当然，"府吏"的经历也使他比"四杰"在为官上更有经验。他转换角色的意识显然更强。据《明史》载："武臣恃功骄恣，得罪者渐众，凯上言：'诸将习兵事，恐未悉君臣礼。请于都督府延通经学古之士，令诸武臣赴都堂听讲，庶得保族全身之道。'"② 他和所有"被召"之士一样，也能迅速适应"颂圣"的写作方式，在口气上比高启等人更夸张，如《南京口号六首》：

君王观阙倚天开，画出金山复壮哉。率土再瞻龙虎气，高台还见凤凰来。

圣帝明王德业尊，亲为清庙国西门。皇心自是超前古，况复贻

---

① 袁凯：《新除监察御史辞贯泾别业》，《海叟集》卷二，文渊阁四库全书本。
② 张廷玉等撰《明史》，中华书局，1974，第 7327 页。

谋及后昆。

　　南夷潭水渥洼津，幻出龙驹玉雪身。笑杀公孙井蛙耳，天生神武是真人。①

除了赤裸裸的"颂圣"，别无感情。而真实的袁凯，却满怀"乡情"和伴君如伴虎的"畏祸"。在其私人化的作品中，他把"归隐"之心表达到极致，如《下直怀北山隐者》：

　　载笔侍云陛，向夕始余闲。抚彼清冷觞，慰此忧戚颜。出轩月才皓，临街露已繁。广庭行且止，修槛去复攀。幽树蔼深翠，余花发微殷。俯仰不知久，星汉忽西还。归来空房卧，严城漏欲残。鸦鸣九井动，敛佩亦珊珊。将随夔龙后，袛肃谒重关。缅怀息心侣，遗世在云山。焉能从之去，逍遥岩桂间？②

为官期间，袁凯写作了大量此类作品，如《察院夜坐》《答礼部江主事渐》等。他不像高启感叹自己无法胜任职位，也不像杨基那样抱怨屡受打击，而是发自内心的不愿出仕。他甚至讥讽司马相如这种一心求仕之人："相如真是小人儒，只解人前赋子虚。负却薄田三十亩，文君何用自当垆？"③ 此诗笔法戏谑，但态度尖锐，还从另一个角度看待"文君当垆"，将责任归于相如太执迷于"出仕"上。可见袁凯对"为官"之心灰意冷。当然，其"归隐"亦与"畏祸"相关。《明史》记载："帝虑囚毕，命凯送皇太子覆讯，多所矜减。凯还报，帝问：'朕与太子孰是？'凯顿首言：'陛下法之正，东宫心之慈。'"④ 面对这样一个两难的问题，袁凯的机智多为后人称颂。但另一方面也说明袁凯因"畏祸"而表现的小心慎言。即便如此谨慎，还是未能"自保"："帝以凯老猾持两端，恶之。凯惧，佯狂免。告归，久之以寿终。"⑤ 在以"质朴"为尚的

----

① 袁凯：《南京口号六首》其一、其二、其四，《海叟集》卷四，文渊阁四库全书本。
② 袁凯：《下直怀北山隐者》，《海叟集》卷二，文渊阁四库全书本。
③ 袁凯：《闲题》，《海叟集》卷四，文渊阁四库全书本。
④ 张廷玉等撰《明史》，中华书局，1974，第7327页。
⑤ 张廷玉等撰《明史》，中华书局，1974，第7327页。

明初，在生性多疑的朱元璋眼中，袁凯的答案不但难以博得君王首肯，反倒成构罪之缘由。当然，袁凯采用了另一种极端的方式，以"佯狂"换来"自保"。对于袁凯"佯狂"的具体做法，野史笔记中多有记载，如《金台纪闻》：

> 太祖念之，遣使即其家，起为本郡儒学教授。乡饮大宾。凯瞠目视使者，唱《月儿高》一曲，使者以为诚疯矣，遂置之。又云："少闻故老谈景文，既以疾归，使人以炒面搅沙糖从筒中出之，类猪犬矢，潜布于篱根水崖，匍匐往食之。太祖使人觇，知以为食不洁，免于祸。"①

凭借这种方式，袁凯最终得以"归隐"乡里。但是朱元璋为了洞察袁凯"佯狂"真假，用尽各种手段。甫到故乡，袁凯便写了大量诗作表达自己的愉悦之情："老夫行役久，归来志复伸"②，"此生人共弃，长日自行歌"③。在《新治圃成》中，袁凯点明了自己的"畏祸"："禄食虽云美，私心恒自恐。"④ 所以袁凯和高启一样，为了保全自己，时时不忘感恩。他在诗尾说："且遂丘园乐，永谢承明宠。"从"四杰"的命运来看，袁凯以"佯狂"保全生命的抉择，无疑是明智的。

　　对于袁凯的"佯狂"，可以从两个方面来认识。首先也是最重要的一点，这集中体现了吴中文人入明之后的命运。从心理状态来看，元末时的袁凯本是"博学有才辩，议论飙发"、"背戴乌巾，倒骑黑牛"的风雅之人，但"被召"之后，袁凯诚惶诚恐，再不敢轻易臧否、好发议论，最终不得已"装疯卖傻"以求自保。袁凯的心态在吴中文人中相当普遍，如张昱，"性直亮，胸襟坦夷，丰度出人表……嗜酒，爱宾客，尊俎笑谈终日无厌。应事酬酢，决机敏捷，故当乱世，王侯将相争罗致之"⑤。入明后，"见人斫轮只袖手，听人论天只箝口"⑥。宋克，"少任

---

① 陆深：《金台纪闻》（及其他三种），"丛书集成初编"，中华书局，1985，第6页。
② 袁凯：《京师归别业》，《海叟集》卷二，文渊阁四库全书本。
③ 袁凯：《自京师归别墅》，《海叟集》卷三，文渊阁四库全书本。
④ 袁凯：《新治圃成》，《海叟集》卷二，文渊阁四库全书本。
⑤ 刘仁本：《一笑居士传》，《羽庭集》卷六，文渊阁四库全书本。
⑥ 张昱：《寄河南卫镇抚赵克家叙旧》，《张光弼诗集》卷二，四部丛刊本。

侠，喜击剑走马，尤善弹指，飞鸟下之”，入明后，“刮磨豪习，隐然自将，履藏器之节”。[①] 王彝，“戴古弁，垂长绅，自号山泽之臞民”，最终“阁门尊谒称小臣”。[②] 袁华，“眼看陵谷一变改，此心乃与寒灰同。砚田笔耒耨经史，不稼不穑勤于农”。[③] 从最终结局来看，袁凯算是相当幸运的。无论是老一代的顾瑛，还是新一代的“四杰”，乃至袁华、郭翼、王彝、宋克、王行等，或被迫害致死，或直接被杀，能够善终者寥寥。尽管袁凯以“佯狂”的方式保住了生命，却以牺牲人性、牺牲尊严为代价，正如袁凯自己所言，“此生人共弃”。这种方式对向来视尊严个性为生命的吴中文人而言，不但不值得效仿，而且也是对人性的极度挑战。

其次，从“佯狂”对袁凯创作的影响来看。袁凯的诗歌成就较高，论者认为其颇得“盛唐笔法”。比较具体的如何玄之：“叟为国初诗人之冠，夫何、李当代名家，高视海内，今其言若此，则吴中四杰当出其下矣。及读其集，乐府古诗，直窥汉魏，近体歌行，专主于杜而出入盛唐诸家。其辞多悲歌慷慨者，实本于忧乱悯世之情，亦其时之所遭也。”[④] 但如果细分可以发现，袁凯的诗歌成就主要集中于元末。入明以后，他除了写作一些应付场面的“颂圣”之作外，其他的诗不但少了“忧乱悯世”的情怀，而且诗风大变，充满愁苦、压抑与哀伤的情调，这和“四杰”为官期间的诗歌创作有惊人的相似。袁凯归乡之后，开始尚且感觉愉悦与解脱，时间一长，不但倍感孤独，且诗情锐减，他在《村居怀京下一二友生》中写道：“罢职非能吏，归田即老农。有诗聊度日，无字可书空。”[⑤] 在这一点上，袁凯和高启如出一辙。从本质上讲，他们之所以能在元末时创作出《白燕诗》或《青丘子歌》这等诗作，是因为其特立独行、张扬自我的性情有生存的土壤，而且身边聚集了大批志同道合的唱和诗友。入明之后，他们要收敛性格，身边的友人或被召，或贬谪，或诛杀，所谓“江南春草绿，何处觅行人”。[⑥] 所以，无论是袁凯以“佯狂”的方式最终幸免于难，还是高启等人惨遭杀戮，从选择的隐居的那

---

① 高启：《南宫生传》，《高青丘集》，第 908 页。
② 高启：《妫蜼子歌》，《高青丘集》，第 449 页。
③ 谢应芳：《闻袁子英著书，作诗寄之》，《龟巢稿》卷六，四部丛刊本。
④ 何玄之：《海叟集序》，袁凯《海叟集》附录，文渊阁四库全书本。
⑤ 袁凯：《村居怀京下一二友生》，《海叟集》卷三，文渊阁四库全书本。
⑥ 袁凯：《怀张叟》，《海叟集》卷四，文渊阁四库全书本。

一刻，就注定了他们诗情的蜕化。他们已经不可能再拥有元末时的创作心境，因为环境不复存在。从这个意义上讲，无论是高启的死，还是袁凯的生，都只是身体存亡罢了，对其创作的继续前进，毫无意义。而这也是吴中文人的集体悲剧，同时宣告了吴中文学彻底走向消歇。

第三节   明初吴中文人文学思想的转变

在元末明初文学思想发展史上，"吴中四杰"作为吴中文人中的杰出代表，其文学思想格外引人注目，集中体现在其文学思想更加贴近文学本质：将"自适"作为创作目的，将"自然"作为表现手法，将"狂"、"真"、"趣"作为审美追求。这种文学思想既是吴中文人"旁观者心态"的产物，也是其区别其他区域文人文学思想的魅力所在。入明后，吴中文人纷纷调整心态，其文学思想亦有新变。和元末相比，其转变主要表现在：在诗歌功能上，由元末的"自适"到明初的"应制"；在写作方法上，开始注意诗歌的"法度"、"格调"，诗体上追求"求全"，众体皆备。但明初残酷的生存环境使他们的"旁观者心态"迅速反弹，而此种心态在当时难以找到生存空间。因此，他们不但写不出像样的"台阁"作品，就连抒情类作品也发生了巨大转变，其审美情趣从"狂放天真"到"愁苦压抑"，从"激扬外露"到"内敛婉转"。而最终结果是"山林"与"台阁"的双重失落。

一   诗歌功能的转变

论及明初文坛对元末文坛的反拨，一般都以宋濂等浙东文人作为核心。尤其是宋濂，不但自己成功实现了从"山林"向"台阁"的转型，更是借助"开国文臣之首"的政治地位确保了浙东文人的"文道"关系在明初文坛的主流地位。但宋濂眼中的"道"更多指儒家的伦理体系及皇家的典章制度，所以其"应制"之作，内容偏于"实用"和"颂圣"，审美意识偏于"雅正醇厚"。

以"四杰"为代表的吴中文人，"被召"后尽管没有享受到宋濂等人的待遇，但也被迅速纳入明初的官僚体系。因此，"四杰"也写了大量"台阁"之作。如高启的《洪武二年十月，甘露降后庭柏上，出示侍从臣

启获预观嘉瑞，因赋诗颂之》："和气融为液，中宵坠碧天。光溥高柏
上，瑞发内庭前。见日朝还泫，经风晚尽坚。芳秾蜂蜜滑，的皪蚌珠圆。
厚泽歌难喻，沉疴饮易瘳。愿言同圣德，濡沃遍周埏。"① 类似的还有
《封建亲王赐百官宴》《送安南使节杜舜卿还国应制》等，但这类诗在高
启的作品中比重不大，共二十多首，都是其南京为官时所作，内容以
"颂圣"为主，形式以七律或五律为主，风格华丽藻饰。受此影响，高
启的诗风在入明以后发生了较大的变化。他把该时期的作品结集为《凤
台集》（已散佚），并请同时"被召"修史的乡人谢徽作序，谢徽说：

> 　　盖季迪天姿警敏，识见超朗，其在乡，踪迹滞一方，无名山大
> 川以为之游观，无魁人奇士以为之振发，而气颖秀出已如此。今又
> 出游而致身天子之庭，清都太微，临照肃穆，观于宗庙朝廷之大，
> 宫室人物之盛，有以壮其心目；观于诸侯玉帛之会，四夷琛贡之集，
> 有以广其识量；而衣冠缙绅之士又多卓荦奇异之才，有以扩其见闻，
> 是皆希世之逢而士君子平昔之所愿者。况金陵之形胜，自六朝以来，
> 尝为建都之地，今其山水不异，而光岳混融之气，声灵煊赫之极，
> 则大过于昔焉。登石城而望长江，江左之烟云，淮南之草木，皆足
> 以资啸咏而适览观。季迪虽欲韬抑无言，盖有所不能已者。此凤台
> 之集所以作。识者有以知其声气之和平，有以鸣国家之盛治也。使
> 季迪此时而专意致力于其诗，则他日之所深造，当遂称一家，奚止
> 相与唐人轩轾哉！②

谢徽的说法颇有"得江山之助"的意味。他认为高启入京后，见识到了
南京的山水之盛及皇家的威武庄严，接触到了更多身负奇才的"缙绅之
士"，所以其诗作无论境界还是风上都有提升，"有知其声气之和平，有
以鸣国家之盛治也"，此说不无道理。南京为官期间，受"应制"诗影

① 高启：《洪武二年十月，甘露降后庭柏上，出示侍从，臣启获预观嘉瑞，因赋诗颂之》，
《高青丘集》，第546页。
② 谢徽：《凤台集序》，朱存理《珊瑚木难》卷五，文渊阁四库全书本。此文未被《高青
丘集》收录，但对认识高启的诗学思想很有价值。可以参看史洪权《〈凤台集
序〉——研究高启的新见文献》一文（《古籍整理研究学刊》2007年第4期）。

响，高启的抒情之作与元末时期作品相比确实在境界上有所提升。最有代表性的是《登金陵雨花台望大江》：

> 大江来从万山中，山势尽与江流东。钟山如龙独西上，欲破巨浪乘长风。江山相雄不相让，形胜争夸天下壮。秦皇空此瘗黄金，佳气葱葱至今王。我怀郁塞何由开，酒酣走上城南台。坐觉苍茫万古意，远自荒烟落日之中来。石头城下涛声怒，武骑千群谁敢渡。黄旗入洛竟何祥，铁锁横江未为固。前三国，后六朝，草生宫阙何萧萧！英雄乘时务割据，几度战血流寒潮。我生幸逢圣人起南国，祸乱初平事休息，从今四海永为家，不用长江限南北。①

历来咏金陵的名篇很多，如刘禹锡的《金陵怀古》《金陵五题》，王安石的《金陵怀古》四首、(桂枝香)《金陵怀古》等。高启这首诗，取法前人却能别出心裁。作者把金陵之雄险与个人之感叹结合，以史起笔，落笔于对国家太平的称颂。从题材上看，这虽是作者出仕为官后之所作，但又不是一般的"颂圣"之作，是作者深刻体味战乱之苦后对和平生活强烈企盼的自然表达。如果没有在南京的经历，没有"史官"的视野，高启很难写出这种豪放雄健、内涵丰富的作品。与元末以"自适"为创作目的的作品相比，此诗在境界上有了质的提升。不仅如此，入京为官后，高启的"送别诗"也有别于元末时的同类作品：

> 《送沈左司从汪参政分省陕西汪由御史中丞出》：重臣分陕去台端，宾从威仪尽汉官。四塞河山归版籍，百年父老见衣冠。函关月落听鸡度，华岳云开立马看。知尔西行定回首，如今江左是长安。②
> 《金陵喜逢董卿并送还武昌》：兵后匆匆记别离，两年音问不相知。武昌楼下初来日，幕府山前忽见时。上国花开同醉少，大江潮落独归迟。莫嗟握手还分手，此会从前岂有期？③

---

① 高启：《登金陵雨花台望大江》，《高青丘集》，第451页。
② 高启：《送沈左司从汪参政分省陕西汪由御史中丞出》，《高青丘集》，第577页。
③ 高启：《金陵喜逢董卿并送还武昌》，《高青丘集》，第578页。

"送别诗"在高启诗作中所占比例很大。此二诗，内容不再局限于"离愁别绪"的情感抒发，而是把个人的情感和社会现实联系起来。诗人把国家统一后的新面貌与对友人的期许融为一体，落笔于"知尔西行定回首，如今江左是长安"、"莫嗟握手还分手，此会从前岂有期"，再无元末送别诗的颓废伤感。两诗风格大气磅礴，刚劲雄健，颇有盛唐之风，既体现了一个史官的气魄与胸怀，毫无藻饰地写出了"颂圣"之情。所以谢徽说："使季迪此时而专意于诗，则他日之所深造，当遂称一家，奚止相与唐人轩轾哉！"但是谢徽的期待只是从一个诗人的立场出发，朱元璋"征召"高启的目的绝不是希望他做一个"诗人"，也不允许他"专意于诗"。当高启"史官"的任务完成以后，朱元璋授予其"户部侍郎"一职。如果换成杨基，这可能是令人欢欣鼓舞的。但对高启而言，一方面，这种职位不适合他。高启在"四杰"最具"诗人"性情，写写诗，做些制诏颂圣的文字工作，甚至参与编撰《元史》，这些事高启都有能力，也愿意做。但让其供职户部，从事细致的财务工作，高启不愿意，也做不了。另一方面，在"修史"期间，高启已然深感"为官"之疲惫、客居异乡之孤单。"乡情"沉重，高启在很多诗中表达了凄凉与感伤的情思。如《客舍夜坐》："楼角声残锁禁城，灯花半落夜寒生。啼鸦井上惊风散，残雪窗前助月明。清世莫嗟人寂寞，中年渐怯岁峥嵘。酒杯诗卷吾家物，客里相亲倍有情。"① 雄伟煊赫的"禁城"，在作者眼中却是"楼角声残"、"灯花半落"的萧瑟与凄冷；窗前月明之夜，只有"啼鸦"在冷风中时聚时。颈联中作者又自问自答：为什么清明世界中却感到寂寞，原来是岁月渐逝，豪气不在。结尾处，作者点明自己"思乡"的真正原因，一是那里有"酒杯诗卷"的日子，二是那里有自己眷恋已久的亲人。此时的高启，不像供职朝廷的官员，倒像客居异乡的游子。再如《送贾麟归江上》："别泪纷纷逐断猿，贫交无赠只多言。离愁正似蘼芜草，一路随君到故园。"② 这也是其"修史"期间的作品。面对贾麟的归乡，诗人情不自禁，既有离别的不舍，更有对其归乡的羡慕。不禁自问，自己何时才能归乡？于是只能借惜别之情，表达"一路随君

---

① 高启：《客舍夜坐》，《高青丘集》，第 584～585 页。
② 高启：《送贾麟归江上》，《高青丘集》，第 719 页。

到故园"的"乡情"。在高启为官京师期间,此类感伤情调的诗比比皆是,"此时愁杀桓司马,暮雨秋风满汉南"①,"上国岂无千日酿?独怜此是故乡春"②,"不向灯前听吴语,何由知是故乡人?"③ "走马已无年少乐,听莺空有故园思。"④ 这才是作为"诗人"的高启。"被召"的经历,受"应制"之作的影响,高启的视角、选材、抒情方式、写作技巧等都有了大大的提升,在"颂圣"之外,也留下了大量上乘的抒情之作,改变了高启的诗风。但同时,"被召"又加重了高启的心理负担。为官期间的提心吊胆、对行政琐务的疲倦以及客居异乡的孤独,又使高启在私人化写作中流露出伤感凄凉的感情。当其固有的"旁观者心态"受到"被召"经历的挑战,矛盾性文学思想的形成也就成为必然。

"被召"后,其创作由"自适"向"应制"转变,进而引起诗风的变迁,这是吴中文人文学思想的普遍变化。"吴中四杰"中的张羽,和高启也甚为相似,主要表现在:第一,张羽和高启一样,入明后的仕途经历主要在京师,侍圣左右,更需竭力做好"应制";第二,二人的性情都偏向"诗人"。

谢徽对高启的评价同样适用于张羽。入京为官后,张羽为"应制"写作大量的"台阁"作品外,而为官的经历则开阔了张羽的视野。无论是纪实还是写景,张羽诗歌的境界都得到了大幅提升,如其《清口》:

> 豁达两河口,前与黄河通。高岸忽斗折,清淮汇其中。甘罗城在南,韩信城在东。一为秦人英,一为汉家雄。人生有不死,所贵在立功。方其未遇时,鹿鹿何异同。时命苟未会,丈夫有固穷。舍舟登高防,岁暮百草空。坡陀陇亩间,一二老弱翁。遗迹不可问,但见荒榛丛。行行重回首,目断双飞鸿。⑤

此诗作于奉使凤阳路上,是其《纪行十首》之一。王命在身,张羽既感

---

① 高启:《秋柳》,《高青丘集》,第 718~719 页。
② 高启:《吴中亲旧远寄新酒二首》,《高青丘集》,第 739 页。
③ 高启:《逆旅逢乡人》,《高青丘集》,第 741 页。
④ 高启:《春来》,《高青丘集》,第 585 页。
⑤ 张羽:《清口》,《静居集》卷一,四部丛刊本。

荣耀，亦觉"担当"。诗歌起语不凡，先表现清口之险峻，然后引出甘罗、韩信二人，品评其遭遇，然后抒发自己的感叹。最后将英雄的功勋与现实结合起来，感慨中寄托无奈，意味深长。全诗大气磅礴，不乏苍凉纵横之美，融写景、咏史、纪实、抒情为一体。张羽此诗格调高于元末时和友人游历的写景之作，也高于明初为官之前隐居湖州时作品。再如其《望太湖》一诗：

> 登高丘，望远泽，蓬莱三山不可测。何如具区亿万顷，洞庭连娟向空碧。东风吹尽吴天云，玉盘双螺翠堪摘……先帝咨嗟逾九年，黄能无勋幽羽渊。有子大圣与天通，一朝出我群鱼中。试观此湖险，始知四载功。长养草木华，无心谢春风。吴越之事良可鄙，虎战龙争方未已。水犀百万今安在，惟见夫差白云里。鸱夷身退带蛾眉，不值沧波一杯水。我欲临流叫神禹，湘灵鼓瑟冯夷舞。尽挽湖波酿作葡萄春，饮醉扁舟卧烟雨。①

从内容及诗人心态看，这首歌行应是张羽入明为官期间所作。诗歌造语奇特，极富想象，既有李白之豪放，又兼李贺之雄奇。诗歌以太湖之壮美起势，在历史的穿梭中，最终回到朱明王朝的天下归一，所谓"有子大圣兴天通，一朝出我群鱼间"。在此高度上，诗人又对当年的吴越割据做了点评，认为他们不成气候。诗人最后又拿范蠡与自己比较，认为范蠡虽然潇洒，功成身退，但只是帮助勾践打败了对手，并未能如自己般感受到四海归一的荣耀，更体会不到"醉卧扁舟卧烟雨"的豪气与自信。整诗把太湖之气势与国家统一、个人情怀融为一体，一气呵成。如果没有"为官"的经历，没有"应制"写作的训练，即使是借太湖之景写归隐之情，张羽也难有如此立意与手笔！对于张羽的诗歌创作，四库馆臣如是评价："今观其集，律诗意取俊逸，诚多失之平熟。五言古体低昂婉转，殊有浏亮之作……至于歌行，笔力雄放，音节谐畅，足为一时之豪。"② 其风格划分依据体裁的不同。但如果根据张羽的经历对其诗风

---

① 张羽：《望太湖》，《静居集》卷三，四部丛刊本。
② 《钦定四库全书总目》（整理本），中华书局，1997，第2273页。

作"纵"的描述，可以看出其"雄放"之笔渐少，而"哀婉"之作渐多。

"吴中四杰"在明初的为官经历中，张羽的品秩最低。他既没有高启修史后得以"授官"的机会，也没有徐贲因恪守"责任"而屡获升迁的幸运。即便是做些"应制"的点缀工作，偏于"诗人"性情的张羽依然感觉心力交瘁，诚惶诚恐。这种压力主要来源于"畏祸"与疲惫。张羽经历了官场的疲惫，又目睹了友人相继被杀，才深感不适合做官，写诗才是唯一能胜任的事情，"不才如此真堪弃，敢负明时费俸钱"，"怕见是非休看史，未忘习业尚耽诗"。此外，他和高启一样，为官期间，有着强烈的游子感，如《客夜又怀》："欲洗闲愁把酒倾，酒醒愁思又还生。青灯背壁客孤坐，黄叶满阶蛩乱鸣。千里有怀频入梦，一身如寄若为情。山长水远人何处，两岸芦花月自明。"① 在被贬岭南的路上，张羽还在宣泄其思乡之苦，其《闽中春暮》云："吴山入梦驿程赊，身逐孤忪客海涯。九十日春多是雨，三千里路未归家。"② 这类诗才是张羽后期诗作的主体，沉郁哀婉，凄苦悲凉，也更动情。和高启一样，"被召"为官，张羽对诗歌有了新的理解。一方面，与元末相比，其很多抒情诗在境界、格调、立意等方面都有提升；另一方面，随着其心态的变化，张羽既写不出元末轻快飞扬的"闲适"之作，也写不出刚刚为官时感情充沛的"颂圣"之作，其文学思想发生了巨大的变化。

值得一提的是，在"四杰"中，高启和张羽长期供职于中枢，理论上二人更需要写作大量的"应制"之作。但由于二人职位及为官经历不同，其台阁作品又有区别。高启作为"史官"，更多立足于"史"的视野，纵横历史，然后笔落当下，间接达到了"颂圣"的效果，如："汉运初兴日，周藩并建年。辨方分社土，当陛列宫县。"③ 而张羽是"太常寺丞"，负责皇家礼仪祭祀，更多立足于此，如《龙江湾》："祀事有常期，中心念王程。俯视万仞渊，不啻沟浍平。涉川古所戒，事重躯命轻。"④ 当然，此诗还说明另外一个信息，即二人"台阁"之作中情感力

---

① 张羽《客夜又怀》，《静居集》卷五，四部丛刊本。
② 张羽《闽中春暮》，《静居集》卷五，四部丛刊本。
③ 高启：《封建亲王赐百官宴》，《高青丘集》，第 548 页。
④ 张羽：《纪行十首》之《龙江湾》，《静居集》卷一，四部丛刊本。

度不同。相比之下，张羽的情感力度更强，一是因为他比高启受重用的时间晚，颇有"久旱逢甘霖"之感，故而在任职伊始，更知道感恩与珍惜；二是张羽的职位代表官方的立场，职之所需，决定了张羽必须投入更多的情感。当然，在经历了"伴君如伴虎"的"畏祸"后，二人"颂圣"的情感都日趋苍白，流于应付，这既违背了朱元璋起用他们的动机，也违背了他们内心的意愿。从这个层面上讲，吴中文人和朱元璋的合作，都未能达到理想的期待。

二 理论主张的转变

（一）从"自然"到"法度"

为了适应"应制"，"吴中四杰"无论是诗学理论还是创作实践，明显呈现出从"自然"向"法度"的转变。除了张羽的《纪行（十首）》，徐贲的《晋冀纪行（十四首）》也显示了这种变化，兹举两首：

> 《沁水县》：一水随山根，宛转流出响。滩声绕县门，孤城数家静。风土殊可怪，十人五生瘿。土屋响牛铎，壁满残日影。行迟欲问宿，连户皆莫肯。亭长独见留，半榻亦多幸。呼童此晚炊，粝饭谷带颖。野蔌不可得，敢望肉与饼？途行乃至此，俭素当自省。
>
> 《羊肠坂》：盘盘羊肠坂，路如羊肠曲。盘曲不足论，峻陡苦踯躅。上无树可援，下有石乱矗。一步一嗟吁，何以措手足。途人互相顾，屡见车折轴。少时徒耳闻，今日亲在目。不经太行险，那识安居福。①

这一组诗是徐贲于洪武九年出使山西路上所作。徐贲称："往山西，与顾璁同受上命，问俗于晋民。自京师下长江、历淮蔡、入大梁、渡黄河、登大行，览唐虞故都，周旋于吉、绛、汾、沁间，过雁门、代郡、回观、上党、长平之旧迹，跋涉五千余里，其间山河形势，佳景殊俗，未暇尽述，姑赋其万一，聊以扩吾之见闻。"② 王命在身的徐贲，既无张羽出使

---

① 徐贲：《晋冀纪行（十四首）》，《北郭集》卷三，四部丛刊本。
② 徐贲：《晋冀纪行（十四首）序》，《北郭集》卷三，四部丛刊本。

凤阳的兴奋，也没有太多的抱怨。虽然生活艰辛，旅途疲惫，他依然告诫自己"途行乃至此，俭素当自省"。面对太行的羊肠坂道，徐贲依然以从容的心态面对，"不经太行险，那识安居福"，既留给人太行之险峻的遐想，也表明了自己临安祈福的态度。关于《晋冀纪行》的风格，傅增湘在《北郭集跋》中有段评论："观其《晋冀纪行诗》十四章，笔力坚劲，法度谨严，力矫元季绮靡之习。"① 对于徐贲"法度谨严"的诗风，四库馆臣归结于其性格："盖其天性端谨，不逾规矩，故其诗才气不及高、杨、张，而法律谨严，字句熨帖。"② 如果读读徐贲元末时期的作品，就知道他既有"天性端谨"的一面，亦有张扬狂放的一面，否则也不会有"日同博徒醉，聊解平生愁。一掷百万钱，一饮连千筹"③ 的豪情，也不会有"十年梦寐凭诗寄，千里风霜藉酒论"④ 的挥洒。单就《晋冀纪行》而言，以"法度"为准是必然。徐贲此诗作于奉使途中，为官时与元末隐居时的心态截然不同，他必须适应从"自适"到"应制"的写作需要。朱元璋也不允许徐贲做无拘无束的诗人，《明史》载："暨还，检其橐，惟纪行诗数首，太祖悦，授给事中。"⑤ 当然，徐贲的升迁绝不仅仅因为诗写得好，而且还有履行"责任"的完满。但从记载中，必须看到徐贲写诗有所顾虑的因素：必须收敛其感情，做到既合体又合法。与元末相比，入明后徐贲的作品整体上呈现出从"自然"向"法度"的转变。如：

　　《题田家》：田家无别业，朝夕理东菑。敢说农功苦，惟忧稼事迟。牧归牛饱后，祭散犬迎时。更得轻徭役，丰年乐有期。⑥

　　《送汤伯贞之京》：晓日转城鸦，驱驰陌上车。身虽居道路，心已恋京华。陇树萧萧叶，河流混混沙。到时春烂漫，开遍上林花。⑦

① 傅增湘：《北郭集跋》，徐贲《北郭集》补遗，四部丛刊本。
② 《钦定四库全书总目》（整理本），中华书局，1997，第2274页。
③ 徐贲：《次韵题高士敏》，《北郭集》卷一，四部丛刊本。
④ 徐贲：《次韵高季迪喜予北归相访江渚之作》，《北郭集》卷七，四部丛刊本。
⑤ 张廷玉等撰《明史》，中华书局，1974，第7329页。
⑥ 徐贲：《题田家》，《北郭集》卷五，四部丛刊本。
⑦ 徐贲：《送汤伯贞之京》，《北郭集》卷六，四部丛刊本。

两首诗，在题材上，一为纪实，一为送别。但无论抒情方式还是审美风格，都谨严有法。第一首诗，虽然写出了农家之苦，但并无讽喻之笔，仅以"更得轻徭役，丰年乐有期"寄托希望。徐贲曾常年奔走于地方为官，应深知农民之艰辛，尤其吴中地区的百姓。这种"严谨"的表达方式无疑缘于徐贲对身份的顾虑。第二首诗送别同僚回京，身份的顾虑、情感的亲疏，都使徐贲在此诗中没有表露太多真实的感情。再看徐贲元末时期的送别诗或者入明后写给密友（如北郭友人）的赠答诗，则不难发现，徐贲虽然不若高启的率真、杨基的张扬，但也算一位性情君子，许多诗饱含感情，风格哀婉凄朗。由此可见，徐贲诗风的"谨严有法"，除却其性格因素，还因为身份的转变，仕途的相对顺畅，这些都要求诗歌创作必须遵循从"自然"向"法度"的转变。

这种变化亦为吴中文人所共有。以理论主张的方式对其进行明确的是高启。他在《独庵集序》中说：

> 诗之要：有曰格、曰意、曰趣而已。格以辨其体，意以达其情、趣以臻其妙也。体不辨则入于邪陋，而师古之意乖；情不达则入于浮虚，而感人之实浅；妙不臻则流于凡近，而超俗之风微。三者既得，而后典雅、冲淡、豪俊、秾缛、幽婉、奇险之辞变化不一，随所宜而赋焉。如万物之生，洪纤各具乎天，四序之行，荣惨各适其职。又能声不违节，言必止义，如是而诗之道备矣。①

该序作于洪武三年。其中既有高启对自己诗学理论一贯的坚持，也有入明之后的新变。和元末时的《缶鸣集序》相比，高启依然坚持诗歌"情"与"趣"的本质。但高启首次拈出"格"，而且与"体"连接起来，既反映了其对诗歌理解的加深，也反映了其在理论上的革新。

"格"即"格调"，指诗歌应具备的内在力量。具体到元末明初的文坛，又可粗略分为"山林"与"台阁"两类。"山林之文，其气枯以槁；台阁之文，其气丽以雄。岂惟天之降才尔殊也？亦以所居之地不同，故

---

① 高启：《独庵集序》，《高青丘集》，第 885 页。

其发于言辞之或异耳。"① 宋濂是从创作主体所居之地的不同而引出"枯以槁"与"丽以雄"的不同。其实二者统一的关键还在于文人心态,"所居之地"之气势与文人心态吻合时,宋濂的论述才可能生效,所居之地与文人心态发生冲突时,二者则无法统一,如高启在京师就写了很多愁苦压抑之作。"格调"除与创作主体相关外,还取决于诗歌本身的"体"。不同的"体"可以承载不同的诗歌内容,而且"体"不同,抒情特点与适用范围也不同,如古体、近体、乐府,诗体本身就决定了表现范围。体又分为"体式"与"体貌"。"体式"指诗歌的外在形式,如古体、近体、乐府;"体貌"指诗歌的审美情态与诗歌风格。"体式"与"体貌"有联系也有区别。陶渊明"平淡真醇"的"体貌"主要指的就是其五言古体的"体式",李白"豪迈奔放"的"体貌"主要指的是其歌行、五古的"体式"。"体式"与"体貌"统一的状态往往就成就诗人独特的风格,如"韦柳体"、"山谷体"等。正是意识到了"体"的选择和"格调"能有效联系,高启才提出"格以辨其体"。

就"格"对创作主体的要求而言,主要强调诗歌思想之纯正及表达方式之严谨,二者相辅相成。所谓"体不辨则入于邪陋,而师古之意乖"、"声不违节,言必止义",显然寓含着"雅正"的意思。一方面,追求"雅正"是高启"被召"后的写作需要;另一方面,这是明初文坛的主旋律。高启的创作实践在竭力贯彻这种主张。尽管高启创作了不少"颂圣"作品,但由于他的才情及对诗歌本质的坚持,所以为官期间还是留下了很多诸如《登金陵雨花台望大江》的上乘之作。后来的文论家正是看到了这一点,才对高启做出了很高评价。杨慎说:"洪武初,高季迪、袁可潜一变元风,首开大雅,卓乎冠矣。"② 赵翼说:"青丘才气超迈,音节响亮,宗法唐人,而自运新意,一涉笔即有博大昌明气象,亦关有明一代文运,论者推为明初诗人第一,信不虚也。"③

(二) 从"偏执"到"求全"

为了追求"格、意、趣"三者相统一,高启在诗歌的"体"上,又

---

① 宋濂:《〈汪右丞诗集〉序》,《宋濂全集》,第 481 页。
② 杨慎《升庵诗话》卷七"胡唐论诗"条,丁福保辑《历代诗话续编》,中华书局,1983,第 774 页。
③ 《诸家评语》,《高青丘集》附录,第 1032 页。

提出了"兼师众长，随事摹拟"的"求全"观。在提出"格、意、趣"后，他紧接着说：

> 夫自汉魏晋唐而降，杜甫氏之外，诸作者各以其所长名家，而不能相兼也。学者誉此诋彼，各师所嗜，譬犹行者埋轮一乡，而欲观九州之大，必无至矣。盖尝论之，渊明之善旷而不可以颂朝廷之光，长吉之工奇而不足以咏丘园之致，皆未得为全也。故必兼师众长，随事摹拟，待其时至心融，浑然自成，始可以名大方而免夫偏执之弊矣。①

这段话有三层意思：第一，只有杜甫才做到兼取各家之长，他人则是各有所长；第二，以陶渊明、李贺为例指出"偏执"一体的不足；第三，就如何避免"偏执"而提出了自己的解决办法："兼师众长，随事摹拟。"高启此处的"体"主要指"体貌"，所谓"颂朝廷之光"与"咏丘园之致"的区别，虽然未直接指明"体式"的用途，但意义自然蕴含其中，因为不同"体貌"的形成需要不同"体式"与之搭配。这段话可以视作高启"求全"的"体貌"观最完备的表述。对此，可以从三个方面加以说明。

首先，从其产生的原因上看。"兼师众长"既是高启的一贯主张，也是他在"吴中四杰"中得以冠居榜首的理由。据张适《哀辞》记载，高启少年时就"粹砺于学，尤嗜诗"，"诗人之优柔，骚人之凄清，汉、魏之古雅，晋、唐之和醇新逸，类而选成一集，名曰《仿古》，日咀咏之"。② 但是，此时高启对各家的效仿是为了领会诗歌之本质，或者说是当好一名"专业诗人"，如其在《缶鸣集序》中所言："虽其工未敢与昔之名家者比，然自得之乐，虽善辩者未能知其有异否也。"③ "自得之乐"显然是从"娱己"的角度着眼，没有任何附加功能。而入明后，由于"应制"的需要，高启意识到光"娱己"是不够的，还要"颂朝廷之光"。当然，高启并没有否定"丘园之致"，只是认为作为大家应该做到

①　高启：《独庵集序》，《高青丘集》，第885页。
②　张适：《哀辞》，《高青丘集》附录，第1013页。
③　高启：《缶鸣集序》，《高青丘集》，第906页。

二者兼得。这既可以看出高启对自身诗歌观念的调整，也可以看出高启
入明后的诗歌抱负。

其次，从"求全"观的执行力度来看。元末时期，高启虽然也看到
了"兼师众长"的重要性，但在实际写作时，高启还是有所偏好，其师
法对象以汉魏盛唐为主。杨基说："早与高徐辈，远慕黄初时"①，张羽
说："建安方合体，大历却徒名。"② 之所以如此，因为建安、盛唐诗歌
是以真挚的情感、圆融的意境、飞扬的气势取胜，所谓"建安风骨"、
"盛唐之音"都包括这些特点。而这正是高启等人向往的，也是其理想
中的诗歌风格。正如高启在《娄江吟稿序》中所言，"感心而动目者，
一发于诗"、"遣幽愤于两忘，置得丧于一笑者，初不计其工不工也"、
"拊缶而歌之"③ 等，其创作方法与建安诗人、盛唐诗人"横槊赋诗"、
"斗酒成篇"何其相似！入明之后，这种创作方法所依赖的环境发生了
变化，无论是作者身份还是朱元璋的期待，都不允许这种"专业诗人"
的存在。为了适应这种写作需要，高启"兼师众长"的范围迅速扩大。
很多论者看到了这点，如赵翼在《瓯北诗话》中说：

> 然青丘非专学青莲者。如《游龙门》及《答衍师见赠》等作，
> 骨坚力劲，则竟学杜。《太湖》及《天平山》《游城西》《赠杨荣
> 阳》《寄王孝廉》《乞猫》等作，长篇强韵，层出不穷，无一懈笔，
> 则又学韩。《送徐七往蜀山书舍》，古体带律，奇峭生硬，更与昌黎
> 之《答张澈》，如出一手。集中本有《效乐天体》一首，又《听教
> 坊旧妓弟子陈氏歌》一首，亦神似长庆。《中秋玩月张校理宅》，又
> 似李义山。《玉波冷双莲》及《凤台曲》《神弦曲》《秦筝词》《待
> 月词》《春夜词》《黑河秋雨引》，又似温飞卿。《蔡经宅》及《书
> 梦赠徐高士》《送李外史》等作，又皆似黄庭坚。可见其挫笼万有，
> 学无常师也。即如身当元季，沉沦江村，身未历殿陛，目未睹典章，
> 一旦召修《元史》，列于朝班，其诗即典切瑰丽，虽贾至、岑参等
> 《早朝大明宫》之作，不能远过。此非其天才卓绝、过目即吻契，

---

① 杨基：《衡阳逢丁泰》，《眉庵集》，第 43 页。
② 张羽：《绿水园燕集》，《静居集》卷四，四部丛刊本。
③ 高启：《娄江吟稿序》《高青丘集》，第 892 页。

而能若是乎？①

姑且不论赵翼对高启具体篇章模仿对象所作的判断是否正确，但他准确地看到了高启因身份的变化，诗歌有了"典切瑰丽"的风格，并指出高启"宗唐"开始兼顾晚唐温、李之风。虽然沿袭温、李之风的"铁崖体"在明初已经没有了市场，但温李诗歌纤秾瑰丽、藻饰堆砌的特点在"应制"写作中是值得借鉴的，"漏尽秋城催仗早，烛明春殿卷帘迟"、"芳秾蜂蜜滑，的曤蚌珠圆"、"晓阙晴飞凰，炎溪晚堕鸢"，高启类似的句子在元末的诗作中是少见的。当然，还有人把高启的"兼师众长"的范围扩大到对元诗的模仿，缪泳谋说："季迪诗，自古乐府、《文选》、《玉台》、金楼诸体，下至李、杜、王、孟、高、岑、钱、郎、刘、白、韦、柳、韩、张，以及苏、黄、范、陆、虞、揭，靡所不合，此之谓大家。"② 尽管没有指出高启"兼师众长"范围扩大化的原因，但作为理解高启入明后"求全"的诗学主张，却是合理的。

高启的"求全"不唯体现在"体貌"上，也体现在"体式"上。单就元末高启的诗作而言，最富艺术价值的是以乐府、古体、歌行为主。这类"体式"由于受格律束缚较少，长于抒情，挥洒自如，所以高启创作了大量此类作品，最熟悉的如《青丘子歌》。相比之下，此时高启的律诗，无论在数量上还是在质量上都并不突出。而入明后，高启的律诗创作，无论是在数量上还是在质量上都有了大幅度的提升。他不但用律体写作了大量"颂圣"之作，而且还用律体创作了大量私人化作品。就律诗的"体式"特点而言，不但适合官方文章"谨严有法"的写作特点，亦能体现诗人的才气，而这两方面都是高启需具备的。以七律为例，其《送人出镇》《御沟》《登天界寺钟楼望京城》《赴京留别乡书》等都不乏"颂圣"的感情。直到洪武四年，他还以七律的形式写作了台阁作品《喜闻王师下蜀》："蜀国兵销太白低，将军新拜汉征西。浮桥已毁通江鹬，进鼓初鸣突水犀。不假五丁开道远，俄看万甲积山齐。从今险阻无人恃，夷贡南来尽五溪。"③ 但是，高启作为一位大家，对诗歌的敏感又

---

① 赵翼：《瓯北诗话》，人民文学出版社，1963，第125页。
② 《诗评》，《高青丘集》附录，第993页。
③ 高启：《喜闻王师下蜀》，《高青丘集》，第610页。

能让他迅速适应各类"体式"。他用七律写下了大量高质量的私人化作品，如《清明呈馆中诸公》："新烟着柳禁垣斜，杏酪分香俗共夸。白下有山皆绕郭，清明无客不思家。卞侯墓上迷芳草，卢女门前映落花。喜得故人同待诏，拟沽春酒醉京华。"①虽以"思乡"为主题，但结尾处还是以喜写忧，虽客居异乡，毕竟还有同僚相伴，得以暂缓"思乡"之苦。再如《京师秋兴次谢太史韵》："柳外秋风起御河，京华客子意如何？技同南郭知应滥，俸比东方愧已多。梁寺钟来残月落，汉宫砧断早鸿过。不材幸得同趋阙，几度珊珊候晓珂。"②诗歌借景抒情，妙用典故，传达出自己细腻的情思，虽无雄浑豪放之气，但不乏清丽婉转之音。可见，尽管这种写作方式出于"被召"的需要，但由于高启才力的出众，在客观上弥补了其在元末时期创作的短处。从这个意义上讲，"求全"的诗学观念推动了高启对诗歌全面的尝试，也丰富了其创作实践。

最后，对这种"求全"观的评价问题。对于高启由"偏执"向"求全"这一诗学观念的转变，历来的评价主要有两种。一种是认为高启达到了"众体皆备"、无一不工的境界，推其为"明代第一诗人"，代表人物有胡应麟、杨慎、汪端、赵翼等。尤其是赵翼，把高启推到无以复加的地步："历观宋、金、元、明诸家诗，有力厚而太过者，有气弱而不及者，惟青丘适得诗境中恰好地步，盖其用力全在使事典切，琢句浑成，而神韵又极高秀。看似平易，实则洗练功深，此正是细腻风光，固不必石破天惊以奇杰取胜也。"③而另一种意见则认为，高启虽然众体皆备，转学多家，但自己最终未能自成一家，最典型的是四库馆臣的说法："启天才高逸，实据明一代诗人之上。其于诗，拟汉魏似汉魏，拟六朝似六朝，拟唐似唐，拟宋似宋，凡古人之所长，无不兼之，振元末纤浓缛丽之习而返之于古，启实为有力。然行世太早，殒折太速，未能熔铸变化，自成一家，故备有古人之格，而反不能名启为何格。"④一方面肯定了高启摹拟的天才，指出其在元末明初诗风转折中的重要作用；另一方面又认为他又失去了自己的风格，所谓"备有古人之格，而反不能名启为何格"。

①　高启：《清明呈馆中诸公》，《高青丘集》，第 578 页。
②　高启：《京师秋兴次谢太史韵》，《高青丘集》，第 580 页。
③　《诸家评语》，《高青丘集》附录，第 1033 页。
④　《钦定四库全书总目》（整理本），中华书局，1997，第 2272 页。

当然，这段话的重心还是在于对高启未能自成一家的认识上。

对这两种意见，可以从三个层面认识。首先，就高启的创作实际而言，无论是元末还是明初，高启都留下了大量有价值的作品，这是首先要明确的。"被召"后，出于"应制"的需要，高启对诗歌的理解及写作手法都有调整，从元末的"偏学青莲"转为明初的"推崇杜甫"，大量台阁作品的写作过程中丰富了其对诗歌的理解，同时他也未放弃对诗歌本质的坚持，因而有《登金陵雨花台望大江》等作品的问世。可以说，诗学观念的转变，摹拟对象的扩大，并不是导致高启未能比肩李、杜等一流诗人的根本原因。其次，如何看待高启转变前后的诗歌特点？这涉及价值判断问题。在艺术性上，高启元末的诗歌雄健豪放，辞气飞扬，虽然在立意、手法、风格上迥异于"铁崖体"，但也不乏其辞意纵横、贯穿气势的特点。其明初的诗歌在格调、法度上更显功力，音节浏亮又不失雄浑之美，谨严高古又不失精神气象。但从专业诗人的角度看，其元末诗的艺术性更强，给人更美好的阅读体验。在思想性上，高启元末诗歌多作于乱世，充满"乱世之气"，多哀叹个人不平，题材宽泛、思想自由。而入明以后，"史官"的身份使他视野更加开阔，他亦要充分考虑到诗坛上的"雅正"之尚。更为重要的是，由于高启在诗坛上的地位及其对诗歌的探索，对时人及后人都产生了影响。甚至很多人认为，他开启了明代文坛的"大雅"、"复古"之风，如杨慎就把他放在"首开大雅，卓乎冠矣"的位置上。因此，就诗歌所阐发的思想价值及社会影响而言，高启明初的诗作意义更大。最后，高启未能"自成一家"的真正原因。如果说因为"应制"高启提出了"格"与"随事摹拟"的主张，进而阻碍其成为一流诗人的话，那么，为什么辞官以后的高启却依然未能在创作上继续前进？此时"归隐"的高启完全还有机会重新思考对诗歌的理解。真正的原因在于，明初的环境再不允许高启回到过去，他也根本无法回到过去的状态。朱元璋严密的思想控制根本不允许高启安心做"诗酒相伴"的"归隐之士"，他能顺利"归隐"已是幸中之幸。对高启而言，三年仕途生涯已让他饱受"畏祸"之苦，而这种精神压力一直伴随其后期隐居生活，正如他在词作《摸鱼儿·自适》中总结的

"三般检束：莫恃微才，莫夸高论，莫趁闲追逐"。① 此外，高启身边已无元末北郭诗人那样的圈子。所以，无论是创作环境还是创作心态，高启都无法回到过去，这才是高启未能跻身一流诗人之根本。②

三　审美情趣的转变

从"出处"来看，以高启为首的"吴中四杰"在元末明初主要有两次选择：一是元末受张士诚的"礼聘"，一是明初应朱元璋的"征召"。单就实现梦想的机会而言，朱元璋给他们的更多。至少从结果来看，"四杰"在明初的职位都远高于其在张吴时期"记室"、"校理"等文职。但就其情感体验而言，他们在明初所承受的心理负担却远大于元末。从政权性质上讲，张吴只是一个割据政权，"礼聘"文人更多出于一种粉饰的需要，和士人的关系类似"主宾"，既不会给他们太多实权，也不会对他们限制太多，所以高启可以逃往娄江隐居，杨基也可以跑到饶介家中。而朱元璋统一全国后，"征召"士人是为了让其或"为官一任"，或"尽其文采"，士人既要有"君臣大义"的思想准备，也要有履职"责任"的实干能力。朱元璋既不允许他们单纯做"诗人"，更不允许他们动辄"归隐"、"出逃"。对吴中文人来说，在张吴时期，虽然职位不高，但行动自由，还有大量的友人可以诗酒之会，尽管也有对世事变迁的担心、怀才不遇的感叹，但整体上却能"自得其乐"。入明之后，他们纷纷"被召"，或在京师为官，如高启、张羽，或先经历"徙濠"，再被起用，如杨基、徐贲。他们失去了元末的自由的同时，还不得不天各一方，安分守己地履职责任。因此，在入明经历了短暂的欣喜之后，其一贯的"旁观者心态"迅速反弹。但与元末不同的是，朱元璋再不会让他们这种"旁观者心态"有生存的空间。幸运者如高启，虽能再次"辞官"，却也在惶恐中度日，其他人甚至连"辞官"的机会都没有。环境及心态的变迁，不但迫使他们去写一些"颂圣"的作品，即使是在私人化的抒情之作中，心情之压抑也使其诗歌的审美情趣不同于元末，这种变化可以概括为两点：从"狂放天真"到"愁苦压抑"、从"激扬外露"到

---

① 高启：《摸鱼儿·自适》，《高青丘集》，第 973 页。
② 参看左东岭《高启之死与元明之际文学思潮的转折》（《文学评论》2006 年第 3 期）。

"内敛婉转"。

在"四杰"中，杨基的人生经历和诗歌都颇有特点。他政治抱负最大，受的打击却最重。在诗歌创作上，他受"铁崖体"影响最深。在元明诗坛由"纤秾柔弱"向"大雅"之风的转变中，他非但未能像高启那样提出完备的诗学主张，在实际创作中也不如徐贲、张羽出色。杨基的诗歌特点，后世的诗论家大致形成了两种意见：一是以李东阳、王世贞、沈德潜等为代表的"复古派"，肯定其长于"句胜"，但认为其诗歌整体上缺少"大雅"之风，过于纤秾而未离元末旧习。如王世贞说："杨孟载如西湖柳枝，绰约近人，情至之语，风雅扫地。"① 而以都穆、许学夷、杨慎等为代表的诗论家，则充分肯定了杨基诗"任情"的艺术价值，并指出其诗律精严的一面。如许学夷说："国朝古、律之诗为艳语者，自孟载始，然情胜而格卑，远出温李之下。元美谓'其情至之语风雅扫地'。予谓：果尔，则温李诸子宜尽黜矣。"② 在"情"与"格"之间，许学夷更偏向于"情"。尽管两种意见的出发点不同，但其说法都有合理性，至少看出杨基诗歌整体上具备两个特点：浓艳纤巧、情胜格卑。因此引出了两个问题：为什么杨基入明之后未能再次扭转自己的诗风？"被召"的经历对其诗歌创作有哪些影响？

元末时的杨基，和杨维桢有"小杨"、"老杨"之称，受"铁崖体"影响下写作了《结客少年场行》《钓鳌海客歌》《铁笛歌为铁崖先生赋》《李道士歌》《玉鸾引》等一系列才情激荡的歌行。杨基在"四杰"中最具政治抱负，性格也最为狂狷，故"铁崖"之为人与为文对其尤具吸引力。入明后，杨基既没能像高启一样直接入京修史，也未能像徐贲一样，在经历"徙濠"后迅速升迁。如果说杨基在张吴时期的"不平"源于怀才不遇，那么，其在入明后的"不平"就更多源于身心所受之摧残。杨基此后的仕途也是屡遭打击，从其诗文可见其对这段经历尤为刻骨铭心。因而，和高启、张羽等人相比，其"颂圣"之作感情十分贫瘠，无非是"圣主直教恩泽遍，香罗先到小臣家"③、"回首帝城明月满，六街箫鼓万

---

① 《汇评》，《眉庵集》，第 392 页。
② 《汇评》，《眉庵集》，第 395 页。
③ 杨基：《奉天殿早朝》，《眉庵集》，第 205 页。

家灯"① 等直接歌功颂德。因此，在明初回归"大雅"之风的路上，杨基的经历决定其无法如"四杰"中其他人一样走得更远，亦在后世留下了"情胜格卑"的评价。

而这种经历则使杨基能更好地坚持文学"缘情体物"之本质。他不但留下了大量蕴藉隽永的诗句，其词更是冠绝"四杰"，以"情致深婉"的特点深受论者好评。② 尽管其对诗歌的本质认识没有发生变化，但由于环境及经历的转变，其诗歌的审美特点也发生了较大的变化，呈现出"愁苦压抑"、"内敛婉转"之特点。

元末杨基诗歌的整体风格为"狂放"、"纤秾"。他在这一时期，时而为客，时而为官。时而效仿杨维桢的口气自称"老夫"，"正是江村寒食后，老夫先为绿阴来"③；时而放浪形骸，以"痴顽子"自居，"龌龊自处痴顽间"。④ 当然，他亦用庄重的口吻表达了对和平的渴望："人皆厌乱思平世，谁不将归说故乡！""遭逢丧乱生何补？见得升平死即休。"⑤ 其诗歌特点正如他评杨维桢一样，"乱后文章感慨多"。⑥ 入明之后，他先遭遇"徙濠"，后又获罪被贬，落职闲居。此后"狂气"锐减，诗风也随之变化，如他寓居句曲时所作的一首长短句《九日袁赞府宅赏菊》：

> 那知此日来句曲，山水自佳惭白首。到处逢人索佳菊，预恐无花孤此酒。东邻送我青两株，细蕊含苞香未剖。耐何无花亦无酒，不愤有酒成不偶。丞家数本花正繁，秀色幽香照窗牖。入门一见清兴发，乱插乌巾笑开口。主人抵掌怪我狂，我自有得忘老丑。三年仅逢一饷乐，此后宁知不愧负。便须筑室满山田，种菊循篱秋百亩。年年酿酒荐秋菊，笑引妻孥寿慈母。世事茫茫未可期，聊作长歌示

---

① 杨基：《东风》，《眉庵集》，第 206 页。
② 如清代的朱彝尊对杨基词做了很高的评价，把其归为姜夔一路，甚至认为"基之后得其门者寡矣"。参见其《曝书亭集》卷四十《黑蝶斋诗余序》。
③ 杨基：《春暮西园杂兴》，《眉庵集》，第 292 页。
④ 杨基：《痴顽子歌》，《眉庵集》，第 110 页。
⑤ 杨基：《闻官军南征解围有日喜而遂咏》其三、其四，《眉庵集》，第 184 页。
⑥ 杨基：《寄杨铁崖先生》，《眉庵集》，第 184 页。

佳友。①

此诗在感情上少了许多"狂放",诗风也趋于平淡。自己遭贬尚属幸运,高启的被杀则让其心情分外沉重。作为高启最好的友人之一,高启之死,至少给杨基带来两点警示:行动上,要安分守己地履职"责任",所谓"种菊循篱秋百亩"已不可能,甚至会引来杀身之祸;思想上,也不能像元末那样乱发议论,高启因文字惹祸就是活生生的例子,正如其在《感怀》诗中总结的"丈夫贵自洁,勿论他人非"。② 因此,杨基诗歌的抒情方式亦有变化,由以前的"激扬外露"变成"内敛婉转",集中体现在《无题和唐李义山商隐》五首中:

其一:一瓣芙蕖是彩舟,棹歌离思两夷犹。风鬟雾鬓遥相忆,月户云窗许暂留。波冷绿尘罗袜晓,恨添红叶翠屏秋。双鸾镜里瑶台雪,任是无情也上头。

其五:为雨为云事两难,蕙心兰质易摧残。筝移锦柱秋先断,漏滴铜壶夜不干。罗幕有香莺梦暖,绮窗无月雁声寒。芙蓉一树金塘外,只有芳卿独自看。③

这组诗内容和风格都很相近,以朦胧之笔法诉尽哀思。前附有杨基序:"尝读李义山《无题》诗,爱其音调清婉,虽极其秾丽,然皆托于臣不忘君之意,而深惜乎才之不遇也。客窗风雨,读而悲之,为和五章。"由于此诗仿义山极为传神,浓密的意象组合、深婉凄丽的情感寄托,使我们难以有效地解读。杨基虽然说是以"怀才不遇"为主题,但实际上却并非限于"怀才不遇"。此诗艺术水准极高,也受到了后人的好评,如都穆说:"杨孟载诗律精切,其追次李义山《无题》五首,词意俱到,真义山之强敌也。"④ 杨基此类诗歌很多,如写张士诚,"莫向西风询往

---

① 杨基:《九日袁赞府宅赏菊》,《眉庵集》,第123页。
② 杨基:《感怀》,《眉庵集》,第2页。
③ 杨基:《无题和唐李义山商隐》,《眉庵集》,第253~254页。
④ 《汇评》,《眉庵集》,第394页。

事，旅怀萧索岂堪胜"①，"往事"到底有哪些？诗人也没有交代，只是让人感到淡淡的忧伤。其《自题宜秋轩》云："人言秋可伤，我觉秋可怡。至洁如屈平，至清如伯夷。爱彼洁与清，竟忘摇落悲。斯意独领会，但恐秋风知。"② 前面交代了屈原的洁与伯夷的清，但是到底感受到了什么，却只有自己"独领会"，还"但恐秋风知"。再如其《春草》："嫩绿柔香远更浓，春来无处不茸茸。六朝旧恨斜阳里，南浦新愁细雨中。"③ 虽以"春草"起兴，寄托"旧恨新愁"，但手法含蓄蕴藉，内敛婉转，再也没有当年直陈胸臆的豪气与勇气。

当然，这种诗歌审美情趣的变化，在"四杰"其他人身上也是存在的。高启虽然明确提出"格、意、趣"的统一，但其为官期间也写了大量愁苦压抑之作，而且在很多诗歌中都以隐晦的手法曲尽其"畏祸"心理，如《寓感二十首》《咏隐逸十六首》等。徐贲和张羽在入明后，虽然也有不少"法度谨严"、"醇正雄厚"的诗作，但更多还是偏向于愁苦压抑、内敛婉转的，如顾起纶评二人："张司丞来仪，体裁精密，情喻幽深"，"徐方伯幼文，词彩遒丽，风韵凄朗。殆如楚客丛兰，湘君芳杜，每多惆怅"。④ 无论是张羽的"情喻幽深"，还是徐贲的"风韵凄朗"，主要指的都是二人入明后诗歌的审美特点。"四杰"诗歌审美意识的变化，反映了他们在与文坛主旋律接轨过程中的困难。当然，这种变化，从文人写作的角度讲，是一种自我保护的方式，但也使他们陷入一种尴尬境地：既无法和主流文坛保持一致，也失却了元末时的特点。

四　"山林"与"台阁"的双重失落

从"四杰"的创作实际来看，为了适应明初文坛主旋律，他们也确实努力过。他们也想像宋濂、王祎一样，为新朝摇笔呐喊。但经过一段时间的尝试后，他们发现，明初的政治环境根本不是他们所想象的那样。他们既无法享受宋濂等人的待遇，又不能像在张吴时期那样来去自由。结果他们既不能安分守己地从事"颂圣"工作，去制定礼仪，写台阁作

① 杨基：《过高邮即景》，《眉庵集》，第248页。
② 杨基：《自题宜秋轩》，《眉庵集》，第25页。
③ 杨基：《春草》，《眉庵集》，第215页。
④ 顾起纶：《国雅品》，丁福保辑《历代诗话续编》下册，中华书局，1983，第1091页。

品，也不能像在元末时去醉酒吟诗、寄情山水。最终他们的锐气消磨殆尽，在愁苦压抑中终结了诗情，也终结了生命。

以政治经历而论，入明后的高启相对幸运。三年修史结束后，他被授予户部侍郎，可见其在南京期间履职也是尽心尽力的。他坚持辞官回乡，也获批准。从其所作的《至吴松江》《始归园田》《始归江上夜闻吴生歌，因忆前岁别时》等诗中看出，高启在归乡后的相当一段时间内是轻松而愉悦的。张吴统治后期，高也曾选择了隐居娄江，还写下了《青丘子歌》这样的豪情之作。按其一贯的本性，理论上这次"隐居"，他还能够恢复到以前的状态，至少远离了官场之苦楚，结束了"思乡"之压抑，也有机会重温"酒杯诗卷"的日子。但事实上，他不但过得不舒服，而且诗情一去不返，甚至连以前的状态都难以保持。

《姑苏杂咏》组诗是高启隐居期间最重要的作品之一，也集中体现了他此时的心态及写作状态。《杂咏》共 123 首，高启有《姑苏杂咏序》对其说明：

> 及归自京师，屏居松江之渚，书籍散落，宾客不至，闭门默坐之余，无以自遣，偶得郡志阅之，观其所载山川、台榭、园池、祠墓之处，余向尝得于烟云草莽之间，为之踌躇而瞻眺者，皆历历在目；因其地，想其人，求其盛衰废兴之故，不能无感焉。遂采其著者，各赋诗咏之。辞语芜陋，不足传于此邦，然而登高望远之情，怀贤吊古之意，与夫抚事览物之作，喜慕哀悼，俯仰千载，有或足以存劝戒而考得失，犹愈于饱食终日而无所用心者也。况幸得为圣朝退吏，居江湖之上，时取一篇，与渔父鼓枻长歌，以乐上赐之深，岂不快哉！因不忍弃去，萃次成帙，名《姑苏杂咏》，合古今诸体凡一百二十三篇云。[①]

如果把高启的诗歌理想分为三个阶段，可做如是划分：元末时期，以"自适"为创作目的，诗风豪放飘逸，多采用歌行、古体这类受格律束缚较少的体式；明初为官时期，兼顾"格调"与"法度"，在体貌与体

---

① 高启：《姑苏杂咏序》，《高青丘集》，第 907 页。

式上追求"求全",诗风以雄浑高古为尚;隐居后,从序中可见,高启
力图综合两种诗风,既想有"喜慕哀悼"的效果,又想达到"存劝戒而
考得失"的目的,在体式上也是"合古今诸体"。可以说,此序既有高
启一贯的诗学理想,也融合了为官期间对诗歌的理解。

　　可是,这种理想只是高启作为伟大诗人的一厢情愿。高启此时的生
活状态,按其说法是"圣朝退吏","书籍散落,宾客不至",既没有元
末时期北郭诸友诗酒唱和的圈子,也不复为官期间"应制"写作的氛
围;在心理状态上,高启刚刚经历了为官三年的煎熬,"畏祸"心理犹
在。尽管远离庙堂,但他深知不能乱发议论,尽管"与渔父鼓枻长歌",
还要心存此乃"上赐之深",写诗需兼顾"存劝戒而考得失"之功能。
在写作方式上,尽管他想通过《姑苏杂咏》这种大型诗卷补上自己"纪
咏之阙"的遗憾,但这些昔日曾经去过的旧地,而今只能靠着"得郡志
阅之"的方式按图写诗。由于缺少身临其境的所感所思,所以也很难具
备饱满的情感,只能在感慨中发发议论。兹举几例:

　　《天平山》:入山旭光迎,出山月明送。十里松杉风,吹醒尘土
梦。兹山凡几到,题字遍岩洞。阳崖树冬荣,阴谷泉夏冻。怪石立
谁扶,灵草生岂种。白云蓊然来,诸峰欲浮动。高鹘有危栖,幽禽
无俗啭。凌藓知履滑,披岚觉裘重。尝登最上巅,远见湖影空。渔
樵渡谿孤,鸟雀归村众。还寻老僧居,隔竹听清诵。慰我跻攀劳,
为设茶笋供。几年历忧欢,造物若挪弄……身今解组绶,明时愧无
用。闲持九节筇,寻访事狂纵。石屋秋可眠,山猿许分共。①
　　《百花洲》:吴王在时百花开,画船载乐洲边来。吴王去后百花
落,歌吹无闻洲寂寞。花开花落年年春,前后看花应几人。但见枝
枝映流水,不知片片堕行尘。年来风雨荒台畔,日暮黄鹂肠欲断。
岂惟世少看花人,纵来此地无花看。②
　　《齐云楼》:境临烟树万家迷,势压楼台众寺低。斗柄正垂高栋
北,山形都聚曲栏西。半空曾落佳人唱,千载犹传醉守题。劫火重

---

① 高启:《天平山》,《高青丘集》,第201~202页。
② 高启:《百花洲》,《高青丘集》,第351~352页。

经化平地，野鸟飞上女垣啼。①

三诗体式不同，前两首为古风长篇，后一首为近体短篇。在第一首诗中，作者提及天平山，不禁让人想起高启作于元末时的《游天平山记》，其中"抚佳节之来临，登名山以眺望，举觞一醉，岂易得哉"的旷达，让我们仿佛看到其《青丘子歌》中的形象。此时的天平山，不变的是山高险阻、怪石林立，变的则是作者的心境。此时的高启，不是"吹醒尘土梦"的失落，就是"造物若挪弄"的无奈，或是"明时愧无用"的感叹，再也没有"举觞一醉"的豪情。诗歌风格既无奔放之气势，也无飘逸之表达，只剩下孤独的天平山与作者压抑的心情。第二首诗稍显空灵隽永，表现手法及语言风格也更细腻，以比兴的方式传达出自己的哀愁。以"缘情"的标准衡量，此诗的艺术水准很高，但"情"字的内涵却是以悲哀凄凉为主；而以"存劝戒而考得失"的标准衡量，此诗也未必合格，整诗都缺少家国天下的情怀，而弥漫着个人的哀怨。第三首诗，以"齐云楼"为题。"齐云楼"对高启而言，是个敏感话题。据记载，"元至正末，张士诚据为太尉府，及败，纵火烧之"。② 全诗叙述多于抒情，虽然在抒情方式上给人以"含蓄蕴藉"之感，但也因情感力度的薄弱影响了整诗的价值。如果说高启因为话题的敏感，从而在抒情上有所保留，那么其他类似的近体诗也都多限于客观描述而情感匮乏。整体上看，三首虽然算不上组诗中最有价值的诗作，但其写法、情感基调、审美风格足以代表组诗的整体风貌：感情基调低沉悲凉，既无法达到"喜慕哀悼，俯仰千载"的效果，也无法达到"存劝戒而考得失"的目的，唯体式还在勉强遵循此前"求全"的理想。

　　不唯《姑苏杂咏》，高启后期的诗作多有此特点。为官期间，出于"应制"的需要，尽管高启也有哀怨，但尚能留下《登金陵雨花台望大江》等一批高质量的作品。而"隐居"后，虽然带着"存劝戒而考得失"的写作目的，但脱离了"台阁"的写作环境，他也无法写出像样的"台阁"作品。除了洪武四年写下的《喜闻王师下蜀》外，此后高启再

---

① 高启：《齐云楼》，《高青丘集》，第628页。
② 《齐云楼》注，《高青丘集》，第628页。

也没有写过"台阁"作品。高启从根本上不愿做也做不了宋濂这样的"台阁"文人，更可悲的是，当他再想回到元末时期的创作状态时，由于客观环境的变化，他已不具备那种"闲适"与"豪情"。其张扬的性情、独立的个性都在明初的大环境下消失殆尽。此外，友人的"被召"与贬谪，亦使高启形影孤单，才情锐减。他感觉"隐"也不是，"仕"也不是，从而陷入莫名的愁苦压抑："居闲厌寂寞，从仕愁羁束。两事不可齐，人生苦难足。"① 他甚至开始怀念起在京的生活，在《端阳写怀》中说："去岁端阳直禁闱，新题帖子进彤扉。大官供馔分蒲醑，中使传宣赐葛衣。黄伞回廊朝旭淡，玉炉当殿午熏微。今朝寂寞江边卧，闲看游船竞渡归。"② 在这种无所归依的孤独感中，高启空有写诗的抱负，却再也无法在实际创作中前进一步，最终导致了其"山林"与"台阁"的双重失落。这样的悲剧同样发生在其他吴中文人身上。这也宣告了吴中诗风偃息，而明代诗坛却依然朝着新的方向演进。

---

① 高启：《晓起春望》，《高青丘集》，第 242 页。
② 高启：《端阳写怀》，《高青丘集》，第 634 页。

余　论

　　元末明初的吴中文人，从历时性的传承上讲，主要经历了两代：以顾、杨为首的玉山文人和以"四杰"为主导的北郭诗人。当然，他们更有共时性的特点，即共同生活于"元末明初"这个大的时代背景，而且之间还互有往来。其生活的主要地区——平江，经历了三个政权：元政权、张士诚政权和明政权。他们的生活又可以分为两个主要阶段：元末与明初。换言之，他们生活在一个由"乱世"转向"统一"的时期。

　　之所以如此区分，是因为政治走向直接关涉文人的生活方式与价值选择。"混乱"的时代，士人的出处抉择、生活方式、价值观念往往"混乱"，而"统一"的时代，士人的心态以及所作的各种选择则往往有"趋同"之势。具体到元末明初的吴中文人，同样有此特点。同为吴中文人，在元末，他们就有区别，如玉山文人和北郭诗人的区别。即便在同一个群体内部也有区别，如顾瑛和杨维桢不同，高启与杨基也不同。造成这种差异性与丰富性的根本原因在于，"混乱"之时代，一切都缺乏统一的标准。元末时期的吴中文人，尽管有共通之处，如隐逸的人格、张扬的性情、闲散的生活状态等，但其差异性更为明显：同为狂，倪瓒和杨维桢就不同；同为旷达，顾瑛和饶介也有不同；同为隐，高启与陶宗仪又不同，等等。但当这种"混乱"渐渐走向"统一"，一种新的标准即将出现时，其身上差异性的东西会越来越少，共性却越来越多。《听雨楼图诗卷》与《破窗风雨卷》即是吴中文人在经历"混乱"走向"统一"过程中形成的结晶。

　　《听雨楼图诗卷》与《破窗风雨卷》，以"诗画同体"的形式存在，先有画，后经过多位文人题咏，其最终形成经历了一个相当长的过程。《听雨楼图》是王蒙（1308—1385，字叔明，号香光居士、黄鹤山樵，吴兴人，"元四家"之一）为江南名士卢士恒所建"听雨楼"所作的一幅画，此画作于至正二十五年（1365）。《破窗风雨图》是王立中（字彦强，生卒年不详，江苏苏州人，元代画家）为刘易（字性初，杨维桢弟子）所作的一幅画，此画作于至正二十六年。这两幅画在当时的吴中文人中引起了广泛的呼应，相继有十八位文人为《听雨楼图》题诗：张雨、倪瓒、王蒙、苏大年、饶介、周伯温、钱惟善、张绅、马玉麟、鲍恂、赵俶、张羽、释道衍、高启、王谦、王宥、陶振、韩奕，形成了《听雨楼图诗卷》。《破窗风雨图》的题诗者更多，有陆居仁、杨维桢、钱鼐、王国器、张羽、李绎、钱惟善、张庸、易履、张端、张昱、金绚、徐一夔、牛谅、朱武、杭琪、钟虞、韩元璧、钱岳、徐汝霖、张羽、董存、杨基、李江汉、高子仪、冯恕、赵俶、龙云从、沈庭珪、李讷、丘思齐、岳榆、雅安、何恒、孔思齐等三十七人，从而形成了《破窗风雨卷》。

　　两幅诗卷有两个重要特点。一是，题诗者都是吴中文人。但细分又有差异，如张雨、倪瓒、钱惟善、杨维桢等属于玉山文人，而高启、张羽、释道衍等属于北郭诗人。二是，两幅诗卷非在一时一地形成，而是形成于不同的时空下，如《听雨楼图诗卷》中，张雨、倪瓒、鲍恂即在不同的时间、地点题诗："樵人张雨为庐山甫题，至正八年二月十一日"[1]；"至正廿三年，岁在乙巳，卢士恒携至绮绿轩见示，趣走笔次贞居外史诗韵以寄意云。陶蓬寄亭中人，暨诸名胜，当不默然也，后十又八年四月九日（倪）瓒记"[2]；"至正廿五年四月一日檇李鲍恂书"。[3] 再如《破窗风雨卷》中诗人的落款，"至正甲辰嘉平初，吉东维叟会稽杨维桢记"[4]，"至正二十有三年龙集癸卯冬十二月朔旦记"[5]，"洪武癸丑三月晦日钱塘陈彦博书于南湖寓所"[6] 等。可以说，两幅诗卷是元末明初吴中文人的大规模的题咏盛会的成果，发轫于元末，成形于明初。这种题咏方式，既反映了吴中文人由"混乱"走向"统一"过程中所坚持的"不变"，又有"新变"。其形成既折射了元末明初吴中文人心态及雅集方式的变迁，又表征了其文学思想的变迁，具有丰富的诗学意义。

　　先说第一个特点。由前可知，玉山文人和北郭诗人虽然同属吴中文人，

---

① 张雨：《听雨楼》，《王叔明听雨楼图卷》，赵琦美编《赵氏铁网珊瑚》卷十五，文渊阁四库全书本。

② 《王叔明听雨楼图卷》，赵琦美编《赵氏铁网珊瑚》卷十五，文渊阁四库全书本。

③ 《王叔明听雨楼图卷》，赵琦美编《赵氏铁网珊瑚》卷十五，文渊阁四库全书本。

④ 杨维桢：《破窗风雨记》，《王彦强破窗风雨卷》，赵琦美编《赵氏铁网珊瑚》卷十五，文渊阁四库全书本。

⑤ 《王彦强破窗风雨卷》，赵琦美编《赵氏铁网珊瑚》卷十五，文渊阁四库全书本。

⑥ 《王彦强破窗风雨卷》，赵琦美编《赵氏铁网珊瑚》卷十五，文渊阁四库全书本。

但差异很大。两个群体中虽不乏友人间的往来，但无论其文人心态、雅集方式还是文学思想都不同。最典型的如杨维桢与高启之间，甚至找不到诗文往来的记载。换言之，他们都有各自不同的圈子。但是从两幅诗卷的题咏者来看，玉山文人和北郭诗人确有交集。问题在于，他们何以能在二诗卷中产生交集？其产生交集的基础是什么？原因有二。其一，就所处时代而言，"玉山雅集"繁荣期从至正八年（1348）到至正十六年，而"北郭诗社"繁荣期则在于张士诚据吴前期。在各自的繁荣期内，玉山文人和北郭诗人都能在各自的圈子中诗酒取乐，并以自己的方式彰显自身的特点。可以说，在相对自由稳定的环境中，他们尚有更好的选择，因而才不愿意产生交集。而到了两幅诗卷的题咏时期，从他们的题诗时间做出判断，张士诚政权已经岌岌可危。虽然两幅诗卷中的诗写作年代已不可考，但是可以断定的是，这些诗作最早作于至正二十五年①（《破窗风雨卷》都作于至正二十六年以后，还有的是入明之后的作品）。这一时期，无论是玉山文人，还是北郭诗人，他们所面对的时局基本一致：张士诚败亡已成定局。这种局面直接导致他们无法按照此前的方式雅集，也给他们产生交集提供了客观条件。其二，从心理状态来说，"玉山雅集"和"北郭诗社"繁荣时期，文人心态是不同的。张士诚给玉山文人带来了灾难，却给北郭诗人带来了自由。故而，张士诚据吴前，玉山文人已有末世文人之悲，心态转为"颓废"。张士诚据吴后，北郭诗人纷纷入幕，心态则为"闲适"。而到了题咏《听雨楼图》《破窗风雨图》时，张吴政权即将垮台，前途的未知的渺茫感、战乱时局中的凄凉感，成了他们共同的心态，这种心态既是他们产生交集的心理基础，也是其交集时共同的心声。如果时间提前几年，他们心态不同，亦不会在此得以"趋同"。

再说第二个特点。两幅诗卷是吴中文人共同的题咏盛会，但较之"玉山雅集"和"北郭诗社"的题咏方式，最大的不同在于，它不是一时一地完成，却表达了共同的情感，即"异地同调"②。这个特点，需要

---

①　需要说明的是，在《听雨楼图卷》中，张雨的《听雨楼》作于至正八年，倪瓒的和诗作于至正二十三年。其余的和诗都是《听雨楼图》成形后所作，这些和诗才是分析《听雨楼图卷》的主体，上述的说法只是为了突出后面和诗的时代。

②　这个提法只是为了形象的说明：两幅诗卷的形成不像《玉山雅集图》一样，是在固定的地点，固定的时间，由共同的雅集成员完成（《玉山雅集图》也以诗画同体的形式存在，见《玉山名胜集》第46页）。

从两个方面加以认识。其一，从本质上讲，两幅诗卷的形成是"玉山雅集"和"北郭诗社"的变相延续。"玉山雅集"的繁盛时期，张士诚尚未占据平江，平江局势相对稳定；"北郭诗社"的繁盛时期，张士诚已然占据了平江，平江局势依然稳定。所以，二者都有条件进行大规模的同时同地的唱和，如《玉山雅集图》形成时，玉山文人当日就以"爱汝玉山草堂静"分韵赋诗①；再如"北郭诗社"繁盛时期，饶介主持了"醉樵文会"的作诗比赛。到了此两图的题咏时期，顾瑛已经逃往界溪，高启等人也都困守于苏州城内无法相见，同时同地的雅集方式已不具可能，只能借助于这种异地、异时、同题题咏的隐晦方式彼此"神交"。尤其入明后，朱元璋对吴中文人实行了高压政策，吴中文人相继被征召、贬谪与杀戮，更是天各一方，再也没有共聚的机会和环境，更需要借助这种方式来传达共同的情感体验，彼此慰藉。其二，从形式上讲，它们体现了吴中文人雅集方式的变化："赋诗—赠答—题咏"。玉山文人和北郭诗人早期的雅集唱和，赋诗为最重要的方式，有同题赋诗、分韵赋诗、联句等。当他们难以经常相聚时，则采用赠答的方式彼此慰藉，如玉山文人后期写作了大量的带有"奉寄"、"见寄"为题的诗作。② 当赠答也不可能时，他们只能采用题咏的方式，来表达"异地同调"的感情。当然，要实现这种效果，题咏者之间必须有共同的情感体验。而此时，无论是玉山文人还是北郭诗人，尽管无法相聚，但其心理距离十分贴近：都带有战乱时代文人的灰凉心情。而他们又无法像此前一样聚会，只能借助这种"题咏"的方式表达心声。

由此可见，两幅诗卷的形成，既体现了元末明初吴中文人心态"趋同"的一面（这种"趋同"对他们各自而言，其实也是一种变化），又标志着吴中文人对雅集方式所作出的调整。文人心态及雅集方式的变化，必将导致其文学思想的变化。

首先，就写作方法而言。无论是"雨"还是"破窗"，都是一种隐晦的表达方式，间接传了文人的灰凉心情。无论"玉山雅集"时期还是"北郭诗社"时期，诗人多以直抒胸臆的方式传情达意。尤其玉山文

---

① 杨维桢：《雅集志》，《玉山名胜集》，第47页。
② 这些诗作集中于《玉山倡和》《玉山遗什》中，见《玉山名胜集》下册，中华书局，2008。

人的诗中处处弥漫着逞才之气，"酒"、"醉"、"乐"、"欢"、"忘"、"爱"等字眼充斥其中。北郭诗人的诗作虽然相对温婉清丽，但也不乏张扬欢快之笔。而到了题咏两图时期，诗歌的表现手法却更加隐晦，如《听雨楼图》上的题诗：

> 高启：春云霭江郭，鸠鸣朝梦余。楼中风飒至，烦抱淡云除。历历树头乱，萧萧窗影虚。如何门外水，泥潦没行车？
>
> 王谦：山风满楼来雨脚，耳底萧萧生远情。还丹化鹤去句曲，破屋无人住洛城。酒停深夜苍灯在，帘近余寒湿叶鸣。板上漆书空爪迹，绕檐依旧落春声。①

两诗写得都十分隐晦。高启的诗表达了"惶恐失措"之情，"梦"、"烦"、"乱"、"泥"等意象都给人以不安的感觉。高启并未指明慌乱的真实原因，但在诗尾以"如何门外水，泥潦没行车"发问，是指张士诚政权灭亡的征兆，还是自己对命运的惶恐？都给人留下了深思的空间。但此时的高启，显然已不是《青丘子歌》中的高启，也不是为大明唱赞歌的高启，只是面对苏州城破，充满惶恐却又无可奈何的高启。王谦的诗，虽无惶恐，却充满悲哀，似在怀念亲友，又似在自艾自怜，又似乎表达外界带给自己的压抑。两首诗在表现手法上都极尽曲折婉转，与其早期的雅集之作大为不同。

其次，就诗歌的审美情态而言。两幅图上的题诗，再没有"玉山雅集"早期诗歌的秾艳，也没有北郭诗人早期唱和诗的张扬，而是沉郁压抑，充满愁苦哀怨。这种特点为玉山文人和北郭诗人后期所共有，体现了他们对诗歌功能认识的改变：不再为彰显才华而斗艺，而是借诗宣泄内心的哀怨。如题《破窗风雨图》诗：

> 杨基：十载江湖梦，满空风雨宵。窗虚声易入，灯暗手慵挑。竹洗千竿翠，林喧万古潮。东北枯渴甚，藉尔倒天瓢。
>
> 韩元璧：刘郎读书如学仙，朝不出户夜不眠。时闻破窗风雨急，

① 《王叔明听雨楼图卷》，赵琦美编《赵氏铁网珊瑚》卷十五，文渊阁四库全书本。

政自澄心对圣贤。尚书汪公下帷处，敬亭山色青连天。执经念子最清苦，亹亹踽踽道心相传。鸡鸣嗜嗜天欲暮，疏椿萧飒寒声度。庭前飘麦总不知，屋上卷茅宁复顾。人生穷达那可知，玉堂金马自有期。青藜还忆夜相访，却忆破窗风雨时。①

杨基曾受学于杨维桢，诗风深受"铁崖体"影响。而此时杨基，再也不是以"痴顽子"自居的形象，而是借"十载江湖梦"写出了自己可悲的遭遇。韩诗中，前半部分描写刘易读书之勤、守道之严，所谓"政自凝心对圣贤"，"执经念子最清苦"。但在结尾处，却说穷达由命，然后又表达了"却忆破窗风雨时"的无奈与悲哀。两首诗风格沉重，都反映了吴中文人的末世情怀。

两幅诗卷的诗学意义，不仅仅体现在描绘出元末吴中文人心态、雅集方式与诗学思想的变化，亦是其入明之后变化的缩影。因为其雅集方式一直持续到明初。洪武二年，当道衍看到《听雨楼图》时，不禁感叹："胜国之际，兵变之余，前辈翰墨存者无几，间或获一见，如遇醴彝觥敦，不由不使人惊艳也，听雨楼诗，句曲外史及一时名流所作，词翰兼美，亦稀世之宝也。"② 由此可以看出两点：其一，吴中文人偏好雅集、崇尚自由的本性始终未变；其二，吴中文人悲惨命运自有其必然性。

首先说第一点。对于元末明初的吴中文人而言，变化的是他们相继经历了三个政权，其对政权的"旁观者心态"则始终未变。不妨以表格的形式予以描述：

表一　政权对吴中文人的态度

政权	对待文人的态度	
	尊重	任用
元代	-	-
张士诚	+	-
朱元璋	+ / -	+

① 《王彦强破窗风雨卷》，赵琦美编《赵氏铁网珊瑚》卷十五，文渊阁四库全书本。
② 《王叔明听雨楼图卷》，赵琦美编《赵氏铁网珊瑚》卷十五，文渊阁四库全书本。

表二 文人对政权的态度

文人对待政权的态度	政权更替		
	元末	张士诚	朱元璋
参与	-	+ / -	+
同心同德	-	-	-

表三 文人和政权的和谐度

政权更替	政权对待文人的态度	文人对待政权的态度
元代	-	-
张士诚	+	-
朱元璋	+	-

（注："+"代表肯定的态度，"-"代表否定的态度。）

吴中文人并非天生怀抱"旁观者心态"。"学而优则仕"乃中国古代文人始终信奉的价值信仰，也是文人眼中唯一的"正道"。首选是出仕为官，致君尧舜，造福黎民；次之则修史作文，留下可资可鉴的一代典籍；再次，写诗、填词、作画，辅之以饮酒游历，图个逍遥人生。所谓"德、功、名"，都关涉两个核心因素：利益与声名。具体到吴中文人身上，顾、杨等第一代吴中文人，对元廷的"旁观"是因为看不到希望，既无"利"，也无"名"。"四杰"等第二代吴中文人，"旁观"是因为入幕张士诚政权，充其量留点"虚名"，谈不上有太多实际意义的"价值"或"利益"。相比之下，朱元璋对人才最为重视，甚至以极端的方式制定了"士不为君用"的惩戒措施，且制定了一整套制度作为选拔人才的机制。从读书人实现抱负的视角讲，元代给士人提供的机会非常少，张士诚也只是做做样子，只有朱元璋给士人提供了充足的舞台。

但吴中文人面对明政权依然选择"旁观"。如果说"被召"前的旁观是因为其习惯于元末的自由与闲散，那么，"被召"后的"旁观"则是因为他们确实难以适应明初的官场，或者说根本不符合朱元璋心中对合格人才的期望。当然，他们也在努力适应"被召"后的生活状态，却最终发现：履职"责任"是以牺牲"自由"为代价的，所以"累"；明初政治文化环境对言论的特殊的要求，所以"怕"；写诗修史等文字工作尚能胜任，却难以适应复杂琐碎的行政工作，所以"苦"。更可悲的

是，他们非但不能"跑"，而且还要尽职尽责。换言之，他们亦无法
"旁观"。但他们仍然试图以各种方式"旁观"：要么跑，如高启；要么
佯狂以避祸，如袁凯；要么在极度隐忍中度日，如杨基。当然，以题咏
的方式继续雅集，也是其"旁观"的形式之一。这也是上述两图的题咏
何以能持续到明后的原因。

再说第二点。我们不能把吴中文人之悲惨命运，简单归结于其自身
的性格特点或朱元璋之雄猜。其悲剧的形成，恰恰在于其自身的特点与
朱元璋理想的人才的冲突。在吴中文人经历的三个政权中，元政权对文
人既不尊重也不重用，张士诚是只尊重不重用，只有朱元璋真正想用。
但是，"被用"首先需要一个标准，就是"有用"，或者至少在朱元璋看
来"有用"。就明初的局势和朱元璋的用人特点来看，文人的"有用"
包括两种方式：要么有理政之才，能管理一方；要么能进行礼制建设，
辅弼文治。这两种都是以"实用"为准绳。而吴中文人身上的"实用"
却不体现于此。他们之中也有善谈兵者，如宋克、王行；也有善于修史
者，如高启、杨基；也有善于吏治者，如袁凯。但他们在骨子里更多的
是诗人，是海燕，是野马。写诗修史是其长，理政实干是其短。对于朱
元璋的安排，他们不愿意干，更干不了。所以，当朱元璋以自己的标准
检阅吴中文人且真正用之时，他们大部分人都难以胜任。从这个意义上
讲，朱元璋的动机是好的，但结果是双方以失败的合作而告终。这既是
吴中文人之不幸，也是朱元璋之不幸。至少，朱元璋在起用他们的时候
是寄予厚望的，在实际行动中也付出了不少精力。

参考文献

古籍类

朱熹：《四书章句集注》，中华书局，1983

郭庆藩：《庄子集释》，中华书局，2004

张载：《横渠易说》，文渊阁四库全书本

脱脱等撰《宋史》，中华书局，1985

宋濂等撰《元史》，中华书局，1976

张廷玉等撰《明史》，中华书局，1974

夏燮：《明通鉴》，中华书局，1959

吕瑟辑《明朝小史》，北京出版社，2000

《明太祖实录》，中研院历史语言研究所，1962

《明太祖宝训》，中研院历史语言研究所，1962

谈迁：《国榷》，中华书局，1988

陈衍辑撰《元诗纪事》，上海古籍出版社，1987

何良俊：《四友斋丛说》，中华书局，1959

钱谦益：《国初群雄事略》，中华书局，1982

陈田辑撰《明诗纪事》，上海古籍出版社，1993

郎瑛：《七修类稿》，上海书店出版社，2001

孔齐：《至正直记》，中华书局，1991

余继登：《典故纪闻》，中华书局，1981

蒋正子：《山房随笔》（及其他八种），中华书局，1991

高德基：《平江记事》，中华书局，1985

陆深：《平胡录》（及其他四种），中华书局，1985

陆深：《金台纪闻》，中华书局，1985

叶子奇：《草木子》，中华书局，1959

朱熹：《朱子文集》，上海商务印书馆，1937

真德秀：《西山文集》，文渊阁四库全书本

张元干：《芦川归来集》，文渊阁四库全书本

刘将孙：《养吾斋集》，文渊阁四库全书本

戴表元：《剡源戴先生文集》，四部丛刊本

吴澄：《吴文正集》，文渊阁四库全书本

黄溍：《金华黄先生文集》，四部丛刊本

揭傒斯：《揭文安公全集》，四部丛刊本

贡师泰：《玩斋集》，文渊阁四库全书本

傅若金：《傅与砺文集》，文渊阁四库全书本

陈旅：《安雅堂集》，文渊阁四库全书本

王恽：《秋涧先生大全集》，四部丛刊本

揭傒斯：《揭文安公全集》，四部丛刊本

廼贤：《金台集》，文渊阁四库全书本

李昱：《草阁诗集》，文渊阁四库全书本

虞集：《道园学古录》，四部丛刊本

虞集：《道园类稿》，文渊阁四库全书本

苏天爵：《滋溪文稿》，中华书局，1997

余阙：《青阳先生文集》，四部丛刊本

钱毂：《吴都文粹续集》，文渊阁四库全书本

苏伯衡：《苏平仲文集》，四部丛刊本

成廷珪：《居竹轩诗集》，文渊阁四库全书本

欧阳玄：《圭斋文集》，四部丛刊本

张之翰：《西岩集》，文渊阁四库全书本

徐一夔：《始丰稿》，文渊阁四库全书本

陈栎：《定宇集》，文渊阁四库全书本

张昱：《张光弼诗集》，四部丛刊本

朱元璋：《明太祖文集》，文渊阁四库全书本

刘仁本：《羽庭集》，文渊阁四库全书本

戴良：《九灵山房集》，四部丛刊本

王逢：《梧溪集》，文渊阁四库全书本

王冕：《竹斋集》，文渊阁四库全书本

方孝孺：《逊志斋集》，四部丛刊本

蓝仁：《蓝山诗集》，文渊阁四库全书本

贝琼：《清江贝先生集》，四部丛刊本

张宪：《玉笥集》，文渊阁四库全书本

吕诚：《来鹤亭集》，文渊阁四库全书本

许恕：《北郭集》，文渊阁四库全书本

倪瓒：《清閟阁全集》，文渊阁四库全书本

吴渭编《月泉吟社诗》，文渊阁四库全书本

殷奎：《强斋集》，文渊阁四库全书本

谢应芳：《龟巢稿》，四部丛刊本

郑元祐：《侨吴集》，文渊阁四库全书本

邵亨贞：《野处集》，文渊阁四库全书本

孙承泽：《庚子销夏记》，文渊阁四库全书本

袁华：《耕学斋诗集》，文渊阁四库全书本

袁华：《可传集》，文渊阁四库全书本

郭翼：《林外野言》，文渊阁四库全书本

陈基：《夷白斋稿》，四部丛刊本

胡翰：《胡仲子集》，文渊阁四库全书本

孙作：《沧螺集》，文渊阁四库全书本

钱熙彦编《元诗选补遗》，中华书局，2002

虞堪：《希澹园诗集》，文渊阁四库全书本

王行：《半轩集》，文渊阁四库全书本

钱谦益：《列朝诗集小传》，上海古籍出版社，1983

赵琦美编《赵氏铁网珊瑚》，文渊阁四库全书本

杨士奇：《东里集续集》，文渊阁四库全书本

王逢：《梧溪集》，文渊阁四库全书本

姚广孝：《逃虚子诗集》，四库全书存目本

王彝：《王常宗集》，文渊阁四库全书本

朱熹、张栻、林用中：《南岳倡酬集》，文渊阁四库全书本

周砥、马治：《荆南倡和诗集》，文渊阁四库全书本

皇甫汸：《皇甫司勋集》，文渊阁四库全书本

吴宽：《鲍翁家藏稿》，四部丛刊本

朱存理编《珊瑚木难》，文渊阁四库全书本

赵琦美编《赵氏铁网珊瑚》，文渊阁四库全书本

刘基：《诚意伯刘文成公文集》，四部丛刊本

丁复：《桧亭集》，文渊阁四库全书本

张昱：《可闲老人集》，文渊阁四库全书本

朱德润：《存复斋文集》，四部丛刊本

李孝光：《五峰集》，文渊阁四库全书本

徐贲：《北郭集》，四部丛刊本

许恕：《北郭集》，文渊阁四库全书本

杨维桢：《东维子文集》，四部丛刊本

杨维桢：《铁崖古乐府》，四部丛刊本

杨维桢：《东维子集》，文渊阁四库全书本

贝琼：《清江诗集》，文渊阁四库全书本

顾瑛辑《草堂雅集》，中华书局，2008

顾瑛辑《玉山名胜集》，中华书局，2008

顾瑛：《玉山璞稿》，中华书局，2008

顾瑛撰，鲍廷博辑录：《玉山逸稿》（附录）中华书局，1985

宋濂：《宋濂全集》，浙江古籍出版社，1999

高启：《高青丘集》，上海古籍出版社，1985

杨基：《眉庵集》，巴蜀书社，2005

张羽：《静居集》，四部丛刊本

张羽：《张来仪先生文集》，国家图书馆藏清抄本

顾嗣立编《元诗选》，中华书局，1987

《钦定四库全书总目》（整理本），中华书局，1997

胡应麟：《诗薮》，上海古籍出版社，1979

何文焕编《历代诗话》，中华书局，1981

丁福保辑《历代诗话续编》，中华书局，1983

范文澜：《文心雕龙注》，人民文学出版社，1958

郭绍虞选编《清诗话续编》，上海古籍出版社，1983

谢国桢编《明代社会经济史料选编》，福建人民出版社，1980

论著类

陈书录：《明代诗文的演变》，江苏教育出版社，1996

郭英德：《中国古代文人集团与文学风貌》，北京师范大学出版社，1998

廖可斌：《明代文学复古运动研究》，上海古籍出版社，1994

廖可斌主编《明代文学论文集》，浙江大学出版社，2007

黄仁生：《杨维桢与元末明初文学思潮》，上海东方出版中心，2005

徐永明：《元代至明初婺州作家群研究》，中国社会科学出版社，2005

邓绍基：《元代文学史》，人民文学出版社，1991

欧阳光：《宋元诗社研究丛稿》，广东高等教育出版社，1996

王忠阁：《元末吴中诗派论考》，广西师范大学出版社，1998

吴晗：《朱元璋传》，人民文学出版社，1985

幺书仪：《元代文人心态》，文化艺术出版社，1993

袁震宇、刘明今：《明代文学批评史》，上海古籍出版社，1991

周良宵、顾菊英：《元代史》，上海古籍出版社，1993

侯外庐等主编《宋明理学史》，人民文学出版社，1997

罗宗强：《魏晋南北朝文学思想史》，中华书局，1996

罗宗强：《明代文学思想史》，中华书局，2013

左东岭：《王学与中晚明士人心态》，人民文学出版社，2000

左东岭：《明代文学思想研究》，商务印书馆，2013

查洪德：《理学背景下的元代文论与诗文》，中华书局，2005

贾继用：《元末明初江南诗人研究》，齐鲁书社，2013

支伟成等辑录《吴王张士诚载记》，中华书局，2013

陈贞瑾：《宋濂传记文研究》，台北文津出版社，2006

王明荪：《元代的士人与政治》，台湾学生书局，1993

宋克夫：《宋明理学与明代文学》，中国社会科学出版社，2013

曾莹：《文人雅集与诗歌风尚初探——从玉山雅集看元末诗风的衍变》，广东高等教育出版社，2011

牛贵琥：《玉山雅集与文士独立品格之形成——金元文士雅集的典型

解析》，人民出版社，2014

论文类（包括学位论文）

左东岭：《高启之死与元末明初文学思想的转折》，《文学评论》2006 年第 3 期

左东岭：《元末明初的种族观念与文人心态问题》，《文学评论》2008 年第 5 期

左东岭：《元末明初的"气"论与方孝孺的文学思想》，《文艺研究》2006 年第 1 期

左东岭：《多维视野与心态研究》，《中国文化研究》2004 年春之卷

左东岭：《文人心态研究的文献使用与意义阐发》，《南开学报》2006 年第 5 期

左东岭：《中国文学思想史的学术理念和研究方法》，《文学评论》2004 年第 3 期

左东岭：《刘基诗歌体貌述论》，《中国诗歌研究》2010 年第 12 期

左东岭：《论高启诗歌审美观念的演变》，《文化与诗学》2011 年第 8 期

左东岭：《20 世纪明代诗歌研究综论》，《华中师范大学学报》2013 年第 1 期

左东岭：《诗体模拟与情感书写——论高启的近体诗》，《求是学刊》2013 年第 5 期

左东岭：《20 世纪高启与吴中诗派研究》，《苏州大学学报》2014 年第 3 期

廖可斌：《论元末明初的吴中派》，《苏州大学学报》1991 年第 4 期

廖可斌：《论浙东派》，《浙江学刊》1992 年第 2 期

廖可斌：《地域文人集团的兴替与元末明初文学思潮的变迁》，《社会科学战线》1993 年第 4 期

廖可斌：《论宋濂前后期思想的变化及其它》，《中国文学研究》1995 年第 3 期

杨镰：《元朝文献研究》，《文学遗产》2002 年第 1 期

杨镰：《顾瑛与玉山雅集》，《西南民族大学学报》2008 年第 9 期

杨镰：《元诗与元代历史文化》，《文史知识》2013 年第 6 期

王忠阁：《明初士大夫的审美情趣》，《信阳师范学院学报》1991 年第 2 期

王忠阁：《杨维桢入吴考》，《苏州大学学报》1992 年第 1 期

王忠阁：《元末明初的学风》，《史学月刊》2000 年第 5 期

王忠阁：《闽中诗派与明代前期诗风的演变》，《河南大学学报》2001 年第 5 期

王学泰：《以地域分野的明初诗歌派别论》，《文学遗产》1989 年第 5 期

陈书录：《杨维桢——明代诗文逻辑发展的起点》，《南京师大学报》1995 年第 4 期

郭预衡：《朱元璋之为君和宋濂之为文》，《北京师范大学学报》1996 年第 3 期

欧阳光、史洪权：《北郭诗社考论》，《文学遗产》2004 年第 1 期

李晓则：《高启的悲剧人生与思想性格》，《重庆师院学报》1998 年第 4 期

傅懋强：《高启生平二考》，《苏州大学学报》1993 年第 1 期

傅懋强：《高启与杨维桢无交往原因探析》，《苏州大学学报》2002 年第 2 期

洪永铿：《高启乐府诗简论》，《浙江社会科学》2006 年第 4 期

曾庆雨：《高启与明代诗歌》，《云南民族大学学报》2008 年第 1 期

汪渊之：《高启诗与"吴中四才子"诗之比较——兼论明初至明中叶吴中诗风的演变》，《苏州大学学报》1999 年第 3 期

孙家政：《论刘基与高启的词创作》，《南京师大学报》1998 年第 2 期

陈书录：《杨维桢——明代诗文逻辑发展的起点》，《南京师大学报》1995 年第 3 期

张晶：《"铁崖体"：元代后期诗风的深刻变革》，《社会科学辑刊》1994 年第 2 期

晏选军：《戴良考论》，《中国文学研究》2004 年第 2 期

王广超：《谢应芳词初论》，《社会科学辑刊》2006 年第 5 期

刘君若：《饶介与元末吴中诗坛》，《兰州学刊》2008 年第 12 期

唐朝晖：《元末吴中的经济繁荣与频繁的文人集会》，《湖南商学院学报》2008 年第 1 期

张玉华：《玉山草堂与元末明初东南的文人雅集》，《广西社会科学》2004 年第 10 期

彭茵：《元末文人雅集论略》，《南京政治学院学报》2004 年第 6 期

乔光辉：《玉山草堂与元末文学演进》，《盐城师范学院学报》1999 年第 4 期

欧阳光、史洪权：《"北郭诗社"考论》，《文学遗产》2004 年第 1 期

刘廷乾：《"北郭十友"考辨》，《中国文学研究》2009 年第 4 期

郑克晟：《元末的江南士人与社会》，《东南文化》1990 年第 4 期

罗小东：《论元代末年的士风与诗风》，《华东师范大学学报》2003 年第 6 期

刘中玉：《元代江南文人画家逸隐心态考察》，《内蒙古大学艺术学院学报》2007 年第 4 期

陈昌云：《朱元璋与元末明初文风嬗变》，《北方论丛》2013 年第 1 期

谷春霞：《袁华与"铁崖体"的传播》，《文学遗产》2011 年第 2 期

邓富华：《元末明初"北郭十友"之余尧臣考辨》，《中国文学研究》2013 年第 3 期

查洪德：《元代诗坛的雅集之风》，《安徽师范大学学报》2013 年第 6 期

刘季：《玉山雅集诗歌创作中的崇杜倾向》，《内蒙古大学学报》2012 年第 5 期

展龙：《元末士大夫雅集交游述论》，《甘肃社会科学》2012 年第 5 期

展龙：《纵逸与迂怪：元末士人的狂狷精神及其现实动因》，《贵州社会科学》2013 年第 6 期

李圣华：《"吴中体"释论》，《求是学刊》2011 年第 5 期

陈博涵：《元末明初诗书画"三绝"艺术与同题集咏的生命寄托》，

《中国诗歌研究》2013 年第 9 期

李舜臣：《释良琦与玉山雅集考论》，《江西社会科学》2014 年第
8 期

晏选军：《元末明初吴中地区士人群体与文学思想研究》，南开大学
博士后研究工作报告，2004

索宝祥：《元末明初士人心态与文学风貌》，北京师范大学博士学位
论文，2001

高郁婷：《明初吴派文学理论与诗文》，台湾中山大学博士论文，2007

谷春侠：《玉山雅集研究》，中国社会科学院研究生院博士学位论
文，2008

彭茵：《元末江南风尚与文学》，南京师范大学博士学位论文，2006

刘季：《玉山雅集与元末诗坛》，南开大学博士学位论文，2012

王魁星：《元末明初浙东文人群研究》，复旦大学博士学位论文，2011

崔志伟：《元末明初松江文人群体研究》，上海大学博士学位论
文，2011

李军：《明代文官制度与明代文学》，南开大学博士学位论文，2013

李晓娟：《倪瓒生平、交游研究——元末明初社会个案考察》，暨南
大学硕士学位论文，2004

王薇薇：《龟与词——谢应芳龟巢词研究》，暨南大学硕士学位论
文，2006

李晓航：《顾瑛与玉山雅集研究》，中南大学硕士学位论文，2008

邓云：《郑元祐研究》，浙江大学硕士学位论文，2008

罗燕：《杨基与〈眉庵集〉研究》，苏州大学硕士学位论文，2008

何春根：《元末明初吴中文人研究》，江西师范大学硕士学位论文，2003

陈丽芳：《顾瑛心态研究》，首都师范大学硕士学位论文，2006

袁宗刚：《抱道之遗民——元遗民戴良文学思想研究》，首都师范大
学硕士学位论文，2009

王双：《陈基文学思想二重性研究》，首都师范大学硕士学位论文，2009

杨建：《张羽诗歌研究》，广西大学硕士学位论文，2011

李婷婷：《明初政治与文人心态及文学演变》，西南大学硕士学位论
文，2011

索 引

图书在版编目（CIP）数据

元明之际吴中文人文学思想研究／周海涛著. -- 北
京：社会科学文献出版社，2016.10（2017.9 重印）
　国家社科基金后期资助项目
　ISBN 978 - 7 - 5097 - 8261 - 3

　Ⅰ.①元…　Ⅱ.①周…　Ⅲ.①文人 - 人物研究 - 苏州
市 - 元代 ~ 明代②文学思想史 - 研究 - 苏州市 - 元代 ~ 明
代　Ⅳ.①K825.4②I209.953.3

　中国版本图书馆 CIP 数据核字（2015）第 257469 号

国家社科基金后期资助项目

元明之际吴中文人文学思想研究

著　　者／周海涛

出 版 人／谢寿光
项目统筹／宋月华　杨春花
责任编辑／周志宽　于占杰

出　　版／社会科学文献出版社·人文分社（010）59367215
　　　　　　地址：北京市北三环中路甲 29 号院华龙大厦　邮编：100029
　　　　　　网址：www. ssap. com. cn
发　　行／市场营销中心（010）59367081　59367018
印　　装／北京京华虎彩印刷有限公司

规　　格／开 本：787mm × 1092mm　1/16
　　　　　　印 张：17.75　字 数：281 千字
版　　次／2016 年 10 月第 1 版　2017 年 9 月第 2 次印刷
书　　号／ISBN 978 - 7 - 5097 - 8261 - 3
定　　价／89.00 元